KB131121

럭키 짐

럭키 짐

KINGSLEY AMIS
킹슬리 에이미스 지음 김선형 옮김

LUCKY JIM
by KINGSLEY AMIS

이 책은 실로 꿰매어 제본하는 정통적인 사철 방식으로 만들어졌습니다.
사철 방식으로 제본된 책은 오랫동안 보관해도 손상되지 않습니다.

필립 라킨에게*

* Philip Larkin(1922~1985). 20세기 전반의 영국을 대표하는 시인. 옥스퍼드 대학 재학 시절에 킹슬리 에이미스와 조우했다.

아, 운 좋은 짐
네가 정말 부럽구나.
아, 운 좋은 짐
네가 정말 부러워.

— 옛 노래

1

「하지만 그들은 어리석은 실수를 했다네.」 역사 교수는 이렇게 말했고, 딕슨은 기억이 떠오름에 따라 그 얼굴에서 서서히 가라앉는 미소를 지켜보았다. 「막간 휴식이 끝난 후 우리는 다울런드의 소품을 연주했어.」 교수가 말을 이었다. 「리코더와 건반 악기 곡이었지. 물론 내가 리코더를 연주했고 어린 존스가…….」 말을 멈춘 그의 몸통이 뻣뻣하게 경직되었다. 전혀 다른 사람이, 목소리조차 똑같이 흉내 낼 수 없는 다른 어떤 사람이 잠시 그 몸을 차지한 느낌이었다. 그러더니 교수는 다시 말을 시작했다. 「어린 존스는 피아노를 연주했지. 다재다능한 녀석이었어. 사실 그 녀석 악기는 오보에였지만. 뭐 아무튼, 기자가 기사를 잘못 썼든지 아니면 아예 듣지도 않았든지 그랬던 모양이네. 아무튼, 〈포스트〉에 떡 하니 커다랗게 기사가 떴단 말이야. 다울런드라고. 그래, 그 부분은 제대로 썼어. 웰치와 존스 씨라고도 하고. 하지만 그다음에 뭐라고 했는지 아나?」

딕슨은 고개를 저었다. 「모르겠습니다, 교수님.」 또랑또랑하게 말했다. 대영 제국 전역을 뒤져도 이렇게 교수라는 호칭을 중시하는 교수는 없을 것이다.
「플루트와 피아노라고 했다네.」
「네?」
「플루트와 피아노라고 했다고. 리코더와 피아노가 아니라 말이야.」 웰치는 짤막하게 웃음을 터뜨렸다. 「그런데 리코더는 알다시피 플루트와는 전혀 다른 악기거든. 물론 플루트의 직계 조상이긴 하지만 말이야. 일단, 그러니까 리코더는 말이지, 소위 〈아 베크〉로 연주를 하게 되거든. 그 말은 오보에나 클라리넷처럼 형태가 잡힌 마우스피스에 대고 분다는 걸세. 현재의 플루트는 〈트라베르소〉로 연주하는데, 바꿔 말해서 구멍에 대고 세로로 부는 게 아니라 가로로 뉘여서…….」
웰치가 다시 마음을 가라앉힌 모양인지 발걸음마저 느려지자 딕슨도 옆에서 긴장을 풀었다. 아까 교수를 만난 건 도서관의 신규 장서 서가 앞이었는데, 지금은 신기하게도 대학 본관 정문 쪽으로 작은 잔디밭을 사선으로 가로질러 걷고 있었다. 겉으로 보기에는, 아니 사실 겉보기뿐 아니라 여러 면에서, 두 사람은 뭔가 버라이어티 쇼의 출연자들 같은 데가 있었다. 가는 머리카락이 허옇게 세어 가고 있는 웰치는 호리호리한 꺽다리였고, 키가 작은 편인 딕슨은 동글동글한 하얀 얼굴에 어깨가 범상치 않게 넓었지만 그렇다고 특별히 체력이 좋거나 재주가 있는 건 아니었다. 이렇게 명백히 대조되는 두 사람이었지만, 딕슨이 보아하니 어느 모로 보나 사색에 잠긴 두 사람의 유유한 행진이 지나치는 학생들한테는 깨나 위풍당당하게 보이는 모양이었다. 그는 웰치와 역사에 대해서, 그것도 옥스퍼드와 케임브리지에 어울리는 방식으로 역사를 논하고 있다 해도 이상하지 않아 보였다. 이런 순간이면 딕슨도 차라리 정말 그랬다면 얼마나 좋을까 하는 생각마저 들 지경이었다. 한참 그런 생각에 빠져 있는데 갑자기 나이 지긋한 교수가 다시 감정에 복받쳐 버럭버럭 소리를 지르다시피 말하며 공감도 안 되는 얘기에 혼자 낄낄거리고 웃느라 목소리까지 파르르 떨렸다.

「막간 휴식 직전에 그들이 연주한 곡에 정말 기가 막힌 착오가 있었지. 비올라를 연주하던 젊은 친구가 글쎄 한꺼번에 악보 두 페이지를 넘겨 버렸지 뭔가. 덕분에 벌어진 혼란을 생각하면…… 맙소사…….」

재빨리 자기가 할 말을 결정한 딕슨은 혼잣말처럼 그 말을 내뱉고 어떻게든 유머에 반응하는 표정으로 얼굴을 잔뜩 구겨 보려 애썼다. 그러나 마음속으로는 전혀 다른 표정을 하고 있었고, 다음에 혼자 있게 되면 그때 진짜로 그 표정을 지을 거라고 다짐했다. 아랫입술을 윗니 아래로 말아 넣고 꼭 깨문 후 서서히 턱을 최대한 아래로 당겼다. 그러면서 계속 눈과 코를 최대한 확장시켰다. 이렇게 하면 위험스러운 붉은 홍조가 얼굴 전체에 짙게 퍼져 나갈 거라 굳게 믿으면서.

웰치는 또 음악회에 대해서 떠들고 있었다. 이런 사람이 어떻게 역사 교수가 됐을까, 그것도 이런 학교에서? 논문 업적으로? 천만의 말씀. 강의 실력이 출중해서? 그건 절대 아니라는 데 밑줄을 박박 그어야 했다. 그렇다면 어떻게? 평소와 마찬가지로 딕슨은 이런 질문을 유보하며, 중요한 건 이 사람이 자신의 장래에 결정적인 영향력을 행사할 수 있다는 사실이라 스스로를 타일렀다. 적어도 앞으로 4~5주가 지날 때까지는 말이다. 그때까지는 웰치한테 잘 보이려고 노력해야 했고, 그러려면 일단 웰치가 음악회 이야기를 하더라도 정신 똑바로 차리고 잘 들어 주어야 했다. 그러나 웰치가 수다를 떨면서 옆에 사람이 있다는 걸 알아채기나 할지, 알아채더라도 기억이나 할지, 그리고 기억한다 한들 원래 갖고 있던 자기 생각을 조금이라도 바꿀 사람인지는 의문이었다. 그때 불쑥, 사전 경고도 없이, 딕슨이 처한 두 가지 곤경 중 두 번째 곤경이 파닥파닥 의식의 전면으로 떠올랐다. 불안감에 하품이 나오려는 걸 억누르며 딕슨은 단조로운 북부 억양으로 물었다. 「요즘 마거릿은 어떻게 지냅니까?」

굼뜨고 노후한 함대를 돌리듯 주의력을 서서히 이 새로운 현상으로 돌리는 교수의 점토 같은 생김새가 미묘하게 달라졌고, 잠시 후 그는 간신히 이렇게 말했다. 「마거릿…….」

「예. 못 본 지 1~2주 되었거든요.」 아니 3주던가, 딕슨은 속으로 어색하게 덧붙여 말했다.

「아. 회복이 아주 빨라, 전반적인 상황을 고려하면 말이지. 그 캐치폴인가 하는 친구 때문에 심한 충격을 받았고, 또 그 후로 안 좋은 일도 여럿 따랐지만. 내가 보기에는…… 지금은 몸이 아니라 마음이 아픈 것 같네. 몸은 완전히 건강해진 것 같거든. 사실, 최대한 빨리 뭐든 일을 시작하면 좋겠는데, 물론 좀 많이 늦어서 이번 학기에 강의를 다시 시작하기는 무리네. 나도 알지, 마거릿이 다시 일하고 싶어 한다는 걸. 또 내 생각도 그렇다네. 생각을 좀, 좀…… 돌리면 도움이 될 테니까…….」

딕슨이 다 알고 있는 얘기였다. 사실 웰치가 바라는 이상으로 잘 알고 있었지만, 그래도 어쩐지 의무감이 들어 이렇게 말했다. 「네, 그렇군요. 제 생각에는 교수님, 그리고 사모님과 함께 살게 된 것이 우울증을 극복하는 데 큰 도움이 된 것 같습니다.」

「그래, 우리 집 분위기가, 뭐랄까. 일종의 치유 효과가 있는 거 같아. 언젠가, 크리스마스였던가, 피터 월록의 친구 한 사람을 초대했던 적이 있는데 말이네. 그 친구도 아주 비슷한 얘기를 했었지. 나만 해도 작년 여름 더럼에서 열렸던 시험 감독관 강의에서 돌아왔던 때가 기억나는군. 정말 타는 듯이 무더운 날이었는데, 기차가…… 글쎄…….」

잠시 궤도를 벗어나 빗나가던 대화의 열차는 곧 평상시의 궤적으로 끌려 돌아왔다. 딕슨은 완전히 포기했고, 드디어 본관 건물 층계에 다다르자 다리에 뻣뻣하게 힘을 주었다. 그는 교수의 허리를 꽉 끌어안고 번쩍 들어 올려서 털이 복슬복슬한 청회색 조끼를 힘껏 쥐어짜 숨통을 끊은 후, 몸뚱어리를 짊어지고 힘겹게 계단을 올라가서 복도를 지나 교직원 탈의실로 들어가서는, 앞코 없는 구두를 신은 지나치게 작은 그 두 발을 화장실 변기에 쑤셔 넣고 물을 한 번, 두 번, 계속 되풀이해 내리며 그 입에 휴지를 마구 쑤셔 넣는 상상을 했다.

이런 생각에 잠겨 있었지만, 사실 딕슨은 돌로 포장된 현관에서 사색에 잠긴 듯 잠시 발길을 멈추며 꿈꾸듯 미소를 한 번 지었을 뿐이다. 웰치가 올라가서 2층에 있는 자기 연구실에서 소위 〈가방〉을 챙겨 나와야 한다고 말했을 때였다. 기다리는 동안 딕슨은 웰치에게 교외에 있는 웰치의 자택에 차를 마시러 오라고 초대받았던 일을 새삼 상기시키면서도 그가 영문을 모르겠다는 듯 특유의 찌푸린 표정을 짓지 않게 할 수 있을 방법을 궁리했다. 원래는 4시에 웰치의 차를 타고 출발하기로 했었는데 지금 시각은 10시가 지나 있었다. 딕슨은 마거릿을 만날 생각을 하니 불안감에 위장이 죄어드는 것만 같았다. 마거릿이 신경 쇠약을 일으킨 후 처음으로 그날 저녁 데이트를 하기로 했던 것이다. 그는 억지로 웰치의 운전 습관 쪽으로 생각을 돌려서는 분노라는 장막으로 불안감을 막아 보려 애쓰면서 코가 긴 갈색 구두로 시끄럽게 바닥을 딱딱 두드리며 휘파람을 불었다. 그러나 효과는 5초도 가지 못했다.

단둘이 있게 되면 그녀가 어떻게 행동할까? 다 잊은 척, 아니면 마지막으로 만난 뒤 얼마나 오랜 시간이 지났는지조차 아예 모르는 척 명랑하게 굴면서, 감정을 한껏 고조시키다가 급작스러운 발작에 기분이 푹 가라앉을까? 아니면 말 없고 기운도 없이 정신이 딴 데 팔려 있는 사람처럼 굴어서 하는 수 없이 괴롭게 잡담을 이어 가고 애원을 하다 마침내 비겁하게 핑계와 약속을 남발하고 일어나게 될까? 어떻게 시작되든 간에 결과적으로는 똑같은 방식으로 진행되겠지. 대답할 수도 피할 수도 없는 그런 질문들, 뭔가 무서운 고백, 〈효과를 노리고 한 말이든 아니든〉 어쨌든 효과만큼은 확실했던 그녀의 자기 폭로 발언들. 그가 마거릿과의 관계에 끌려들어간 건, 자기가 갖고 있는 줄도 몰랐던 미덕들이 한꺼번에 작용한 덕분이었다. 예의 바름, 친구로서의 관심, 평범한 배려, 성격이 좋아서 쉽게 남에게 휘둘리는 성정, 애매한 구석 없이 명백한 우정을 원하는 마음. 여자 강사가 연상이라도 후배인 남자 동료에게 잠깐 올라와서 커피나 마시고 가라고 초대하는 건 전혀 부자연스럽지 않게 느껴졌고, 당연히 수락하는 게 예의라고 여겼다. 그런데 어느새 마거릿과 〈사귀는〉 남자가 되어 있었고, 어쩌다 보니 이 캐치폴이라는 사람과 경쟁자가 되어 있었다. 캐치폴은 때에 따라 몹시 중요했다가 하찮은 존재였다가 하는, 의미의 기복이 요동치는 배경 같은 인물이었다. 두세 달 전만 해도 그는 캐치폴이 꽤 괜찮은 사람이라고 생각했었다. 부담도 덜어 주고 꽤 오래 유지할 수 있을 만한 전략 참모 비슷한 역할에 머무르게 해주었던 것이다. 심지어 그는 이런 연애 작전들이 어떻게 돌아가는지 자기도 꽤나 잘 알고 있다는 가정을 즐기기도 했었다. 그런데 캐치폴이 그녀를 휙 자빠뜨려 딕슨의 무릎팍으로 쓰러지게 만들어 버린 것이다. 그런 자세로는 사람 기가 꺾이게 만드는 질문과 고백들을 온전히 혼자 받아 내야 하는 운명을 피하기가 거의 불가능하다.

그 질문들……. 5시가 되기 전까지는 담배를 더 피우면 안 되는데도, 여섯 달쯤 전에 제기된 첫 번째 질문 시리즈가 기억나는 바람에 딕슨은 담배 한 개비를 꺼내 불을 붙이고 말았다. 임용된 후 7~8주 지났을 때니까 아마 작년 12월 초쯤이었을 것이다. 〈나를 만나러 오는 게 좋아요?〉가 기억나는 첫 번째 질문이었고, 그 질문은 쉬웠을 뿐 아니라 진심으로 〈네〉라는 대답을 할 수 있었다. 그런데 그다음에는 〈우리가 서로 잘 지내는 것 같아요?〉라든가 〈여기서 아는 여자가 나뿐인가요?〉 같은 질문들이 이어졌고, 한번은 삼 일 밤 연달아 데이트를 신청했더니 〈우리 앞으로도 이렇게 자주 만나게 될까요?〉라고 물은 적도 있었다. 처음으로 마음에 거리낌을 느낀 건 그때부터였겠지만, 그 전에도 그리고 그 후로도 한동안은 이런 식으로 솔직하고 직설적인 태도 덕분에 여자와의 연애라는 어색한 일이 훨씬 단순해진다는 생각을 했었다. 그건 고백들도 마찬가지였다. 〈나는 당신과 함께 있는 게 정말 즐거워요〉, 〈보통은 남자들과 잘 지내지 못하거든요〉, 〈이사회가 당신을 임용한 게 자기네 생각보다 훨씬 더 잘한 일이라는 얘기를 해도 웃으면 안 돼요〉. 그때는 웃음이 나오진 않았고, 지금도 마찬가지였다. 오늘 밤에 그녀는 무슨 옷을 입고 있을까? 초록색 페이즐리 무늬 드레스에 인조 벨벳 같은 재질의 굽 낮은 단화를 맞춰 신은 차림만 아니라면, 뭐를 걸치고 나와도 칭찬해 줄 수 있을 것 같았다.

웰치는 어디 있지? 노인네는 요리조리 피해 도망가는 솜씨가 못 말리게 좋은 걸로 유명했다. 딕슨은 한달음에 계단을 올라가 기념 명패들을 지나쳐 인적 없는 복도를 달려가 봤지만 천정이 낮은 익숙한 방은 텅 비어 있었다. 그는 스스로도 종종 이용하는 탈출로인 뒤쪽 계단을 쿵쾅거리며 내려가 교직원 탈의실로 들어갔다. 웰치는 거기 있었다. 세면대 위에 뭔가 숨기는 게 있는 사람처럼 허리를 굽힌 채로. 「아, 간신히 교수님을 찾았네요.」 딕슨이 싹싹하게 말했다. 「먼저 가신 줄 알았습니다, 교수님.」 덧붙여 한마디 했는데, 하마터면 너무 늦을 뻔했다.

상대는 좁다란 얼굴을 들더니 영문을 모르겠다는 듯 표정을 일그러뜨렸다. 「간다고?」 그가 물었다. 「자네가…….」

「댁으로 같이 가서 차 마시자고 하셨잖습니까.」 딕슨이 또박또박 말했다. 「월요일 커피 타임 때 교수 휴게실에서 약속을 잡았었습니다.」 그는 벽 거울에 비친 자기 얼굴에 열렬한 우정의 표정이 떠올라 있는 걸 보고 흠칫 놀랐다.

웰치는 양손을 흔들며 물을 털다가 뚝 그친 상태였다. 간단한 마술을 보게 된 아프리카 야만인 같은 얼굴이었다. 「커피 타임 때?」

「네, 월요일에요.」 딕슨이 양손을 호주머니에 넣고 주먹을 꾹 쥐며 대답했다.

「아.」 이 말 뒤에 웰치는 처음으로 딕슨을 쳐다보았다. 「아. 내가 오늘 오후라고 했던가?」 그러더니 슬쩍 옆으로 돌아서서 줄무늬가 있는 두루마리 수건에 천천히 손을 닦으며 경계하는 눈빛으로 바라보았다.

「그렇습니다, 교수님. 시간이 괜찮으시면 좋겠는데요.」

「아, 그런 대로 괜찮지 뭐.」 웰치는 부자연스러우리만큼 차분한 목소리로 말했다.

「잘됐네요. 기대됩니다.」 그 말과 함께 낡고 더러운 레인코트를 벽의 걸이에서 집어 들었다.

웰치의 태도는 아직도 좀 아리송했지만 금세 정신을 추스르고 있는 건 확실했다. 곧 〈가방〉을 챙겨 들더니 엷은 황갈색 낚시 모자를 머리에 썼다. 「내 차로 같이 가지.」 교수가 제안했다.

「그러면 감사하죠.」

건물 밖으로 나가 자갈이 깔린 진입로로 돌아서 다른 차 몇 대와 함께 주차되어 있는 자동차로 다가갔다. 웰치가 자동차 열쇠를 찾아 헤매는 사이 딕슨은 주위를 물끄러미 둘러보았다. 관리 상태가 좋지 못한 잔디밭이 눈앞에 쭉 펼쳐져서 뚝뚝 끊어진 펜스까지 이어졌고, 펜스 너머로 대학로와 시립 공동묘지가 있었다. 이 동네에서 농담거리로 자주 써먹는 조합이었다. 강사들은 〈길 건너에 우등반이 있다〉라는 농을 비교적 빨리 알아듣는 학생들을 즐겨 칭찬했고, 학생이 아닌 사람들에게는 묘지 관리인과 학문의 수호자가 갖는 직업적 유사성이 더 자주 회자되었다.

딕슨이 바라보고 있는데, 버스 한 대가 온화한 5월의 햇살을 받으며 천천히 지나쳐 가더니 언덕으로 올라갔다. 웰치 가족이 살고 있는 소도시 쪽으로 가는 노선이었다. 딕슨은 버스가 그들보다 먼저 도착할 거라고 혼자 내기를 걸었다. 쩌렁쩌렁한 목소리가 머리 위의 창문들 중 하나에서 노래를 부르기 시작했다. 음악 교수 바클리의 목소리 같았는데, 어쩌면 진짜 그일지도 모르겠다.

1분 뒤 딕슨은 조수석에 앉아서 웰치가 시동 장치를 잡아당기며 내는 깨진 초인종 같은 소리를 듣고 있었다. 이 소리는 잦아들어 자동차 부품이란 부품은 죄다 들썩거리는 것 같은 최고 음역의 윙윙거림으로 변했다. 웰치가 다시 시도했다. 이번에는 맥주병들이 발작하듯 요란하게 부딪는 효과가 났다. 딕슨이 눈 감을 새도 없이 몸은 뒷좌석으로 홱 밀렸고, 그 바람에 손에 들려 있던 불붙은 꽁초가 떨어져 바닥 틈새로 들어가 버렸다. 바퀴 밑 자갈돌들이 사방으로 튀는 소리와 함께 멈춰 있던 자동차가 잔디밭 경계를 향해 튀어 나갔고, 웰치는 잔디밭을 슬며시 깔고 넘어가며 진입로로 방향을 틀었다. 차는 걷는 거나 다름없는 속도로 도로를 향해 굴러갔는데, 계속 엔진에서 소 울음 같은 시끄러운 소리가 나서 늦게까지 남아 있던 학생들의 시선을 한참 끌었다. 노란색과 초록색의 학교 목도리를 두르고 있는 대부분의 학생들은 스포츠 공고가 나붙곤 하는 관사 옆 천장을 덮은 오붓한 공간에서 자동차 꽁무니를 물끄러미 바라보았다.

두 사람은 대로 중앙을 떡 차지하고 대학로를 따라 언덕을 올랐다. 뒤에 따라붙은 트럭이 경적을 계속 울려 댔지만 꿈쩍도 않는 웰치를 슬며시 바라보았다. 속 터지는 심정으로 바라본 웰치의 얼굴은 악천후를 헤쳐 나가는 늙은 조타수처럼 확신에 찬 차분한 표정을 하고 있었다. 딕슨은 다시 눈을 꼭 감았다. 웰치가 앞에 놓인 변속기를 두 번째로 조작할 때쯤에는 대화가 학문적인 얘기 말고 다른 주제로 흘러가 있기를 바라는 마음이었다. 심지어 음악 얘기나 웰치 아들들의 근황이나, 마거릿한테 들은 얘기대로 미셸과 수염 난 평화주의자가 버트런드를 묘사하고 있다는 비실비실한 글 얘기를 듣는 게 낫다는 생각이 들었다. 그러나 대화 주제를 막론하고 목적지에 다다랐을 무렵에는 자기 얼굴이 헌 가방처럼 쭈글쭈글하고 축 처진 꼬락서니가 되어 있을 거라는 사실만큼은 뻔히 알고 있었다. 게다가 어떻게든 웃고 흥미를 보이고 몇 마디 허락된 말들을 하면서, 무기력한 피곤으로 무너지거나 다스릴 수 없는 분노로 뻣뻣하게 굳어지지 않도록 표정에 신경을 기울이느라 애쓰는 바람에 잔뜩 긴장한 흔적을 지울 수도 없을 테고.

「어…… 어……. 딕슨.」

딕슨은 눈을 뜨면서 최대한 웰치한테 옆얼굴을 보이지 않으려고, 미리부터 어떻게든 감정을 달래려고 그야말로 안간힘을 썼다. 「네, 교수님?」

「자네 그 논문이 궁금해서 말이야.」

「아, 네. 그게…….」

「아직 파팅턴한테서는 소식이 없나?」

「글쎄요, 기억하실지 모르겠지만 실은 제일 먼저 그분한테 보냈습니다. 그런데 긴박한 다른 일들이 많다면서…….」

「뭐라고?」

딕슨은 웰치가 그 일을 잊어버렸다는 걸 굳이 들추고 싶지 않아 자동차 소음 때문에 반쯤 소리를 질러야 대화가 가능한데도 굳이 목소리를 낮추며 자기방어를 했었다. 하지만 이제는 큰 소리로 외쳐 말했다. 「지면이 다 차서 자리가 없다 했다고 제가 말씀드렸잖아요.」

「아, 그렇다고 했었나? 안 되겠다고? 뭐, 당연히 그쪽으로는…… 최고의 논문들이 들어오겠지만 말이야, 뭐. 그래도 뭐든 진짜로 그쪽의 시선을 끌었다면, 그러면 그쪽에서도…… 그쪽도……. 그 논문 거기 말고 다른 데로 또 보냈나?」

「네, 두세 달 전에 『T.L.S.』[1]지에 광고를 실었던 케이턴인가 하는 사람한테요. 국제적인 시각에 치중한 새 역사 논평지를 창간한다고 하길래 그쪽은 곧장 통과할 거라 생각했습니다. 아무튼, 새 학술지는 제가 보냈던 다른 데처럼 그렇게 논문이 많이 밀려 있지는 않을 테니까…….」

「아, 그렇지. 새 학술지도 타진해 볼 가치가 있지. 얼마 전에 『타임즈 리터러리 서플리먼트』에 광고를 실은 데가 있던데. 페이턴인가, 편집장 친구 이름이 뭐 그런 거였지. 거기에 보내 봐도 좋을 걸세. 좀 정평이 있는 학술지들에는 자네의…… 연구에 내줄 지면이 없는 거 같으니……. 어디 보자. 자네 논문 제목이 정확하게 뭐더라?」

딕슨은 창밖으로 눈길을 돌려 휙휙 지나치는 들판을 바라보았다. 4월이고 비까지 내린 뒤라 밝은 초록빛이었다. 방금 30초도 못 되는 대화 속에서 나타난 이중 노출 효과 때문에 어안이 벙벙해진 게 아니었다. 이런 정도는 웰치와의 대화에서 허구한 날 겪는 일상이었다. 문제는 자기가 쓴 논문 제목

1 〈타임즈 리터러리 서플리먼트*Times Literary Supplement*〉의 약어.

을 다시 읊어야 한다는 것이었다. 제목은 더할 나위 없이 완벽했다. 논문의 옹졸하고도 분별없는 시각, 하품이 절로 나는 사실들의 장송곡 같은 음침한 나열, 문제라고 할 수도 없는 문제들을 조명하는 가짜 통찰을 결정체처럼 명료하게 요약하는 제목이었으니까. 딕슨은 그런 논문들을 수십 편 읽었다. 아니, 읽다 말았다. 그러나 본인의 논문은 유용함과 의미를 확신하고 있다는 분위기를 풍긴다는 점에서 대다수의 다른 논문보다 더 나쁘게 느껴졌다. 〈이 이상하리만큼 홀대받은 주제를 고찰함에 있어〉라는 말로 시작되는 글이었다. 어떤 홀대받은 주제 말이지? 이 이상하리만큼 뭐 어떤 주제? 이 이상하리만큼 홀대받은 뭐? 원고를 훼손하거나 불을 지르지도 않은 주제에 이런 생각은 다 하고 있는 자신이 더욱 위선자에 바보로 보였다. 「어디 보자…….」 그는 짐짓 기억을 하려 애쓰는 시늉을 하며 웰치의 말을 똑같이 따라 했다. 「아, 맞아요. 〈1450년에서 1485년에 걸친 조선술 발전의 경제적 영향〉입니다. 아무튼 그게…….」

도저히 문장을 마무리할 수가 없어서 다시 왼쪽을 보았더니 대략 9인치 앞에서 한 남자의 얼굴이 그를 뚫어져라 바라보고 있는 게 아닌가. 경악에 찬 그 얼굴은 하필 양쪽으로 돌벽이 서 있는 급회전 구간에서 웰치가 굳이 추월한 밴의 운전사였다. 모퉁이를 더 돌아서자 이번에는 엄청나게 큰 버스가 불쑥 시야로 들어왔다. 웰치는 약간 속력을 낮춰서 맞은편에서 달려오는 버스와 스치는 순간에도 여전히 밴과 나란히 달리게 해놓고서 결연히 말했다. 「그래, 그러면 되겠군그래.」

딕슨이 온몸을 움츠리기는커녕 미처 안경을 벗을 새도 없이 밴은 브레이크를 밟더니 어디론가 사라졌고, 버스 운전사는 입을 정신없이 열었다 닫았다 하면서도 어찌어찌 차를 벽 쪽으로 딱 붙여 비켜 주는 데 성공해서, 자동차는 곧장 앞으로 질주해 달려나갈 수 있었다. 딕슨은 아슬아슬한 기사회생에 전반적으로 기뻐하면서도, 한편으로는 웰치가 확 죽어 버렸다면 이 대화가 적절한 결말을 맺었을 텐데 싶기도 했다. 웰치가 하던 얘기를 계속하자 이 감정은 더욱 강렬해졌다. 「내가 자네라면 말이야 딕슨, 다음 한두 달 안에 어디서든 이 논문이 실릴 수 있도록 할 수 있는 일은 다 할 걸세. 내 말은, 나야 제대로 평가를 내릴 만한 전문 지식이 없지만…….」 웰치의 말이 빨라졌다. 「내가 어떻게 알겠나, 안 그래? 논문의 가치 말이야. 누가 나한테 와서 〈젊은 딕슨의 연구는 어때?〉 하고 물어본들 내가 전문적인 평가를 내려 줄 수가 없는데 무슨 소용이겠는가 말이야. 하지만 박학한 학술지에서 게재 수락을 받는다면…… 그러면…… 자네도, 하긴 자네라고 논문의 값어치를 알 리가 없지, 어떻게 알겠나?」

딕슨은 오히려 자기가 논문의 가치를 여러 각도에서 상당히 잘 파악하고 있다는 느낌이 들었다. 그중 한 가지 관점에서 볼 때 그 물건의 가치는 짤막한 욕설 한마디로 표현될 수 있을 것이다. 다른 관점에서 보면, 거기 들어간 광적인 사실 수집과 지독한 권태의 양만큼의 값어치를 할 것이다. 그리고 또 다른 관점에서 보면, 원래 목표했던 딱 그만큼의 가치가 있었다. 이제까지 대학과 학과에 딕슨이 남긴 〈나쁜 인상〉을 지우겠다는 목표 말이다. 그러나 딕슨은 이렇게 말했다. 「그럼요, 당연히 모릅니다, 교수님.」

「그리고 이보게, 포크너, 그래도 뭐라도 의미 있다는 결론이 나는 게 자네한테는 꽤 중요하다네. 내 말뜻은 알겠지만 말이야.」

틀린 호칭으로 불렸음에도(포크너는 딕슨의 전임자였다) 딕슨은 웰치의 말뜻을 잘 알아들었고, 그래서 잘 알아들었다고 말했다. 애초에 나쁜 인상을 어떻게 심어 줬던 것일까? 항상 생각하지만 제일 가능성이 높은 건 첫 주에 영문과 교수에게 가벼운 상처를 조금 입혔다는 설이었다. 이 동안의 전직 케임브리지 대학 연구 교수가 건물 앞 층계에 서 있는데 하필 그때 딕슨이 도서관에서 모퉁이를 돌아 나오다가 쇄석이 깔린 도로의 둥근 돌멩이 하나를 격하게 걷어찼던 것이다. 포물선 정점에 이르기도 전에 돌멩이는 15야드도 넘게 떨어져 있던 상대의 왼쪽 무릎을 강타했다. 고개를 돌린 딕슨은 경악과 충격 속에 그 광경을 바라보았다. 도망쳐 봐야 소용없었다. 제일 가까운 엄폐물이 엄두도 못 낼 정도로 멀었다. 타격하는 순간 돌아서서 진입로를 따라 걷기 시작했지만, 돌멩이를 발사할 능력이 있는 생명체는 자기 말고는 아무도 보이지 않는다는 사실을 잘 알고 있었다. 딱 한 번 뒤돌아봤는데 한쪽 무릎을 감싸 안고 주저앉은 채로 그를 물끄러미 바라보고 있던 영문과 교수와 눈이 마주쳤다. 그럴 때면 항상 그렇듯, 사과하고 싶은 마음은 굴뚝같았지만 막상 하려니 너무 겁이 나서 도저히 할 수가 없었다. 그로부터 이틀 뒤 첫 교직원 회의에서 교무처장 뒤를 지나치다가 발이 걸려 넘어지는 바람에 주임이 딱 자리에 앉으려던 순간에 의자를 넘어뜨렸을 때도 마찬가지였다. 처장의 비서가 소리 질러 경고하는 바람에 대재앙은 면했지만, 알파벳 S 모양의 자세로 어정쩡하게 앉은 채 뻣뻣하게 굳어 있던 장본인의 얼굴에 떠오른 표정은 아직도 선하게 기억났다. 그리고 우등반의

한 학생이 웰치에게 제출한 과제물 사건도 있었다. 내용 중에서, 아니 내용 전체가 아예 인클로저[2]를 다룬 책 한 권을 극심하게 비난하는 내용으로 도배되어 있었다. 나중에 밝혀진 사실에 따르면, 그 책은 웰치에게 사사한 제자의 저서였다. 「내가 그 친구한테 대체 누가 네 머릿속에 그 따위 생각을 집어넣은 거냐고 따졌더니 글쎄, 전부 자네 강의에서 들은 얘기라지 뭔가, 딕슨. 뭐, 내가 최대한 재기를 발휘해서 둘러댔네만…….」 한참 뒤 딕슨은 문제의 저서가 웰치의 제안으로 집필되었으며, 일부 대목은 조언도 했다는 사실을 알게 되었다. 이런 사실이 다 감사의 말씀에 떡 하니 쓰여 있었건만, 무슨 책이든 되도록 적게 읽고 만다는 방침을 갖고 있는 딕슨은 그런 건 들춰 보지도 않았다. 그 사실을 알려 준 건 마거릿이었다. 최대한 근접하게 기억을 되살려 보자면, 마거릿이 밤에 수면제로 자살 기도를 했던 전날 아침의 일이었다.

웰치가 아득한 목소리로 반쯤은 외치다시피 〈아, 그건 그렇고 말일세, 딕슨〉이라고 말했다. 딕슨은 진짜로 열렬하게 웰치 쪽으로 고개를 돌렸다. 「네, 교수님?」 마거릿이 어떻게 나올지 생각하느니 차라리 웰치의 말을 더 듣고 있는 편이 훨씬 나았다. 어차피 머지않아 제대로 겪을 일이긴 했지만.

「자네 혹시 다음 주말에……. 주말을 보내러 우리 집에 놀러 올 생각 혹시 있나? 아주 재미있을 거 같은데 말이야. 런던에서 손님이 몇 명 오는데 말일세, 우리 부부와 아들 버트런드의 친구들인데 말이야. 버트런드 녀석도 직접 올 수 있으면 온다고 했는데, 빠져나올 수 있을지는 아직 모른다더

2 *Enclosure*. 15세기경 영국에서 집단적으로 나타난 현상으로 중세에 공유지로 사용되던 토지에 울타리를 쳐서 사유지로 표시하는 행위.

군. 작은 쇼를 한두 개 올릴 생각인데, 음악 소품 같은 거 말이지. 어쩌면 자네 손을 좀 빌리게 될지도 모르겠네.」 자동차는 탁 트인 길을 따라 붕붕 달렸다. 「정말 감사합니다. 물론 가야죠.」 딕슨은 자기가 손을 빌려줄 일이 대체 뭔지 마거릿에게 첩보 활동을 좀 시켜야겠다고 생각하며 말했다.

딕슨이 이렇게 흔쾌하게 수락하자 웰치는 몹시 신이 난 눈치였다. 「잘됐군.」 이어서 감정을 숨기지 않고 말했다. 「이제 좀 학문적인 쪽으로 자네와 의논할 일이 있는데 말이야. 학기 말에 대학 개방 주간 행사 때문에 학장과 얘기를 좀 했는데 말일세. 역사과도 뭘 좀 준비해서 내놓으라고 하더라고, 그래서 자네가 하면 어떨까 생각을 좀 해봤지.」

「아, 정말이요?」 뭘 내놓을 만한 사람으로는 나보다 훨씬 나은 인재가 널렸을 텐데?

「그래, 혹시 괜찮다면 과에서 주최하는 저녁 강의를 좀 맡아서 해줄 수 있으면 좋겠네.」

「아, 저는 차라리 공개 강연을 해보고 싶습니다만. 교수님께서 제가 할 수 있다고 생각하신다면요.」 딕슨은 용기 내어 말했다.

「메리 잉글랜드[3]라든가 뭐 그런 게 주제로 적당하다는 생각이 드는데 말이지. 너무 학문적이지도 않고 너무…… 너무……. 뭐 이런 쪽으로 좀 정리해 볼 수 있겠나?」

3 *Merry England*. 농민을 중심으로 한 이상화된 유토피아로서 영국을 지칭하는 개념으로 중세에서 시작되어 산업 혁명 이전까지의 시대를 노스탤지어적 시각으로 회상하는 관점에서 자주 활용된다. 역사적으로 구체적인 시기를 지칭할 때는 플란타지네트 왕가의 첫 왕인 헨리 2세의 통치 기간을 지칭한다.

2

「그런데 그때, 정신을 잃기 바로 직전에, 갑자기 아무래도 상관없다는 생각이 드는 거야. 빈 병을 음울한 죽음처럼 꼭 움켜쥐고 있었던 기억이 나거든. 어떻게 보면 구명줄을 붙잡고 있었던 것처럼. 그런데 금세 죽는다 한들 아무렴 어때 싶은 거야. 너무 피곤했거든. 그래도 누가 나를 잡고 흔들면서 〈이봐, 죽으면 안 돼, 정신 차려〉라고 했다면, 진짜 다시 살아나려고 노력했을 것 같아. 하지만 아무도 그러지 않았고 그냥 아, 뭐 이렇게 죽는 거구나, 뭐 그리 대단한 것도 아니네, 그런 생각이 들더라. 희한한 느낌이었어.」 아담하고 가냘프고 안경을 끼고 환하게 화장을 한 마거릿 필은 반쯤 미소를 띠다 만 표정으로 딕슨을 슬쩍 바라보았다. 그들 주위로 대여섯 가닥의 다른 대화들이 웅성거리고 있었다.

「이렇게 그 얘기를 할 수 있다는 건 좋은 징조야.」 딕슨이 말했다. 하지만 아무 대답이 없어서 계속 말을 이었다. 「그다음에는 어떻게 됐어? 아니면 기억 못 하는 거야? 물론, 말하고 싶지 않으면 하지 말고.」

「아니야, 너한테 말하는 건 괜찮아. 지루할까 봐 걱정이지.」 미소가 약간 더 환해졌다. 「하지만 나를 어떻게 발견하게 됐는지 윌슨한테 얘기 들었잖아?」

「윌슨? 아, 아래층 방에 사는 친구. 그래, 네 라디오가 쿵쿵 울리는 소리를 듣고 따지러 올라갔다는 얘기 하더라. 라디오는 왜 그렇게 크게 틀어 놓은 거야?」 마거릿의 이야기 앞부분을 듣고 울컥 복받친 감정이 이제는 거의 다 가라앉아서 좀 또렷하게 생각을 할 수 있게 되었다.

그녀는 시선을 돌리고 반쯤 빈 바 너머를 바라보았다. 「나도 잘 모르겠어, 제임스. 내가……. 의식을 잃는 동안 뭔가 시끄러운 소리가 났으면 좋겠다 그런 생각을 했던 거 같아. 그 방 안이 너무나 끔찍하게 조용했거든.」 그녀는 살짝 파르르 떨더니 재빨리 말했다. 「여기 좀 싸늘하다, 그렇지?」

「그럼 자리 옮길까?」

「아니, 괜찮아. 저 사람이 들어오면서 외풍이 좀 들어왔나 봐……. 아, 그래. 그다음에 어떻게 됐냐 하면. 난 사태를 상당히 빨리 파악했던 거 같아. 내가 어디 있는지 그런 거 다. 그리고 나한테 그 사람들이 뭘 하고 있는지도. 아 맙소사, 끝도 없는 시간 동안 괴롭고 아프고 비참한 느낌이 들 텐데 내가 참을 수 있을까? 그런 생각이 들더라. 하지만 물론 그사이 내내 혼절해서 의식이 들어왔다 나갔다 그랬지. 결국은 좋은 일이었어, 정말. 내가 완전히, 어, 다시 콤포스 멘티스[4]로 돌아왔을 때는 최악의 상황은 끝나 있었지, 그 끔찍하게 괴로운 느낌에 한해서는. 당연히 몸은 극도로 쇠약했지만 뭐, 너도 기억하지……. 하지만 다들 정말 친절하게 대해 주

4 *compos mentis*. 합리적 판단을 내릴 수 있는 차분하고 온전한 정신을 뜻하는 법률 용어.

더라. 자기 잘못도 없이 앓고 있는 환자들도 많을 텐데, 나까지 신경 써줄 수 있을까 싶었거든. 병원에서 경찰에 신고해서 경찰 병원으로 확 보내 버릴까 봐 겁이 났던 기억도 나. 경찰 병원 같은 게 있기는 해, 제임스? 그런데 마냥 천사들 같더라고. 더할 수 없을 정도로 친절했어. 그리고 네가 병문안을 왔고 끔찍한 일은 다 굉장히 비현실적으로 느껴지기 시작하더라. 하지만 네 몰골이 너무 딱해 보여서…….」 그녀는 웃음을 터뜨리며 스툴에서 살짝 몸을 비틀어 앉았다. 양손으로 한쪽 무릎을 꼭 감싸 쥐고 있었고, 인조 벨벳 구두 한 짝이 발꿈치에서 벗겨져 달랑거리고 있었다. 「무슨 무시무시한 엽기적인 수술을 목도하는 사람 같은 표정이었다고. 백지장처럼 하얗게 질려서는…… 눈은 초점 없이 멍하고…….」 여전히 조용하게 웃으며 절레절레 고개를 흔들더니 녹색 페이즐리 무늬의 원피스 어깨 위로 카디건을 끌어 올렸다.

「내가 정말 그랬어?」 딕슨이 물었다. 그 얘기를 들으니 마음이 놓였다. 그날 아침 느낀 기분만큼 얼굴도 초췌해 보였다니 다행이었다. 하지만 마지막으로 의무적인 질문을 던지기 위해 마음을 가다듬고 있자니 기분이 또 나빠졌다. 마거릿은 병원에서 자택으로 자기를 데려와서 웰치 교수의 집에서 요양하도록 돌봐 준 웰치 부인이 얼마나 친절했는지 얘기했지만, 딕슨은 1분가량 그 얘기를 건성으로 듣는 둥 마는 둥 하고 있었다. 두말할 것도 없이 웰치 부인은 마거릿에게 몹시 친절했다. 비록 다른 때, 예를 들어 남편과 공공연히 대립각을 세울 때면 딕슨으로 하여금 웰치가 안됐다는 생각이 들게 만들 수 있는 유일한 존재이기도 했지만. 웰치 부인이 얼마나 잘해 줬는지 듣고 있자니 좀 짜증스러웠다. 부인을 싫어하는 딕슨으로서는 괜히 성가신 조건들이 줄줄 따라붙는 셈이었으니까. 마침내 딕슨은 일단 술을 벌컥벌컥 마시고 난 다음 나지막한 목소리로 말했다. 「하기 싫으면 얘기 안 해도 돼. 하지만…… 이제는 그 일 극복한 거지, 그렇지? 또 시도하거나 그런 생각 안 할 거지?」

그녀는 마치 이런 질문이 나올 줄 예상하고 있었다는 듯 재빨리 눈길을 들어 쳐다봤지만, 막상 질문을 받아서 다행이라는 표정인지 싫어하는 눈치인지 알 수가 없었다. 그러더니 고개를 돌렸고, 그러자 턱뼈 위쪽으로 살이 얼마나 얇은지가 딕슨의 눈에 문득 들어왔다. 「아니, 이제 다시 시도하진 않을 거야. 그 사람한테는 더 이상 미련 없어. 이제는 어떤 감정도 느껴지지 않아, 이쪽이든 저쪽이든. 정말 아무런 감정이 없어서 애초에 자살 기도를 했던 게 바보처럼 느껴질 지경인걸.」

이 말에 딕슨은 자기가 그날 밤에 대해 품었던 두려움들이 황당무계하게 엇나간 거라고 확신했다. 「좋아.」 그는 기운차게 말했다. 「그 사람이 연락을 해오거나 한 건 아니야?」

「전혀. 심지어 전화 메시지도 하나 안 남겼는걸. 흔적도 없이 사라졌다니까. 애초에 존재하지도 않은 사람 같아 — 우리 관계에 관한 한 말이지. 자기 말대로 여자 친구 때문에 너무 바쁘신가 보지.」

「와, 그런 소리를 했어, 정말?」

「그랬다니까. 우리의 캐치폴 씨께서는 말을 빙빙 돌리는 분이 절대 아니셔. 뭐라고 했는지 알아? 〈2~3주 정도 그 여자를 데리고 노스웨일스로 여행을 갈 거야. 떠나기 전에 당신한테 말은 해줘야 할 것 같더군.〉 그러더라고. 참 그런 문제에 있어서는 어찌나 솔직하신 게 매력인지 말이야, 제임스.

어느 모로 보나 매력이 넘치셔.」

그녀는 다시 고개를 돌렸고, 이번에는 목의 힘줄이 두드러져 보였다. 그 아래 뼈와 어우러져서. 문득 경종처럼 짜르르 통증이 퍼졌고, 아픔은 점점 날카로워져서 그는 할 말도 생각할 수 없는 지경이 되었다. 글이라도 쓰여 있는지 찾으려 애쓰는 사람처럼 그녀의 얼굴을 찬찬히 뜯어보며, 안경다리를 덮은 갈색 머리칼, 뺨 근처에서 쭉 올라가서 전보다 안구에 더 근접한 주름(아니면 그만의 상상일 뿐일까?), 그리고 희미하지만 이 각도에서 보니 명백하게 눈에 띄는 입매의 하향 곡선을 눈여겨보았다. 대화의 자양분이 될 만한 건 하나도 없었다. 딕슨은 담배를 찾아 몸을 더듬었지만 담배를 권하는 걸 빌미로 그녀의 포즈를 무너뜨려 보기도 전에 그녀는 희미한 미소를 띠고 다시 그를 돌아보았다. 딕슨은 그게 의식적으로 용기를 낸 미소라는 걸 눈치챘지만, 알아보는 자기 자신이 싫었다.

그녀는 쾌활한 손짓으로 재빨리 잔을 비웠다. 「맥주.」 그러고는 말했다. 「맥주 사줘. 아직 초저녁이잖아.」

술집 여직원을 불러 술을 받아 오면서, 딕슨은 앞으로 자기가 블루 라벨 맥주를 몇 잔이나 더 사야 하는 걸까, 그리고 대체 마거릿은 휴직 기간에도 강사 월급 전액을 고스란히 다 받았으면서 왜 이렇게 그에게 술을 사겠다고 자청하는 법이 없을까 생각했다. 그리고 결국은, 역시나 전혀 달갑지 않았지만, 마거릿이 수면제를 과다 복용했던 날 아침에 있었던 일을 생각하게 되고 말았다. 딕슨은 그날 오후에 두 시간짜리 세미나 말고는 학교에서 할 일이 없었고 마거릿은 10시에 개별지도 한 시간 이후로 시간이 비었다. 두 사람은 최근에 문을 열어 성업 중인 식당에서 한 컵에 7펜스짜리 커피를 마시고, 그녀가 몇 가지 살 게 있다고 해서 약국에 들렀다. 그중 하나가 새로 산 수면제 한 병이었다. 하얀 포장지로 밀봉된 그 약병을 핸드백 속으로 툭 떨어뜨리며 고개를 들어 말하던 모습이 눈에 선했다. 「오늘 밤에 특별히 할 일 없으면 10시쯤 차를 끓여 마실 생각인데 말이야. 놀러 와서 한 시간쯤 있다 갈래?」 그는 그러겠다고 말했고, 갈 생각이었지만 결국 10시가 되었을 때는 다음 날 강의 원고를 제때 맞춰 쓰지 못했거니와 가봤자 캐치폴을 주제로 둘이서 아예 학술 대회나 열게 되겠지 싶어 썩 내키지 않는 마음이 되었다. 초저녁에 캐치폴이 마거릿을 찾아와서 이제 다 끝났다는 말을 했을 테고, 10시쯤에 마거릿은 수면제 한 통을 다 먹어 버렸다. 딕슨은 수천 번도 더 해봤던 생각을 또 했다. 제시간에 갔더라면 막을 수 있었을 텐데, 아니, 너무 늦어서 못 그랬다 해도, 그 윌슨인가 하는 친구보다 한 시간 반은 일찍 병원에 데리고 갈 수 있었을 텐데. 그는 윌슨이 수고를 무릅쓰고 마거릿의 방에 올라가는 일을 하지 않았다면 펼쳐졌을지도 모를 광경을 차마 상상할 수 없었다. 실제로 일어난 일만 해도 그날 아침 예상했던 그 어떤 일보다 불쾌하기 이를 데 없었으니까. 다음에 마거릿을 본 건 일주일 후 병원에서였다.

딕슨은 2실링 은화 두 개를 주고 받은 8펜스를 챙겨 주머니에 넣고, 목이 긴 술잔을 마거릿에게 밀어 주었다. 그들은 웰치의 집에서 그리 멀지 않은 도로변 대형 호텔의 오크 라운지 바에 앉아 있었다. 이 의자에 앉으니, 열의 넘치는 지배인이 잔뜩 갖다 준 포테이토칩, 오이 피클, 빨강, 초록, 노랑의 색색 칵테일 양파 피클을 꾸준히 먹으면 비싼 술값을 뽑을 수 있을 것 같은 느낌이 들었다. 남아 있는 오이 피클 중에서 제일 큰 놈을 골라 먹기 시작했고, 한편으로 그날 저녁 감정적인 문제에 직접적으로 연루되지 않고 지나간 게 얼마나 다행인가 생각했다. 그녀는 최근 웰치 교수의 집에 그가 발길을 끊은 일에 대해서도 아무 말이 없었고, 분란을 일으킬 만한 질문이나 단언을 툭 던지지도 않았다.

「그런데 말이야, 제임스.」 마거릿이 술잔의 목을 잡으며 말했다. 「요 몇 주일 네가 눈치껏 행동해 주어서 말도 못하게 고마웠다는 말 하고 싶었어. 배려 고마웠어.」

딕슨은 온 감각을 바짝 긴장시켰다. 별로 해로울 것 없어 보이는, 아니 심지어 기분 좋게 들리는 이런 알쏭달쏭한 소리는 임박한 공격을 예고하는 확실한 신호, 말하자면 금괴를 실은 마차를 향해 달려가는 수수께끼의 기수 같은 것이었다. 「내가 뭐 그렇게 배려한 것도 없는 거 같은데.」 그는 무미건조한 투로 대답했다.

「아, 나서지 않고 물러서 있어 주던 그런 거 말이야. 신경 써서 이해해 준 건 너밖에 없었거든. 호의로라도 꼬치꼬치 묻고 따지지 말아 줬으면 하는 그런 내 마음을 배려해 준 건. 〈그런 불쾌한 일을 겪고 나니 기분이 어때요〉 뭐 어쩌고저쩌고. 그거 알아? 웰치 씨 어머님이 글쎄 내가 누군지 들어 본 적도 없는 마을 사람들을 다 불러 모아 병문안을 왔지 뭐야. 진짜 황당했어. 그런 거 있잖아, 제임스, 이루 말할 수 없이 친절한 사람들인데 자리를 박차고 나갈 수만 있으면 정말 좋겠다 싶은 거.」

진심처럼 보였다. 그녀는 전부터 그가 제일 게으르고 제일 상처 주는 행동을 하거나 안 할 때 이런 관점에서 해석하곤

했다. 물론, 그보다는 응원의 몸짓을 보여 줘도 게으르거나 상처 주는 행동이라고 해석하는 일이 훨씬 더 많았지만. 아마 이제는 그가 나서서 어디 다른 방향으로 대화를 돌리는 게 좋지 않을까. 「네디 교수 말로는 네가 곧 일을 다시 시작할 준비가 된 거 같다고 그러더라.」 딕슨이 이어서 말했다. 「물론 머지않아 시험이 닥쳐오겠지만 말이야. 시험이 시작되기 전에 학교에서 뭐 할 거야?」

「글쎄, 그쪽에서 보란 듯이 내놓는 질문에 하나라도 대답해 주려면 각 반에 한 번씩은 들어가 봐야겠지. 질문할 걸 생각해 내느라고 그 작은 머리들이 다 빙빙 돌아 버리지 않는다면 말이야. 하지만 올해는 그 이상의 일은 하지 않으려고 해. 시험 채점은 해야겠지만. 진짜로 정상적인 생활로 돌아가려면 네디 부부에게서 멀찌감치 도망가야지. 배은망덕한 소리로 들리겠지만 말이야.」 그녀는 경련을 하듯 다리를 꽉 꼬았다.

「그 집에 얼마나 더 머물 생각이야?」

「아, 2주 이상은 안 되지. 어쨌든 여름 방학 전에는 나오고 싶어. 다 숙소를 얼마나 빨리 구할 수 있느냐에 달려 있는 문제이긴 해.」

「잘됐네.」 훨씬 더 솔직하게 터놓고 말할 수 있는 기회가 다가오자 딕슨은 기분이 밝아졌다. 「그럼 다음 주말에도 있겠구나.」

「뭐, 네디의 예술적인 친교 모임? 그럼, 당연하지. 왜, 설마 올 생각인 건 아니지, 응?」

「아니, 딱 그럴 생각이야. 여기 오는 길에 차 안에서 오라고 하더라고. 왜, 뭐가 그렇게 웃겨?」

마거릿은 딕슨이 혼자 잠정적으로 〈작은 은종 소리〉라고 이름 붙인 그 웃음을 웃어 댔다. 그는 가끔 그녀의 행동거지 전체가 그런 표현들을 행위로 옮기는 데서 나온다는 생각을 할 때가 있었지만, 자기 자신이나 그녀에게 미처 제대로 짜증을 느낄 새도 없이 그녀가 말했다. 「지금 이게 어떤 모임인지는 알고 오는 거지?」

「뭐, 대체로 우아한 대화를 하지 않을까. 그랬으면 좋겠는데. 하릴없는 소리 지껄이는 건 나도 웬만해서 지지 않지. 그럼 계획이 어떻게 된대?」

그녀는 손가락으로 항목에 체크 표시를 했다. 「파트 나눠서 노래 부르기. 대본 낭독. 무슨 검무 스텝 시범. 시 낭송. 실내악 공연. 또 뭐 다른 게 있었는데, 잊어버렸어. 금방 생각날 거야.」 그러고는 계속 깔깔 웃어 댔다.

「됐어. 그 정도 읊어 준 걸로도 충분해. 맙소사, 이거 진짜 심각하군. 네디가 드디어 정신이 나갔나 봐. 진짜 황당무계하네. 아무도 안 올 거 같은데.」

「안타깝지만 잘못 짚었어. BBC 라디오 교양국 사람이 하나 올 거래. 그리고 『픽처 포스트』지에서 촬영 팀도 오고. 유명한 이 지역 음악가들도 몇 사람 온다던데. 네 친구 존스도 있고 또…….」

딕슨은 누가 목을 조르기라도 하는 듯 울부짖었다. 「말도 안 돼.」 사레가 들 정도로 벌컥벌컥 단숨에 술잔을 비웠다. 「턱도 없는 망상은 집어치워, 제발. 그 집에 그 사람들이 다 들어갈 데가 어디 있다고. 아니면 잔디밭에 재울 건가? 그런데 무슨…….」

「대부분은 일요일 당일만 왔다 간다고 네디 부인이 그랬어. 너 말고도 자고 가는 사람들이 있긴 하겠지. 존스가 금요일 밤에 도착한다니까, 아마 너하고 같은 차로…….」

「그 꼬마 자식이랑 같은 차에 타느니 내가 놈의 목을 졸라 죽여 버리…….」

「그럼, 어련하시겠어. 소리 지르지 좀 마. 아들도 하나 온대, 여자 친구 데리고. 그 여자가 좀 재미있을지도 몰라. 발레 학생이라던데.」

「발레 학생? 세상에 그런 게 있는 줄도 몰랐네.」

「있나 봐. 이름은 소니아 루스모어래.」

「설마, 진짜? 어떻게 그런 걸 다 알아?」

「지난주 내내 네디 교수 부부한테서 다른 얘기는 들은 적이 없으니까.」

「그건 상상이 간다.」 딕슨은 여자 바텐더 쪽을 바라보기 시작했다. 「그러면 왜 내가 초대를 받았는지도 말해 줄 수 있겠네.」

「그 점에 대해서는 확실히 말해 주지 않았어. 그냥 같이 어울리자는 거 아닐까. 와서 할 일은 차고 넘칠 거야. 그건 뭐 의심할 여지도 없어.」

「이봐, 마거릿, 너도 나만큼 잘 알잖아. 내가 노래도 못 하고, 연기도 못 하고, 낭송도 제대로 못 하고, 천만다행으로 악보도 못 읽는다는 걸. 아냐, 꿍꿍이를 알겠어. 어떤 면에서는 좋은 신호야. 문화에 대해 내가 어떻게 반응하는지 보려는 거겠지. 대학에서 교편을 잡는 일에 적당한 인물인가 아닌가 보려고, 응? 플루트와 리코더를 구분 못 하는 사람이라면 에드워드 3세 시대의 빌어먹을 젖소 가격 따위를 강의할 자격이 없으니까.」 그는 양파 피클 예닐곱 개를 입안에 털어 넣고 와삭와삭 씹기 시작했다.

「하지만 예전에도 너를 문화 모임에 노출시킨 적이 있지 않아?」

「이렇게 심하게 응축된 건 아니었지. 이번 건 대단해 보이는데. 맙소사, 대체 무슨 생각으로 하는 놀음이지? 이런다고 무슨 덕을 본다고? 이 모든 게 그저 나를 위한 배려일 리가 없잖아?」

「논문이라든가, 지방 문화 단체에서 라디오 강연 같은 걸 생각하고 있는 모양이던데. 있잖아, 부활절 때 맨체스터에서 오면서부터 잔뜩 구상한 거…….」

「하지만 설마 정말로 누가 발탁해 줄 거라고 생각하진 않겠지?」

「그 속을 누가 알겠어? 하지만 십중팔구 모임을 개최하려는 핑계일 거야. 얼마나 그런 걸 좋아하는지 너도 잘 알잖아.」

「누구보다 잘 알지.」 딕슨은 또 여자 바텐더와 눈을 마주치려 애쓰며 말했다. 「나한테는 뭘 시키려고 준비해 놨는지 슬슬 알아봐 줘야 해. 그래야 내가 못 하겠다고 발뺌할 이유를 궁리하기 시작하지.」

마거릿은 그의 손에 자기 손을 얹었다. 「나만 믿어.」 부드러운 목소리였다.

딕슨이 재빨리 말했다. 「그런데 BBC 관계자나 『픽처 포스트』 사람들은 어떻게 연락이 닿았대? 그래도 누구 관심을 끄는 데 성공했나 보네.」

「둘 다 버트런드의 인맥일 거야, 아니면 그 여자 친구 쪽이거나. 하지만 이제 이 얘기는 그만하자. 우리 얘기 하면 안 돼? 서로 할 얘기가 너무 많잖아, 안 그래?」

「그래, 물론이지.」 딕슨은 어조에 동료애를 꾹꾹 담으려 애쓰며 말했다. 담배를 꺼내 두 개비에 불을 붙이고 술을 더 마시면서, 한편으로는 예고도 없이 불쑥 이런 식으로 말하는 마거릿의 능력에 대해 곰곰이 생각해 보았다. 괴성을 지르며 술집을 뛰쳐나가서 쉬지 않고 내달려 그대로 시내버스에 올라타고 싶었다. 침묵을 강요당하면서도 딕슨은 바텐더가 가까이 있는 걸로 보아 마거릿이 내밀한 눈길을 던지며 계속 압박을 가하고 있다는 걸 눈치채고는 다행이라고 생각했다. 심지어 마거릿은 자기 무릎을 딕슨의 무릎에 맞대기도 했다. 그 바람에 소스라치게 놀랐지만, 자연스럽게 눈길을 들어 계산대 너머의 시계를 보는 척했다. 가느다란 빨간 초침이 부드럽게 눈금판을 따라 돌아가고 있어서 시간이 굉장히 빨리 흐르는 것 같은 착각이 들었다. 나머지 시곗바늘은 9시 5분을 가리키고 있었다.

잔돈을 돌려받으며 딕슨은 여자 바텐더를 찬찬히 뜯어보았다. 큰 덩치에 피부는 매우 검었으며 윗입술이 얇고 다소 눈이 몰려 미간이 좁았다. 그는 자기가 그녀를 얼마나 좋아할지 또 자기와 그녀의 공통점은 얼마나 될지 생각했고, 그녀가 그를 안다면 그를 얼마나 좋아할지, 또 공통점이 얼마나 많을지도 그려 보았다. 최대한 꼼꼼하게 바지 주머니에 잔돈을 넣고 나서, 계산대에 누가 놓고 간 담뱃갑을 집어 들고 흔들어 보았다. 텅 비어 있었다. 그 옆에서 마거릿이 땅이 꺼져라 한숨을 쉬었는데, 이럴 때면 어김없이 이를 서곡 삼아 최악의 단언이 곧 따라 나오곤 했다. 그녀는 딕슨이 자기 쪽을 볼 때까지 기다렸다가 말했다. 「우리 오늘 정말 가까운 사이처럼 보인다, 제임스.」 그녀 맞은편에 앉아 있던 뚱뚱한 얼굴의 사내가 그녀를 뚫어져라 쳐다보았다. 「마침내 모든 장벽이 무너져 내린 거야, 그렇지?」 마거릿이 물었다.

도저히 이 질문에 대답할 수가 없어서 딕슨은 그녀를 물끄러미 바라보기만 했다. 천천히 고개를 끄덕이다 보니, 어쩐지 어딘가 보이지 않는 대강당에서 박수갈채라도 터져 나올 것만 같았다. 차라리 무섭게 휘몰아쳐 카타르시스라도 생기는 분노나 경멸이라면, 효율적으로 책임을 회피할 수 있는 대책만 찾을 수 있다면, 뭐든 기꺼이 내놓고 싶은 심정이었다.

마침내 그녀는 눈을 내리깔더니 이물질이라도 찾아내려는 것처럼 맥주만 하염없이 쳐다보고 있었다. 「과분하다 못해 차마 꿈도 못 꿀 바람처럼 느껴졌어.」 또다시 침묵을 지키더니, 약간 더 경쾌한 말투로 말을 이었다. 「우리 어디 좀…… 호젓한 데로 옮길까?」

딕슨은 그게 좋겠다고 말했고, 두 사람은 손님들이 슬슬 북적거리기 시작하는 바를 가로질러 가서 텅 빈 구석에 앉았다. 자리에 앉기 전에 그는 잠깐 실례하겠다고 말하고 나와서 화장실로 갔다.

밖으로 나온 딕슨은 중재자라는 이중적 역할을 포기하고 당장 여기서 나갈 수 있다면 얼마나 좋을까 생각했다. 웰치에게 전화를 걸어 독설을 퍼붓고 마거릿에게 사건의 진상을 짤막하게 설명하는 데는 5분이면 충분했다. 그러고 옷가지를 좀 챙겨 런던행 10시 40분 기차를 잡아타면 된다. 어두컴컴한 화장실에 서 있던 그는, 이 일을 맡은 후로 줄곧 뇌리에서 떨칠 수 없었던 그 시각적 이미지를 다시 한 번 떠올렸다. 어두워진 방에서 내다보는 풍경 같았다. 인적 없는 뒷골목을 지나 흐릿하게 빛나는 저녁 하늘을 등지고 양철을 잘라 만든 것처럼 선명한 굴뚝들이 줄지어 서 있었다. 아담한 한 쌍의 구름이 서서히 왼쪽에서 오른쪽으로 흘러갔다. 그 이미지는 순전히 시각적인 것만은 아니었다. 뭔가 부드럽고 알아들을 수 없는 소음이 귓전에 들리는 느낌도 들었고, 자기가 있는 방으로 누군가 들어오려 한다는, 꿈꾸는 사람 특유의 근거 없는 확신도 있었다. 그 이미지 속에서는 아는 사람이었지만 현실에서는 아니었다. 딕슨은 그것이 런던의 이미지라고 굳게 믿었고, 런던에서도 가본 구역이 절대 아니라는 것 역시 확신했다. 평생을 통틀어도 런던에서는 여남은 밤 이상 자본 적이 없었다. 그렇다면 왜, 시골을 떠나 런던으로 향하고 싶은 그의 평범한 욕구가 이 반쯤 흘깃 본 풍경으로 인해 더 날카로워지고 구체화되는 걸까?

생각에 잠겨 화장실에서 나오던 그는 굳이 화장실 문을 닫는 수고를 하지 않았다. 문에는 유압식 완충 장치가 되어 있었다. 그런데 어떤 말썽꾼 때문에 실린더 나사가 풀려 있었고, 문은 곧장 딕슨의 등 뒤로 세차게 닫혀 자칫하면 발뒤꿈치를 칠 뻔했다. 좁고 비좁은 복도에서, 그건 대포가 터진 거나 다름없는 효과를 냈다. 바에서 놀란 사람들의 목쉰 비명이 들려오는 것만 같았다. 지금이야말로 거리로 뛰쳐나가 다시는 돌아오지 말아야 할, 절체절명의 순간이었다. 그러나 경제적 필요성과 연민의 호소는 강력한 조합이었다. 여기에 두 가지와 다 연루된 공포까지 탑재되자 난공불락이었다. 그는 윤기가 반지르르한 문을 열고 오크 라운지로 들어갔다.

3

「저, 딕슨 선생님, 1분만 시간을 내주시면 안 될는지요?」

일단 등에 총을 맞은 표정부터 장착한 후 딕슨은 걸음을 멈추고 돌아섰다. 강의를 끝낸 다음 학교를 나서고 있었고, 따라서 당연히 발길을 재촉하고 있었다. 「무슨 일이지요, 미치 군?」

콧수염을 기른 미치는 딕슨이 서부 스코틀랜드에서 공군 상사로 복무하던 시절 안치오에서 탱크 부대를 지휘했던 전역 복학생이었다. 미치는 경비실 근처에서 딕슨과 마주 보고 있었다. 늘 그렇듯 그의 태도에는 딕슨이 도저히 파악할 수 없는 숨겨진 꿍꿍이가 있었다. 미치는 잠시 뜸을 들이더니 말했다. 「아직 강의 계획서를 마무리하지 않으신 겁니까, 선생님?」 교수진을 〈선생*sir*〉이라는 호칭으로 부르는 학생은 그밖에 없었고, 특별히 그 호칭을 오로지 딕슨에게만 아껴 두고 썼다.

「아, 그 강의 계획서 말이군요.」 딕슨은 잠시 시간을 벌며 말했다. 강의 계획서는 아직 마무리하지 못했다.

미치는 자기 질문은 더 큰 소리로 되풀이할 필요가 있다는 듯 말했다. 「선생님, 내년에 강의하실 특별 과목에 대한 독서 목록 말입니다. 기억하실는지 모르겠는데, 우수반 학생들에게 나눠 주겠다고 하셨거든요.」

「그래요, 신기하게 그런 말을 한 기억이 나긴 하는군요.」 딕슨은 이렇게 말하고서 정신을 바짝 차렸다. 미치와 반목해서는 안 된다. 「써놓긴 했는데 아직 타자수에게 건네주질 못했어요. 괜찮다면 다음 주 초까지 배포할 수 있도록 준비하지요.」

「그렇게 해주신다면 감사하겠습니다, 선생님.」 미치는 역겨우리만큼 싹싹하게 대답했고, 웃음을 띤 그 얼굴에서 콧수염이 슬쩍 꿈틀거렸다. 그는 딕슨에게서 시선을 떼지 않고 진입로를 따라 걷기 시작했다. 마치 대학 밖으로 함께 나가려고 하는 것처럼. 주말에 읽을거리로 잔뜩 부푼 서류 가방을 느슨하게 쥔 채 흔들고 있었다. 「제가 언제 선생님 연구실에 가서 직접 받아 가도 될는지요?」

딕슨은 동요하지 않으려 애쓰면서, 자기를 도로 쪽으로 유도하는 미치를 그냥 내버려 두었다. 「그러고 싶다면 그렇게 하세요.」 그릴에 넣어 놓고 까맣게 잊어버린 식빵처럼 분노가 화르륵 불타올랐다. 강의 계획서를 작성하는 건 당연히 웰치의 아이디어였다. 그걸 받으면 〈역사 전공 우수반 후보생들〉은 각자 이 새로운 특별 과목에 〈관심이 있는지〉 깨닫게 될 거라는 얘기였다. 역사과의 타 교수들이 가르치고 학사 학위 수여에 필수적인 여덟 개 논문에서 시험 범위에 들어가는 기존의 특별 과목을 제치고 말이다. 물론, 이성적으로 생각해 볼 때 다수의 학생이 딕슨의 주제에 〈관심이 있다면〉 그로서는 더 좋았다. 마찬가지로 〈관심이 있는〉 학생이 너무 많으면 웰치가 직접 가르치는 특별 과목을 수강하는 학생들이 줄어들 테고 따라서 웰치가 억하심정을 품을 수도 있었다. 우수반은 19명이고 역사과는 여섯 명이니 세 명 정도가 안전하게 넘볼 수 있는 숫자였다. 지금까지 특별 주제에 대한 딕슨의 노력은 — 죽도록 싫다는 생각을 제외하면 — 순전히 반에서 제일 예쁜 여학생 세 명을 확보하려는 시도에 국한되어 있었다. 그중 하나가 미치의 애인이었지만, 정작 미치 본인은 배제하고 싶었다. 애초에 일 생각 자체를 싫어하는 데다 팔 뻗으면 닿을 거리에 미치까지 나란히 걷고 있으니 딕슨이 지금 이렇게 불편한 건 당연하고도 남았다.

「여쭈어 봐도 될는지 모르겠습니다만, 지금까지 선생님께서 생각하시는 개략적인 대의는 어떤 것입니까?」 내리막길이 되어 대학로로 접어들자 미치가 물었다.

딕슨은 물론 여쭈어 보면 안 된다고 하고 싶었지만, 그냥 이 말만 했다. 「글쎄, 주로 초점을 사회적인 데 맞추게 될 거예요.」 그는 강의의 공식적 제목을 제대로 생각하려다 꾹 참았다. 〈중세의 삶과 문화〉라는. 「예를 들자면 대학의 사회적 역할에 대한 토론에서부터 시작할 수도 있고.」 딕슨은 적어도 별 뜻도 없는 말 아니냐고 생각하며 그런 말을 한 스스로를 위로했다.

「그러면 스콜라 철학에 대해 분석할 의향은 없으신 거죠?」

이 질문은 딕슨이 왜 미치가 강의를 수강하지 못하게 해야 한다고 생각했는지 그 이유를 정확히 설명해 주었다. 미치는 아는 게 많았다, 아니 그렇게 보였다. 어느 쪽이나 나쁘기는 매한가지였다. 그가 아는, 아니 아는 것처럼 보이는 분야 중 하나가 스콜라 철학이었다. 딕슨은 겉으로는 아는 척했지만, 사실 아는 것도 없이 하루에 여남은 번씩 그 단어를 읽고 듣고 또 사용하고 있었다. 그러나 미치가 면전에 앉아서 따지고 토론하고 논쟁하자고 들이대는 상황에서, 계속 이 단어와 비슷한 수백 가지 단어들을 아는 시늉만 하고 앉아 있을 수는 없다는 것만은 똑똑히 알았다. 미치는 예고도 없이 수천 번도 더 딕슨을 바보로 만들 수 있었다, 아니 바보로 만들 수 있을 것처럼 보였다. 예컨대 수준 미달의 과제물을 가지고 뭐라도 기술적 트집을 잡아 시비를 걸 수는 있겠지만, 딕슨은 그러기가 싫었다. 어쩐지 미치라면 순전히 딕슨을 넘어뜨리겠다는 악의 섞인 일념으로 〈중세의 삶과 문화〉를 집요하게 공부할 수 있을 거라는 근거 없는 생각이 미신처럼 박혀 있었기 때문이다. 그러니 미치를 강의실에 들여서는 안 되며, 단 주먹을 날리고 발로 차고 싶은 마음이 굴뚝같아도 미소와 아쉬움을 담아 내몰아야 했다. 그래서 딕슨이 그때 이런 말을 한 것이었다.「아 저런, 안타깝지만 그런 관점에서 보면 별로 얻는 게 없을 것 같은데요. 나는 사실 학식 깊은 스코터스나 아퀴나스에 대해서는 뭐라 공언할 자격이 못 되어서요.」아니 차라리 아우구스티누스라고 말할 걸 그랬나?

「학파 철학자들의 교리들이 대중적으로 타락하고 천박해진 다양한 양상들이 그들의 삶에 끼친 효과를 연구해 보면 상당히 흥미로울 것 같습니다.」

「아, 동의합니다, 동의해요.」딕슨이 말했다. 입술이 떨리기 시작했다.「그렇지만 그건 상당히 기초적인 강의보다는 박사 논문에나 어울릴 주제 아닌가요?」

미치는 장황하게, 하지만 다행히도 더 이상 질문은 하지 않고, 그런 견해에 대한 찬반론을 펼쳐 보였다. 딕슨이 이렇게 흥미진진한 토론이 중간에 끊기게 된 점에 대한 유감을 표한 후, 그들은 대학로 초입에서 헤어져 미치는 기숙사로, 딕슨은 하숙집으로 각자의 길을 갔다.

공장과 사무실이 문을 닫은 시간이라 인적 없는 샛길들을 따라 바삐 걸으며 딕슨은 웰치 생각을 했다. 웰치가 자기를 계속 강사로 쓸 생각이 없다면 특별 강의를 맡으라는 제안을 했겠는가? 웰치 대신 사람 이름을 아무거나 넣으면 그 답은 〈아니다〉일 것이다. 그러나 원래대로 읽으면 그 무엇도 확신할 수가 없게 된다. 가깝게는 지난주만 해도, 특별 과목 얘기를 꺼낸 지 한 달이 지난 시점에서, 웰치가 교육학과 교수와 〈자기가 찾고 있는 부류의 신참〉에 대해 논하고 있는 걸 들었던 것이다. 당시 딕슨은 5분가량 몹시 속이 메스꺼워졌다. 그때 웰치가 그에게로 오더니 아주 허심탄회한 말투로 내년에 딕슨이 일반 과정[5] 학생들을 어떻게 가르쳐 줬으면 좋겠는지 얘기를 했던 것이다. 딕슨은 이 기억이 떠오르자 자갈돌 같은 눈동자를 가운데로 모아 굴리며 뺨이 푹 꺼지게 공기를 흡입해 결핵 환자처럼 초췌한 얼굴을 하고서 다 들리도록 끙끙 앓는 소리를 내면서 양지바른 길을 건너 자기 집 문 앞까지 걸어왔다.

검정색의 화려한 경대 위에는 오후 우편으로 배달된 정기간행물 한두 권과 편지 몇 통이 놓여 있었다. 영문학과 강사인 앨프리드 비슬리에게 온 타이핑된 봉투 한 개, 딕슨보다 몇 살 연장자인 보험 외판원인 W. 앳킨슨이 수신인으로 되어 있고 축구 도박 쿠폰들이 들어 있는 담황색 봉투, 그리고 런던 소인이 찍혀 있고 〈J. 디킨슨〉이 수신인으로 타이핑되어 있는 또 다른 봉투 한 개. 망설이다가 봉투를 뜯었다. 안에는 황급히 공책에서 찢어 낸 종이 한 장에 초록색 잉크로

5 우수 과정인 〈*the Honours*〉에 대비된 보통 과정을 〈*the Pass*〉라고 한다.

마구 써 갈긴 몇 줄이 적혀 있었다. 글쓴이는 격식을 갖추지도 않고 조선업에 대한 논문이 마음에 든다며 〈적당한 절차를 밟아〉 게재하겠다고 했다. 〈아주 늦지 않게〉 다시 편지를 쓰겠다며 〈L.S. 케이턴〉이라고 서명되어 있었다.

딕슨은 경대에서 앳킨슨의 중절모를 집어 들고 자기 머리에 눌러쓴 후 비좁은 복도에서 잠시 춤을 추었다. 이제는 웰치라도 그를 자르기가 좀 더 어려울 것이다. 꼭 그 때문만은 아니고 좋은 소식이었다. 전반적으로 고무적이었다. 어쩌면 논문에 무슨 장점이 있긴 있었던 모양이었다. 아니, 그건 너무 지나친 비약이었다. 하지만 적어도 제대로 된 글인 것만은 틀림없었고, 제대로 된 글을 한 편 쓸 수 있는 사람은 얼마든지 더 쓸 수 있었다. 마거릿에게 이 얘기를 하면 기분이 좋을 것이다. 그는 모자를 제자리에 놓고, 건성으로 정기 간행물들을 쓱 훑어보았다. 그것들은 대학 교직원이자 아마추어 오보에 연주자인 에번 존스에게 갈 물건들이었다. 그중 한 권의 앞표지에 존스가 존경할 만한 현대 작곡가의 사진이 커다랗게 아주 잘 나와 있었다. 딕슨에게 한 가지 아이디어가 떠올랐다. 날아갈 듯 좋은 기분 탓에 더 덥석 그 아이디어를 받아들였다. 그는 잠시 가만히 서서 한순간 귀를 기울이다가, 이른 저녁상이 차려져 있는 식당으로 슬쩍 들어갔다. 신속하면서도 세심하게 손을 놀려 필기감이 부드러운 까만 연필로 작곡가의 얼굴을 바꾸기 시작했다. 아랫입술은 썩은 뻐드렁니들로 채우고 그 밑에 아랫입술을 원래보다 훨씬 두껍고 헤벌린 모양으로 덧그렸다. 뺨에는 칼자국들이 나타났고, 이쑤시개처럼 뻣뻣한 털이 넓어진 콧구멍에서 삐죽삐죽 튀어나왔다. 커다랗게 치뜨고 툭 튀어나온 눈이 코로 쏟아져 내렸다. 턱 선을 톱날처럼 깔쭉깔쭉하게 바꿔 놓고 이마를 풍성한 앞머리로 덮은 후, 중국식 콧수염과 해적의 귀걸이를 그렸다. 그러고 잡지를 경대에 막 다시 갖다 놓은 순간, 누가 현관문으로 들어왔다. 딕슨은 소스라쳐 식당으로 뛰어 들어가 다시 귀를 기울였다. 몇 초 후, 자기처럼 북쪽 사투리를 쓰는 목소리가 〈미스 커틀러〉라고 소리쳐 부르자 미소를 지었다. 그래도 딕슨이 쓰는 건 서북쪽 억양인데 그 목소리는 동북쪽이었다. 그는 밖으로 나와 말했다. 「어이, 앨프리드.」

「아, 안녕한가, 짐.」 비슬리는 꽤나 급하게 자기 편지를 뜯었다. 딕슨의 등 뒤로 부엌문이 열리더니 하숙집 주인 미스 커틀러의 머리가 나타나서 그들이 누군지 몇 사람이나 되는지 살폈다. 그러고는 결과에 만족해 미소를 지으며 다시 들어갔다. 딕슨은 다시 비슬리를 보았다. 지금은 잔뜩 인상을 쓰며 편지를 읽고 있었다.

「들어가서 차 마실 거지?」

비슬리는 고개를 끄덕이며 딕슨에게 등사한 종이를 한 장 건네주었다. 「주말에 집에 전할 좋은 소식이 하나 생겼군.」

딕슨이 읽어 보니, 비슬리의 지원에 감사하지만 P. 올덤 씨가 그 자리에 임명되었다는 글이었다. 「아, 운이 나빴던 거야, 앨프리드. 그래도 다른 데 넣어 볼 데가 여럿 있을 거 아닌가?」

「10월에는 자리가 안 날 것 같은데. 시간이 이제 몹시 밭아지고 있어.」

그들은 식탁에 자리를 잡고 앉았다. 「그 자리로 꼭 가야겠다고 마음먹었던 거야?」 딕슨이 물었다.

「그러면 프레드 카르노한테서 도망칠 핑계가 될 거 같아서일 뿐이야.」 이것은 비슬리가 입버릇처럼 즐겨 부르는 지도 교수의 호칭이었다.

「그럼 굉장히 가고 싶었던 거군.」

「그래. 자네 임용에 대해서는 네디가 뭐라고 새로 한 얘기 없나?」

「전혀, 직접적으로는 전혀 안 하지. 그래도 방금 좀 좋은 소식을 받았네. 그 케이턴이라는 친구가 내 논문을 받아 주기로 했어. 조선업에 관한 논문 말이야.」

「그거 참 다행이네, 응? 언제 실린대?」

「그런 말 안 하던데.」

「그래? 거기서 편지 받았어?」 딕슨이 편지를 건네주었다. 「음, 문구류 같은 데 신경을 별로 안 쓰는 사람인가 보지? 그렇군……. 뭐, 그래도 이보다는 좀 더 구체적인 정보가 있어야 하는 거 아니야?」

딕슨의 코가 씰룩거리며 안경을 제자리로 밀어 올렸다. 버릇이다. 「그래?」

「이봐, 짐, 이 친구야, 그야 당연하지. 저런 식의 애매한 수락은 아무한테도 쓸 데가 없어. 2~3년 지나서 나올 수도 있고. 나오기나 한다면 말이지만. 안 돼, 아예 날짜까지 딱 받아야지. 그래야 네디한테 갖다 줄 진짜 증거가 생기는 거고. 내 충고를 받아들여.」

일리가 있는 충고인지, 아니면 비슬리가 실망해서 하는 소리인지 잘 알 수가 없어서 얼버무리고 넘어가려는데 미스 커틀러가 차와 음식을 담은 쟁반을 들고 식당으로 들어왔다. 숱한 그녀의 검은 드레스 중에서도 제일 낡은 옷이 땅딸막한 체구 여기저기서 부드럽게 빛났다. 강조하듯 소리도 나지 않는 발걸음, 커다란 자줏빛 손의 재빠르고 숙련된 놀림, 음식을 상에 놓을 때마다 침묵 속에 살짝 찌푸리며 내뱉는 숨소리, 겸손하게 내리깐 눈길, 이 모든 게 어우러져 그녀 앞에서는 아무도 말을 못 하게 만들었다. 그녀한테 건네는 말만 예외였다. 살림을 놓고 하숙집을 시작한 지 벌써 수년이 지났고, 그리고 가끔은 인상적인 하숙집 주인의 특성을 보여 주기도 했지만, 상을 차릴 때 그녀의 몸가짐은 아무리 까다로운 주부라도 만족시키고 남았다. 딕슨과 비슬리는 그녀에게 뭐라고 말을 건넸지만, 보통 때와 마찬가지로 접시를 놓는 동안은 고갯짓 이상의 답은 돌아오지 않았다. 그리고 대화가 이어졌지만 보험 외판원이자 전직 육군 중령인 빌 앳킨슨의 입장으로 곧 뚝 끊어지고 말았다.

험칠하고 몹시 검은 이 남자가 식탁 끄트머리의 자기 자리에 육중하게 털썩 앉자, 항상 〈제대로 된 것〉을 주문하는 그를 껄끄러워하는 미스 커틀러는 슬그머니 도망쳐 식당에서 나갔다. 남자는 〈오늘은 일찍 들어왔군요, 빌〉이라고 말하는 딕슨을 찬찬히 뜯어보았다. 그 말이 자기 체력이나 끈기에 도전장을 내밀기라도 하는 것처럼 말이다. 그러더니 안심한 눈치로 스무 번 내지 서른 번 고개를 끄덕였다. 한가운데로 탄 가르마와 네모난 콧수염 때문에 고풍스러운 잔인함이 풍기는 인상이었다.

식사가 계속되었고 앳킨슨도 곧 먹기 시작했지만 대화에 끼어들지는 않고 듣고만 있었다. 몇 분 동안 딕슨의 논문과 게재 예상 날짜에 대한 이야기가 이어졌다. 「그거 좋은 논문이야?」 마침내 비슬리가 물었다.

딕슨이 놀라서 고개를 들었다. 「좋다고? 무슨 뜻인가, 좋다니? 좋다고?」

「뭐, 단순히 정확한 이상이라거나 눈에 확 띈다거나 그런 건가? 직장에서 안 잘릴 정도에서 그치지 않는 훌륭한 논문?」

「세상에, 아니야. 설마 자네 내가 그런 걸 정말 심각하게 받아들인다고 생각하는 건 아니지?」 딕슨은 속눈썹이 짙은 앳킨슨의 눈이 자신을 뚫어져라 지켜보고 있다는 걸 깨달았다.

「그냥 궁금해서.」 비슬리가 말하면서 금속 테두리 장식의 휘어진 파이프를 꺼냈다. 격자 울타리를 기어오르는 넝쿨처럼, 인격으로 파이프를 길들이려 애쓰고 있었다. 「내 생각이 맞을 줄 알았지.」

「하지만 이보게, 앨프리드, 설마 그 얘기를 심각하게 생각해야 한다는 얘긴가? 무슨 얘기를 하고 싶은데?」

「별 뜻이 있는 건 아니야. 그저 애초에 이 일을 왜 시작하게 됐나 궁금했을 뿐이지.」

딕슨은 망설였다. 「하지만 몇 달 전에 다 설명해 줬잖아. 학교에서는 아무 쓸모도 없는 느낌이 들더라는 얘기도 했고.」

「아니, 왜 중세학자가 됐나 하는 거지.」 비슬리가 성냥을 그어 불을 붙였고, 들쥐 같은 얼굴을 잔뜩 찌푸렸다. 「빌, 별로 신경 안 쓰고 있지? 그렇지?」 아무 대답이 없자 그는 파이프를 빼끔거리며 말했다. 「특별한 관심은 없어 보여서. 그렇지?」

딕슨은 소리 내어 웃어 보려 했다. 「아니, 그래, 그래 보인단 말이지? 아니, 내가 소위 〈중세학자〉가 된 건 레스터 박사 과정에서는 중세 논문이 쉬운 쪽이라서 전공하게 된 거야. 그리고 여기 지원하면서 그 점을 굉장히 강조했지. 왜냐하면 뭐든 구체적인 관심사가 있는 척하는 게 모양새가 좋으니까. 그래서 해석에 대한 현대 이론들을 지껄여서 다 망친 그 잘난 옥스퍼드 친구 대신 내가 붙은 거야. 그렇지만 중세를 다

떠맡고 중세 말고 다른 건 하나도 못 하게 될 줄은 전혀 몰랐지.」 그는 3시 15분에 이미 5시에 피울 담배를 미리 피워 버렸기 때문에 담배를 피고 싶었지만 꾹 참았다.

「그렇군.」 비슬리가 코웃음을 치며 말했다. 「그건 몰랐네.」

「우리 둘 다 제일 싫어하는 걸 전공으로 삼았다는 거 알아?」 딕슨이 물었지만 비슬리는 담배 연기를 퐁퐁 뿜어내며 벌써 자리에서 일어난 참이었다. 중세에 대한 딕슨의 견해는 다음번까지 기다려야 했다.

「아, 이제 가봐야겠어.」 비슬리가 말했다. 「예술가들하고 재미있게 놀다 와, 짐. 괜히 취해서 네디한테 방금 나한테 한 소리를 지껄이거나 하진 말고. 또 봐요, 빌.」 그는 앳킨슨에게 대답 없는 인사를 건네고 문을 열어 둔 채로 나갔다.

딕슨은 인사를 하고 잠시 기다렸다가 말했다. 「저, 빌. 부탁 하나 해도 될까요.」

앳킨슨의 대답이 뜻밖에도 금세 돌아왔다. 「뭐냐에 따라 다르죠.」 마치 어이없다는 투였다.

「일요일 아침 11시에 이 번호로 저한테 전화 좀 걸어 주실래요? 제가 거기 있을 건데, 그냥 날씨 얘기나 소소하게 나누면 되거든요. 하지만 혹시 저에게 연락이 닿지 않으면…….」 딕슨은 방 밖에서 알아듣기 힘든 작은 소리를 듣고 말을 멈췄지만, 더 이상 기척이 없자 계속 말했다. 「내가 연락이 안 되면 그냥 전화를 받은 사람한테 우리 부모님이 갑자기 오셨으니까 최대한 빨리 오라고 전해 달라고 말해 주세요. 자요, 여기 전부 다 적어 놨어요.」

앳킨슨은 짙은 눈썹을 올리고 체스 문제 오답이라도 들어 있는 것처럼 봉투를 물끄러미 내려다보았다. 그러더니 야만적인 웃음을 터뜨리고는 딕슨의 얼굴을 물끄러미 들여다보았다. 「그때까지 못 견딜까 봐 겁이 나는 거요, 뭐요?」

「우리 지도 교수님의 주말 예술 행사 때문이에요. 가긴 가야 하는데, 내 일요일을 통째로 거기서 날릴 수는 없어요.」

긴 침묵이 이어지는 사이 앳킨슨은 방 안을 검열하듯 둘러보았다. 익히 보던 행동이었다. 딕슨은 감각으로 느낄 수 있는 모든 걸 끔찍하게 싫어하는 분위기를 풍기면서도 이 혐오를 버릇으로 썩혀 버리지 않는 빌이 좋고 또 존경스러웠다. 빌이 마침내 말했다. 「알겠어요. 재미있겠는데요.」 그가 이 말을 하는 순간 또 다른 남자가 방으로 들어왔다. 딕슨의 마음이 일순 동요했다. 존스는 소리 없이 움직이는 사람이었다. 남의 이야기를 얼마든지 엿들을 수 있는 사람인 데다 웰치의, 아니 특히 웰치 부인의 친구였다. 존스가 방금 앳킨슨한테 부여한 임무 얘기를 혹시 다 들어 버린 게 아닐까 생각하며 불안하게 존스를 향해 고갯짓으로 인사를 건넸지만, 양초처럼 번드르르한 생김새에서는 아무런 낌새도 눈치채지 못했다. 한참을 꿈쩍도 않자 앳킨슨이 인사를 했다. 「어서 와요, 젊은이.」

딕슨은 존스와 웰치네 집으로 함께 가기 싫어서 혼자 버스를 타고 갈 결심을 하고 있었다. 그래서 앳킨슨에게 좀 더 구체적인 경고를 해줘야겠다고 생각하며 자리에서 일어났다. 그러나 꼭 짚어 무슨 경고를 해야 할지 몰라서 그냥 나왔다. 등 뒤로 앳킨슨이 다시 존스에게 말을 거는 소리가 들렸다. 「앉아서 오보에 얘기 좀 해보세요.」

몇 분 후 딕슨은 작은 짐 가방을 들고 길을 여러 번 건너 버스 정류장을 향해 걷고 있었다. 주도로의 교차로에서 보면 언덕 아래 풍경이 보였다. 몇 채 남지 않은 연립 주택들과 작은 식료품점들이 자리를 비켜 주고 사무실 건물들, 더 세련된 의상실과 양복점, 공영 도서관, 전화 교환국, 그리고 현대식 영화관이 들어서고 있었다. 그 너머로 교회 첨탑이 솟은 도심이 보였다. 트롤리버스와 보통 버스들이 붕붕거리고 덜컹거리며 도심을 향해서 달려가거나 멀어져 가고 있었고, 몇 줄씩 늘어선 차들은 구불구불하게 돌아가거나 곧게 직진하면서 모였다가 흩어졌다 하고 있었다. 포장된 도로는 붐볐다. 딕슨은 길을 건널 때, 이 모든 에너지가 넘치는 풍경에 기분이 날아갈 듯 좋아졌다. 그리고 그의 생각들 뒤편 어딘가에서 불가해한 흥분이 꿈틀거렸다. 주말에는 예상했던 권태에 예상치 못했던 권태를 더한 것 이상은 없을지 몰라도, 일단 그 순간만큼은 이 사실을 믿기가 어려웠다. 논문이 채택된 건 절실하게 필요한 행운의 시작일 수도 있었다. 알고 보면 흥미롭고 재미있는 사람들을 만나게 될지도 모른다. 그렇지 않다면 마거릿과 그들에 대한 수다를 떨면 된다. 그녀가 최대한 즐길 수 있게 해줘야 하는데, 다른 사람들과 함께 있으면 좀 더 수월할 것이다. 가방 안에는 그가 개인적으로 몹시 고약하다고 생각하는 시인의 작은 시집이 들어 있었는데, 그날 아침에 순전히 자발적으로 준비한 마거릿에게 줄 선물이었다. 뜻밖의 놀라움은 애정의 증거와 그 선택에 암시된 칭찬과 잘 어우러질 것이다. 늘 그렇듯 자기가 책 표지에 적은 문구를 생각하면 오글거리고 심란했지만, 기분이 좋아서 참을 수 있었다.

4

「물론, 이런 부류의 음악은 청중이 들으라고 연주하는 게 아니지요.」 웰치는 악보를 나눠 주면서 말했다. 「노래를 부르는 것 자체가 재미인 겁니다. 다들 제대로 된 선율을 노래하게 되기 때문입니다 — 진짜 선율을 말이지요.」 그는 격하게 되풀이해 말했다. 「그러니까 말이지, 화음이 최고조에 달하면, 이 대목에서 최고음에 달하고 그 후로는 계속 내려왔잖습니까. 이런 노래들에서는, 그러니까, 〈전진하라 기독교 전사들이여〉 같은 찬송가에서는, 파트 작곡만 보면 되는…… 전형적인…… 전형적인…….」

「우리 모두 기다리고 있잖아요, 네드.」 웰치 부인이 피아노 앞에 앉아 말했다. 그녀는 느린 아르페지오[6]를 연주하며 페달로 음을 끌고 있었다. 「다들 됐죠?」

노래하는 사람들이 서로에게 콧노래로 음을 불러 주자 딕슨 주위로 웅웅거리는 졸린 소리가 공기를 가득 채웠다. 웰치 부인이 음악실 한구석에 마련된 야트막한 단상 위로 올라

6 *arpeggio*. 화음의 각 음을 동시에 연주하지 않고 연속적으로 차례로 연주하는 기법.

가 그들과 합류해서 또 다른 소프라노인 마거릿의 옆자리에 섰다. 숱이 적은 갈색 머리의 풀이 죽어 있고 왜소해 보이는 여자가 유일한 콘트랄토[7]였다. 딕슨 옆자리는 역사과 동료인 세실 골드스미스가 차지했는데, 그의 테너 음성은 가운데 C음을 넘어가면 하는 수 없이 내는 딕슨의 소음을 모조리 덮어 버리고도 남는 야만적인 성량이었다. 그 뒤 한쪽 옆으로 베이스 세 명이 서 있었는데, 한 명은 그 지역의 작곡가였으며, 또 한 사람은 시립 교향악단에 시시때때로 불려 가는 아마추어 바이올리니스트였고, 세 번째가 에번 존스였다.

딕슨은 줄지어 늘어선 검은 점들을 훑어보았다. 위아래로 굉장히 많이 올라갔다 내려갔다 하는 눈치였고, 내내 다 같이 노래를 부를 거라는 생각에 안심했다. 20분 전 브람스의 거지 같은 곡 때문에 심한 좌절을 겪었던 참이었다. 그 노래는 10초 동안 테너 솔로, 아니 더 정확히 말하자면 골드스미스 솔로가 이어지는데, 까다로운 간주에서 두 번이나 숨이 딸려서 소리 없이 입을 뻥긋뻥긋하고 있었던 것이다. 이제는 골드스미스가 콧노래로 불러 준 음을 조심스럽게 따라 부르고 있었고, 그 결과가 의외로 상당히 괜찮다고 생각하고 있었다. 어째서 그들은 같이 노래를 부르고 싶은지 한번 물어보는 예의조차 갖추지 않고, 무조건 이 단상 위로 몰아세우고 억지로 손에 악보를 쥐여 주었을까?

관절염에 시달리는 웰치의 집게손가락이 지시하는 바에 따라 마드리갈[8]이 시작되었다. 딕슨은 계속 고개를 푹 숙이고서 누가 봐도 입술이 달싹거리는 것처럼 보이도록 입을 최

7 *contralto*. 테너보다 높은 성부, 즉 알토를 말한다.

8 14세기와 16세기에 이탈리아에서 성행한 세속(世俗) 성악곡.

대한 일관되게 움직였다. 그러고는 다른 사람들이 노래하는 가사를 살폈다. 「사랑으로 나는 사랑을 찾고 따스한 애정을 찾았네.」 그는 읽어 갔다. 「그녀의 맹세는 헛되고 거짓임을 알았지. 하지만 왜냐고 물었을 때…….」 마거릿을 쳐다보니 행복하게 노래를 부르고 있었다. 그녀는 겨울 동안 보수당 지부 합창단과 정기적으로 어울리곤 했다. 딕슨은 상황과 성격이 어떻게 얼마나 바뀌면 마드리갈의 가사가 마거릿과 자기 자신에게 조금이라도 적용될 수 있을까 하는 생각이 들었다. 그녀도 그에게 맹세를, 아니 선언을 했으니까, 아마 작사가의 의도도 그게 전부가 아닐까. 그러나 〈따스한 애정〉이라는 가사가 말뜻 그대로라면, 딕슨은 한 번도 마거릿에게서 이런 것들을 〈찾은〉 적이 없었다. 아마 그래야 할지도 모른다. 아무튼 다들 그러고 사니까. 마거릿이 좀 더 예쁘지 않은 게 안타까웠다. 하지만 그래도 조만간에 한번 어떻게 되나 시도는 해볼 생각이었다.

「그러나 곧, 다들 부인하며 마음의 장난이었다고 말하리라.」 골드스미스는 파르르 떨리는 목소리로 우렁차게 노래했다. 마지막 구절이었다. 딕슨은 웰치의 손이 허공에 떠 있는 동안은 입을 벌리고 있다가 다른 사람들이 하는 것처럼 손가락이 옆으로 미끄러질 때 고개를 살짝 까닥하면서 입을 다물었다. 모두들 연주에 만족해서 또 비슷한 종류의 노래를 부르고 싶어 하는 눈치였다. 「자, 다음 노래는 소위 발레라고 하는 곡입니다. 물론 우리가 쓰는 비슷한 말과는 다른 의미였지요……. 상당히 유명한 노래입니다. 〈지금은 5월 축제의 달〉이라는 곡이에요. 그러면 모두들…….」

딕슨의 왼쪽 뒤편에서 코웃음 소리가 터져 나왔다. 돌아보니 창백한 얼굴의 존스가 찢어질 듯이 웃고 있었다. 짧은 눈썹에 커다란 눈이 딕슨에게 고정되어 있었다. 「뭐가 그렇게 웃겨?」 딕슨이 물었다. 존스가 웰치를 비웃는 거라면, 딕슨은 언제라도 웰치의 편을 들고 나설 수 있었다.

「곧 알게 될 거야.」 존스가 말했다. 그러면서 계속 딕슨을 응시했다. 「알게 될 거라고.」 만면에 웃음을 머금고 덧붙였다.

1분도 못 되어 딕슨은 깨달았다, 그것도 똑똑히. 이 곡은 관습적인 4부 화성이 아니라 5부 화성이었던 것이다. 위에서 세 번째와 네 번째 줄은 각각 〈테너 1〉과 〈테너 2〉라고 쓰여 있었다. 게다가 두 번째 페이지에서는 개별 파트가 수도 없이 뚝뚝 끊어지는 와중에 유치하게 팔랄랄라 어쩌고 하는 부분이 있었다. 심지어 웰치의 귀라도 그런 상황에서는 파트 하나가 통째로 들리지 않으면 알아챌 수밖에 없었다. 그렇다고 이제 와서 30분 전에 〈그럭저럭〉 악보는 읽을 줄 안다고 했던 말을 이제 와서 주워 담고 해명할 수도 없었다. 베이스 쪽으로 옮겨 가기에도 너무 늦었다. 간질 발작이라도 일으키지 않는 이상 벗어날 길이 없었다.

「자네는 제1 테너를 맡는 게 좋겠어, 짐.」 골드스미스가 말했다. 「제2 테너가 좀 까다롭거든.」

딕슨은 멍하니 고개를 끄덕거렸다. 계속 깔깔대는 존스의 웃음소리조차 귀에 잘 들어오지 않았다. 비명이라도 지르고 싶었건만 어느새 피아노 반주와 중얼중얼하는 연습을 지나 본곡을 부르고 있었다. 그는 〈어여쁜 아가씨들과 짝을 지어 풀 — 풀밭에 앉아 팔랄랄라, 팔랄랄랄랄라……〉라는 가사에 맞춰 입술을 퍼덕거렸다. 그러나 웰치가 흔들던 손가락을 딱 멈추더니 허공에 그대로 치켜들고 있는 것이었다. 노랫소리가 잦아들었다. 「아, 테너 여러분.」 웰치가 말머리를 꺼냈다. 「아무래도 안 들리……」

방 반대편 끝의 문에서 불규칙한 노크 소리가 들리는가 싶더니 즉시 문이 벌컥 열리고 레몬색의 스포츠코트를 입은 헌칠한 남자가 들어왔다. 상의 단추 세 개를 모두 채우고 한쪽이 훨씬 길게 내려온 풍성한 턱수염을 기르고 있어 포도 덩굴 무늬의 넥타이가 반쯤 가려져 있었다. 딕슨은 밀려오는 기쁨을 느끼며 버트런드를 그리고 있다는 평화주의자가 이 사람인가보다 하고 짐작했다. 버트런드와 여자 친구가 온다는 예고는 티타임 때부터 몇 분마다 웰치 특유의 시끌벅적한 호들갑으로 듣고 있었다. 이들의 등장은 조만간 틀림없이 짜증을 유발할 사건이었지만, 일단 그 순간만큼은 재앙이라 할 수 있는 마드리갈로 인한 짜증을 상쇄하는 최고의 항짜증제였다. 딕슨이 이런 생각을 하는 순간에도 웰치 부부는 자기 자리를 버리고 달려나가 아들을 맞았고, 다른 사람들이 그 뒤를 좀 더 천천히 따랐다. 아마 그리 싫지 않은 휴식의 기회라 여겼는지, 움직이며 서로 두런두런 얘기도 나누었다. 기쁨에 들떠 담배에 불을 붙이고 보니 혼자 남아 있었다. 아마추어 바이올리니스트는 마거릿을 붙잡았다. 골드스미스와 지역 작곡가는 골드스미스의 아내 캐럴과 대화를 나누고 있었다. 그녀는 부러울 정도로 단호하게 자기는 벽난로 앞에 앉아 노래를 듣는 것 이상은 하지 않겠다며 거절했었다. 존스는 피아노에서 뭔가 기교적인 걸 연주하고 있었다. 딕슨은 사람들 사이로 걷다가 책장이 있는 문 바로 옆 맞은편 끝 벽에 기대섰다. 그 자리에서 담배를 음미하다가 버트런드의 여자 친구를 최적의 위치에서 보게 되었다. 그녀는 몇 초 사이를 두고 천천히, 거리낌 없이, 방으로 바로 들어와서 서 있었는데 그 말고는 알아보는 사람들이 없었다.

몇 초가 더 지난 후 딕슨은 이 여자에 대해 알아야 할 건 다 알게 되었다. 짧게 자른 금발의 생머리, 갈색 눈과 립스틱의 조화, 굳게 다문 입과 각진 어깨, 풍만한 가슴과 가는 허리, 단순하지만 고심해서 차려입은 와인색 코듀로이 스커트와 장식 없는 하얀 리넨 블라우스. 그녀의 모습을 보자 불가항력으로 자신의 습관, 기준, 야심에 심한 타격을 받았다. 뭔가 그로 하여금 제 분수를 깨닫게 만들기 위해 설계된 존재처럼. 이런 여자들은 버트런드 같은 남자들의 소유물로서가 아니면 아예 눈에 띄지도 않는다는 생각은 그가 너무나 당연히 해오던 것이어서, 부당하다고 느껴지지도 않게 된 지 오래였다. 마거릿을 포함하는 절대다수의 부류가 딕슨에게 합당한 여자들을 충원해 주게 되어 있었다. 매력적이고자 하는 의도를 가끔은 실제의 현실과 혼동하게 만드는 부류. 하지만 너무 꼭 끼는 스커트나 어울리지 않는 색깔의 립스틱을 바른, 아니면 아예 립스틱을 바르지 않은 입술, 심지어 이상하게 웃는 얼굴만으로도 그 착각은 돌이킬 수 없이 무너지고 만다. 하지만 착각은 꼭 다시 부활했다. 새로 산 스웨터가 어찌어찌 커다란 발을 작아 보이게 만들고, 너그러운 마음이 푸석한 머릿결을 생생하게 되살리고, 파인트 맥주 한두 잔을 걸치며 런던의 연극계나 프랑스 요리 얘기를 하다 보면 매력의 초석이 다시 놓아지곤 했다.

여자는 고개를 돌려 자기를 물끄러미 쳐다보는 딕슨을 보았다. 그녀의 늑막이 공포로 죄어들었다. 그녀는 쉬어 자세에서 갑자기 열중쉬어 구령을 들은 군인처럼 소스라쳐 몸을 똑바로 세웠다. 그들은 한순간 서로 쳐다보고 있었는데, 막 딕슨의 머리 가죽이 따끔따끔해 오는 순간, 쩌렁쩌렁한 목소리가 〈아, 자기 여기 있었구나. 이리로 좀 와. 사람들 소개시켜 줄게〉라고 외쳤고 버트런드가 성큼성큼 방을 가로질러 와서 그녀를 맞으며 딕슨에게 적대적인 눈길을 던졌다. 그런 그가 마음에 들지 않았다. 버트런드한테는 오히려 그런 외모에 대한 사과를 받아야 할 것 같았다.

딕슨은 버트런드의 여자 친구를 보고 너무 심란해진 나머지 소개받고 싶지가 않아서 한동안 피해 다녔다. 그러다 내려가서 마거릿과 아마추어 바이올리니스트와 이야기를 나누기 시작했다. 버트런드가 중심 그룹을 장악하고 뭔가 장황한 얘기를 하면서 신나게 웃고 있었다. 여자 친구는 마치 나중에 어떤 말을 했는지 요약해 보라는 부탁이라도 받은 것처럼 열심히 그를 쳐다보고 있었다. 저녁 식사를 대신할 커피와 케이크가 나왔고, 딕슨은 그와 마거릿이 충분히 먹을 만큼 담는 일에 온정신을 쏟았다. 그때 웰치가 다가와서 수수께끼 같은 소리를 했다. 「아, 딕슨, 이리 좀 와보게. 내 아들하고 그 녀석…… 그 녀석…… 아무튼 좀 만나게 해주려고……. 어서 오게.」

딕슨은 마거릿을 대동하고 웰치가 소개시켜 준다던 두 사람과 에번 존스를 대면하게 되었다. 「여기는 미스터 딕슨과 미스 필이네.」 웰치는 이 말과 함께 골드스미스 부부를 데리고 가버렸다.

침묵이 이어지기 전에 마거릿이 말했다. 「여기 오래 계실 건가요, 버트런드 씨?」 딕슨은 항상 곁에 있고 또 뭐라고 늘 말을 해주는 마거릿이 새삼스럽게 고마웠다.

버트런드의 턱이 자칫하면 떨어질 뻔한 음식 조각을 성공적으로 낚아챘다. 그 말을 들은 그는 잠시 생각에 잠기며 음식을 씹었다. 「그러지 못할 것 같아요.」 그러고는 한참 뒤 대답했다. 「사실 일 때문에 오래 머물기 힘들거든요. 런던에서 제 손길을 기다리고 있는 일들이 워낙 많아서요.」 그는 턱수염에 파묻힌 입술로 다시 미소를 지었고, 손으로 수염에 묻은 빵 부스러기들을 털어 냈다. 「하지만 여기 와서 문화의 횃불이 지방에서도 불타오르고 있다는 사실을 확인하니 몹시 기분이 좋습니다. 적잖이 위안이 되는군요.」

「일은 잘되시고요?」 마거릿이 물었다.

버트런드는 이 말에 웃음을 터뜨리며 여자 친구를 돌아보았다. 그녀 역시 웃고 있었다. 마거릿의 작은 은종들과 많이 다르지 않은, 낭랑하고 음악적인 웃음소리였다. 「제 일이요?」 버트런드가 메아리처럼 따라 말했다. 「그렇게 말씀하시니까 무슨 선교 활동 같네요. 우리 친구들 중에는 물론 그런 표현에 동의할 사람들이 있긴 하지만요. 예를 들어 프레드 말이야.」 그러면서 여자 친구에게 말했다.

「맞아. 오토도 그렇고.」 그녀가 덧붙였다.

「누구보다 오토가 정말 그렇지. 행동거지는 전혀 다르지만 선교사처럼 생기기도 했고.」 그는 다시 웃음을 터뜨렸다. 그러자 여자 친구도 웃었다.

「어떤 일을 하시는데요?」 딕슨이 단도직입적으로 물었다.

「붓질로 먹고 삽니다. 아, 집에 페인트칠하는 사람은 아니고요. 그랬으면 돈을 무더기로 벌어서 이제 은퇴했겠죠. 그건 아니고 그림을 그립니다. 안타깝지만 노동조합 사람들이나 시청이나 나체 같은 걸 그리진 않고요. 그랬으면 더 엄청난 돈방석에 앉았을 테니까요. 아니, 그냥 그림을 그립니다. 단순한 그림들, 〈그냥〉 회화, 미국의 우리 친척들 표현대로 그림 그 자체랄까요. 그런데 선생께서는 어떤 일을 하십니까? 물론, 여쭈어 봐도 실례가 아니라면 말이지요.」

딕슨은 주저했다. 버트런드의 장광설은, 이 정도 열변은 아니었지만 전에도 들어 본 적이 있었고, 그때도 상상 이상으로 여러 면에서 몹시 거슬렸다. 버트런드의 애인은 취조하는 듯한 표정으로 그를 바라보고 있었다. 머리카락보다 짙은 눈썹을 추켜올리고 꽤나 깊은 목소리로 이렇게 물었다. 「저희 호기심을 좀 풀어 주세요.」 일반적인 안구에 마땅히 있어야 할 곡면이 없는 듯한 버트런드의 눈 역시 그에게 못 박혀 있었다.

「저는 선생 아버님 밑에서 일하고 있습니다.」 딕슨은 괜히 비위를 상하게 하지 말아야겠다고 결심하고 버트런드에게 말했다. 「여기 역사과에서 중세 쪽을 담당하고 있죠.」

「멋지군요, 멋져요.」 버트런드의 말에 이어 여자 친구가 말했다. 「일이 재미있으신 거죠?」

딕슨은 어느새 웰치가 다시 합류했다는 걸 깨달았다. 이 사람 저 사람 얼굴을 살피는 품새가 대화에 끼어들 지점을 찾고 있는 게 분명했다. 딕슨은 그것만은 어떻게든 막아야겠다고 생각해서 조용히, 하지만 재빨리 말했다. 「네, 물론, 나름대로 매력이 있지요. 물론……」 순간 여자를 돌아보았다. 「그쪽 분야만큼 화려하지는 않습니다만.」 딕슨은 자기가 그녀를 대화에서 배제할 만큼 옹졸하지 않다는 걸 버트런드에게 보여 주어야만 했다.

그녀는 당황한 표정으로 버트런드를 올려다보았다. 「글쎄요, 뭐 그렇게 화려한 건 잘 모르겠……」
「그래도 말이죠.」 딕슨이 말했다. 「물론 굉장히 힘들고 연습도 많이 해야겠지만, 발레는, 글쎄요……」 그는 쿡쿡 찌르는 마거릿의 신호를 무시했다. 「화려하고 근사하잖아요. 적어도 저는 늘 그렇게 알고 있었습니다.」 그렇게 말하면서 버트런드에게 정중하게, 같은 남자로서 부럽다는 듯한 미소를 지어 보이고는 교양 있는 손길로 커피를 젓다가 찻숟가락 손잡이에 잔뜩 튀겼다.
버트런드는 얼굴이 시뻘겋게 달아올라 그에게 바짝 다가서 롤빵 반쪽을 꾸역꾸역 삼키려 애쓰며 말했다. 그녀는 진심으로 어리둥절한 얼굴로 다시 말했다. 「발레요? 하지만 저는 서점에서 일하는걸요. 대체 왜 그런 생각을……?」 존스가 회심의 미소를 짓고 있었다. 웰치마저도 딕슨이 방금 무슨 말을 했는지 깨달은 게 분명했다. 대체 무슨 짓을 한 거지? 짜릿한 공포와 함께 〈발레〉는 웰치가에서 사적으로 〈성교〉를 의미하는 동의어일지도 모르겠다는 짐작이 그를 덮쳤다.
「이것 봐요, 디킨슨인지 뭔지 이름은 잘 모르겠지만……」 버트런드가 말하기 시작했다. 「웃기려고 하는 소리인 것 같은데, 미안하지만 당장 그만둬 주었으면 좋겠군요. 소란을 피우고 싶지는 않겠죠?」
비음이 섞인 목소리, 특히 마지막 질문의 콧소리가 뭉개지는 자음 발음 몇 개와 어우러지자 딕슨은 트집을 잡고 싶어졌다. 그리고 눈이 이상하게 생겼다는 얘기도 하고 싶어졌다. 그러면 버트런드가 육탄 공격을 해올지도 모른다. 멋지겠군. 예술가와 그런 식으로 싸움이 붙으면 얼마든지 이길 자신이 있었다. 아니면 버트런드의 평화주의가 그런 사태를 막을까? 그러나 이어진 침묵 속에서 딕슨은 재빨리 물러서기로 결정했다. 그는 이미 여자에 대해 몇 가지 실수를 저지른 참이었다. 더 이상 상황을 악화시킬 수는 없었다. 「실수를 했다면 정말 죄송합니다. 하지만 저는 미스 루스모어가 그쪽과 관련이 있는 줄 알고…….」

그는 마거릿에게 도와 달라고 눈짓을 했지만, 그녀가 미처 뭐라 말할 겨를도 없이 수많은 사람 중 하필이면 웰치가 호탕하게 끼어들었다. 「이런 딱한 딕슨 이 친구야, 음하하하, 아마 이…… 이 숙녀분을 소니아 루스모어와 혼동한 모양이군……. 꽤 오래전에 우리 모두를 실망시킨 버트런드의 친구였지요. 버트런드는 아마…… 자네가 자기를 놀리는 줄 알았나 보군……. 하하하하.」

「저, 우리가 자기소개를 하게 해줬으면 이런 일이 없었을 텐데…….」 아직도 얼굴이 붉으락푸르락한 버트런드가 말했다. 「오히려 저 사람이…….」

「너무 걱정 마세요, 딕슨 씨.」 여자가 끼어들었다. 「그냥 별것도 아닌 작은 오해였을 뿐인데요. 어쩌다 이렇게 됐는지 알겠어요. 제 이름은 크리스틴 캘러헌이에요. 보세요, 전혀 다르죠.」

「네, 저…… 그렇게 이해해 주셔서 감사합니다. 정말 죄송해요. 진심으로 죄송합니다.」

「아니, 괜히 마음에 두지 마십시오, 딕슨.」 버트런드가 슬쩍 자기 애인을 보더니 말했다. 「그럼 우리는 실례하겠습니다. 손님들과 돌아가며 인사를 좀 하고 싶네요.」

그들은 골드스미스 무리로 갔고, 조금 거리를 두고 존스가 그 뒤를 따랐다. 딕슨은 마거릿과 단둘이 남았다.

「자, 담배 한 대 피워.」 그녀가 말했다. 「담배 생각이 간절하겠다. 세상에, 뭐 저렇게 못된 놈이 다 있대. 틀림없이 알고 있었을 텐데…….」

「사실 내 잘못이지.」 딕슨은 니코틴과 격려가 고마웠다. 「소개를 할 때 그 자리에 있었어야 했어.」

「그래, 왜 안 그랬는데? 하지만 그렇다고 긁어 부스럼 만들 필요는 없었잖아. 하긴, 원래 그런 녀석이었지, 내가 아는 한은.」

「굳이 마주치고 싶지 않았어. 그간 얼마나 자주 봤는데?」

「전에 그 루스모어인가 하는 여자랑 같이 한번 왔었어. 그런데 좀 이상하지 않아? 그 루스모어하고 결혼하려 들다가, 이제는 또 새 여자를 데리고 내려오다니. 그래, 물론 루스모어와의 결혼이 잘되어 갈 때, 웰치가 나를 얼마나 오랫동안 들들 볶았는지 몰라, 그게 불과 2~3일 전 일인데…… 그가 아는 한…….」

「있잖아, 마거릿, 우리 나가서 한잔할까? 한잔 마시고 싶은데 여기서는 안 되잖아. 겨우 8시밖에 안 됐으니까 나갔다가…….」

마거릿이 깔깔 웃자 치아가 훤히 드러나 보였다. 송곳니 하나에 립스틱이 묻어 있었다. 마거릿은 늘 화장이 좀 진했다. 「아, 제임스, 정말 구제 불능이다.」 그녀가 말했다. 「그다음에는 어떡하려고? 당연히 둘이 나갈 수는 있는데, 네디 부부가 뭐라고 생각하겠어? 대단하신 아드님이 방금 도착하셨는데? 득달같이 해고 통지가 날아올걸.」

「그래, 네 말이 맞아. 하지만 파인트 세 잔만 후딱 마실 수 있으면 뭐든지 내놓을 수 있을 거 같거든. 어제저녁에 여기

오기 전에 저 밑에서 한잔하고 나서 입에도 못 댔다고.」

「안 마시는 게 네 호주머니 사정에도 좋아.」 그녀는 다시 웃기 시작했다. 「마드리갈 진짜 잘 부르더라. 이제껏 보던 중에 제일 잘 부르던데.」

「제발 다시 생각나게 하지 말아 줘.」

「네가 아누이를 터프하게 해석했던 것보다 심지어 훨씬 나았어.[9] 억양 때문에 끔찍이도 불길하게 들렸거든. 그 대사가 뭐였더라? 〈*La rigolade, c'est autre chose*(장난이라니, 그건 다른 문제지)〉였던가? 굉장히 파워풀하다고 생각했는데.」

딕슨은 목 졸린 듯 나지막한 비명을 질렀다. 「그만둬. 못 참겠어. 대체 왜 영국 연극을 고르지 않은 거야? 아, 알았다. 굳이 설명 안 해줘도 돼. 자, 이제 어떻게 되는 거지?」

「리코더겠지, 뭐.」

「그래, 어쨌든 난 빠져도 되겠네. 리코더를 못 분다고 창피할 건 없잖아. 나는 그저 문외한일 뿐이니까. 아, 하지만 끔찍하지 않아, 마거릿? 안 그래? 대체 한꺼번에 몇 가지 빌어먹을 일들이 진행되는 거야?」

그녀는 재빨리 방 안을 둘러보며 또 웃음을 터뜨렸다. 이건 지금 그녀가 즐거워하고 있다는 믿을 만한 지표였다. 「아, 내가 아는 한, 연주자가 몇 명인지는 상관없어.」

딕슨도 맥주 생각을 떨쳐 버리려 애쓰며 따라 웃었다. 솔직히 월급날까지 버틸 생활비는 잔돈 깡통에 달랑 3파운드뿐이었다. 월급날은 아흐레나 남았는데. 은행에는 28파운드가 있었지만, 이건 해고될 때를 대비해서 넣기 시작한 적금이

9 프랑스의 극작가 장 아누이Jean Anouilh(1910~1987)의 연극을 공연했던 기억을 떠올리고 있다.

었다.

「예쁜 아가씨네, 저 크리스틴 어쩌고저쩌고 말이야.」 마거릿이 말했다.

「그러게, 정말 그렇지?」

「몸매가 환상적이야, 그렇지?」

「그래.」

「예쁜 얼굴에다 저런 몸매까지 갖추기는 흔치 않은데.」

「그럼.」 딕슨은 불가피하게 따라 나올 평가 절하에 대비해 긴장했다.

「하지만 저렇게까지 절제하는 게 안쓰러워.」 마거릿이 잠깐 주저하다가, 이 표현을 미화하기로 결심한 듯 말했다. 「저 나이의 여자애가 우아한 숙녀 연기하는 게 난 별로더라. 약간 새침데기 같기도 하고.」

딕슨은 자기도 이미 비슷한 결론을 내려 놓고도, 막상 이런 식으로 확인받는 게 그리 마음에 들지 않았다. 「아, 모르겠어. 이 시점에서는 제대로 파악하기 힘들어.」

이 말에 화답해 조그만 종들이 짤랑짤랑 울렸다. 「아, 넌 항상 예쁜 얼굴에 사족을 못 쓰더라, 그렇지? 내가 늘 말하지만 그걸로 수만 가지 단점을 묵과하더라고.」

이 말이 심오한 진실이라고 생각했지만 그렇게 말할 수가 없어서 딕슨은 뭐라 대답할 말을 찾지 못했다. 그들은 불안하게 서로를 바라보았다. 마치 두 사람 입에서 무슨 말이 나오든 서로에게 모욕이 될 수밖에 없다는 듯이. 마침내 딕슨이 말했다. 「보기에는 버트런드하고 비슷한 부류로 보이더라.」

그녀는 알쏭달쏭하게 짓궂은 미소를 지었다. 「내가 봐도 둘은 공통점이 엄청 많기는 해.」

「그런 거 같아.」

이제 하녀가 나와서 다 쓴 접시들을 치우고 있었고, 사람들은 이리저리 돌아다니고 있었다. 확실히 저녁 시간의 다음 단계가 임박해 있었다. 버트런드와 여자 친구는 모습을 감췄는데, 아마 짐을 풀러 간 모양이었다. 웰치가 부르는 바람에 딕슨은 의자 정리를 도와주고 있던 마거릿과 헤어졌다. 「프로그램의 다음 순서는 뭐죠, 교수님?」 딕슨이 물었다.

웰치의 육중한 생김새는 지난 한 시간 반에 걸친 조증 단계를 거쳐 울증의 양상으로 자리잡았다. 그는 딕슨을 도발적으로 노려보았다. 「그저 한두 가지 악기 연주지.」

「아, 멋지겠는데요. 누가 첫 순서입니까?」

상대는 생각에 잠겼다. 석판 같은 두 손으로 펼치다 만 기도용 받침대처럼 생긴 턱없이 낮은 의자의 등을 붙들고 있었다. 잠시 후 그는 지역 작곡가와 아마추어 바이올리니스트가 무슨 지루하기 짝이 없는 독일 작곡가의 곡에 〈도전〉할 거라고 알려 주었다. 그리고 다음에는 몇인지 밝히지 않았지만 소정의 리코더 연주자들이 적절한 곡을 연주할 것이며, 나중에 존스가 자신의 오보에로 음악을 창조하는 걸 기대할 수 있을 거라고 했다. 딕슨은 흡족하다는 듯 고개를 끄덕였다.

돌아가 보니 마거릿은 캐럴 골드스미스와 대화를 나누고 있었다. 마흔 살쯤의 깡마르고 갈색 생머리를 길게 기른 이 여자를 딕슨은 자기 편이라 여기고 있었다. 가끔씩 그 성숙한 분위기에 심하게 기가 눌릴 때가 있기도 하지만.

「안녕, 짐. 좀 어때?」 그녀는 특유의 비정상적으로 낭랑한 목소리로 물었다.

「엉망이야. 앞으로 적어도 한 시간 동안 긁고 불고 하겠지.」
「그래, 그게 참 그러네? 우리는 왜 이런 데에 와야 하지? 뭐, 짐 네가 왜 오는지는 알겠어. 불쌍한 마거릿도 여기 사니까. 내 말은, 대체 나는 왜 온 거냐고.」
「뭐, 아내로서 배우자를 내조하기 위해서지, 뭐.」 마거릿이 말했다.
「뭐 그런 것도 있겠지. 하지만 저 사람은 왜 왔대? 심지어 술도 없는데.」
「안 그래도 제임스가 그 얘기 하더라.」
「그저 위대하신 화가분을 알현하러 온 거면, 뭐 그럴 만한 가치는 없잖아, 안 그래?」 딕슨은 방금 루스모어와 캘러헌을 〈혼동〉했던 일이 돌이켜 생각해 볼수록 창피스러워서 민망함을 덜 수 있는 화두를 꺼내 보려 했다.
당시 그로서는 이유를 알 수 없었지만, 이 발언에 대한 반응은 두드러지게 냉랭했다. 마거릿은 못할 말이라도 들은 듯 못마땅하게 턱을 치켜들었지만, 그녀는 원래 단둘이 있지 않는 한 다른 사람에 대한 나쁜 말을 무조건 무례하다고 생각했다. 캐럴은 반쯤 눈을 감고 생머리를 매만졌다. 「왜 그런 말을 하는데?」 그녀가 말했다.
「글쎄, 사실 별건 아니야.」 딕슨은 놀라서 조심스럽게 말했다. 「방금 그 친구와 마찰이 좀 있었거든, 그것뿐이지. 여자 친구 이름을 내가 실수로 혼동했더니 좀 공격적으로 나오더라고. 뭐 그렇게 대단한 일은 아니야.」
「아, 정말 그 사람답네.」 캐럴이 말했다. 「늘 자기가 공격을 당한다고 생각한다니까. 실제로도 종종 그런 편이고.」
「아, 잘 아는 사이인 모양이지?」 딕슨이 말했다. 「미안해,

캐럴. 굉장히 가까운 친구인가 보네?」

「그렇다고 하긴 힘들고. 세실하고 나는 지난여름에 네가 취직하기 전에 좀 안면을 텄어. 사실 가끔 보면 굉장히 재미있기도 한 사람이야. 물론 위대한 화가인 척한다는 점에선 네 말이 지당하지만. 간혹 사람 신경을 거스를 때가 있지. 마거릿, 너도 한두 번 만난 적 있지? 넌 그 사람 어떻게 봤어?」

「어, 전에 한번 내려왔을 때 만났어. 그냥 혼자 있을 때 보면 괜찮은 사람인 거 같던데. 그런데 자기 말을 들어 주는 사람이 많으면 거기에 한껏 흥분해서 모든 사람을 감탄하게 만들려고 하더라.」

우렁차고 걸걸한 웃음소리가 들려와 세 사람 모두 뒤돌아보았다. 버트런드가 골드스미스의 팔을 붙잡고 끌며 이쪽으로 오고 있었다. 그는 미처 가시지 않은 웃음기가 뚝뚝 떨어지는 얼굴로 캐럴에게 말했다. 「아, 여기 계셨군요. 요즘 어떻게 지내세요?」

「잘 지내요, 고맙습니다. 그쪽이 요즘 어떠신지는 얼굴만 봐도 알겠는데요. 흔히 만나던 사람들과 좀 다르신가 봐요, 여자 친구분께서?」

「크리스틴이요? 아, 정말 기가 막히게 근사한 여자죠, 멋진 여자예요. 최고라 할 수 있어요, 정말.」

「그분과 계획은 없으신가요?」 캐럴이 살짝 웃음기를 머금고 집요하게 물었다.

「계획이요? 계획이라? 아뇨, 전혀 없습니다. 하나도 없어요.」

「자네답지 않군.」 노래 부를 때 나오는 카랑카랑한 테너와는 전혀 다른 골드스미스의 단조롭고 거친 목소리가 말했다.

「솔직히 말해서, 일단 지금으로서는 그녀 때문에 화가 좀 많이 나서 말이야.」 버트런드는 엄지손가락과 집게손가락으로 동그라미를 만들어 마지막 단어를 강조했다.

「어째서 그런가, 버트런드?」 골드스미스가 달래듯이 물었다.

「짐작할 거라 생각하지만 내가 이런 여흥을 굉장히 좋아하긴 해도 말이야.」 그는 피아노 쪽으로 고개를 까닥해 보였다. 아마추어 바이올리니스트가 동네 작곡가의 도움을 받아 바이올린을 조율하고 있었다. 「솔직히 혼자서 여기까지 내려올 마음이 드는 건 아니어서. 물론 다들 만나니 좋긴 하지만 그래도 그렇지. 사실 줄리어스 고어어쿼트라는 사람과 만나기로 약속을 했었거든. 아마 들어 본 적이 있을 거야.」

딕슨도 고어어쿼트에 대해 들어 알고 있었다. 부유한 예술애호가로 신문의 주간 미술 평론란에 가끔 기고도 했고, 이 지역에 저택이 있어 저명인사들이 가끔 와서 묵기도 했다. 웰치가 여러 번 낚아 보려고 했지만 실패한 물고기이기도 했다. 딕슨은 다시 버트런드의 눈을 바라보았다. 정말 특이한 눈이었다. 얼굴 안쪽에 무늬가 그려진 천이 한 장 붙어 있고, 가운데 뚫린 구멍 두 개를 통해서만 비쳐 보이는 느낌이었다. 그런 눈과 그런 수염과 (처음으로 눈에 들어온 건데) 그런 짝짝이 귀를 가진 남자가 고어어쿼트 같은 인물과 무슨 상관이란 말인가?

두 사람의 관계는 1~2분 후에 곧 밝혀졌다. 일단 지금까지는 몹시 빈약한 관계였다. 그 캘러헌 아가씨가 고어어쿼트 가문과 친분이 있었고, 아니 심지어 그의 조카뻘이기도 해서 이번 주말에 버트런드를 소개시켜 주기로 했었다. 그런데 얘기 끝에 고어어쿼트가 현재 파리에 있다는 사실을 알게 되었고, 그러니 그를 만나려면 앞으로 또 이 동네를 다시 찾아와야만 한다는 것이었다. 딕슨은 금방 잊어버렸지만 뭔가 이유가 있어서 런던에서 만나는 것보다 이쪽이 더 바람직하다고 했다. 그런데 설사 만난다 한들 고어어쿼트가 버트런드에게 뭘 해줄 수 있을까?

마거릿이 특유의 빙빙 돌리는 말투로 이 정보를 요구했을 때, 버트런드는 그 커다란 머리를 들어 올리고 눈을 내리깔고는 얼굴을 바짝 붙이고서 대답했다. 「내가 정통한 소식통에게서 들었는데 말이지.」 계산된 말투였다. 「우리 영향력 있는 친구께서 곧 개인 비서 자리가 공석이라는 발표를 할 예정이라는군. 내가 보기에 공채를 할 것 같지는 않아서, 현재 그 자리를 따내려고 아주 바쁘게 몸단장을 하고 있다고. 후원 말이야, 후원. 한 손으로는 그 사람 편지에 답장을 보내고 다른 한 손으로는 그림을 그릴 거다 이거지.」 그가 웃음을 터뜨리자 골드스미스와 마거릿도 따라 웃었다. 「그러니 당연히 단김에 쇠뿔을 빼고 싶어 안달인 겁니다. 이런 표현을 용서해 주신다면 말이지요.」

아니 그런 표현을 용서하지 않을 이유가 뭐란 말이지? 딕슨은 생각했다. 대체 왜?

「그러면 언제 다시 내려올 생각인가?」 골드스미스가 물었다. 「한번 만나서 자리를 갖지. 이번에는 그럴 기회가 없었잖아.」

「아, 2주 후쯤으로 생각하고 있네.」 버트런드가 이렇게 말하고는, 의미심장하게 덧붙여 말했다. 「미스 캘러헌과 나는 다음 주말에 또 약속이 잡혀 있거든. 내가 그건 빠지고 싶지 않은데 다 이해해 주겠지.」

「그다음 주말이 대학교 여름 무도회네요.」 마거릿이 재빨리 끼어들었다. 딕슨이 보기에는 이 마지막 선포에 깔린 암시를 눙쳐 버리기 위한 시도 같았다. 버트런드는 대체 어떻게 자기가 잘 알지도 못하는 한 여자와, 첫 만남부터 자기를 전혀 마음에 들어 하지 않는 또 다른 남자 앞에서 저런 소리를 할 수가 있는 거지?

「아, 그렇습니까?」 버트런드는 관심을 보이며 물었다.

「그래요. 올해 다시 오실 건가요? 웰치 씨?」

「시간을 내볼 수도 있을 것 같은데요. 지난번에 꽤 재미있었던 기억이 나네요. 아, 다들 담배를 꺼내시는 건가요? 저도 담배를 좋아합니다. 자네 것 중에서 하나 피워도 될까, 세실? 좋았어. 그럼 무도회에서 만나는 게 어떨까요? 여러분들도 다들 안 가고는 못 배기실 것 같은데.」

「아무래도 이번에는 못 갈 것 같아.」 골드스미스가 말했다. 「그때 리즈에서 역사과 교수 강의가 열리거든. 자네 부친께서 나보고 가라시더군.」

「저런, 저런.」 버트런드가 받아쳤다. 「그거 정말 안됐군, 안됐어. 아버지는 달리 보낼 사람이 없으시다나?」 그러면서 슬며시 딕슨을 바라보았다.

「유감이지만 없어. 우리도 다 얘기가 된 걸세.」 골드스미스가 말했다.

「저런, 안타깝군. 뭐, 할 수 없지. 그럼 다른 분들 중에 가시는 분 안 계신가요?」

마거릿이 딕슨을 슬쩍 바라보았고, 캐럴이 말했다. 「너는 어때, 짐?」

딕슨은 단호하게 고개를 저었다. 「아니, 난 원래 춤은 잘 못 춰서. 내가 가는 건 공돈을 갖다 버리는 짓이야.」 마거릿이 자기를 데려가 달라고 채근한다면 끔찍할 것이다.

「아, 그런 건 전혀 바람직하지 않죠.」 버트런드가 말했다. 「안 될 말이에요. 그나저나 캘러헌 양은 어디 가셨나. 분을 발라도 지금쯤은 코에 딱지가 앉고도 남았을 텐데 말이지. 게다가 연주자들은 무슨 일로 이렇게 지체되고 있는 거야?」

딕슨이 어깨 너머로 슬며시 보니 연주자 두 명이 일찌감치 조율을 끝내고 악보도 준비해 놓고 활에 송진도 다 칠해 놓고서 담배를 피우며 수다를 떨고 있었다. 웰치의 모습은 아무 데서도 보이지 않았다. 은근슬쩍 도망가는 데 전문가인 그가 무시무시한 특기를 과시하고 있는 게 틀림없었다. 낮은 천장에 아늑한 조명이 비치는 기다란 방 맞은편 끝에서 문이 열리더니 그 캘러헌이라는 여자가 들어왔다. 몸매가 그렇게 좋은 여자 치고는 움직임이 어색하다고 딕슨은 생각했다.

「아, 우리 아가씨.」 버트런드가 신사답게 절을 하며 말했다. 「자기가 어떻게 됐나 궁금해하던 참이야.」

그녀는 어쩐지 심란한 얼굴이었다. 「아, 나는 그냥…….」

「지금 고어어쿼트 씨 얘기를 하고 있었는데 다다음 주말에 그분 시간이 되실까 알고 싶다고 하네. 그때 대학에서 축제로 무도회가 열린다는데. 혹시 자기가 알려 줄 수 있을까?」

「글쎄, 비서 말로는 다음 달 중순까지 파리에 계실 거라는데, 그러면 너무 늦지 않을까요?」

「그래, 그렇겠네. 그렇겠어. 그러면 아무래도 다른 때로 해야겠는데요?」 그는 이런 소식을 듣고도 전혀 풀이 죽지 않은 눈치였다.

「삼촌한테 편지를 써서 언제 돌아오시는지 여쭤 보았어요.」

딕슨은 이 말에 소리 내어 웃고 싶었다. 여자들이(남자들은 절대 그러지 않았다) 〈삼촌〉이나 〈아빠〉 등등의 말을 하는 걸 보면 늘 재미있었다. 마치 온 세상에 삼촌이나 아빠가 한 명밖에 없다는 것처럼, 아니 특히나 이 삼촌이나 아빠가 여기 모인 모든 사람들의 삼촌이나 아빠인 것처럼 느껴지게 만들기 때문이다.

「뭐가 웃겨, 짐?」 캐럴이 물었다. 버트런드가 그를 노려보았다.

「아, 아무것도 아니야.」 딕슨은 버트런드의 눈길을 똑바로 받았다. 그러면서 버트런드의 아버지와 결별할 위험을 무릅쓰더라도, 뭔가 그의 코를 납작하게 해줄 건수가 있으면 좋겠다고 생각했다. 폭력이 아니라면, 아니 지나친 폭력만 쓰지 않는다면 수단은 어떻든 상관없었다. 그러나 문제는 딕슨이 뭘 해볼 수 있을 만한 분야가 전혀 없어 보인다는 점이었다. 한순간 그는 버트런드의 작품에 악평을 쓰기 위해서라면 향후 10년간 노력해서 미술 평론가가 되고 싶다는 생각마저 했다. 언젠가 읽었던 책의 한 문장이 떠올랐다. 〈그리고 그 말과 함께 그는 빌어먹을 개자식의 목덜미를 움켜쥐고, 제기랄, 하마터면 목을 조를 뻔했다.〉 이 역시 그를 미소 짓게 만들었고, 버트런드는 수염을 꿈틀거렸지만 아무 말도 하지 않고 침묵을 지켰다.

늘 그렇듯 마거릿이 뭔가 할 말을 생각해 냈다. 「바로 얼마 전에 삼촌분에 대한 기사를 읽었어요, 미스 캘러헌. 지역 신문에 실렸었거든요. 여기 우리 갤러리에 수채화 몇 점을 기증하신다고 했어요. 그런 분이 안 계셨더라면 어떻게 이렇게 유지해 나갈 수 있겠어요.」

그 자체로는 대답이 불가능한 이 발언의 효과는 의도가 너무 명백해서 오히려 듣는 사람의 말문을 막히게 하는 것이었는데, 사실 마거릿을 아는 사람들에게는 익숙한 일이었다. 말하자면, 나머지 사람들에게 억지로 말을 시키려는 의도가 너무 뻔했던 것이다. 몇 미터 떨어진 곳에서 작곡가가 무슨 말을 했는지 껄껄 웃는 아마추어 바이올리니스트의 소리가 들렸다. 웰치는 어디 간 걸까?

「그렇군요, 아주 너그러우신 분이죠.」 캘러헌이라는 여자가 말했다.

「아직 그런 여유가 있는 분이 계시다는 게 참 다행이에요.」 마거릿이 말했다. 딕슨은 캐럴과 눈을 마주치려고 눈길을 들었지만, 그녀는 남편과 눈길을 교환하고 있었다.

「자, 트랜스포트 하우스[10]의 친구들이 우리 생계를 좌지우지하는 한, 얼마 가지 않아 그런 사람들도 씨가 마를 겁니다.」 버트런드가 말했다.

「아, 그 친구들이 그렇게 엉망으로 한 거 같진 않은데.」 골드스미스가 끼어들었다. 「어쨌든…….」

「내 생각에도, 외교 정책은 뭐 그럭저럭 괜찮았던 것 같아. 물론 기름 문제에 물을 끼얹는 그 지독한 무능력만 제외하고 말이지.」 버트런드는 재빨리 일행을 둘러보고는 말을 계속했다. 「하지만 국내 정책은…… 부자들을 등쳐 먹는…… 내 말은…….」 그는 잠시 말을 주저하는 듯했다. 「글쎄요, 뭐 그거 아닙니까, 아주 간단히, 안 그래요? 나는 그저 정보를 원한다 이겁니다, 그게 다예요. 겉보기에는 딱 그래 보이는데, 우리 다 같은 생각 아닙니까? 내가 보기에는 그거 이상도 이하도 아닌 거 같은데, 네? 아니면 내 생각이 틀렸습니까?」

10 노동당 본부 건물.

마거릿의 경고하듯 찌푸린 눈살과 기대에 찬 캐럴의 웃음을 다 못 본 척하며 딕슨이 조용히 말했다. 「글쎄요, 그게 뭐 어떻습니까? 딱 그거밖에 없으면 뭐 어때요? 한 사람이 빵을 열 개 갖고 있고 또 다른 사람은 두 개밖에 없는데, 누군가 빵을 포기해야 한다, 그러면 당연히 빵이 열 개 있는 사람이 내놔야 하겠죠.」

버트런드와 여자 친구가 똑같은 표정의 얼굴로 고개를 가로젓고, 미소를 띠고, 눈썹을 추켜올리고, 한숨을 쉬었다. 마치 딕슨이 방금, 자기는 예술에 대해 하나도 모르지만 뭐가 좋은지는 안다고 말한 것 같은 반응이었다. 「그렇지만 저희는 누가 꼭 빵을 내놔야 한다고 생각지 않아요, 딕슨 씨.」 여자가 말했다. 「그게 문제의 요점이죠.」

「그게 요점이라고 하기는 힘들죠.」 딕슨이 말하는 순간 마거릿이 〈우리 이런 문제로 괜히 말싸움……〉이라고 했고 버트런드는 〈이 사태의 요점은 부자들이……〉라고 말머리를 꺼냈다.

이 소소한 경쟁의 승자는 버트런드였다. 「문제는 부자가 현대 사회에서 필수적인 역할을 한다는 겁니다.」 그의 목소리에는 콧소리가 두드러지게 섞여 있었다. 「이런 시대에는 그 어느 때보다도 더 그렇죠. 그뿐입니다. 부자들이 예술을 지탱하고 있다든가 이런 진부한 얘기를 지루하게 늘어놓지는 않겠습니다. 하지만 그게 진부하고 상투적인 소리라는 사실 자체가 제 주장을 뒷받침해 주죠. 제가 어쩌다 보니 예술을 사랑해서 말입니다, 녶.」

마지막 말, 〈네〉의 변주는 버트런드가 만들어 낸 음이었다. 모음이 왜곡되어 짤막한 〈예〉처럼 들렸다. 그래서 입술이 살짝 벌어졌으며, 재빨리 닫혀서 가볍지만 뚜렷하게 들리는 〈피윱〉으로 끝이 났다. 이 사실을 파악하고 나자, 딕슨은 할 말이 더 이상 별로 생각나지 않아 〈그러시겠죠〉라는 말을 최대한 의미심장하고 회의적으로 하는 데 만족했다.

그런데 버트런드는 그 말에 오히려 의기양양한 눈치였다. 「그럼요, 그렇습니다.」 심지어 언성을 더 높였고, 그 말에 듣던 사람들이 모두 재빨리 그를 바라보았다. 「그리고 제가 또 뭘 좋아하는지 아십니까? 부자들입니다. 이런 발언이 요즘 인기가 없다는 사실에 오히려 자부심을 느껴요. 왜 좋아하느냐고요? 부자들은 너그럽기 때문에 매력적이거든요. 그리고 제가 좋아하는 예술을 감상하는 법을 배워서 알고 있지요. 부자들의 저택은 아름다운 물건들로 가득하고요. 그래서 나는 부자들을 좋아하고 그래서 그들을 등쳐 먹는 게 싫은 겁니다. 아시겠어요?」

「얘야, 이리 좀 와라.」 웰치 부인이 그들 등 뒤에서 불렀다. 「아버지를 기다리고 있다가는 여기 밤새도록 이렇게 있겠어. 이제 시작해야 하지 않겠니? 네가 이리로 오면 다 같이 자리에 앉자구나.」

「알겠어요, 어머니.」 버트런드가 어깨 너머로 말하자 사람들이 뿔뿔이 흩어지기 시작했지만, 버트런드는 가기 전에 딕슨을 뚫어져라 노려보며 말했다. 「굉장히 명백한 사실이지요, 안 그렇습니까?」

마거릿이 딕슨의 소매를 끌어당겼고, 딕슨도 라운드가 끝난 마당에 계속 싸우고 싶지가 않아서 상냥하게 말했다. 「아, 그럼요. 저보다 훨씬 운이 좋으셔서 좋은 부자분들을 만나 보신 모양입니다.」

「저한테는 그리 놀랄 만한 일도 아닌데요, 뭘.」 버트런드가 경멸조로 말하며, 마거릿이 지나갈 수 있도록 비켜섰다.

딕슨이 벌컥 성을 내며 말했다. 「글쎄요, 친분이 있으신 동안 최대한 이용하시는 게 좋을 겁니다. 그리 오래 유지하진 못할 것 같으니까요.」

그는 마거릿을 밀치고 지나가기 시작했지만 캘러헌이라는 여자의 말에 멈칫했다. 「그런 쪽으로 말씀하시지는 말았으면 하네요.」

딕슨이 주위를 둘러보았다. 다른 사람들은 자리에 앉았고, 아마추어 바이올리니스트가 턱에 악기를 괴고 있었다. 제일 가까운 쪽 의자에 털썩 앉으며 딕슨이 언성을 낮추어 말했다. 「그런 쪽으로 말하지 말라고요?」

「그래요, 실례지만.」 그녀와 버트런드도 자리에 앉았다. 「그런 얘기를 들으면 늘 좀 짜증이 나거든요. 죄송해요, 저도 어쩔 수 없네요. 유감이지만 제가 원래 그래요.」

마거릿이 이런 말싸움을 걸어오는 걸 그렇게 싫어하게 되지 않았다면, 아마 지금처럼 대답하지 않았을지도 모른다. 딕슨은 말했다. 「가서 진찰이라도 받아 보지 그러세요?」

아마추어 바이올리니스트가 상체 절반을 끄덕거리더니 작곡가의 응원을 받으며 뭔가 정신없으면서도 선율도 없는 곡을 연주하기 시작했다. 버트런드가 딕슨 쪽으로 몸을 기울이며 말했다. 「대체 그게 무슨 소리요?」 쩌렁쩌렁하게 울리는 저음이었다.

「담당 정신과 의사가 누구냐 이 말입니다.」 딕슨이 사격 범위를 넓히며 말했다.

「이것 봐요, 딕슨, 말하는 거 보니 한 방 제대로 맞아 콧대가 납작해지고 싶은 모양인데, 맞소?」

딕슨은 흥분하면 생각을 제대로 정리하지 못했다. 「그렇다면 설마 그 한 방 날릴 사람이 댁이라고 생각하는 건 아니죠?」

버트런드가 이 수수께끼에 얼굴을 구겼다. 「뭐라고?」

「그딴 수염을 기르고 있으면 얼굴이 어떻게 보이는지 알아요?」 단순한 말투로 바꾸자 딕슨의 심장이 빨리 뛰기 시작했다.

「좋아. 잠깐 밖으로 나오는 게 어때?」

오가던 질문의 마지막은 피아노 베이스의 길고 쿵쾅거리는 소리에 묻혀 잘 들리지 않았다. 「뭐라고요?」 딕슨이 물었다.

웰치 부인, 마거릿, 존스, 골드스미스 부부와 콘트랄토 여자가 동시에 뒤를 돌아보더니 다 같이 말했다. 「쉬이잇.」 마치 유리 천장 밑에서 증기를 내뿜는 기차 엔진 같았다. 딕슨은 일어나서 까치발을 하고 문가로 갔다. 버트런드가 그를 따라가려고 반쯤 일어서는데 여자 친구가 말렸다.

딕슨이 채 다다르기도 전에 문이 벌컥 열리더니 웰치가 들어왔다. 「오, 다들 시작했군?」 그는 전혀 언성을 낮추지 않고 말했다.

「그래요.」 딕슨이 속삭였다. 「저는 이만…….」

「아니, 조금만 더 기다리지 그랬나. 내가 전화를 좀 할 일이 있어서 말이야. 그 거기…… 그 친구였는데…….」

「또 뵙겠습니다.」 딕슨이 슬금슬금 문간으로 걸어가기 시작했다.

「기다렸다가 P. 러신 프리커를 보고 가지 않겠나?」

「그리 오래 걸리지 않을 겁니다, 교수님. 아무래도 제가 좀…….」 딕슨이 도저히 해독할 수 없을 몸짓을 해 보였다.

「다시 올게요.」

그러고는 웰치의 어리벙벙하게 찌푸린 표정을 뒤로 하고 문을 닫았다.

5

「시속 90마일로 내리막길을 달려 내려가는데 경적이 비명을 지르기 시작했지.」 딕슨은 노래를 불렀다. 「잔해 속에서 시신이 발견됐을 때 그는 스로틀 밸브를 잡고 있었네…….」 그는 노래를 멈추고 숨을 헐떡거렸다. 웰치의 저택으로 올라가는 마른 모랫길은 걷는 게 보통 일이 아니었는데, 온몸에 맥주 기운이 돌아서 더 힘들었다. 어둠 속에서 10시 정각에 있었던 그 기막힌 순간을 회상하는 그의 얼굴에 몽롱한 미소가 감돌았다. 그건 마치 처음으로 예술 또는 인간의 선(善)을 진짜배기로 겪어 보는 듯한 경험이었다. 준엄하고, 황홀하고, 거의 종교적인 환희였다. 그날 저녁이 마지막이라고 생각하고 파인트 잔을 꿀꺽꿀꺽 비우고 있던 그는, 여전히 술 주문도 받고 서빙도 한다는 걸 알아차렸다. 사람들이 계속 들어오고 있었고 그들의 표정 역시 불안감이라곤 찾아볼 수 없고 자신감이 가득했다. 그리고 바와 당구대의 테이블에도 새로 6펜스 동전들이 쩔렁거리며 떨어졌다. 하얀 가운을 입은 웨이터가 끙끙거리며 새 기네스 술통 두 개를 갖고 들어왔을 때 깨달음이 찾아왔다. 작은 소읍과 도시는 전혀 달랐다. 도시의 펍이나 마거릿과 함께 갔던 호텔 주점과 달리, 동네 펍들은 하절기 동안 10시 반까지 개점했고 이제 공식적으로 여름철이 시작되었던 것이다. 딕슨이 느낀 감사의 마음은 말로 표현할 수 없었다. 바를 향해 또다시 소리쳐 주문하는 것만이 그 고마운 빚을 갚는 유일한 길이었다. 그 결과 감당할 수 없을 만큼의 술값을 썼고 마셔서는 안 될 만큼의 술을 마셨지만, 기분만큼은 만족과 평화 그 자체였다. 대문에 아플 정도로 부딪혀 튕겨 나온 그는 자갈돌로 포장된 저택 주변 도로를 따라 살금살금 걷기 시작했다.

음악회가 열리던 크고 긴 방의 뒤쪽은 어둠에 싸여 있었다. 잘된 일이었다. 그러나 잠시 후 좀 더 돌아가서 거실이 있는 데로 가보니 불도 켜져 있고 대화하는 말소리도 들린다는 걸 깨달았다. 커튼 사이의 틈으로 엿보니, 주홍색 줄무늬의 파란 레인코트에 낚시 모자를 쓰고 막 문밖으로 나가는 웰치가 보였다. 작곡가와 세실 골드스미스도 레인코트 차림으로 그 뒤를 따랐다. 사람들을 집에 데려다 주려는 게 분명했다. 딕슨은 웰치의 운전을 떠올리며 피식 웃었다. 가벼운 트위드 코트 차림의 캐럴이 잠시 서서 버트런드와 마지막으로 몇 마디 나누고 있었다. 방 안에 다른 사람은 없었다.

근처의 창문이 열려 있었지만 딕슨은 버트런드가 하고 있는 말을 알아들을 수 없었다. 그러나 억양으로 미루어 질문이라는 걸 짐작했고, 캐럴은 〈네, 괜찮아요〉라고 대답했다. 그러자 버트런드가 한 발 앞으로 나와 두 팔로 그녀를 안았다. 버트런드가 창을 등지고 있어서 다음에 어떻게 됐는지 볼 수 없었지만 설사 키스를 했더라도 순간에 불과했다. 캐럴은 포옹에서 빠져나와 재빨리 밖으로 나갔다. 버트런드도 떠났다.

딕슨은 음악실로 다시 돌아와 유리문을 통해 들어갔다. 방금 본 광경이 뭐라고 꼭 짚어 말할 수 없는 이유로 마음에 걸렸다. 이론적으로는 그런 행위에 단련되어 있는데도, 그는 그토록 가까운 신체 접촉이 심히 불쾌했다. 몇 달 동안 일주일에 몇 번씩 세실 골드스미스를 만나고 대화를 했다고 그 친구에게 뭐 그리 중요한 사람이 된 건 아니지만, 그래도 한 가지 권리만큼은 주장할 자격이 생겼다고 여겼다. 그런데 그의 아내가 제삼자의 손길을 받고 있는 광경을 보니 불쑥 그 권리를 주장하고 싶어진 것이다. 게다가 하필이면 제삼자가 그 사람이니. 딕슨은 아예 커튼 틈새를 못 찾았다면 좋았을 거라는 생각을 하다가 그 생각을 떨쳐 버렸다. 침실까지 들키지 않고 올라가는 작전을 성공적으로 수행하려면 온 신경을 집중해야 했다.

누군가 음악실에 들어올 수도 있는 사소한 위험은 어차피 감수해야 한다고 결정하고, 딕슨은 어둠 속을 더듬어 팔걸이 의자까지 가서 푹 기대앉아 눈을 감고서 흡족한 마음으로 웰치가 자동차에 시동을 걸고 출발하는 소리를 들었다. 그런데 잠시 후 뒤로 기울어져 넘어지는 느낌이 들더니 위장이 부풀다 못해 머리를 마구 집어삼키기 시작했다. 그는 다시 눈을 뜨고 특유의 비극 가면 같은 얼굴을 했다. 그렇다. 어쨌든 그 마지막 한 파인트는 마시지 말았어야 했던 것이다. 딕슨은 일어나서 공군에 있을 때 배운 두 팔 들고 제자리 뛰기를 시작했다. 5백 번 뛰고 팔을 쳐들면 전보다 머릿속이 좀 맑아지곤 했었다. 그런데 180번 뛰고 나서는, 제자리 뛰기를 더 하느니 차라리 흐리멍덩한 머리로 있는 게 더 나을 것 같았다. 이제 움직일 시간이었다.

홀을 반쯤 가로질러 가는데 버트런드의 웃음소리가 들렸지만, 가운데 문을 두고 있어 한풀 죽은 소리였다. 그는 삐걱거리는 계단을 올라 층계참을 건넜다. 이게 무슨 건축학적 장난인지 침실로 가려면 널찍한 화장실을 통과하는 수밖에 없었는데, 지금 그 바깥문을 열려 하는 참이었다. 그런데 열리지 않았다. 화장실에 사람이 있는 게 틀림없었다. 어쩌면 존스가 자기한테 온 정기 간행물을 망가뜨린 놈한테 할당된 침실을 바리케이드로 막아 버리기로 결심했는지도 모른다. 딕슨은 멀찌감치 물러선 다음 양다리를 넓게 벌리고 서서 벽력같은 서곡이나 교향시를 시작하려는 지휘자처럼 두 손을 쳐들었다. 그러고 반은 지휘자, 반은 권투 선수처럼, 잠시 미친놈처럼 음란한 몸짓을 마구 하기 시작했다. 바로 그때 누군가 층계참 건너편에서 문을 열었다. 달리 뭘 해볼 시간은 없어서 무조건 화장실 앞에서 기다리는 척할 수밖에 없었다. 어느 정도는 미처 벗지 못한 레인코트 때문에 촉발된 전략이기도 했다.

「제임스! 아니 대체 뭘 하고 있는 거야?」

다른 사람이 아닌 마거릿이라는 사실이 이렇게 반갑긴 딕슨으로서는 처음이었다. 「쉬이잇.」 그가 말했다. 「나 좀 여기서 빼내 줘.」

마거릿이 더 이상 아무 말도 하지 않고 자기 방으로 들어오라고 손짓하자 딕슨은 그녀가 더 좋아졌다. 방문을 닫고 들어가는 순간 누군지 몰라도 화장실에 있던 사람이 나왔다. 딕슨은 심장이 쿵쿵 뛰고 있다는 걸 깨달았다. 「아, 정말 고마웠어.」 그가 말했다.

「뭐, 그런데 저녁 내내 대체 어디 있었던 거야, 제임스?」

이야기를 해주는 동안 마거릿이 화가 난 표정과 태도를 보이자 딕슨은 내심 그녀에 대해 부정적인 평가를 내렸다. 그러자 그런 감정에 안도감조차 상쇄되어 버렸다. 두 사람이 결혼이라도 한다면 이런 일들이 어떻게 되겠는가? 하지만 동시에 파란 가운 차림에, 핀을 잔뜩 꽂아 말아 올렸던 황갈색 섞인 갈색 머리카락을 풀어 내린 그녀가 최고로 예뻐 보인다는 사실도 인정하지 않을 수 없었다. 레인코트를 벗고 담배에 불을 붙이자 기분이 좀 나아지기 시작했다. 그는 거실 창문 너머로 본 광경에 대해서는 아무 말도 하지 않고 할 말을 마쳤다.

말없이 이야기를 끝까지 들은 마거릿이 살짝 미소를 지었다. 「뭐, 솔직히 네 탓을 할 수는 없겠다. 그래도 무례하기는 했어. 네디 부인이 좀 기분 나빠 하는 눈치였거든.」

「아, 좀 기분이 상하셨다 이거지? 그래서 내가 어디 갔다고 했어?」

「뭐라고 말할 기회도 없었어. 에번이 아마 네가 술집에 갔을 거라고 했거든.」

「언제 그 빌어먹을 꼬마 녀석 목을 비틀어 버리든가 해야지. 맙소사, 잘하는 짓이야, 그렇지? 거참 친구답고 우호적인 태도야. 이렇게 해서 나는 멋지게 네디 부부 눈 밖에 났다 이거네. 그리고 그놈을 에번이라고 부르지 마.」

「너무 걱정하지 마. 네디는 별로 신경 안 쓰는 눈치였어.」

딕슨은 코웃음을 쳤다. 「어떻게 그렇다고 확신해? 모르긴 몰라도, 그 머릿속에서 대체 무슨 생각을 하는지는 도무지 알 길이 없다고. 잠깐만 여기서 기다려 줄래? 화장실에서 좀 볼일이 있어. 어디 가지 마.」

그가 돌아왔을 때 마거릿은 여전히 침대에 앉아 있었지만, 그를 위해 립스틱을 바른 게 분명했다. 딕슨은 기뻤다. 실제의 효과보다는 그 속에 내재된 칭찬 때문이었지만. 아니, 실제로도 기분이 정말로 다시 좋아지고 있었고 한동안 그런 상태가 유지되었다. 심지어 몇 분 동안, 초저녁에 일어난 일들에 대해 이야기를 나누는 동안에는 의자에 푹 기대앉기까지 했다. 그런데 그때 마거릿이 말했다. 「그런데 너 이제 가야 되는 거 아니야? 시간이 늦었는데.」

「알아, 금방 갈 거야. 지금은 재미있어서.」

「나도 그래. 우리가 단둘이 있어 본 게……. 얼마만이더라?」

이 질문의 효과로 딕슨은 엄청나게 취한 기분이 들었고, 나중에 생각했을 때도 자기가 다음 행동을 왜 했는지 아무리 생각해 봐도 알 수 없었다. 마거릿 옆에 앉아 두 팔로 그녀의 어깨를 감싸 안고 단호한 키스를 했던 것이다. 동기가 무엇이었든 — 파란색 가운, 올리지 않고 풀어 내린 머리, 특별히 바른 립스틱, 동네의 쓴 맥주, 두 사람의 관계에 뭔가 획기적인 전기를 만들고 싶다는 그의 소망, 내밀한 질문과 선언들의 일제 투하를 막아 보려는 의도, 그리고 일자리에 대한 불안감이 모두 들어가 있었다 — 효과는 명명백백했다. 그녀는 그의 목에 팔을 두르고 열렬하게 키스에 응했다. 사실 그건 이전에 두 사람이 그녀의 아파트에서 맺었던, 어쩐지 열없고 철저히 우유부단한 성적 접촉들보다 훨씬 더 열렬한 반응이었다. 딕슨은 안경을 마구잡이로 벗고, 그녀의 안경을 벗긴 후 어딘가에 내려놓았다. 그러고는 다시, 더 세게 키스했다. 머리가 더 빨리 빙빙 돌았다. 1~2분이 지나자 가운 옷깃 속으로 손을 넣지 못할 이유가 없다는 생각이 들었다. 그녀는 뭔가 애정의 말을 속삭이며 목에 두른 팔에 힘을 꼭 주었다.

더 진행하지 못할 이유가 뭐란 말인가? 어디까지 가야 할지는 몰라도 갈 수는 있는 걸로 보였다. 그런데 그러고 싶은가? 어떤 면에서는 그랬다. 그러나 과연 그녀에게 공정한 걸까? 캐치폴 사건 이후 자기가 한참 동안, 예컨대 1년가량은, 아무리 가벼운 성적 인연이라도 피하는 게 좋겠다고 그녀에게 충고했던 기억이 어렴풋이 떠올랐다. 그렇다면 그에게 공정한 일이긴 한 걸까? 그로서는 그녀를 여자인 친구로 대할 수밖에 없었다. 〈연인〉으로서 그는 생전 처음, 그것도 난공불락으로 악명을 날리는 종마를 대하는 카우보이나 다름없을 터였다. 그리고 그건 그녀에게도 할 짓이 못 된다. 나중에 벌어질 일은 차치하고서라도 당장 어쩔 수 없이 그녀를 불안하게 만들고 감정이 상할 수밖에 없는 문제와 대면하게 하는 셈이니. 아니, 그래서는 안 된다. 그러나 반면 — 딕슨은 명료하게, 아니 어떻게든 생각을 해보려 애썼다 — 확실히 그녀는 원하는 것처럼 보였다. 뺨에 그녀의 숨결이, 부드럽고 따뜻한 숨결이 느껴졌고, 시들어 가던 욕망이 갑자기 새삼 힘을 얻었다. 물론, 걱정스러웠던 것은 거절당할지도 모른다는 두려움이었다. 그는 손길을 거두었다가, 다시 넣었다. 이번에는 원피스 잠옷 밑으로. 이 행위에, 그리고 그녀의 전율에, 머리가 더욱더 극심하게 울렁거렸다. 너무 멀리 가버려서, 더 이상 생각이란 걸 할 수가 없을 지경이었다. 침묵이 귓전에서 포효했다.

그러고 얼마쯤인가 짧은 시간이 지난 후 두 사람이 침대에 누워 있을 때, 그는 전혀 모호하지 않을 뿐 아니라 무례할 정도로 솔직한 짓을 했다. 마거릿의 반응은 격했지만, 그렇다고 쉽게 의중을 파악할 수도 없었다. 딕슨은 주저하지 않고 더욱 진도를 나갔다. 순간 뒹굴며 몸싸움이 이어졌고, 그가 정신을 차려 보니 심하게 옆으로 밀쳐지는 바람에 머리를 침대 발치에 부딪힌 상태였다. 마거릿이 가운을 추스르며 일어나 그의 레인코트를 집어 들었다. 「나가.」 그녀가 말했다. 「나가라고, 제임스.」

그는 힘겹게 일어나서 그녀가 던지는 레인코트를 받았다. 「미안해. 뭐가 잘못됐어?」

「나가.」 작은 몸집은 분노로 덜덜 떨고 있었다.

「알았어. 하지만 왜…….」

그녀는 문을 열고 고갯짓을 했다. 두 발이 계단을 밟고 층계참으로 올라가고 있었다.

「이봐, 거기 누가…….」

어느새 그는 서서 웅크린 채 코트를 팔에 걸치고 있었고, 머리는 새로운 방향으로 핑글핑글 돌고 있었다. 화장실까지 반도 못 가고 그는 캘러헌이라는 여자와 마주쳤다. 「안녕하세요.」 딕슨은 정중하게 말했지만 여자는 고개를 홱 돌리고 그를 지나쳐 자기 방으로 들어갔다. 그는 화장실 문을 열려 했다. 또 잠겨 있었다. 아무 생각도 없이 고개를 뒤로 팩 젖히고서 한참 동안 시끄러운 분노의 함성을 질러 댔다. 성량으로 보나 음색으로 보나 마드리갈을 불러 젖히던 골드스미스의 목소리를 연상시켰다. 그리고 쿵쾅거리며 계단을 내려와 코트를 걸이에 걸고 식당으로 들어가 가짜, 아니 진품일지도 모를 18세기 찬장 앞에서 한쪽 무릎을 꿇고 앉았다.

잠시 후 그는 어느새 안쪽 선반 절반을 채우고 있는 셰리주, 맥주, 그리고 사이더 중에서 포트 한 병을 꺼내 두었다. 전날 밤에 딕슨이 이제껏 살면서 권유를 받아 본 술 중에서 제일 쩨쩨한 양을 웰치가 따라 주었던 바로 그 술이었다. 병의 라벨에는 로망스어로 쓰인 문구도 있었지만 다 그런 건 아니었다. 딱 좋았다. 지나치게 영국적이지도 않고, 너무 이국적이지도 않고. 코르크를 따자 축제처럼, 크리스마스 기간 연휴처럼 퐁 소리가 나서 견과류와 건포도가 좀 있으면 좋겠다는 생각이 들었다. 그는 깊이 술을 들이켰다. 술이 약간 턱으로 흘러내려 셔츠 옷깃 밑으로 들어갔지만 기분 좋았다. 처음 마시기 시작할 때는 4분의 3 정도 차 있던 술병이, 끝냈을 때는 4분의 3 정도 비어 있었다. 그는 요란하게 쿵쾅거리고 쨍그랑거리며 술병을 제자리에 갖다 두고 찬장 덮개로 입술을 훔친 후 정말로 환상적인 기분에 취해 무저항 상태로 침실을 점령했다.

방 안에서 몇 분간 이리저리 서성이다 천천히 옷을 벗으며 마거릿과의 만남을 생각해 보려 안간힘을 썼다. 정말 그는 자기가 저지른 행위를 원했던 걸까? 전과 마찬가지로, 어떤 면에서 유일한 하나의 대답은 〈그렇다〉였다. 하지만 그녀가 그렇게 열렬하게 나오지만 않았다면 그 역시 시도하지 않았을 것이다, 안 그런가? 아니, 적어도 그렇게 심하게 몰아붙이지는 않았을 것 아닌가. 그녀는 또 왜, 몇 주 동안 그렇게 심드렁해 보이더니 이제 와서 그렇게 적극적으로 달려들기로 작정했던 걸까? 새로 무슨 소설가의 작품을 읽고 있었던 영향일 가능성이 제일 컸다. 하지만 그녀 역시 열렬하게 나오는 건 사실 당연했다. 그게 진심으로 원하던 것이니까. 혼자서 생각하다 이 대목에 미간까지 찌푸리며 방점을 찍었다.

그녀는 모르지만 그게 정말로 그녀가 원하는 것, 그녀의 본성이 정말로 요구하는 바였다. 그리고 맙소사, 그건 그의 몫이었다, 그렇지 않은가? 그동안 참고 버텨 준 게 얼마인데. 그러나 못지않게 참고 버텨 온 게 많은 그녀를 이런 상황 속으로 끌어들인 건 옳은 일일까? 딕슨은 이 질문을 담은 마음속의 편지 봉투를 의식하자마자 뜯지도 않고 버려 버리고, 잠옷 끈을 여미며 화장실로 들어갔다.

화장실에 들어가니 침실에서처럼 기분이 좋지만은 않았다. 초여름 치고는 시원한 날이었지만, 더워서 땀이 줄줄 흘렀다. 그는 세면대 앞에 한참을 서서 자기가 어떤 감정을 느꼈는지 더 캐내 보려고 애썼다. 가슴 아래쪽으로 몸이 부풀어 오르고 밀도도 오르락내리락한 느낌이었다. 조명에서 흘러나오는 물질이 빛이 아니라 아주 희박하면서도 구름처럼 엉긴 인광성 가스 같았다. 크림처럼 매끄럽게 윙윙거렸다. 그는 차가운 수돗물을 틀고 세면대 위로 고개를 숙였다. 그러면서 계속 앞으로 머리를 기울여 머리를 수도꼭지 사이로 들이밀고 싶은 충동을 억눌러야 했다. 얼굴을 적시고 나서, 세면대 위 유리 선반에서 베이클라이트[11] 머그잔을 들고 물을 벌컥벌컥 굉장히 많이 들이켰다. 그러자 잠시 해갈이 되는 듯했지만, 이는 그때 당장 파악할 수는 없었던 다른 효과를 낳았다. 치약을 잔뜩 묻혀 이를 닦고, 다시 얼굴을 축이고, 머그잔에 물을 다시 담아서 치약을 좀 더 삼켰다.

그는 침대 곁에 선 채로 깊은 생각에 잠겼다. 여기저기 아프지 않게 꿰여 매달린 작은 모래주머니들이 눈 코 입을 빼

11 일종의 합성 수지.

에서 떼어 낼 작정으로 잡아끌고 있는 것처럼 얼굴 전체가 무거웠다. 아직 남아 있는 뼈라는 게 얼굴에 있기나 하다면 말이다. 갑자기 기분이 더 나빠져서, 그는 땅이 꺼질 정도로 한숨을 쉬며 부르르 몸을 떨었다. 누군가 민첩하게 등 뒤로 달려와서 투명한 솜으로 만든 잠수복으로 몸을 친친 감은 느낌이었다. 조용히 앓는 소리를 냈다. 이보다 더 끔찍한 기분이 되고 싶지 않았다.

그는 잠자리에 들려 했다. 아직 살아남아 있는 담배 네 개비 — 그가 정말 그날 저녁에 담배를 열두 개비나 피웠단 말인가? — 가 침대 맡 반들반들한 탁자 위 담뱃갑 속에 들어 있었고, 성냥, 물이 담긴 베이클라이트 머그잔, 그리고 벽난로 위에서 들고 온 재떨이가 함께 놓여 있었다. 그런데 잠시 두 번째 발이 침대 위로 올라가지 않는 바람에 그 많은 물을 들이켠 부작용이 무엇인지 알게 되고 말았다. 더 심하게 취해 버리고 말았던 것이다. 침대에 누워 있으니 아주 주효하게 작용했다. 울렁거리는 벽난로 위에는 작은 도자기 인형이 놓여 있었다. 유명한 동양의 종교인이 쭈그리고 앉아 있는 자세를 본뜬 인형이었다. 그에게 명상적 삶의 장점을 훈계하기 위해 웰치가 거기 갖다 놓은 걸까? 그렇다면 메시지는 너무 늦게 전달되었다. 그는 손을 뻗어 머리 위에 드리워진 스위치 끈으로 불을 껐다. 침대 오른쪽 밑에서부터 방이 위로 치솟아 오르는 것 같다가 또 전혀 달라진 게 없는 것 같기도 했다. 그는 이불을 젖히고 침대 끄트머리에 일어나 앉아 두 다리를 늘어뜨렸다. 요동치던 방이 차분하게 가라앉았다. 잠시 후 그는 다리를 올리고 다시 누웠다. 방이 둥둥 떠올랐다. 마룻바닥을 두 발로 딛고 섰다. 방이 가만히 정지했다. 다리를 침대에 올리고 눕지는 않았다. 방이 움직였다. 침대 끄트머리에 걸터앉았다. 아무 일도 일어나지 않았다. 한쪽 다리를 침대 위에 올렸다. 또 뭔가 움직였다. 사실 굉장히 많이 움직였다. 그의 몸 상태가 몹시 위중한 게 분명했다. 쉰 목소리로 욕설을 퍼부으며, 베개를 산더미처럼 쌓아 올리고, 반쯤은 눕고 반쯤은 앉은 자세로 기댄 채 다리를 반쯤 침대 끝에 걸쳐 덜렁거리게 만들었다. 이 자세로 그는 스르륵 잠에 빠져들 수 있었다.

6

딕슨은 다시 살아났다. 미처 비키지도 못했는데 의식이 그를 덮쳤다. 잠의 회랑에서 느릿느릿, 우아하게 배회하는 건 그의 팔자가 아니었다. 그보다는 집약이랄까, 강제로 발사된 쪽에 가까웠다. 그는 아침에 타르로 뒤범벅된 돌멩이에 들러붙은 거미게 꼬락서니로 솟구쳐 나와 사지를 쭉 뻗고 드러누워 꿈쩍도 못할 정도로 불쾌한 기분에 사로잡혀 있었다. 빛은 아무런 해도 끼치지 않았지만, 사물을 보는 건 괴롭기 짝이 없었다. 그는 일단 한번 해보고 나서는, 절대로 다시는 눈알을 움직이지 말아야겠다고 결심했다. 머릿속이 먼지 낀 듯 탁하게 쿵쿵 울려 눈앞의 광경이 맥박처럼 요동쳤다. 뭔가 작은 밤의 생물이 그의 입을 변소로 쓰다가 나중에는 아예 무덤으로 삼은 게 틀림없었다. 게다가 웬일인지 모르지만 간밤에 크로스컨트리 경기도 치렀고, 비밀경찰의 전문적인 솜씨로 구타당하기도 한 모양이었다. 기분이 나빴다.

그는 손을 뻗어 안경을 썼다. 그 즉시 바로 눈앞에 있는 침대보가 잘못되었다는 걸 알 수 있었다. 생존 가능성을 희생해 가며 조금 일어나 앉았더니, 튀어나올 것 같은 두 눈을 맞아 준 광경이 머릿속의 팀파니 연주자를 흥분시켜 광기로 몰아넣었다. 젖혀진 이불의 커다랗고 불규칙한 한 부분이 사라지고 없었다. 젖혀진 담요에서도, 그보다는 작지만 여전히 상당한 한 부분이 사라지고 없었다. 깔개에서도 손바닥만 한 크기가 뭉텅이로 사라지고 없었다. 시커먼 테두리의 구멍 세 개를 통해, 지당하게도, 두 번째 담요의 짙은 갈색 자국이 보였다. 홑청에 뚫린 구멍의 테두리를 손가락으로 쓸어 보았더니 짙은 회색 얼룩이 묻어났다. 재를 의미했다. 재는 불이 났음을 의미했다. 불이 났다면 담배가 틀림없었다. 이 담배가 담요 위에서 꺼질 때까지 타들어 간 걸까? 그게 아니라면 지금 어디 있지? 침대 위로는 아무 데도 없었다. 침대 속에도 없었다. 그는 이를 벅벅 갈며 침대 옆으로 허리를 굽혔다. 값비싸 보이는 깔개 패턴의 밝은 부분을 가로질러 푹 꺼진 갈색 구멍이 나 있었고 그 끄트머리에 변색된 종이 쪼가리가 있었다. 그걸 보고는 기분이 몹시 우울해졌는데, 침대 옆 탁자를 보고 나서는 더욱 참담한 심정에 빠져들 수밖에 없었다. 탁자에는 두 개의 새까맣고 그을린 자국이 길게 나 있었던 것이다. 회색빛이 돌고 군데군데 반짝거리는 그을음 자국은 직각으로 쭉 가로질러 재떨이에 한참 못 미치는 곳에서 끝나 있었고, 재떨이 안에는 다 쓴 성냥이 딱 한 개비 들어 있었다. 테이블 위에는 긋지 않은 새 성냥 두 개비가 덜렁 놓여 있었다. 나머지는 텅 빈 담뱃갑과 함께 바닥에 다 쏟아져 있었다. 베이클라이트 머그잔은 아무리 찾아도 보이지 않았다.

이게 다 그가 저지른 일이란 말인가? 아니면 무슨 유랑자나 강도가 들어와서 유숙이라도 했단 말인가? 아니면 담배에 환장한 오르라[12]에게라도 씐 걸까? 전반적으로 볼 때 자기 소행이 틀림없다고 생각했지만 한편으로는 아니길 바라는 마음이었다. 보나마나 모가지가 잘릴 사안이었다. 특히나 웰치 부인을 찾아가서 자기가 한 짓을 솔직하게 고백하지 않는다면 더 볼 것도 없었다. 하지만 자기는 도저히 그럴 수 없다는 걸 잘 알고 있었다. 핑곗거리를 찾아봤자 어차피 용서가 안 되는 건수뿐이었다. 주정뱅이로 판명 나면 방화범보다 나을 게 없을 테니까. 게다가 초대해 준 집주인과 같이 온 손님들과 실내악의 매혹에 아랑곳하지 않고 오로지 술의 유혹을 찾아 떠나 버릴 정도의 구제 불능 주정뱅이라면 더더욱 그랬다. 유일한 희망이라면 웰치가 이불 홑청이 탔다는 둥 아내의 얘기를 제대로 듣지 않는 것뿐이었다. 그러나 웰치는 눈치가 빠른 사람으로 정평이 나 있었다. 예를 들어, 그 과제물에서 제자의 저서를 비난했다든가 하는 일들을 재빨리 알아차렸던 것이다. 그러나 그건 사실 웰치 자신에 대한 공격이긴 했었다. 날마다 자기가 쓰는 게 아닌 한 이불 홑청이나 담요야 어떻게 되든 그리 신경 쓰지 않을지도 모른다. 딕슨은 자기가 예전에 했던 생각을 떠올렸다. 웰치가 있는 앞에서 술에 취해 비틀거리며 교수 휴게실을 헤집고 다니고 고래고래 음탕한 욕설을 퍼부으며 유리창을 주먹으로 깨뜨리고 정기 간행물을 엉망으로 만든다 해도, 웰치는 자기한테만 해가 되지 않으면 아예 쳐다보지도 않을 위인이라고. 그러나 그 기억은 한편으로, 언젠가 일별한 앨프리드 비슬리의 책에 나오는 문장 한 구절을 환기했다. 〈정신은 유기체의 어떤 욕구에 부응하지 않는 자극은 받아들이지 않는다.〉 딕슨은 소

12 프랑스의 소설가 기 드 모파상Guy de Maupassant(1850~1893)의 단편소설 「오를라Le Horla」에 나오는 흡혈귀.

리 내어 웃기 시작했지만, 곧 어깨를 으쓱하는 몸짓으로 바꾸었다.

그는 침대에서 일어나 화장실로 갔다. 1~2분 후에 치약을 머금은 채 안전 면도칼을 들고 다시 돌아왔다. 조심스럽게 홑청의 탄 부분을 칼로 동그랗게 도려내기 시작했다. 왜 이러고 있는지 자기도 몰랐지만, 이 작업 덕분에 겉보기에는 훨씬 나아 보이는 것 같았다. 재앙의 원인이 그렇게 즉시 눈에 띄지 않았던 것이다. 테두리가 전부 매끈하고 깔끔해지자, 그는 순식간에 늙어 버려 꼬부랑 할아버지가 되어 버리기나 한 듯 천천히 무릎을 꿇고 앉아서 깔개의 탄 부분을 깎았다. 이러한 수정 작업에서 나온 티끌들은 그러모아 상의 주머니에 쑤셔 넣었다. 그러면서 목욕을 하고 아래층으로 내려가 빌 앳킨슨에게 전화를 걸어 연로하신 딕슨 부부의 소식을 원래 예정보다 훨씬 빨리 전해 달라고 부탁할 생각이었다. 그는 잠시 침대에 앉아 현기증을 유발하는 깔개 작업의 후유증에서 회복할 시간을 가졌는데, 미처 몸을 일으키기도 전에 누군가 화장실로 들어왔다. 금세 남자임을 알 수 있었다. 욕조 마개 사슬이 짤랑거리는 소리와 함께 수돗물이 콸콸 쏟아지는 소리가 들렸다. 웰치나 그의 아들, 또는 존스가 목욕을 하려는 모양이었다. 그중 누구인가는 곧 밝혀졌다. 훈련받지 않은 굵은 목소리가 쩌렁쩌렁하게 노래를 부르기 시작했던 것이다. 음탕한 모차르트의 지칠 줄 모르는 우스개로 뒤범벅된 곡은 딕슨도 알아들을 수 있었다. 버트런드가 노래라는 걸 할 리는 없고, 존스는 리하르트 슈트라우스[13] 이전의 음

13 Richard Strauss(1864~1949). 독일의 작곡가. 신기에 가까운 관현악법으로 교향시 분야에 사상 최대의 업적을 남긴 근대 음악의 거장.

악에는 전혀 관심이 없다고 공언을 하고 다녔던 위인이다. 아주 느릿느릿하게, 도끼에 맞아 쓰러지는 숲의 거인처럼, 딕슨은 옆으로 스르르 넘어가서 뜨겁게 활활 달아오른 얼굴을 베개에 대고 쉬었다.

이렇게 되면 당연히 생각을 정리할 시간이 생기는데, 이건 당연히 딕슨으로서는 전혀 내키지 않는 일이었다. 최대한 생각을 정리하지 않고 오래 둘 수 있다면, 특히 마거릿에 대한 생각들이라면 괜히 정리 따위 하지 않을수록 좋았다. 생전 처음, 마거릿을 다음에 만나면 무슨 말을 듣게 될까 상상하지 않고 회피할 수가 없었다. 마거릿이 무슨 말을 하기나 할지 모르지만 말이다. 혀를 아랫니 앞으로 쑥 밀어 넣고 미간을 최대한 찌푸린 뒤, 입으로 횡설수설 뭐라고 말하는 척 달싹거렸다. 사과를 귀담아듣게 만들으려면 어마어마하게 고생해야 할 텐데, 하다못해 그 준비 작업으로 그녀가 비난을 잔뜩 담아 둔 궤짝을 연 다음 비워 내게 만들으려면 얼마나 시간이 걸릴까? 그는 필사적으로 웰치의 노래를 경청하려 애썼다. 그 타의 추종을 불허하게 진부하고 한 치의 일탈도 없이 준엄하게 오로지 지루함만을 추구하는 그 노래를 들으며 경이로워하려 애썼지만, 효과가 없었다. 그래서 논문이 수락되었다는 사실을 생각하며 기쁨을 느껴 보려 했지만 기억나는 건 그 소식을 들은 웰치가 일말의 관심도 없어 보이는 표정으로 분통 터지도록 비슬리와 똑같은 조언을 했던 일뿐이었다. 「그 친구로부터 구체적인 게재 일자를 받도록 하게, 딕슨. 그러지 않으면 별 의미가 없어……. 별 의미가 없다니까…….」 그는 몸을 일으켜 앉아 슬금슬금 발을 내려 바닥을 딛고 섰다.

앳킨슨 계획을 대체할 대안이 있긴 했다. 훨씬 단순하고 훨씬 나은 길은 그 누구에게도 아무 말도 하지 않고 꽁무니를 빼는 것이었다. 하지만 아예 런던까지 도망치지 않고서야 될 리가 없다. 지금 런던 사정은 어떨까? 그는 목욕은 건너뛰기로 하고 잠옷을 벗기 시작했다. 이 시간에 그 넓디넓은 대로와 광장들에는 바삐 출근하는 몇 사람뿐, 인적조차 뜸할 것이다. 전쟁 중에 얻었던 주말 휴가 때 본 기억만으로도 그 광경을 눈앞에 선하게 그려 낼 수 있었다. 한숨이 나왔다. 차라리 몬테카를로나 중국령 투르기스탄을 상상하는 게 나았다. 하지만 한쪽 발은 잠옷에서 빼고 한쪽 발은 넣은 채 깔개 위에서 폴짝폴짝 뛰고 있자니 모래성을 덮치는 물처럼 머릿속에서 철썩이는 통증 말고는 아무 생각도 나지 않았다. 그는 총에 맞은 영화 속의 총잡이처럼 풀썩 쓰러지며 손으로 벽난로를 붙잡다가 쭈그리고 앉은 동양인 조각상을 하마터면 떨어뜨릴 뻔했다. 중국령 투르기스탄에도 마거릿이나 웰치 같은 사람들이 있을까?

몇 분 후 그는 화장실 안에 있었다. 웰치는 욕조를 빙 두른 물때와 거울에 서린 김을 남기고 갔다. 잠깐 생각에 잠겼다가 한 손가락을 쭉 펴고 〈네드 웰치는 돼지 엉덩짝같이 생긴 구질구질한 바보다〉라고 거울에 썼다. 그러고는 수건으로 거울을 닦고 자기 자신을 보았다. 사실 그렇게 몰골이 엉망은 아니었다. 적어도 생각했던 것보다는 훨씬 나아 보였다. 그러나 물에 적신 손톱 솔로 힘차게 솔질을 했음에도 불구하고 머리카락은 두피에서 벌써 삐죽삐죽 뻗쳐 올라오고 있었다. 포마드 대신 비누를 쓸까 생각해 보다, 예전에 몇 번인가 임시방편으로 그렇게 해봤다가 짧은 옆머리와 뒷머리가 오리털처럼 변했던 기억을 떠올리고는 포기했다. 그러나 늘 그렇듯 그는 건강해 보였고, 바라건대 친절하고 정직해 보였으면 했다. 그것만 해도 만족이었다.

살금살금 전화를 하러 내려갈 준비를 다 마치고 침실로 돌아온 그는 난도질당한 침대 깔개를 다시 한 번 살펴보았다. 어쩐지 흡족하지가 않았는데, 뭐라고 꼭 짚어 말할 수가 없었다. 가서 화장실 바깥문을 잠근 뒤 면도날을 들고 다시 구멍 테두리를 다듬기 시작했다. 이번에는 천을 톱날처럼 삐죽삐죽하게 찢고 왕창 사라진 부분들에서 가느다란 샛길들을 냈다. 어떤 건 거의 떨어져 나갈 정도가 되었다. 마침내 그는 면도날을 직각으로 들고 재빨리 구멍 테두리를 썰며 들쭉날쭉하게 만들기 시작했다. 그는 작품에서 한 발짝 물러나서 눈에 띄게 효과가 좋아졌다고 생각했다. 이제 대참사는 얼핏 보면 사람의 짓이 아니라, 한 몇 초쯤은, 급격한 부패라든가 나방 떼의 습격에 기인한 것처럼 보였다. 그는 깔개를 빙글 돌려서 면도날로 도려낸 탄 자국이 옆에 있는 의자에 가려지지는 않아도 그 근처에 있도록 했다. 침대 옆 탁자를 아래층으로 가지고 내려갔다가 나중에 돌아가는 버스에서 밖으로 던져 버릴까 생각하고 있을 때, 머리를 까딱까딱할 정도로 신나게 노래를 부르는 익숙한 목소리가 가청 범위에 들어왔다. 두렵고 끔찍한 무언가의 유령처럼 노랫소리가 점점 커지더니 잠가 둔 화장실 문이 흔들리고 손잡이가 철컥거리기 시작했다. 노랫소리는 그쳤지만 철컥거리는 소리는 계속 나더니, 발길질 소리도 들리고 심지어 어깨 같은 걸로 쿵쿵 부딪는 소리마저 잠시 들려왔다. 웰치는 자기가 다시 화장실로 돌아올 때 다른 사람이 차지하고 있을 거라는 생각은 사전에 해본 적이 없는 듯했고(아니, 다시 돌아올 생각을 하긴 했던 걸까?) 금세 사태를 파악하지도 못하는 듯했다. 처음에는 헛되이 손잡이를 철컥철컥 돌려 보던 그는 몇 번인가 또 다른 시도를 해보다가, 다시 헛되이 손잡이를 잡고 철컥철컥 돌려 보는 데로 주의를 돌렸다. 흔들고 두드리고 쿵쿵 부딪고 철컥거리는 최후의 오르가슴에 도달하더니, 발소리가 멀어지고 바깥문이 닫히는 소리가 났다.

딕슨은 분노하다 못해 눈물을 글썽거리며 침실에서 나오다가, 의도치 않게 베이클라이트 머그잔을 밟아 산산조각을 내고 말았다. 아마 어디 밑에 깔려 있다가 굴러 나와서 가는 길에 놓여 있었던 모양이었다. 아래층으로 내려온 그는 홀에 걸린 시계를 보고 — 8시 12분이었다 — 전화기가 놓여 있는 응접실로 들어갔다. 앳킨슨이 일요일마다 일찍 일어나서 신문을 가지러 간다는 건 잘된 일이었다. 그가 나가기 전에 쉽게 붙잡을 수 있을 테니까. 딕슨은 수화기를 들었다.

그 후로 25분간 가장 극심한 고충은 머리를 너무 혹사하지 않으면서 분노를 다스리는 일이었다. 그 시간 내내 수화기에서는 조개껍데기 속에서 나오는 희미한 휘파람 소리 말고는 아무것도 들려오지 않았다. 혐오감에 시시각각 바뀌는 얼굴로 가죽 소파 팔걸이에 앉아 있는 동안에, 그 주위의 온 집안이 살아 움직이기 시작했다. 머리 위에서 걸어다니는 발소리가 들렸다. 어떤 발소리들은 계단을 내려와 아침 식사가 차려진 식당으로 들어갔다. 또 집 뒤편으로 나와 역시나 아침 식사를 하러 들어가는 발소리들도 있었다. 아득하게 진공청소기가 징징 울었다. 변기 물을 내리고, 문을 쾅 하고 닫고, 어떤 목소리가 큰 소리로 불렀다. 응접실 문밖에서 즉시 수색대가 모집되기라도 하는 듯한 소리가 들려오는 바람에, 그는 전화기를 내려놓고 나갔다. 좁은 데 오래 앉아 있었더니 엉덩이가 아팠고, 수화기 놓는 버튼을 하도 눌러 대는 바람에 팔도 쑤셨다.

웰치가의 아침 식사 방식은 그 집안사람들의 여타 사고방식과 마찬가지로 옛 시절을 생각나게 했다. 음식은 짐작하건대 풍로가 달린 그릇에 담겨 뜨겁게 온기를 유지한 채로 간이 식탁에 놓여 있는 것 같았다. 이 음식의 풍부한 양과 다양한 종류를 보니 새삼스럽게 웰치가 버는 봉급 말고도 웰치 부인이 따로 상당한 소득을 올리고 있다는 생각이 들었다. 딕슨은 웰치가 어떤 재주를 부려 부자와 결혼한 걸까 종종 생각했다. 실제든 착각이든 무슨 개인적인 매력 때문이었을 리는 없고, 웰치의 변덕스러운 정신머리에 탐욕을 부릴 여유도 별로 없었을 텐데 말이다. 어쩌면 늙은이의 젊은 시절에는 지금은 찾아보려야 찾아볼 수 없는 게 있었는지도 모른다. 능란한 수완 말이다. 두통과 분노로 피폐해질 대로 피폐해진 상태였지만, 딕슨은 오늘 아침의 음식 중 무엇이 웰치의 부유함을 가장 시각적으로 잘 드러내고 있나 생각해 보면서 기분이 좀 좋아졌다. 그래서 아침 식사를 하러 식당으로 들어가는 순간에 침대 깔개며 마거릿은 이미 의식의 전면에서 한참 멀어져 있었다.

식당 안에는 딱 한 사람, 그 캘러헌이라는 여자뿐이었다. 그녀는 잘 차려 가져온 접시를 앞에 두고 앉아 있었다. 딕슨은 그녀에게 아침 인사를 했다.

「아, 안녕하세요.」 그녀의 목소리는 적대적이지 않았고 별 감정도 없어 보였다.

그는 재빨리 무례함을 덮는 최고의 포장으로 통명스럽고

직설적인 화법을 택하기로 결심했다. 과거에 저지른 무례함이든 앞으로 저지르게 될 실수든 말이다. 그의 아버지 친구 중에 보석상이 한 분 있었는데, 딕슨이 알고 지낸 15년간의 세월 동안 무례와 욕설로 점철된 대화를 하면서도 이 단순한 방법으로 요리조리 잘도 빠져나갔다. 고의적으로 북부 억양을 진하게 쓰면서 딕슨이 말했다. 「어젯밤에 제가 기분을 상하게 해드린 것 같아 죄송합니다.」

그녀가 재빨리 눈길을 들어 쳐다보는데, 목이 너무 예쁘다는 생각이 들어 씁쓸했다. 「아…… 그거요. 그리 걱정하실 일도 아닌데요. 저도 그렇게 잘한 건 아니니까요.」

「그렇게 생각해 주시니 감사합니다.」 말하면서 그는 벌써 이 표현을 그녀에게 쓴 적이 있다는 기억을 떠올렸다. 「아무튼 제가 예의라고는 모르는 놈처럼 굴었습니다.」

「글쎄요, 우리 그 일은 잊기로 해요, 괜찮죠?」

「그럼요. 정말 감사합니다.」

잠시 침묵이 흘렀고, 그사이 딕슨은 그녀가 얼마나 많이, 또 얼마나 빨리 먹고 있는지 살펴보고는 살짝 놀랐다. 그녀의 접시에 산처럼 쌓여 있다가 사라지는 달걀 프라이, 베이컨, 그리고 토마토 옆으로 흥건한 소스의 웅덩이가 보였다. 심지어 그가 지켜보는 사이에 그녀는 병을 들어 새빨갛고 찐득한 소스를 잔뜩 더 뿌리기도 했다. 그녀는 고개를 들어 흥미롭게 바라보는 그의 시선과 마주치자 눈썹을 추켜올리며 말했다. 「죄송해요, 제가 소스를 좋아해서요. 신경 쓰지 않으시면 좋겠네요.」 그러나 그 말투는 자신이 없었고, 그는 그녀가 얼굴을 붉혔다고 생각했다.

「괜찮습니다.」 딕슨은 호탕하게 받아들였다. 「저도 굉장히 좋아하거든요.」 그러면서 콘플레이크 그릇을 옆으로 치웠다. 맥아를 써서 만든, 좋아하지 않는 종류였다. 맞은편 식탁에 놓인 달걀과 베이컨과 토마토를 찬찬히 뜯어보고 있자니 뭘 먹는 건 좀 뒤로 미루어야겠다는 결심을 하게 되었다. 앉아 있는데 식도와 위장을 누가 민첩한 솜씨로 꿰매는 것 같은 느낌이 들었다. 그는 블랙커피를 따라 한 잔 마시고, 또 한 잔을 따랐다.

「이런 음식들을 하나도 안 드시려고요?」 여자가 물었다.

「네, 조금 있다가요. 지금은 안 내키네요.」

「무슨 일 있어요? 어디 편찮으신 건 아니고요?」

「네, 그렇게 몸이 좋지는 않아요. 약간 머리도 아프고요.」

「아, 그러면 정말로 그 작은 남자 말대로 펍에 가셨던 거군요? 그 사람 이름이 뭐였죠?」

「존스요.」 딕슨이 말했다. 씹어 뱉는 투로, 그 이름의 소유자에 대한 정확한 의견을 표출하려 애쓰면서. 「그래요, 술집에 갔었습니다.」

「굉장히 많이 드셨나 봐요, 아닌가요?」 흥미를 보이면서 그녀는 잠시 먹기를 중단했지만, 여전히 식탁보 위에 놓아 둔 주먹 쥔 손으로 나이프와 포크를 쥐고 있었다. 딕슨은 그녀가 손가락 끝이 뭉툭하며 손톱을 아주 짧게 잘랐다는 사실을 눈여겨보았다.

「그랬던 것 같아요, 네.」 그가 대답했다.

「얼마나 드셨어요?」

「아, 몇 잔인지 세지는 않는데. 마시면서 잔 수를 세는 건 나쁜 버릇이거든요.」

「그래요, 그렇겠죠. 하지만 몇 잔이나 드신 것 같으세요?

대충요.」

「아…… 일고여덟 잔, 아마 그쯤 될 거에요.」

「그러니까 맥주 말씀이죠?」

「맙소사, 당연하죠. 제가 독주를 그렇게 마실 사람으로 보이세요?」

「맥주 파인트 잔으로요?」

「네.」 그는 살짝 미소를 지으며, 알고 보면 이 여자도 그리 최악의 부류로 보이지는 않는다는 생각을 했다. 눈의 흰자에 도는 푸르스름한 기운도 건강한 미모에 한몫하고 있었다. 하지만 이어지는 대답을 듣고는 첫 번째 의견이 백팔십도 달라졌고 두 번째 의견에는 흥미를 잃어버리고 말았다.

「글쎄요, 그렇게 많이 마시고 나면 당연히 다음 날 약간 몸이 불편할 거라는 예상은 해야 하는 거 아닌가요?」 그녀는 꽉 막힌 여선생 같은 태도로 의자에서 몸을 꼿꼿이 세웠다.

딕슨은 아버지가 문득 떠올랐다. 전쟁이 날 때까지 늘 하얀 옷깃을 빳빳이 다려 입었으며 그 독설가 보석상에게 몸가짐이 지나치게 〈안 요란〉하다는 질책을 듣던 분이었다. 그런 말장난이 내포한 의미가 바로 딕슨이 크리스틴에게서 거슬린다고 느끼는 점이었다. 그는 약간 쌀쌀하게 말했다. 「암요, 당연히 그랬어야겠죠, 그렇죠?」 그건 캐럴 골드스미스한테서 배운 말투였다. 캐럴 생각이 나자 그날 아침 처음으로 전날 목격한 포옹이 떠올랐고, 그 일은 골드스미스뿐 아니라 이 아가씨와도 상관이 있다는 사실이 실감 났다. 뭐, 자기 일이야 오죽 어련히 잘할 여자겠냐마는.

「모두들 어디 가셨을까 궁금해했어요.」 그녀가 말했다.

「당연히 그랬겠지요. 그런데 얘기 좀 해주세요. 웰치 교수가 어떻게 반응하시던가요?」

「네? 그쪽이 십중팔구 술집에 갔을 거라는 사실을 알게 된 후에요?」

「네. 짜증스러워하시진 않던가요?」

「정말 모르겠어요.」 행여 이 말이 꽤나 당돌하게 들릴지도 모른다고 의식하면서, 그녀는 덧붙여 말했다. 「전 그분을 전혀 몰라요. 그리고 정말로 잘 모르겠더라고요. 제 말뜻을 아실지 모르겠는데, 사실 별로 신경 쓰시는 것 같지도 않았어요.」

딕슨은 그 말뜻을 잘 알았다. 그리고 이제는 달걀과 베이컨과 토마토를 공략해도 될 것 같은 느낌이 들어 좀 가지러 가며 말했다. 「뭐, 위안이 되네요, 솔직히. 사과를 드리긴 해야겠지만요.」

「그게 좋은 생각인 것 같네요.」

이 말을 하는 그녀의 말투 때문에 그는 간이 식탁에 서 있다가 잠시 돌아서서 어깨를 살짝 내려뜨리며 중국 고관 같은 표정을 지었다. 이 여자와 그 남자 친구가 너무 싫어서 왜 두 사람이 서로 싫어하지 않는지도 이해되지 않았다. 그러다 갑자기 침대 깔개 생각이 떠올랐다. 어떻게 그렇게 바보 같은 짓을 했을까? 절대 그대로 두어서는 안 되었다. 뭔가 다른 조치를 취해야 했다. 빨리 방으로 올라가서 홑청을 살펴보고 그 실체적 존재가 시사해 주는 아이디어들이 있는지 찾아봐야 했다. 「맙소사.」 그가 멍하니 말했다. 「하느님, 맙소사.」 그리고 정신을 차리며 다시 말했다. 「죄송하지만 급히 먼저 좀 실례해야겠습니다.」

「돌아가셔야 해요?」

「아뇨, 전 사실 가려면⋯⋯ 아니, 제 말은⋯⋯ 위층에 좀 올라가 봐야겠어요.」 도망치는 마당에 대사가 엉망이라는 걸 깨닫고 아직도 그릇 뚜껑을 손에 든 채로 정신없이 주워 담았다. 「제 방에 좀 문제가 있어서요, 제가 좀 고쳐야 해서.」 그녀를 보니 두 눈이 커다랗게 확장되어 있었다. 「어젯밤에 좀 불이 났거든요.」

「침실에 불을 내셨다고요?」

「아뇨, 의도적으로 낸 건 아니고, 담배 때문에 불이 났어요. 저절로 났다고요.」

그녀의 표정이 다시 바뀌었다. 「침실에 불이 붙었다고요?」

「아니요, 침대만요. 담뱃불이 옮겨 붙었습니다.」

「침대에 그쪽이 불을 냈다는 거예요?」

「맞아요.」

「담배로요? 일부러 그런 건 아니고요? 왜 담뱃불을 끄지 않았어요?」

「잠들어 있었어요. 잠에서 깰 때까지 전혀 몰랐습니다.」

「하지만 틀림없이……. 화상을 입지는 않았고요?」

그는 그릇 뚜껑을 내려놓았다. 「그런 것 같지는 않아요.」

「아, 그래도 그건 천만다행이네요.」 그녀는 입술을 앙다물고 그를 쳐다보더니, 전날 저녁과는 딴판으로 웃음을 터뜨렸다. 솔직히 딕슨이 보기에는 좀 음악적이지 못했다. 경건하게 빗질한 머리카락에서 금발 한 가닥이 흐트러져 삐져나오자 다시 깔끔하게 넘기고는 말했다. 「그래서 이제 어떻게 하실 생각이세요?」

「아직 모르겠습니다. 어떻게 하긴 해야 하는데.」

「그래요, 저도 그렇게 생각해요. 빨리 시작하시는 게 좋지 않겠어요? 하녀들이 정리하기 전에요.」

「알아요. 하지만 뭘 어떻게 하죠?」

「얼마나 안 좋은데요?」

「몹시 나빠요. 뭉텅이로 없어진 부분도 있고 말이에요.」

「아. 글쎄요, 직접 보지 못해서 뭐라고 해야 할지 정말 모르겠어요. 혹시…… 아니, 그래도 별 도움이 되진 못할 거예요.」

「있잖아요, 혹시 좀 올라와서…….」

「한번 봐달라고요?」

「네. 그렇게 해주실 수 있으세요?」

그녀는 다시 꼿꼿한 자세로 앉아서 생각에 잠겼다. 「네, 좋아요. 하지만 장담은 못 해요.」

「그럼요, 물론이죠.」 그는 어젯밤의 대참사 후에도 아직 담배 몇 개비가 남아 있다는 걸 기억해 내며 몹시 기뻤다. 「정말 감사합니다.」

두 사람이 문 쪽으로 걸어가는데 그녀가 말했다. 「아침 식사는 어쩌시고요?」

「아, 아깝지만 건너뛰어야겠죠. 시간이 없어서.」

「저 같으면 안 그럴 텐데. 여기는 점심을 별로 잘 주지 않더라고요.」

「하지만 기다리고만 있다가는…… 제 말은 시간이 별로…… 잠깐만 기다리세요.」 그는 다시 간이 식탁으로 달려가서 미끌미끌한 달걀 프라이를 하나 집어 들어 통째로 입안에 던져 넣었다. 여자는 무표정하게 팔짱을 끼고 지켜보았다. 달걀을 격하게 씹으면서 베이컨 한 조각을 반으로 접어 위아랫니 사이에 쑤셔 넣고, 갈 준비가 됐다고 신호를 보냈다. 구토의 징조들이 소화 기관 속을 한 바퀴 빙 돌았다.

두 사람은 한 줄로 서서 홀을 지나 계단을 올랐다. 오카리

나 같은 음색의 리코더로 단순한 선율을 연주하는 소리가 아득하게 들렸다. 아마 웰치는 자기 방에서 아침 식사를 한 모양이었다. 딕슨은 화장실 문이 열린다는 걸 알고 짜릿한 안도감을 느꼈다.

여자가 엄한 얼굴로 그를 바라보았다.「우리가 뭐 하러 여기 들어가야 하죠?」

「제 방이 이 화장실 건너편에 있어요.」

「아, 그렇군요. 참 희한한 배치네요.」

「웰치 영감이 건물 이쪽은 나중에 증축한 것 같아요. 화장실이 침실 건너편 끝에 붙어 있는 것보다는 이게 낫죠.」

「그렇겠네요. 세상에, 정말 엄청나게 흥이 오르셨던 모양이에요, 그렇죠?」 그녀는 앞으로 나아가서 깔개와 담요들이 가게에 진열된 물건인 양 손가락으로 훑었다.「하지만 불에 탄 것처럼 보이지 않는데요. 꼭 도려내진 것처럼 보여요.」

「맞아요, 제가…… 면도날로 탄 부분들을 도려냈거든요. 그냥 탄 채로 두는 것보다는 그게 보기에 나을 거 같아서.」

「아니 대체 그런 짓을 왜 하셨어요?」

「솔직히 저도 설명을 잘 못 하겠어요. 그냥 보기에 그쪽이 나을 것 같았거든요.」

「음. 그런데 이게 다 담배 한 개비 때문에 이렇게 됐다고요?」

「그것도 확실하진 않아요. 아마 그럴 겁니다.」

「저런, 그 정도면 정말 상당히 심하게 취하셨나 봐요……. 게다가 탁자도. 깔개까지. 있잖아요, 제가 이 모든 일에 공범이 되어야 할지 진짜 잘 모르겠네요.」 그녀가 씩 웃자, 그 얼굴이 말도 안 되게 건강해 보였고, 한편으로 앞니가 살짝 고르지 못하다는 사실도 드러났다. 어쩐 일인지 완벽하게 고른 치아보다 이쪽이 훨씬 더 그의 평정심을 심하게 흔들었다. 딕슨은 이제 그녀에 대해서는 알 만큼 알았고, 고맙지만 더 이상은 사양하고 싶다는 생각이 들기 시작했다. 그때 그녀가 일어서더니 생각에 잠긴 듯 위아래 입술을 앙다물었다. 「제 생각에는 엉망이 된 쪽이 밑으로 가게 침대를 다시 정리하는 게 최선일 거 같아요. 안 보이게. 그냥 그을리기만 한 담요를 — 이거요 — 맨 위에 놓으면 돼요. 지금 밑에 깔린 건 옆쪽은 거의 멀쩡하니까요. 어떻게 생각하세요? 거위 털 이불이 없다는 게 아쉽네요.」

「그래요, 괜찮을 거 같아요, 그러면. 하지만 침대보를 걷어 내면 알아채지 않을까요?」

「그렇겠지요. 하지만 담배하고 연관 지어 생각하지는 못할 거예요. 면도날로 저렇게 하셨으니까 더더욱. 게다가 침대 이불 밑 바닥에 머리를 처박고 담배를 피우진 않을 거 아니에요, 안 그래요?」

「그거 말 되네요, 맞아요. 그러면 빨리 해치웁시다.」

그가 침대를 밀어 벽에서 떼어 내는 사이 그녀는 팔짱을 낀 채 구경했고, 다음에는 둘이 함께 침대보를 전부 뒤집어 다시 정리하기 시작했다. 진공청소기 소리가 이제 바짝 가까워져서 웰치의 리코더 소리가 묻혀 잘 들리지 않았다. 함께 일을 하면서 딕슨은 그녀에 대해 더는 아무것도 알아채지 않겠다는 결심이 무색하게 캘러헌이라는 여자를 찬찬히 뜯어보았고, 생각보다 훨씬 예쁘다는 걸 깨닫고 미칠듯이 화가 치밀었다. 자기도 모르게 웰치가 능력을 시험하는 새로운 과제를 던져 주었을 때라든가, 멀리에서 미치를 봤다든가, 웰치 부인에 대해 생각할 때라든가, 아니면 존스가 이미 한 말을 또 비슬리한테서 듣게 될 때 짓는 표정을 하고 싶어졌다. 힘껏 눈 코 입을 다 한가운데로 몰고 입안의 숨을 쥐어 짜내서라도 그녀가 마음속에 불러일으킨 온갖 엉망진창의 감정들을 상쇄하고 싶었다. 화, 슬픔, 억울함, 치졸함, 악의, 쏟을 데 없는 분노, 고통의 온갖 동소체들. 그 여자는 이중의 죄과가 있었다. 일단 그런 외모를 하고 있는 것. 둘째로 그런 모습을 하고 그 앞에 나타난 것. 흔히 볼 수 있는 사랑의 여왕들이라면 — 이탈리아 영화배우, 백만장자의 아내, 달력 사진 속의 여자들 — 얼마든지 참아 줄 수 있었다. 아니, 대놓고 쳐다보기를 즐겼다. 그러나 이런 부류의 미인이라면 아예 안 보는 게 나았다. 그는 언젠가 사랑을 잘 가늠하고 있다고 자칭 공언하는 어떤 작가의 책에서 — 플라톤이었나 릴케였나 — 사랑이란 평범한 성적 감정에 비할 때, 단순한 정도의 차이가 아니라 아예 종류 자체가 다른 감정이라는 글을 읽은 적이 있다. 그렇다면 이런 여자들에게 그가 느꼈던 감정이 사랑이었던 걸까? 이제까지 그가 경험한 바 있고 또 상상할 수 있는 그 어떤 감정도 이처럼 그의 사고방식에 근접하지 못했다. 그러나 플라톤인지 릴케인지 하는 사람의 애매모호한 지지 외에는 그 주제에 대한 온갖 연구들이 그의 반대편이었다. 자, 이게 사랑이 아니라면 무엇이었을까? 욕망처럼 느껴지지는 않았다. 마지막 모퉁이에 깔개를 잘 접어 넣고 나서 그녀가 정리하고 있는 쪽으로 건너갔을 때, 그는 한 손을 꺼내 그 풍만한 젖가슴에 얹고 싶은 강렬한 충동에 시달렸다. 그런 행위를 만일 진짜로 했다 해도, 그에게는 과일 바구니에서 탐스럽게 익은 복숭아 하나를 집으려고 팔을 뻗는 것만큼이나 자연스럽고 별 의미도 없으며 전혀 문제될 게 없는 행동처럼 느껴졌으리라. 아니, 이 모든 건, 뭔지 몰라도, 뭐라 이름 붙여야 할지 몰라도, 아무튼 그로서는 어찌할 도리가 없는 감정이었다.

「자, 아주 괜찮아 보이는데요.」 여자가 말했다. 「모르고 보면 저 밑에 뭐가 있는지 생각도 못 할 거예요, 그렇죠?」

「그렇군요. 이런 아이디어를 내주고 또 도와주기까지 하다니 정말 감사합니다.」

「아, 괜찮아요. 탁자는 어떻게 하실 생각이세요?」

「계속 생각해 봤는데요. 통로 끝에 작은 고물 창고가 있더라고요, 망가진 가구와 썩어 가는 책들 같은 게 잔뜩 들어 있는. 어제 거기 가서 보면대인가 뭔가 가져오라고 심부름을 시키셔서. 그 방이 이 탁자에 딱 맞는 곳 같아요. 프랑스 궁정 기사들이 그려져 있는 낡은 차양 뒤에 — 있잖아요, 그 화려한 모자에 밴조를 들고 있는 그런 사람들. 잠깐 나가서 사람이 있는지 망을 좀 봐주시면, 제가 지금 탁자를 들고 그리로 달려갈까 싶습니다.」

「좋은 생각이에요. 기발한 생각인데요. 탁자를 치워 놓으면 아무도 깔개가 흡연과 관련이 있다고 생각하지 못할 거예요. 악몽을 꿨다든가 해서 발로 차다가 찢었다고 생각하겠죠.」

「거참 대단한 악몽이죠. 이불은 물론이고 담요 두 장을 뚫었으니.」

그녀는 입을 벌리고 그를 쳐다보더니 깔깔 웃기 시작했다. 침대에 털썩 주저앉았다가 거기에 또 불이라도 붙은 듯 화들짝 소스라쳐 일어섰다. 딕슨도 웃기 시작했는데, 대단히 즐거워서라기보다는 그렇게 웃어 주는 그녀에게 고마운 마음이 들었기 때문이었다. 그들은 1분 후 그녀가 화장실 문밖에서 그에게 손짓을 하고, 그가 탁자를 들고 층계참으로 달려 나갔을 때까지도 계속 웃고 있었는데, 그때 마거릿이 갑자기 자기 침실 문을 벌컥 열더니 그들을 보았다.

「대체 무슨 짓을 하고 있는 거야, 제임스?」

7

「우리는 그냥…… 난 그저…… 사실, 그냥 이 탁자를 내다 버리고 있었을 뿐이야.」 딕슨이 두 여자를 번갈아 쳐다보며 말했다.

캘러헌은 터져 나오는 웃음을 도저히 억누르지 못하고 그만 엄청나게 큰 소리로 콧방귀를 뀌고 말았다. 마거릿이 말했다. 「아니 이 말도 안 되는 짓거리는 뭐냐고?」

「말도 안 되는 짓거리가 아니야, 마거릿, 믿어도 좋아. 내가…….」

「제가 끼어들어도 될지 모르겠지만요.」 여자가 말을 끊었다. 「제 생각에는 일단 탁자부터 치우고 와서 근거나 이유는 그다음에 해명하는 게 좋을 것 같네요.」

「맞아요.」 딕슨은 이 말을 한 다음 고개를 푹 숙인 채 복도를 달려갔다. 고물 창고에서 양궁 표적을 팔꿈치로 밀어 치우면서 그는 미친 농부 같은 표정으로 — 저 양궁 표적은 황당무계하게 한심한 바보짓들을 얼마나 많이 봤을까? — 쳐다보고 탁자를 차양 뒤에 버렸다. 그러고 나서 적당한 길이의 썩어 가는 실크 천을 한 장 가져다 탁자 위에 덮었다. 그리고 그 위에 연습용 펜싱 검 두 자루, 〈스페인의 교훈〉이라는 제목의 책 한 권, 그리고 조개껍데기며 애들 머리카락이 그득히 들어 있을 게 분명한 난쟁이 나라의 서랍장 하나를 진열해 두었다. 마지막으로 이렇게 진열한 탁자를 망원경이나 카메라로 멍청한 장난을 할 때 썼을 법한 삼각대로 받쳐 두었다. 한 발 떨어져서 보니 효과가 훌륭했다. 누가 봐도 이 물건들이 몇 년 동안 꿈쩍도 않고 바로 이대로 놓여 있었을 거라 믿어 의심치 않을 터였다. 그는 미소를 짓고, 잠시 눈을 감았다가 금세 다시 현실 세계로 지저분하게 철벅거리며 돌아왔다.

마거릿이 문간에 서서 그를 기다리고 있었다. 한쪽 입매가 그가 잘 아는 표정으로 일그러져 있었다. 캘러헌 집안 여자는 사라지고 없었다.

「자, 그게 다 뭐 하는 짓이었어, 제임스?」

그는 문을 닫고 설명을 시작했다. 이야기를 하다 보니 방화 사건부터 그 대처까지의 과정이 굉장히 우습다는 생각이 처음으로 들었다. 마거릿은 사건과 관계도 없으니, 더더욱 웃긴다고 생각할 게 틀림없었다. 마거릿이 좋아하는 종류의 이야기였으니까. 그는 해명을 마치며 그 말까지 덧붙였다.

그러자 표정 하나 변하지 않고 그녀가 반박했다. 「너하고 그 여자가 이 사태를 굉장히 웃긴다고 생각하는 건 알겠더라.」

「왜, 우습게 생각하면 안 될 이유라도 있어?」

「전혀 없어. 나하고 아무 상관도 없는 일이잖아. 처음부터 끝까지 좀 멍청하고 유치해 보여서 말이야, 그뿐이야.」

그는 애써 말했다. 「이봐, 마거릿, 왜 그렇게 생각하는지는 알겠어. 그렇지만 모르겠어? 요는 그 빌어먹을 깔개며 기타 등등을 내가 일부러 불태우려 한 게 아니라는 거야. 하지만 일을 저질렀으니 당연히 뭐라도 대책을 세워야 하잖아, 안 그래?」

「웰치 부인한테 가서 설명을 한다거나, 그럴 수는 없었던 거지?」

「그래. 〈물론〉이라는 대답이 맞아. 절대 그럴 수는 없었어. 5분도 안 돼 강사 자리에서 잘렸을 테니까.」 그는 둘이 같이 피울 담배를 꺼내 불을 붙이면서, 버트런드의 애인이 웰치 부인한테 실토하라는 둥 그런 소리를 했었던가 기억을 되살려 보았다. 그런 소리를 들은 기억이 없었는데, 어떻게 보면 좀 이상한 일이긴 했다.

「웰치 부인이 그 탁자를 찾아내면 그보다 더 짧은 시간에 해직될걸.」

「못 찾을 거야.」 그는 짜증스럽게 말하고 방 안을 서성거리기 시작했다.

「그 깔개는 어떻게 하고? 침대를 다시 정리하자는 게 크리스틴 캘러헌의 아이디어였다고?」

「그래, 그래서 뭐? 깔개가 또 뭐 어때서?」

「어젯밤에 비해서 그 여자하고 굉장히 친해진 거 같더라.」

「그래, 좋은 일이잖아, 안 그래?」

「말 나온 김에 하는 얘기지만, 방금 그 여자가 나한테 끔찍하게 무례하게 굴었어.」

「무슨 소리야?」

「마구잡이로 끼어들어서 너한테 탁자 갖다 놓고 오라고 시켰잖아.」

그 말에 자존감의 상처를 입은 딕슨이 말했다. 「네가 〈무례〉가 뭔지 잘못 알고 있는 모양인데 말이야, 마거릿. 그 여자 말이 전적으로 옳아. 웰치 부부 중 누구라도 금세 어디서 나타날지 모르는 상황이었다고. 그리고 마구잡이로 끼어든 사람이 있다면, 그건 너지 그 여자가 아니야.」 그는 이 말이 끝나기도 전에 후회하기 시작했다.

마거릿은 입을 약간 벌리고 그를 빤히 쳐다보다가, 갑자기 홱 뒤로 돌아섰다. 「미안해, 다시는 끼어들지 않을게.」

「있잖아, 마거릿, 내 말은 그런 뜻이 아니야. 이상한 생각하지 마. 난 그저……」

누가 봐도 힘들여 차분함을 유지하고 있는, 그런 새된 목소리로 그녀가 말했다. 「제발 가줘.」

딕슨은 연극의 배우로서도 각본가로서도 마거릿이 상당히 훌륭하게 잘하고 있다는 견해를 쫓아 버리려고 몹시 애썼지만 그럴 수가 없는 자기 자신이 미웠다. 말투에 다급함을 담아 보려 애쓰며 말머리를 꺼냈다. 「그런 식으로 받아들이면 안 돼. 내가 진짜 돼지게 멍청한 소리를 했어, 인정할게. 네가 진짜로, 그렇게 끼어들었다는 게 아니야, 당연히 그럴 리가 있냐. 제발 알아줘……」

「아, 굉장히 잘 알겠어, 제임스. 완벽하게 알겠다고.」 이번에는 목소리가 무미건조했다. 그녀는 색색의 셔츠에다 밑단에 술이 달리고 주머니가 있는 치마를 입고 낮은 단화를 신고 나무 구슬 목걸이를 건 예술가 같은 차림을 하고 있었다. 그녀가 피우는 담배의 연기가 햇살을 받아 푸르른 잿빛으로 피어올라 맨살이 드러난 그녀의 팔뚝을 휘감았다. 딕슨은 더 가까이 다가갔고, 그녀가 머리를 방금 감았다는 걸 깨달았다. 목덜미에 메마르고 윤기 없는 푸석한 머리칼이 드리워져 있었다. 문득 그런 상태의 머리칼이 본질적으로 여성적으로 느껴졌다. 캘러헌 집안 여자의 빛나는 금발보다 훨씬 더 여성스러웠다. 불쌍한 마거릿, 그는 이렇게 생각하며 제 딴에는 달래는 몸짓이랍시고 자기 쪽에 가까운 그녀의 어깨에 손을 얹었다.

미처 뭐라 말하기도 전에 그 손을 홱 떨쳐 버리고 창가로 걸어가서 입을 뗀 그녀의 말투는, 두 사람이 벌이고 있는 이 소동에서 전적으로 새로운 장을 열고 있다는 것을 그는 곧 깨달았다. 「꺼져. 감히 어떻게. 나를 갖고 밀고 당기고 하는 짓은 이제 그만둬. 대체 네가 뭐라고 생각하는 거니? 하다못해 어젯밤 일을 사과하는 예의조차 없는 주제에. 네가 얼마나 수치스럽게 굴었는지 알아. 너한테서 술 냄새가 펄펄 풍겼다는 건 알았으면 좋겠다. 난 너한테 한 번도 그런 인상을……. 대체 그따위 짓을 하고 어떻게 용서를 받을 수 있을 거라고 생각한 거지? 날 대체 뭘로 보는 거니? 내가 그간 어떤 일을 겪었는지, 지난 몇 주 동안 있었던 그 모든 일을 모르는 사람도 아니잖아. 참을 수가 없어, 절대 못 참아. 절대 참지 않을 거야. 내 감정이 어떤지 틀림없이 알고 있었는 데도 넌.」

그녀가 한참 이런 말을 늘어놓는 동안 딕슨은 그녀의 눈을 똑바로 바라보았다. 어쩔 줄 모르는 공포와 당혹감은 점점 더 심각해지고 커져 갔다. 그녀의 몸이 경련하듯 달달 떨렸다. 머리는 상당히 긴 목 위에서 좌우로 마구 흔들려 색색의 셔츠 위로 나무 구슬들이 이리저리 흔들렸다. 그는 예술가 같은 그 옷차림이 전반적으로 그녀의 행동거지와 기묘하게 괴리가 있어 보인다는 생각을 했다. 저런 유의 옷을 입는 사람들은 이런 유의 문제에 별 신경을 쓰지 않는 법이다. 적어도 마거릿만큼 저렇게 신경 쓸 리는 없다. 옷차림도 그렇고 행동거지도 대체로 저토록 참하지 못하면서, 시종일관 새침하게 구는 건 확실히 잘못된 일이었다. 그렇지만, 어쨌든 캐치폴 사건도 있었고 하니, 마거릿이 시종일관 새침데기처럼 군 건 아니지 않은가? 하지만 물론 그의 이런 생각도 다 잘못된 거였다, 아주 나빴다. 늘 그렇듯 원래 그녀답게 구는 것일 뿐인데, 그걸로 자신의 짜증을 정당화하고 제일 중요한 문제를 흐리려 하다니. 그녀는 최근에 심각한 타격을 받은 신경증 환자였다. 그렇다, 그녀 말이 사실 맞았다, 물론 그녀가 의도하는 의미에서는 아니었지만 말이다. 그의 행동이 나빴다, 배려심도 전혀 없었다. 그러니 차라리 온 정력을 다 바쳐 사과를 하는 편이 나았다. 어디서 나왔는지 불쑥, 저렇게 감정이 격한데도 언성은 차분하게 유지하는구나, 하는 생각이 들자 그는 뻥 차서 뇌리에서 쫓아내 버렸다.

「우리가 그간 쌓아 왔던 관계에 대해 어제 오후에서야 비로소 생각하게 됐어. 얼마나 소중한 사이인지, 정말 값진 사이라고. 하지만 정말 바보 같은 생각이었지? 내가 완전히 잘못 알았어……. 나는…….」

「아니야, 너는 지금 완전히 잘못 알고 있어, 그때 그 생각이 맞는 거야.」 그가 말을 끊었다. 「이런 일들은 그냥 뚝 그치는 게 아니란 말이야. 사람은 그렇게 단순하지가 않아. 기계가 아니잖아.」

그가 한참 이런 소리를 늘어놓는 동안 그녀는 딕슨의 눈을 똑바로 바라보았다. 자기 입에서 쏟아져 나오는 말들의 썩어빠진 진부함 덕분에, 적어도 그녀의 눈길을 똑바로 받고 있는 게 조금 수월했다. 그녀는 다리를 살짝 꼬고 제일 좋아하는 자세로 앉아 있었다. 보나마나 자기 다리를 과시하려는 의도가 틀림없었다. 그녀의 다리는 근사했고, 그녀에게서 제일 멋진 부분이었다. 그러다 한순간 그녀가 약간 움직이자 안경알이 빛을 반사해 눈길이 어디를 향하는지 파악할 수 없게 되었다. 그게 어쩐지 섬뜩해서 딕슨은 몹시 심란한 기분이 되었지만, 그래도 꿋꿋이 자기 목적을 향해 행군해 나갔다. 아직은 시야에 들어오지도 않은 고지였지만, 이 조우를 끝내고 정직의 궤도를 일탈한 행로에서 휴식을 얻기 위한 그 약속 또는 선언을 향해 꿋꿋이 나아갔다. 왼발, 오른발, 왼발, 오른발, 앞으로 뒤로 왼발, 오른발.

한참이 지나자 마거릿은 무자비하게 짜증만 냈다. 그러고는 짜증만 냈고, 그다음에는 뿌루퉁하고 말이 짧아졌다. 「아, 제임스.」 그녀는 마침내 손을 볼록하게 모아 머리를 매만지며 말했다. 「제발 지금은 좀 그만두자. 나 피곤해, 끔찍하게 피곤하다고, 더 이상은 못 하겠어. 다시 침대에 가서 좀 누울래. 어젯밤에 잠을 별로 못 잤거든. 그냥 혼자 좀 있고 싶어. 이해해 주려고 노력이나 좀 해봐라.」

「아침 식사는 어떡하고?」

「전혀 먹고 싶지 않아. 어차피 지금은 다 끝났을 시간이고. 그리고 누구랑 말 섞기도 싫어.」 그녀는 침대에 풀썩 쓰러져 눈을 감았다. 「제발 나 좀 혼자 있게 내버려 둬.」

「정말 괜찮겠어?」

마거릿은 땅이 꺼져라 한숨을 쉬며 〈아, 그렇다니까〉라고 말했다. 「제발 부탁이야.」

「내가 한 말 잊으면 안 돼.」

아무 대답도 돌아오지 않자, 그는 조용히 밖으로 나가 자기 방으로 가서 침대에 누워 담배를 피우며 지난 한 시간 동안 일어났던 일들을 곰곰이 돌이켜 생각해 보았지만 별무소득이었다. 그렇지만 마거릿을 뇌리에서 거의 즉시 치워 버리는 데에는 성공했다. 복잡하기 짝이 없는 일이지만 원래 늘 그래 왔고, 그녀가 자기에게 한 말이 끔찍하게 싫었으며 자기가 그녀에게 한 말들도 다 끔찍하게 싫었지만 그래도 어쩔 도리 없이 그럴 수밖에 없었다. 사실 그러고 보면, 캘러헌이라는 그 여자는 가끔 새침데기처럼 굴긴 했어도 얼마나 예의 바르게 대해 주고 또 얼마나 건전한 충고를 해주었던가. 그것도 그렇고 또 가끔 터뜨리는 폭소만 해도 그녀가 보기처럼 〈안 요란〉한 여자가 아니라는 증거였다. 그는 불편한 심경으로 지독하리만치 빛나던 그녀의 피부와 심란할 정도로 맑던 그녀의 두 눈과 무절제하리만큼 하얗던 그 살짝 고르지 못한 그녀의 치아를 기억했다. 그리고 버트런드와의 관계 자체가 사실 그녀가 몹시 비열한 인간이라는 충분한 근거라고 혼자 지적하며 조금 기분이 나아졌다. 그렇다, 버트런드. 그 사람과 화해를 하든지 아예 상종을 말든지 둘 중 한 가지를 해야 했다. 웬만하면 피하면서 상종하지 않는 쪽이 나을 거라는 예감이 거의 확실했다. 거기다 마거릿과 되도록 마주치지 않는 걸 병행할 수도 있었다. 앳킨슨이 제시간에 맞춰 전화를 한다면 앞으로 한 시간도 못 되어 이 집 밖으로 나갈 수 있을 것이다.

그는 재떨이에 담배를 끄면서 그 일로 족히 20~30초를 보내고 나서야 가서 면도를 했다. 한참 후 시끄러운 비음으로 〈딕슨〉이라는 이름을 외쳐 대는 소리가 들려 계단으로 나가 보았다. 「거기 누가 저 불렀습니까?」 우렁차게 외치자 답이 들려왔다.

「전화 왔어요, 딕슨. 딕슨, 전화 왔다고.」

응접실에는 버트런드가 부모님과 애인을 대동하고 앉아 있었다. 그는 커다란 머리로 전화기를 가리켜 보이더니, 의자에 앉아 고장 난 로봇처럼 읊조리고 있는 부친의 말씀을 계속 경청하는 것이었다. 웰치는 비장에 병이 있는 사람처럼 우울하게 이런 소리를 하고 있었다. 「어린이 미술에서는 말이지, 소위 선명한 비전이라는 걸 찾아볼 수가 있네. 세상을 어른이 알고 있는 대로가 아니라 눈에 보이는 그대로 생각하는 사고방식 말이야. 그러니까 이…… 이…….」

「짐, 당신이요?」 앳킨슨의 잔인한 목소리가 말했다. 「바넘과 베일리 요지경 곡마단에서 잘 지내고 있소?」

「목소리를 들으니 반갑고 더 좋네요, 빌.」

뜻밖에 말이 많은 앳킨슨이 「뉴스 오브 더 월드」에서 읽고 있던 사건 이야기를 해주고, 거기서 상으로 주는 십자말풀이의 단서에 대해 의견을 묻고, 웰치가에 모인 사람들 흥을 돋우라며 턱도 없는 제안을 하는 사이, 딕슨은 예술에 대해 무언가 설명하는 버트런드의 말을 경청하고 있는 캘러헌 아가씨의 모습을 지켜보았다. 그녀는 의자에 반듯이 꼿꼿하게 앉아서 입술은 꼭 다물고 있었으며, 이제 처음 깨달은 건데 바로 전날과 똑같은 차림을 하고 있었다. 어느 모로 보나 매정해 보였지만, 그녀는 이불 깔개와 그을린 탁자 상판에 개의치 않았고 마거릿은 화를 냈다. 이 여자는 달걀 프라이를 손으로 집어 먹어도 기분 나빠 하지 않았다. 수수께끼였다.

언성을 약간 높이며 딕슨이 말했다. 「뭐, 전화 줘서 정말 고마워요, 빌. 우리 부모님께 대신 설명을 좀 드려 줘요. 그러면 내가 최대한 빨리 갈게요, 네?」

「끊기 전에 존스한테 오보에 좀 제자리에 갖다 두라고 말 좀 해주게.」

「노력해 볼게요, 그럼 안녕히.」

「그게 멕시코 예술의 진짜 핵심이야, 크리스틴.」 버트런드가 말하고 있었다. 「원시적 테크닉 자체만으로는 강점이 될 수가 없지, 당연히.」

「그럼, 그렇겠지. 알겠어.」 그녀가 말했다.

「죄송한데 지금 당장 좀 가봐야 하겠습니다, 웰치 부인.」 딕슨이 말했다. 「방금 전화 통화가……」

그들은 다 같이 고개를 돌리고 그를 바라보았다. 웰치 부인은 힐난조로, 웰치는 몰이해로, 버트런드의 여자 친구는 아무런 호기심도 보이지 않고. 딕슨이 미처 설명을 시작하기도 전에 열려 있던 문으로 마거릿이 걸어 들어왔고, 그 뒤를 따라 존스가 들어왔다. 드러누울 정도로 피곤하다더니 회복 한번 빠르군, 존스에게 무슨 도움이라도 받은 걸까?

「아아.」 마거릿이 말했다. 방 안 가득한 사람들에게 그녀는 원래 보통 때도 그렇게 인사를 했다. 길게, 숨을 토하며, 내려가는 글리산도[14]로. 「안녕하세요, 여러분.」

이미 실내에 있던 사람들은 이에 반응해 불편하게 움직이기 시작했다. 웰치와 버트런드는 동시에 말하기 시작했고, 웰치 부인은 재빨리 딕슨과 마거릿을 번갈아 쳐다보았으며, 존스는 유청같이 허여멀건 얼굴로 문간에 서 있었다. 웰치가 여전히 뭐라고 말을 하면서 운동 능력을 잃어버리기라도 한

14 *glissando*. 한 음에서 다른 음으로 미끄러지듯이 연주하는 기법.

사람처럼 비실비실 의자에서 일어나 존스 쪽으로 걸어갈 때, 딕슨은 자기가 얘기할 기회가 사라진다는 생각에 앞으로 한 발짝 나섰다. 웰치가 〈꾸밈이 많은 베이스〉라는 표현을 쓰는 소리가 들렸다. 그는 헛기침을 하고 큰 소리로 말했는데, 예상치 못한 쉰 목소리가 튀어나왔다. 「죄송하지만 지금 가봐야겠습니다. 부모님께서 갑자기 저를 보러 오셨다고 하네요.」 그러고는 잠시 말을 끊고, 아쉬움과 탄식이 흘러나올 시간을 두었다. 그러나 아무 반응도 없자 다시 황급히 말했다. 「그간 실례가 정말 많았습니다, 웰치 부인. 아주 즐거운 시간이었어요. 그렇지만 이제 저는 정말 가봐야겠습니다. 모두들 안녕히 계세요.」

마거릿의 눈길을 피하며, 그는 침묵 속을 걸어 문밖으로 나왔다. 금방이라도 죽어 버리거나 미쳐 버릴 것만 같은 기분만 빼고, 숙취는 싹 사라져 버렸다. 존스가 옆으로 지나치는 그를 보고 회심의 미소를 지었다.

8

「아, 딕슨, 잠깐 나랑 얘기 좀 하지?」

듣는 당사자에게 이보다 더 무서운 소환의 말은 없었다. 군대에서 공군 직속 상사가 입버릇처럼 하던 말이었던 것이다. 그는 별 대수롭지 않은 실수를 두고도 사람들이 소리를 들을 수 없는 데로 신병을 데리고 나가 〈얘기〉는커녕 엄청난 폭력과 위협을 가하는 일에 대해 매우 구식 가치관을 갖고 있던 직업 군인이었다. 웰치가 그 말을 부활시킨 건 딕슨이 구축하고 있던 〈나쁜 인상〉에 새로운 항목이 생길 때마다 불쾌감을 표현하기 위해 쓰던 알레그로 콘 푸오코[15]에서 짤막한 마에스토소[16]로 변주하기 위해서였다. 그럴 때마다 소위 학과에 딕슨의 가치를 입증하기 위해서라는 명분으로 새로운 학문적 과제가 떨어지기 일쑤였다. 미치 또한 그 말을 여러 번 썼던 적이 있다. 중세의 삶과 문화에 대해 대화를 나누며 질문을 퍼붓고 싶다는 욕망의 신호였다. 이번에 그를 소환하고 있는 사람은 웰치였다. 그는 딕슨이 골드스미스와 함

15 *allegro con fuoco*. 격렬하고 빠르게.

16 *maestoso*. 장엄하게.

께 쓰고 있는 작은 강의실 문간에 서서 몸을 흔들거리고 있었다. 머리로만 생각하면 이런 요청이 웰치의 저서를 위해 주해를 정리해 준 일에 대한 칭찬이라든가, 〈메디움 에붐〉[17]의 편집진이 되라는 요청이나, 난잡한 하우스 파티에 초대하는 결과로 이어질 수 있다는 걸 딕슨도 알았지만, 정서적·육체적으로 받아들였을 때는 틀림없이 고약한 내용일 거라는 확신에 숨이 턱턱 막혀 왔다.

「물론이지요, 교수님.」 이 논의의 주제가 이불 홑청일까, 파면일까, 아니면 이불 홑청과 파면 둘 다일까 생각하며 웰치를 따라 옆방으로 가면서, 딕슨은 중얼중얼 입속으로 욕을 읊조리며 면접 초반 몇 분 동안 써먹을 자산을 모아 두었다. 발을 일부러 세게 쾅쾅 구르며 걷기도 했는데, 이는 한편으로 용기를 잃지 않기 위해서였고, 또 한편으로는 중얼거리는 소리를 덮기 위해서이기도 했으며, 또 그날 아침에는 담배를 아직 못 피웠기 때문이기도 했다.

웰치는 어울리지 않게 어지러이 흐트러진 책상에 앉았다. 「오…… 어…… 딕슨.」

「네, 교수님?」

「내가…… 자네 논문 얘긴데 말이야.」

앞뒤가 안 맞는 말을 그렇게 많이 하면서도, 웰치는 비난할 때만큼은 늘 직설적인 사람이었다. 그래서 이 발언은 그에 비했을 때 고무적이었다. 딕슨은 경계를 풀지 않고 말했다. 「아, 예?」

「지난번에 사우스웨일스 출신의 절친한 친구와 얘기를 나

17 Medium Aevum. 중세 언어 문학 학회.

눴는데 말이야. 이 친구가 지금 애버타위 대학교에 교수로 있거든. 애스로 헤인스라고, 중세 쿰뤼디카이루[18]에 대한 그 친구 저서를 아마 자네도 알 거라고 생각하네만.」

딕슨은 조금 다른 말투로 〈아, 예〉라고 말했지만 여전히 경계를 풀지 않았다. 열렬하고 헌신적인 인지를 표하면서도 문제의 작품을 읽어 익히 알고 있다는 암시를 주지 않기를 바랐다. 혹시나 웰치가 논거의 요지를 요약해 보라고 할까 봐서였다.

「물론 그쪽 문제는…… 우리…… 우리…… 특히 일반 과정과는 많이 다르지만 말이지. 그 친구 말이 뭐냐 하면…… 특히 첫해에 다들, 계속 역사를 전공할 거냐 말 거냐와는 상관없이 전부 다 일정한…….」

딕슨은 주의력을 거의 다 꺼버리고 딱 적당한 간격을 둔 채 고개를 끄덕일 정도로만 듣고 있었다. 마음이 놓였다. 진짜로 나쁜 일은 일어나지 않을 터였다. 그의 논문과 이 헤인스라는 인물 사이의 점점 넓어져만 가는 간극을 이어 주는 다리가 과연 무엇으로 밝혀질지 모르겠지만 말이다. 마음속에서 한 가지 결단이 스멀스멀 생겨나기 시작했고, 미처 그게 뭔지 파악하지도 못한 상태에서도 그는 겁이 덜컥 나고 말았다. 웰치와 단둘이 있게 되었으니 이참에 결판을 내고 그의 미래에 대해 결정된 사항이 있는지 어떻게든 추궁해 알아봐야겠다는 것이다. 아니, 아무것도 정해진 게 없다면 언제 결정이 나고 어떤 변수로 결정이 나게 되는지라도 알아내야겠다는 것이다. 행여 앞날에 도움이 될까 하는 희망에 목줄

18 cwmrhydyceirw. 영국 웨일스 지방의 지명.

을 잡혀 협박당해서 지역 역사에 대한 웰치의 책에 〈혹시라도 쓸모가 있는〉 자료를 찾아 공공 도서관을 샅샅이 뒤지고, 고대의 유물과 유적에 대한 지역 논문지에 웰치가 게재할 장황한 논문의 교정을 〈그냥 슬쩍 좀 봐주고(바꿔 말하면 고쳐 써주고)〉, 포크 댄스 학회에 참석할 각오를 한 채 대기하고 (결국 가지 않게 되어서 천만다행이었다), 지난달의 그 끔찍한, 예술의 주말 모임에 참석하는 짓거리들도 다 진저리가 났다. 거기다가 메리 잉글랜드에 대한 강의를 하겠다고까지 하다니 — 특히 그 부분이 지긋지긋했다. 그리고 학기도 후반부로 치닫고 있었다. 한 달도 채 남지 않았던 것이다. 어쨌든 말을 아끼면서 자기는 아무 상관 없는 척, 잘 모르겠다는 듯 늘 찌푸리고 있는 웰치의 의도적인 회피를 어떻게든 공격해서 끝장을 봐야만 했다.

웰치가 갑자기 이런 소리를 하는 바람에 딕슨은 모든 스위치를 또 번쩍 켜야만 했다. 「이 케이턴이라는 친구가 애버타위 대학교 학장 자리에 헤인스와 동시에 출마했던 모양인데 말이야. 아마 3~4년 전이었지. 아무튼, 당연히 헤인스는 말을 아꼈지만 말이야, 뭔가 내가 받은 인상은 케이턴이 그 친구 대신 학장 자리를 차지하긴 했는데 어딘가 수상쩍은 데가 있단 거였네. 어디 가서 발설하지 말게나, 알겠지, 딕슨? 하지만 뭐랄까, 위증을 했다든가 뭐 그 비슷한 일이 있었던 것 같더군. 아무튼 뭔가 수상한 구석 말이지. 물론 그 친구의 학술지야 상당히 공명정대하고 뭐 그렇지만, 그렇지 않다는 얘기는 아니라네. 뭐…… 아주…… 공명정대할 수야 있지. 하지만 딕슨 자네가 알고 있어야 한다는 생각이 들었네. 그래야 무슨…… 자네가 생각하기에…… 적절한 조치를 취할 테니까…….」

「네, 정말 감사드립니다, 교수님. 경고해 주셔서 고맙습니다. 그럼 다시 편지를 써서 여쭤……」

「자네 논문이 언제 게재되는지 구체적인 날짜를 확답받은 건 아니지?」

「네, 전혀요.」

「그렇다면 꼭 다시 편지를 써서 확정된 논문 게재 날짜를 받아야겠다고 말하게, 딕슨. 다른 간행물에서 자네가 요즘 쓰고 있는 논문에 관심을 가졌다고 말이야. 일주일 안에 확실히 알아야 되겠다고 못을 박아.」 이런 유려한 언변, 더불어 날카로운 눈빛은 웰치가 남한테 이래라저래라 할 때를 위해 특별히 아껴 둔 것이었다.

「꼭 그렇게 하겠습니다.」

「오늘 당장 하게. 알겠나, 딕슨?」

「네, 알겠습니다.」

「다른 걸 떠나서 자네한테도 중요한 일이잖아, 안 그래?」

이거야말로 그가 기다리던 신호였다. 「그럼요, 교수님. 안 그래도 교수님께 그 일을 여쭤 보려던 참입니다.」

숱 많은 웰치의 눈썹이 살짝 내려왔다. 「무슨 일로?」

「예, 교수님께서도 제가 지난 몇 달간 이곳에서의 위상 문제로 고민이 많았다는 걸 잘 아시리라 믿습니다.」

「아, 그런가?」 웰치는 명랑하게 말했고 눈썹은 제자리로 돌아갔다.

「지금 제 입지가 어떤지 알고 싶습니다.」

「자네 입지라?」

「예, 제…… 제 말은, 유감스럽지만 처음 왔을 때 좀 좋지 못한 인상을 드린 것 같아서요. 좀 어리석은 짓들을 많이 했죠. 이제 첫해도 거의 지나가고 있으니, 당연히 약간 불안한 마음이 드는 겁니다.」

「그래, 첫 직장에 적응하고 자리 잡을 때까지 고생하는 젊은 친구들은 많이 봤네. 전후이고 하다 보니, 당연히 그럴 수밖에 없지 않은가. 혹시 젊은 포크너라는 친구를 자네가 아는지 모르겠군. 지금은 노팅엄에 있는데 말이야. 1900년에 여기서 일했거든.」 그는 여기서 잠시 말을 멈췄다. 「그렇게 4~5년 하고. 아무튼 전쟁에서 상당히 험한 일을 겪었던 모양이야, 이런저런 일이 겹쳐서. 한동안 동양에도 나가 있었다더군. 해군 비행단 소속으로. 그러고 지중해로 재발령을 받았지. 사고방식을 다시 바꿔서 여기 정착하는 게 얼마나 힘든지 모른다는 얘기를 하던 게 기억나는군…….」

당신 면상에 주먹을 날리는 걸 참느라 힘들었겠지, 딕슨은 생각했다. 그렇게 한참 기다리다가 웰치가 잠시 말을 멈춘 틈을 타 말했다. 「그럼요, 그리고 직업에서 안정감을 느끼지 못하면 두 배로 힘듭니다. 안정이 된다면 정말 훨씬 일을 잘 할 수 있을 것 같아요…….」

「뭐, 불안은 집중력의 원흉이지. 게다가 나이가 들면 자연스레 집중하는 버릇을 잃어버리게 된다네. 젊었을 때는 있는 줄도 몰랐던 것들이 나이가 들면 아주…… 끔찍할 정도로 정신을 산란하게 한단 말이야. 여기 새로 화학 실험실을 설치한다고 할 때가 기억나는군. 뭐, 새 화학 실험실이라고 말은 했네만 지금은 사실 새것이라고 말하기는 좀 힘들지. 내가 지금 말하는 당시는, 전쟁 발발 몇 년 전이었는데, 부활절쯤에 아마 지반을 다지고 있었고, 레미콘인가 뭔가로…….」

딕슨은 자기가 이 가는 소리가 웰치한테까지 들릴까 궁금했다. 들린다 해도 그는 전혀 티를 내지 않았다. 10회전 동안 벌을 받듯 얻어맞고도 기적적으로 버티고 서 있는 권투 선수처럼 딕슨은 꿋꿋이 끼어들었다. 「저는 제일 큰 걱정만 해결되면 만사가 행복할 것 같습니다.」

웰치의 머리가 무슨 폐기 처리된 곡사포 주둥이처럼 서서히 들렸다. 영문을 모르겠다는 미간 주름이 재빨리 생겨나고 있었다. 「무슨 말인지 잘…….」

「제 수습 기간 말입니다.」 딕슨이 큰 소리로 말했다.

찌푸린 주름이 사라졌다. 「아, 그거. 자네는 여기서 1년이 아니라 2년간 계약을 했다네, 딕슨. 계약서에 다 쓰여 있을 거야. 2년이라고.」

「네, 알고 있습니다. 하지만 그건 2년이 지날 때까지는 상근 직원이 될 수 없다는 뜻이지요. 첫해 연말에 떠나 달라는 요청이 없을 거라는 보증은 못 됩니다.」

「아, 저런.」 웰치가 따스하게 말했다. 「저런.」 그는 자기 말이 긍정인지 부정인지 뜻을 열어 두었다.

「임기 1년 마치고 해직되지는 않겠지요, 교수님?」 딕슨은 의자 등에 기대앉으며 재빨리 물었다.

「그럼, 그럴 걸세.」 웰치의 말투가 쌀쌀맞았다. 마치 이론적으로는 당연하지만, 점잖은 사람한테 해서는 안 될 양보를 요구받은 것 같은 태도였다.

「뭐, 저는 그저 지금 상황이 어떻게 돌아가고 있는지 궁금해서요, 그것뿐입니다.」

「그럼, 당연히 자네야 그렇겠지.」 웰치는 똑같은 어조로 말했다.

딕슨은 어떤 표정을 지을지 계획하며 기다렸다. 카페트가 깔려 있는 작고 아늑한 연구실 내부를 둘러보면서. 오래된 시험지와 지나간 세대의 학생들과 관련된 서류가 가득한 문서 보관함, 닫힌 창문 밖 물리학 실험실의 양지바른 벽이 보이는 전망. 웰치의 머리 뒤에 걸려 있는 학과 시간표, 그것은 학과 소속 다섯 명의 강사들에 상응하는 다섯 가지 다른 색깔로 웰치가 손수 그려 붙인 것이었다. 이걸 보니 마음속 댐이 무너져 내리는 기분이 들었다. 대학에 처음 도착한 이후 처음으로 딕슨은 참되고 압도적이고 걷잡을 수 없는 권태와, 그에 수반되는 진정한 증오를 느꼈다. 웰치가 앞으로 5초 이내로 말을 하지 않는다면, 묻고 따질 것도 없이 그대로 쫓겨날 만한 짓거리를 저지를 태세였다. 옆방에 앉아서 일하는 척하면서 종종 꿈꾸던 그런 일들 말고. 예를 들어서 지금은 학과 시간표에다가 역사과 교수, 역사학과, 중세 역사, 역사, 마거릿에 대한 견해를 음담패설을 교묘하게 섞어 가며 짤막하게 써넣어서 지나가는 학생들과 강사들이 잘 볼 수 있게 창밖에 걸어 놓고 싶은 생각 같은 건 들지 않았다. 또 웰치를 의자에 묶어 놓고 머리와 어깨를 술병으로 마구 때리며 대체 왜, 프랑스 사람도 아닌 주제에 아들들한테 프랑스식 이름을 지어 줬느냐고 추궁하고 싶지도 않았다……. 아니, 그냥, 아주 조용히 아주 천천히 또박또박 웰치가 자기 말을 알아들을 가능성이 높게끔 말해 주고 싶기만 했다. 이거 보쇼, 이 늙은 영감탱이야, 당신 같은 인간이 어떻게 역사학과를 운영할 수 있다고 생각하는 거야, 아무리 이딴 데서라지만, 어, 이 늙어 빠진 병신 새끼야? 당신이 잘할 수 있는 게 뭔지 내가 가르쳐 줄까, 이 병신 영감탱이…….

「뭐, 이런 일들은 자네 생각처럼 그렇게 수월치가 않다네.」

웰치가 불쑥 말했다. 「이건 아주 다른 문제야, 딕슨. 자네가 고려해야 할 문제가 굉장히 많아, 한두 가지가 아니란 말일세.」

「저도 그건 압니다, 교수님. 그저 언제 결정이 내려지는지 알고 싶을 뿐입니다. 제가 그만두게 된다면 미리 통고를 해 주시는 게 옳다고 생각합니다.」 이 말을 하는데 그의 머리가 분노로 살짝 떨렸다.

웰치의 눈길이 두세 번인가 딕슨의 얼굴을 번개처럼 훑고 뚝 떨어져 책상 위에 놓인 반쯤 말린 편지를 향했다. 그가 웅얼거렸다. 「그래…… 뭐…… 내가…….」

딕슨은 언성을 더 높여 말했다. 「저도 새 직장을 구하기 시작해야 한단 말입니다. 그리고 대부분의 학교들은 7월에 학기를 마치기 전에 9월 약속을 다 잡아 놓습니다. 그러니까 저도 조만간 알아야겠습니다.」

눈이 작은 웰치의 얼굴에 못마땅한 표정이 자리 잡기 시작했다. 딕슨은 웰치의 마음이 외부에서 접근 가능하다는 증거라고 보고 처음에는 기분이 좋았다. 그러나 곧 다른 사람의 심경에 고통을 줄 수 있다는 사실을 터놓기 싫어하는 한 남자의 모습에 순간적으로 양심의 가책이 느껴졌다. 그리고 마지막으로 공포감이 덮쳐왔다. 웰치가 저토록 말 못 하고 숨길 일이 대체 뭐란 말인가? 그는, 딕슨은 이제 끝장 났나 보다. 그렇다 하더라도 어쨌든 늙은 영감탱이 연설은 할 수 있을 것이다. 청중이 더 많다면 훨씬 좋을 테지만.

「뭐든 결정이 되는 대로 자네한테 알려 주지.」 웰치가 믿을 수 없을 만큼 신속하게 대답했다. 「아직은 결정된 바가 전혀 없어.」

할 말이 완전히 없어져 버린 딕슨은 늙은 영감탱이 어쩌고 퍼붓는다는 생각 자체가 얼마나 황당했는지 깨달았다. 마거릿에게도 그랬듯이, 웰치에게도 그는 절대 하고 싶은 말을 하지 못할 것이다. 계약 기간 문제를 전면으로 끌어내고 있다고 생각했지만 사실은 웰치의 회피 기술에 하찮게 놀아났을 뿐이었다. 보통 보던 신체적 회피가 아니라 언어적인 형태였지만, 딕슨 정도가 감히 꿈꿀 수 있는 이상의 압박도 견뎌낼 수 있게 적응 완료한 기술이었다.

그리고 딕슨이 어렴풋이 예감하고 있던 대로 웰치는 손수건을 꺼냈다. 코를 풀려는 게 틀림없었다. 보통은 끔찍스럽게 싫어하던 짓이다. 일단 커다랗고 모공이 뻥뻥 뚫린 사면체인 웰치의 코에 전혀 원치 않는 주목을 하게 만들기 때문이었다. 그러나 기적적으로 오래도 울려 퍼지는, 익히 들어 잘 아는 그 코 푸는 소리가 사면 벽과 창문에 부딪혀 울릴 때도 딕슨은 전혀 개의치 않았다. 시끄러운 소리가 기분전환의 효과를 냈던 것이다. 웰치를 두들겨서 얻어 내는 발언은 어김없이 믿을 만했다. 그러니까 딕슨은 처음 시작했던 그 자리로 돌아온 셈이었다. 하지만 원치 않는 저 바깥으로 쫓겨나 있는 것보다는, 처음 그 자리로 돌아온 게 얼마나 다행인가. 〈어느 쪽인지 모르는 것보다는 차라리 최악의 상황이라도 먼저 아는 게 낫지〉라고 사람들은 입버릇처럼 말하지만, 그건 정말 틀린 말이다. 천만에. 사실은 완전히 정반대다. 진실을 말해 주세요, 의사 선생님, 차라리 빨리 알고 싶습니다. 다만 내가 듣고 싶은 진실이라면 말이에요.

웰치가 코를 다 푼 게 확실해졌을 때, 딕슨은 일어나서 상담을 해주셔서 감사하다고 말했는데 거의 진심이었다. 그리고 바로 곁의 의자에 있던 웰치의 〈가방〉과 낚시 모자는 보통 때 같으면 보기만 해도 울화통이 터졌을 테지만 지금은 오히려 나오는 길에 웰치의 노래를 흥얼거리게 만들었다. 이 곡조는 웰치가 언젠가 부득불 지수 호른[19]이 달린 굉장히 복잡한 축음기로 틀어 주겠다고 해서 들었던 무슨 지루한 피아노 협주곡의 〈론도〉에 나왔던 것이었다. 빨간 라벨이 붙은 어마어마하게 큰 더블사이드 레코드가 네 장 돌아간 뒤에 나온 곡이었는데, 딕슨은 거기에 가사를 붙였다. 이제는 커피가 나와 있을 교수 휴게실로 내려가는 계단에서 꼭 다문 입술 안쪽으로 이런 가사들을 중얼거렸다. 〈이 멍청한 바보, 천치 같은 영감, 객쩍은 소리나 하고 침이나 줄줄 흘리는…….〉 여기부터는 형용할 수 없는 단어들이 이어지면서 오케스트라에서 취주악의 움파파 같은 효과가 나는 부분이 삽입되었다. 〈이 떠버리 똥덩어리 할배야, 투덜이 피리 부는 영감탱이야…….〉 딕슨은 〈피리 부는〉 대목에서 웰치의 리코더를 가리키는 표현의 모호함은 신경 쓰지 않았다. 자기 의도는 잘 알고 있었으니까.

한창 시험을 치르고 있던 때라 딕슨은 그날 아침 할 일이 없었고 12시 30분에 회관에 나타나 시험지나 받아 오면 되었다. 중세에 대해 출제한 문제의 답안이 적혀 있을 것이다. 교수 휴게실이 가까워 오자 그는 잠시 중세에 대한 생각을 했다. 인간이 진보한다는 게 현실이라고는 도저히 못 믿겠다고 공언하는 사람들은, 중세를 조금만 공부하면 대단히 고무될 것이 분명하다. 시험을 치르는 학생들도 상당히 기분이 좋아졌듯이 말이다. 수소 폭탄, 남아프리카 정부, 장제스(蔣

19 호른의 단면적이 축 방향으로 지수 함수로 벌어져 있는 나팔 모양의 기기.

介石), 심지어 맥카시 상원 의원마저도 중세를 벗어난 대가라고 생각하면 가볍게 느껴질 테니까. 중세만큼 사람들이 비열하고 향락적이고 멍청하고 불행하고 독단적이고 예술도 못 하고 웃기다 못해 우울하고 완전히 틀려먹었던 시대가 또 있을까 — 마거릿이 중세 얘기를 하는 방식처럼? 그는 이 마지막 생각에 웃음이 났지만 교수 휴게실로 들어가다가, 텅 빈 벽난로 근처에서 창백한 얼굴에 피곤한 눈으로 혼자 있는 그녀의 모습을 보고 웃음기를 싹 지웠다.

그들의 관계는 예술의 주말 모임 이후로 열흘쯤 지나는 동안 근본적으로 바뀌지 않았다. 오크 라운지에서 하룻저녁을 통째로 바치고 상당한 비용과 위선을 들인 후에야 그녀는 아직 그에게 화가 풀리지 않았다는 사실을 인정했다. 그리고 그 비슷한 대가를 한참 더 치른 후에야 그녀를 설득해 그 원한을 정의하고, 증폭하고, 토론하고, 중재하고, 마침내 버리도록 했다. 어쨌든, 간헐적으로 작동하지만 이름 붙일 수 없는 어떤 이유 때문에 요즘 그녀를 보면 애정과 회한에 사로잡히곤 했다. 날이 더워 커피를 포기하고 레몬스쿼시를 선택한 그는 서빙 테이블의 멜빵 차림 여자에게서 음료를 받아 들고 삼삼오오 수다를 떠는 사람들을 지나쳐 마거릿에게 갔다.

그녀는 예술가 같은 옷차림을 하고 있었지만 나무 구슬 목걸이는 버리고 대신 M이라고 새겨진 목제 브로치를 달고 있었다. 시험지가 잔뜩 든 커다란 봉투가 의자 옆 바닥에 놓여 있었다. 방 건너편에서 커피 주전자가 새된 폭음을 내는 바람에 그는 살짝 소스라치며 놀랐다. 그런 다음 이렇게 말했다. 「안녕, 자기, 잘 지내?」

「괜찮네, 고마워.」

딕슨은 눈치를 보며 미소를 지었다. 「그런데 말만 그렇게 하는 걸로 들린다.」

「그래? 미안해. 나 정말로 괜찮아.」 그녀는 유달리 날카롭게 말했다. 치통이라도 있는 것처럼 턱 근육이 빳빳하게 긴장되어 있었다.

주위를 둘러보며 딕슨은 가까이 다가가서 허리를 굽히고 최대한 부드럽게 말했다. 「저, 마거릿, 제발 그렇게 말하지 마. 그럴 필요 전혀 없어. 기분이 나쁘면 말해, 그럼 내가 공감할게. 기분이 괜찮다면 그것도 좋고. 어느 쪽이든 같이 담배나 태우면서 얘기하자. 하지만 제발 부탁인데 시비는 걸지 마. 싸울 기분 아니니까.」

그녀가 갑자기 걸터앉아 있던 팔걸이에서 몸을 돌려 휴게실의 다른 사람들 모두를 등지고 딕슨을 마주 보았다. 딕슨은 그녀의 눈에 그렁그렁하게 차오른 눈물을 보았다. 그가 망설이자 마거릿은 여전히 그를 바라보며 큰 소리로 흐느껴 울기 시작했다.

「마거릿, 이러면 안 돼.」 딕슨은 공포에 질려 버렸다. 「울지 마. 내가 괜한 소리를 했어.」

그녀는 미친 듯이 손사래를 쳤다. 「틀린 말 한 거 하나도 없어.」 부들부들 떨기까지 했다. 「내 잘못이었어. 미안해.」

「마거릿…….」

「아니, 내가 잘못한 거야. 내가 네 머리를 물어뜯어 잘라 내버렸어. 그러고 싶지 않았는데, 그럴 생각도 아니었는데. 오늘 아침에는 모든 게 다 엉망진창이야.」

「아니, 그럼 말을 해봐. 뚝 그치고.」

「나한테 잘해 주는 사람은 너밖에 없는데, 내가 너한테 그런 짓을 하다니.」 울지 말란 말에도 불구하고 그녀는 안경을 벗더니 눈을 훔치기 시작했다.

「그건 신경 쓰지 마. 뭐가 문제인지 말을 해봐.」

「아, 아니야. 전부 다 문제고 또 별문제도 아니지, 뭐.」

「간밤을 또 힘들게 보낸 거야?」

「그래, 그랬어. 그러고 나니까 또 끔찍한 자괴감이 들어. 계속 이런 생각을 하는 거야, 아 미치겠다, 세상만사 다 무슨 소용이래, 특히나 나라는 존재가 무슨 쓸모 있어?」

「담배 한 대 피워.」

「고마워, 제임스. 안 그래도 지금 엄청 피우고 싶었어. 나 괜찮아 보여?」

「그래, 당연하지. 그냥 좀 피곤해 보일 뿐이야.」

「4시가 훌쩍 넘을 때까지 잠이 안 오더라. 병원에 가서 약이라도 받아야겠어. 이런 식으로 계속 살 수는 없어.」

「하지만 의사가 약을 끊고 어떻게든 적응을 해봐야 한다고 하지 않았어?」

그녀는 뭔가 득의양양한 표정으로 그를 올려다보았다. 「그래, 그랬어. 하지만 잠도 안 자고 계속 살아갈 수 있는 방법은 말해 주지 않았어.」

「뭐 도움이 될 만한 거 없어?」

「아, 맙소사. 알잖아, 목욕이니 뜨거운 우유니, 어, 아스피린하고 창문도 잘 닫았다가 열었다가…….」

그들은 몇 분간 이런 식으로 이야기를 나누었고, 그사이 휴게실에 있던 다른 사람들은 흩어져서 각자의 볼일들을 보기 시작했다. 학사 일정에서 유일하게 강사들이 전부 동시에 강의를 하지 않는 기간이었기 때문에 대부분의 업무는 자발적인 것이었다. 대화가 이어지는 와중에, 딕슨은 3~4일 전 지나가는 말로 마거릿에게 〈내일 밤에 전화 걸게〉라고 말했던 절반의 기억과 절반의 환청을 떨칠 수가 없어 소리 없이 식은땀을 흘렸다. 뭔가 초대를 하거나 약속을 잡아야 할 상황이었다. 최소한 그 문제를 덮어 버리기 위해서라도. 그러다가 첫 번째 기회를 잡아 말했다. 「오늘 점심 어때? 시간 괜찮아?」

어째서인지 이 질문에 마거릿은 다소간 원래의 태도로 돌아가고 말았다. 「시간 괜찮느냐고? 점심 때 나한테 데이트를 청할 사람이 대체 누구라고 생각하는 거니?」

「네디 부인한테 혹시 집에 가서 먹겠다고 했을까 봐 그러지.」

「그러고 보니 소규모 점심 모임이 있다면서 나한테 오라고 하시긴 했네.」

「아 뭐, 그럼 점심 초대를 한 사람이 있긴 있구나.」

그녀는 어리둥절하게, 상심한 말투로 〈그래, 그건 그래〉라고 말했는데, 그 말투가 어쩐지 자기가 방금 한 말이 뭔지, 두 사람이 무슨 대화를 나누고 있었는지 전혀 생각나지 않는다는 느낌이라 아까 보인 눈물보다 더 딕슨을 혼비백산하게 만드는 데 성공했다. 그는 재빨리 말했다.

「어떤 런치 파티인데?」

「아, 몰라.」 피곤한 목소리였다. 「뭐 놀라 자빠질 건 아닐 거야.」 그러고는 마치 자기 안경이 불투명해지고 있는 듯한 표정으로 그를 바라보았다. 「이제 가봐야겠다.」 천천히 무기력하게 그녀는 자기 핸드백을 찾기 시작했다.

「마거릿, 우리 언제 다시 만날까?」

「몰라.」

「내가 지금 주머니 사정이 좋지 않아서……. 주말에 네디한테 티타임 초대를 받아 볼까?」

「그러고 싶으면 그래. 하지만 버트런드가 올걸.」 여전히 기괴하게 무미한 목소리로 말하고 있었다.

「버트런드? 아, 그래, 그럼 그만둬야겠다.」

그 말을 듣자 마거릿은 감지하기 힘들 정도로 미세하게 힘을 주어 강조하는 투로 말했다. 「그래. 여름 무도회 때문에 온다고 하더라고.」

딕슨은 발길을 멈추고 생각을 하면 절대로 달리는 기차 위로 뛰어오를 수 없다는 걸 잘 알고 있는 사람 같은 기분이 되어 버렸다. 「우리 거기 갈까?」

10분 후, 그들이 무도회에 간다는 게 결정되고 나서 마거릿은 만면에 환한 웃음을 띠고 밖으로 나갔다. 시험지를 보관함에 넣고 잠근 후, 코에 분칠을 하고, 웰치 부인에게 아무래도 자기는 점심 모임에 참석할 수 없다고 전화를 하러 나가는 길이었다. 어차피 알고 보니 모임은 처음 인상만큼 중요하지도 않았다. 대신 마거릿은 딕슨과 함께 펍에서 맥주와 치즈 롤빵으로 점심을 먹게 되었다. 그는 자기가 내놓은 트럼프 패가 이렇게 엄청난 효과를 낳아서 기뻤지만, 트럼프 패라는 게 다 그렇듯, 한 가지가 아니라 열 가지 기술쯤은 부릴 수 있을 만큼 가치 있는 패로 느껴졌을 뿐 아니라 막상 판에 내놓으니 손에 쥐고 있을 때만큼 좋지도 않았다. 그러나 그는 마거릿이 모르는 두 가지 정보를 아직 갖고 있었다. 하나는, 정확한 내막은 몰라도 버트런드 웰치와 캐럴 골드스미스의 관계였다. 캐럴의 남편이 웰치 교수의 사절로 주말 동안 리즈에 가야 해서 버트런드가 캐럴을 여름 무도회에 데리고 갈 거라는 마거릿의 말을 듣고 갑자기 떠오른 생각이었다. 아마 금발에 풍만한 젖가슴을 지닌 캘러헌 어쩌고 하는 버트런드의 여자는 차인 모양이었다. 여자한테 잘된 일이었다. 이 상황이 흥미로워서 캐럴, 버트런드, 마거릿과 그가 함께 무도회에 참석하게 된다는 사태를 그나마 상쇄했다. 마거릿의 표현대로 〈작은 패거리〉로 말이다. 딕슨은 알고 마거릿은 모르는 두 번째 사실은, 지금 그와 마거릿이 함께 가는 그 펍에서 원래 빌 앳킨슨과 만나기로 되어 있다는 것이었다. 앳킨슨이 함께 있으면 마거릿과 또 새로 무슨 문제가 생길 경우에 큰 힘이 되어 줄 터였다(물론 트럼프 패까지 깐 마당에 그렇게 금방 또 그런 일이 생기다니 천부당만부당한 말씀이지만 말이다). 그리고 워낙 과묵한 사람이라 원래 만나기로 약속했다는 걸 불쑥 볼썽사납게 밝히지도 않을 터였다. 그러나 그 무엇보다 더 중요한 건, 앳킨슨과 마거릿이 초면이라는 사실이었다. 마거릿을 기다리고(대체 언제까지 기다려야 하는 거야) 앉아 있던 딕슨은 서로 상대방에 대해 나중에 무슨 말을 할까 상상하니 절로 웃음이 나왔다. 시간을 좀 때우기 위해 그는 학교 편지지를 몇 장 찾아 글을 쓰기 시작했다.

〈친애하는 케이턴 박사님, 귀찮게 해드려서 죄송합니다만 제 논문이 게재될 날짜를…….〉

9

「웰치 교수님, 웰치 교수님 계십니까.」

딕슨은 읽고 있던 정기 간행물에 더욱더 코를 처박으며 자연스럽게 화성인 침입자 같은 표정을 지었다. 그는 누군가 공개적으로 그 이름을 발음하는 것만도 굉장히 기분이 나빴다. 아무리 당사자가 그 이름을 듣고 나올 가능성이 전혀 없다 해도 말이다. 웰치는 온종일 휴가를 내서 쉰다고 알고 있었다. 그러니까 웰치가 오전과 늦은 아침, 그리고 오후에만 휴가를 냈던 어제(딕슨의 위상에 대해 대화를 나눈 날)와는 구분된다. 딕슨은 수위가 — 나쁜 사람 같으니 — 그 이름을 제발 그만 불러 대고 가버렸으면 하고 바랐다. 시선이 딕슨에게 떨어져 그를 웰치 대용품으로 겨냥하기 전에 말이다. 그러나 아무 소용이 없었다. 금세 교수 휴게실을 가로질러 그의 자리로 다가오는 수위의 발걸음이 느껴져 고개를 들어야 했던 것이다.

수위는 군복처럼 재단된 올리브그린색 유니폼을 입고 있었고 어울리지도 않는 기다란 모자를 쓰고 있었다. 얼굴이 길고 어깨가 높은 남자로 코털이 비어져 나와 있었고 나이는 가늠하기가 어려웠다. 원래 표정 변화가 없는 사람이라 딕슨을 본다고 달라질 리 없었다. 계속 다가오던 그가 쉰 목소리로 말했다. 「아, 잭슨 씨.」

딕슨은 전혀 새로운 미지의 인물을 찾아 열심히 두리번거리기라도 할 용기가 있으면 좋겠다고 생각했다. 「네, 마코노치 씨?」 친절하게 대답했다.

「잭슨 씨, 웰치 교수님을 찾는 전화가 왔는데요, 아무리 찾아도 안 계시네요. 대신 전화 좀 받아 주시겠습니까? 역사과 다른 분은 찾을 수가 없어서요.」 수위의 설명에 딕슨이 응수했다.

「네, 그러죠. 여기서 받을 수 있습니까?」

「감사합니다, 잭슨 씨. 이곳 전화는 공공 전화 교환소로 이어져서 여기서 받으실 순 없습니다. 교수님을 찾는 숙녀분은 대학 전화 교환소로 거셨거든요. 학장님 연구실로 연결해 드리겠습니다. 거기서 전화받으셔도 괜찮을 겁니다.」

숙녀라? 웰치 부인이나 예술과 관련된 딱한 반미치광이가 틀림없었다. 웰치 부인이 차라리 나을 텐데, 적어도 하는 말을 알아들을 수나 있을 테니, 하지만 이불 홑청이나 탁자 건을 알아내고 전화하는 거라면 더 나쁘지. 왜 그를 혼자 좀 있게 내버려 두질 못하는 거야? 다들 모조리 하나같이 왜 지금 당장 지금 이대로 그를 내버려 두고 혼자 좀 있게 해주질 못해, 왜?

천만다행으로, 역시나 아주 나쁜 사람인 학장은 자기 연구실에 없었다. 딕슨은 전화를 받고 말했다. 「딕슨입니다.」

「중급 지리학, 맞아요, 네.」 어떤 목소리가 편안하게 말했다. 「누구세요?」 또 다른 목소리가 말했다. 지지직거리는 소리가 나더니 고막을 찢을 듯한 철컥 소리가 나며 통화가 끊겼다. 딕슨이 다시 수화기를 들고 다른 쪽 귀에 갖다 대자 두 번째 목소리가 들렸다. 「잭슨 씨인가요?」

「딕슨입니다.」

「누구요?」 막연히 친숙한 목소리였지만 웰치 부인은 아니었다. 젊다 못해 어린 여자 목소리로 들렸다.

「딕슨이요. 웰치 교수님께 전할 말씀을 대신 받아 드리려고 합니다.」

「아, 딕슨 씨, 그렇군요.」 뭔가 소음이 들렸는데 숨죽여 웃는 소리 같았다. 「그럴지도 모른다고 생각했는데. 저 크리스틴 캘러헌이에요.」

「아, 앙영하세요, 자, 잘 지내십니까?」 누군지 알아차리는 바람에 자음을 먹어 버린 건 그냥 순간적인 실수였다. 그녀의 목소리 정도는 그럭저럭 잘 대처할 수 있다는 걸 그는 알고 있었다. 그나마 그녀의 목소리를 뺀 나머지가 런던에 남아 있다고 한다면.

「잘 지내요, 감사합니다. 요즘 어떠세요? 이불 홑청 사건 때문에 더 큰 말썽을 피우신 건 아니죠?」

딕슨이 웃음을 터뜨렸다. 「아뇨, 다행히 그건 다 잘 끝났어요. 부정 타지 말아야 할 텐데.」

「아, 잘됐네요……. 그런데요, 혹시 웰치 씨하고 연락할 길이 없을까요? 대학 내에 아예 안 계신 건가요?」

「오전 내내 출근을 안 하셨어요. 지금은 아마 댁에 계실 게 거의 확실합니다. 아니면 혹시 댁으로 전화는 걸어 보셨나요?」

「정말 짜증 나네요. 어쩌면 딕슨 씨가 대답해 주실 수도 있겠어요. 혹시 버트런드가 그 댁에 가기로 되어 있나요?」

「아, 네, 버트런드가 주말에 내려온다는 건 어쩌다 보니 알게 됐네요. 마거릿 필한테 얘기를 들었거든요.」 딕슨의 평정심은 사라지고 없었다. 이 여자는 자기가 버트런드한테서 헌신짝처럼 버려졌다는 사실을 모르는 게 틀림없었다. 최소한 여름 무도회에 관한 한. 버트런드에 대한 질문들에 대답하는 일이 골치 아프겠는데.

「누구한테 들었다고요?」 그녀의 목소리에 살짝 날이 섰다.

「아시잖아요, 마거릿 필이라고. 지난번 오셨을 때 웰치 부부와 함께 살고 있던 아가씨.」

「아 네, 알겠어요……. 혹시 여름 무도회 행사에 버트런드가 갈 거라든가 그런 얘기는 안 하셨나요?」

딕슨은 재빨리 머리를 굴렸다. 버트런드의 파트너 후보에 대한 질문을 받으면 절대 안 됐다. 「아뇨, 못 들었는데요. 하지만 다른 사람들 다 가니까요.」 왜 버트런드를 직접 붙잡고 물어보지 않는 걸까?

「알겠어요……. 하지만 확실히 내려가긴 한다는 거죠?」

「그런 것 같습니다.」

그녀는 그가 어리둥절해 한다는 걸 느꼈는지 이 말을 덧붙였다. 「왜 제가 버트런드한테 직접 물어보지 않는지 궁금하시죠. 사실, 그이는 붙잡고 얘기하기 어려울 때가 종종 있어요. 지금은 어딘가 떠나 버린 상태고요, 아무도 행선지를 몰라요. 마음 내키는 대로 왔다 갔다 하길 좋아하고 속박을 싫어하고 뭐 다 그런 거죠. 아시겠어요?」

「네, 그럼요.」 딕슨은 자유로운 손을 쥐고 엄지손가락과 검지손가락을 꼼지락거렸다.

「그래서 혹시 아버지께서는 그이가 어디 있는지 그런 걸 아실까 알아봐야겠다고 생각했죠. 문제는, 제가 정말 알고 싶은 건요. 우리 삼촌인 고어어쿼트 씨가 파리에서 예상보다 일찍 돌아오셔서 귀 대학 학장님에게서 여름 무도회 초대를 받으셨대요. 가실지 말지는 아직 잘 모르겠다고 하세요. 그래서 버트런드와 제가 함께 가게 되면 오시라고 설득할 수 있으니까, 그러면 버트런드에게 삼촌을 소개시켜 줄 수도 있잖아요. 버트런드가 바라는 바이기도 하고. 하지만 빨리 알아야 해서요. 날짜가 내일 모레니까 삼촌도 빨리 아셔야 하고, 제 말은, 어디서 주말을 보내야 할지 그런 것 말이에요. 그래서…… 이거 일이 골치 아프게 됐네요.」

「웰치 부인께서는 아시는 게 없을까요?」

잠시 정적이 이어졌다. 「솔직히 그분께는 연락을 안 해봤어요.」

「어, 저보다는 사모님이 더 많이 아실 것 같은데요, 안 그런가요? ……여보세요?」

「저 안 끊었어요……. 있잖아요, 이 얘기는 그냥 알고만 계세요, 네? 저는 다른 길이 있으면 그분께 되도록 연락하고 싶지 않아요. 저…… 거기 묵는 동안 저는 그분과 그리 잘 지내지 못했거든요. 저는, 전화로 버트런드 일을 그분과 의논하는, 그런 건 하고 싶지 않아요. 제 생각에는 그분은 제가…… 아니에요. 하지만 무슨 말인지 아시죠?」

「확실히 압니다. 솔직히 저도 그분과는 별로 사이가 좋지 않아서요. 그럼 제가 제안을 하나 할게요. 지금 제가 웰치 댁에 전화를 걸어서 교수님께 그쪽과 통화하시라고 전해 드릴게요. 교수님이 안 계시면 메시지나 뭘 남기면 되겠죠. 아무튼 어떻게든 웰치 부인이 끼어들지 않고 해결할 수 있도록 제가 한번 해볼게요. 그래도 안 되면 직접 제가 전화를 걸어서 알려 드리고요. 그러면 되겠어요?」

「아, 그래 주시면 정말 고맙죠. 감사합니다. 정말 좋은 아이디어네요. 제 전화번호 불러 드릴게요. 직장이니까 5시 30분 이후에는 없을 거예요. 준비되셨어요?」

번호를 받아 적는 동안 딕슨은 웰치 부인이 훌청이나 탁자 사건을 알아냈을 리가 없다고 스스로를 안심시켜야 했다. 만약 알아냈더라면 틀림없이 마거릿이 미리 경고를 해줬을 테니까. 그나저나 이 아가씨는 나한테 굉장히 친절한데, 하고 그는 생각했다. 「좋아요, 받아 적었어요.」 그가 마침내 말했다.

「저 때문에 귀찮은 일을 해주셔서 정말 감사합니다.」 여자는 생기발랄한 투로 말했다. 「하지만 저를 살려 주시느라 이렇게 귀찮은 일을 하게 되셔서, 제 꼴이 좀 바보 같아졌네요…….」

「전혀요. 이런 일들이 어떤지 저도 정말 잘 압니다.」 나보다 더 잘 아는 사람이 있을까, 그는 생각했다.

「네, 진심으로 감사드려요. 도저히 저는…….」

이 문장들 사이에 일종의 모스 부호가 끼어들었고, 시끄러운 소리가 잇달아 쇄도하다가 여자 목소리가 들렸다. 「통화하시는 분, 두 번째 3분이 다 끝났어요. 3분 더 통화하시겠습니까?」

딕슨이 뭐라 말할 새도 없이 크리스틴 캘러헌이 말했다. 「네, 부탁합니다, 연결해 주세요.」

소음이 뚝 그치자 딕슨이 말했다. 「여보세요?」

「저 아직 전화 안 끊었어요.」

「이봐요, 통화비가 엄청나게 나오지 않아요?」

「제가 아닌 가게가 내겠죠.」 그녀는 짤막하게 웃음을 터뜨렸다. 은방울과 무관한 유의 웃음이었다. 전화로 들으니 그 불협화음이 더 두드러졌다.

딕슨도 웃음을 터뜨렸다. 「글쎄요. 그 일이 잘되면 좋겠네요. 이렇게까지 준비했는데 잘 안 되면 얼마나 속상하겠어요.」

「그러니까요. 무도회에 가실 건가요?」

「네, 유감이지만 갑니다.」

「유감이라고요?」

「뭐, 전 별로 춤추는 걸 좋아하는 사람이 아니라서요. 솔직히 저한테는 좀 고역일 거 같아요.」

「그럼 왜 가시는데요?」

「발을 빼기엔 너무 늦었으니까요.」

「뭐라고요?」

「막상 발을 들여놓으면 재미있을지도 모른다고요.」

「아, 그럴 거예요. 저도 사실 춤은 별로 못 추거든요. 제대로 배워 본 적이 없어요.」

「하지만 연습은 굉장히 많이 해보셨을 텐데요.」

「별로 그렇지도 못해요. 무도회 같은 데 그리 많이 다니지 않았거든요.」

「그럼 둘이 같이 앉아 있을 수 있겠는데요.」 이거 좀 당돌한데, 그는 생각했다. 그런 말 하지 말걸.

「제가 가게 되면요.」

「네, 오시게 되면요.」

작별 인사 직전의 정적이 깔렸다. 딕슨은 슬퍼졌다. 그녀가 무도회에 올 가능성이 정말 희박하다는 걸 처음으로 깨달은 것이다. 그녀 생각보다 훨씬 더 가능성이 없는 일이었고, 그래서 그가 그녀를 다시 만날 가능성도 그만큼 사라져 버렸다. 버트런드의 야심이, 성적으로든 재정적·경제적으로든 얼마나 강한 것이며 어떤 본질이냐에 결정적인 요인이 달려 있다는 생각을 하니 괴로웠다.

「자, 도움 주셔서 다시 한 번 감사드립니다.」

「전혀요. 토요일에 오시면 정말 좋겠네요.」

「저도 그러고 싶어요. 그럼, 안녕히 계세요. 나중에 소식 여쭐게요.」

「그러시죠. 안녕히 계세요.」

그는 다시 자리에 앉아 뺨에 바람을 잔뜩 불어 넣고는, 전화선 저편에 있는 그녀의 모습을 상상하려 했다. 당연히 그녀는 공군 소장한테 〈계속하게〉라는 명령을 받은 항공 사무병처럼 사무실 의자에 꼿꼿하게 앉아 있을 것이다. 아니, 정말 그럴까? 전화로는 그런 목소리가 아니었는데. 이불 홑청과 탁자 작전 때 슬쩍 일별했던 그 느긋한 스타일로 말하고 있었다. 하지만 통화에서 느껴졌던 호의는 그녀의 육신이 부재하기 때문에 초래된 착각일지 모른다. 달리 생각하면 다른 때 보여 준 엄혹한 태도는 어디까지가 그녀의 외모에 근거한 착각이었을까? 딕슨이 더듬거리며 담배를 찾고 있는데 존스가 서류 한 다발을 들고 문간으로 들어섰다. 듣고 있었을까?

「뭐 도와 드릴 것 있습니까?」 딕슨이 우스꽝스러울 만큼 과장된 친절을 보이며 물었다.

존스는 자기가 말을 해야 한다는 걸 깨달았다. 「어디 가셨어?」

딕슨은 뭘 찾는 것처럼 책상 밑, 맨 위 서랍, 쓰레기통을 살피고 말했다. 「여기는 없네.」

상대의 누렇게 뜬 얼굴은 미동도 없었다. 「기다리지.」

「난 싫어.」

딕슨은 교수 휴게실 전화로 웰치네 집에 전화를 걸어야겠다고 생각하고 나왔다. 수위실을 지나가는데 마코노치가 하는 말이 들렸다. 「아, 저기 계시네요, 미치 씨.」 그는 곧 에스키모 표정을 했다. 얼굴을 절반 정도 짧게 줄이고 넓게 늘린 다음 어깨 사이로 목을 쑥 빨아들여 없애는 위업을 달성한 것이다. 이 표정을 완성하고 최후의 효과를 몇 초가량 유지한 후 돌아서서 다가오는 미치를 바라보았다.

「아, 선생님, 바쁘지 않으시면 좋을 텐데요.」

딕슨은 미치가 이미 자기, 즉 딕슨이 얼마나 그리고 왜 바쁘지 않은지 정확히 알고 있다는 걸 정확히 알고 있었다. 「아니, 지금은 안 바쁩니다. 용건이 뭐죠?」

「내년의 특별 주제 강의 말입니다.」

「네, 그래서요?」 지금까지는 계략이 딕슨에게 유리하게 돌아가고 있었다. 강의에 끌어들이려고 애썼던 예쁜 여학생 셋은 최근 얘기해 보니 훨씬 〈흥미〉가 생긴 듯했고, 반면 미치의 〈흥미〉는 줄어들진 않았어도 늘어난 기미를 보이지 않았기 때문이다.

「잔디밭에서 산책이라도 하는 게 어떠실런지요? 이렇게 날씨 좋은 날 실내에만 있기는 아깝지 않습니까? 강의 계획서 말씀인데요. 오쇼너시 양과 맥코쿠오데일 양, 앱 리스 윌리엄스 양과 함께 계획서를 아주 세심하게 검토해 봤습니다만 여학생들은 독서 부담이 상당히 크다고 느끼는 것 같더라고요. 사실 저는 그렇게 생각하지 않습니다. 이미 말씀드렸지만 이런 과목은 상당한 배경 지식이 없으면 무의미해지기 마련이거든요. 하지만 별로 납득이 되지 않는 것 같았습니다.

여성들은 우리보다 좀 보수적인 성향이잖습니까. 예를 들어서 골드스미스 선생님의 사료 과목이 좀 더 안전하다는 느낌을 받나 봅니다. 거기서는 뭘 배우게 될지 확실하니까요.」

딕슨 역시 상당한 확신이 있었지만 미치의 목소리가 계속 귓전을 때리게 내버려 두었고, 그들은 그렇게 묵직하고 현기증 나는 햇살 속으로 들어가 끈적한 아스팔트를 가로질러 본관 앞의 잔디밭으로 갔다. 미치가 지금 예쁜 여학생 세 명은 하차할 예정이지만 자기는 계속 듣겠다는 소식을 알리는 건가? 그렇다면 그가 나서서 막아야만 했다. 필요하다면 불법을 저질러서라도. 잠시 후 입을 열긴 했으나 말투에서 서운한 기미를 완전히 감추는 데 성공하지는 못했다. 「그러면 어떻게 해야 할까요?」

미치가 그를 바라보았다. 콧수염이 보통 때보다 한 치수는 더 커 보였다. 윈저 노트로 묶은 실크 넥타이는 비스킷 색깔의 셔츠와 더 이상 완벽할 수 없게 색조를 맞추고 있었다. 라벤더빛 배라시아 원단 바지가 걸을 때마다 우아하게 흔들렸다. 「그야 선생님께서 알아서 하셔야죠.」 그는 예의 바르게 최소한의 놀라움을 표하며 말했다.

「혹시 강의 계획서를 좀 줄이면 될런지.」 딕슨은 생뚱맞기까지 한 투로 말했다.

「그렇게 쉽게 희생할 수 있는 분량이 많지는 않다고 생각합니다, 딕슨 선생님. 제가 보기에는, 광범위한 기초 연구가 가장 큰 장점인데요.」

아무튼 이건 알아 둘 가치가 있었다. 단일한 초점을 지닌 기초 연구 — 위치는 있으나 부피는 전혀 없는 기하학적 실체 — 를 추구해야 했다. 「뭐, 아무튼 제가 다시 한 번 살펴보고 잘라 낼 것이 있는지 알아보도록 하지요.」

「아주 좋습니다, 선생님.」 미치가 말했다. 터무니없이 현실성 없는 장군의 계획을 이행해야 하는 참모 같은 행동거지였다. 「저한테 연락을 주시겠어요, 아니면……?」

「오늘 밤에 쭉 훑어보고 시간이 괜찮으면 내일 아침에 만나도록 합시다.」

「물론이죠. 11시경에 2학년 휴게실로 와주실 수 있으실런지요? 여학생들한테도 오라고 할 테니, 다 같이 커피라도 한 잔 마시도록 하죠.」

「그거 정말 좋겠군요, 미치 군.」

「감사합니다, 딕슨 선생님.」

이 빅토리아 시대풍의, 아니 버라이어티 쇼 출연객 같은 인사를 하고 나서, 딕슨은 다시 교수 휴게실로 돌아갔다. 이제는 텅 빈 그곳에서 전화기 앞 의자에 앉았다. 미치의 관심을 끌 만한 건 모조리 강의 계획서에서 쳐내야 했다. 심지어, 아니 특히, 필수불가결한 내용들을 다 잘라 버려야만 했다. 무슨 상관인가? 어차피 강의를 아예 못 맡을지도 모르는데. 그렇다면 미치와 예쁜 여학생들이 보이는 〈흥미〉에 대해서 무엇 때문에 그토록 걱정을 하고 있었던 거지? 그는 한숨을 쉬고 수화기를 들었다.

여러 가지 일들은 갑작스럽게 굉장히 빨리 일어났다. 이유가 있어 알게 된 사실이지만, 웰치네 집은 전화를 밖으로 걸 때는 상당한 시간이 걸리기 일쑤였지만 오는 전화를 받는 속도는 무섭게 빨랐다. 미처 15초도 안 되었는데 웰치 부인이 그에게 〈실리아 웰치입니다〉라고 말했던 것이다.

딕슨은 마치 얇은 비스킷을 와삭 씹은 기분이었다. 아까

하던 생각에 정신이 팔려 웰치 부인은 까맣게 잊고 있었던 것이다. 하지만, 뭐가 걱정인가? 그는 거의 정상적인 어조로 말했다. 「웰치 교수님과 통화할 수 있을까요?」

「딕슨 씨죠, 그렇죠? 남편을 바꿔 주기 전에 괜찮다면 여기 묵을 때 대체 홑청과 담요에 무슨 짓을 한 건지 좀 말해 줬으면 하는데…….」

그는 비명을 지르고 싶었다. 커다랗게 확장된 눈이 근처에 놓인 지역 신문에 머물렀다. 생각을 가다듬을 겨를도 없이 그는 입술을 쑥 내밀고 O자로 모아 음성을 변조하며 말했다. 「아닙니다, 웰치 부인, 뭔가 오해가 있었던 모양이군요. 〈이브닝 포스트〉지에서 연락을 드린 겁니다. 여기 딕슨 씨라는 사람은 없는데요.」

「아, 정말 죄송합니다. 처음에는 꼭 목소리가……. 참 제가 말도 안 되는 생각을 했네요.」

「정말 괜찮습니다, 웰치 부인. 전혀 문제 없습니다.」

「당장 남편 바꿔 드릴게요.」

「네, 사실 제가 통화하고 싶은 분은 버트런드 웰치 씨였는데요.」 딕슨은 스스로의 잔꾀에 찬탄하며 잔뜩 오므린 입술로 최대한 미소를 지었다. 몇 초만 있으면 이 끔찍한 일도 끝이 난다.

「글쎄요, 그 애가 전화를 받을지……. 잠시만요.」 웰치 부인은 수화기를 내려놓았다.

끊지 않고 버티는 게 더 나아, 딕슨은 생각했다. 그리고 웰치 부인이 가지러 간 게 틀림없는 버트런드의 연락처 정보야말로 그 캘러헌 아가씨한테 얻어 주고 싶었던 거니까. 전화를 걸어서 그녀한테 말해 줄 수도 있을 테고. 그래, 어떤 대가를 치르더라도 버티자.

그 대가 중 하나는 귓전에 직접 대고 힝힝거리는, 그 뚜렷이 기억나는 목소리의 형태로 나타났다. 「버트런드 웰치입니다.」 어찌나 귓속을 직격했는지 딕슨은 버트런드가 사실 그 방에 함께 있고 무슨 마법에 걸려 수화기 대신 그 턱수염에 에워싸인 장밋빛 입술이 나타났다고 해도 믿을 수 있을 것 같았다.

「〈이브닝 포스트〉입니다.」 그는 오므린 입술 틈으로 파르르 떨고 말았다.

「그런데 무슨 용건이시죠?」

딕슨은 살짝 기운을 차렸다. 「어……. 저희, 저희 토요일 지면에 선생님에 대해서 짤막한 단평을 싣고 싶은데요.」 계획을 짜기 시작하며 덧붙였다. 「물론 이의가 없으시다면요.」

「이의? 이의라고요? 해로울 것 없는 소소한 홍보 기사에 겸손한 화가가 무슨 이의를 제기하겠습니까? 최소한, 해로울 것 없는 기사겠지요?」

딕슨은 웃음을 터뜨렸다. 찰스 디킨스 소설에 나오는 사람처럼 〈호 호 호〉 하고 웃는 게 지금 그의 입 모양으로는 최선이었다. 「아, 그럼요, 전혀 해롭지 않습니다. 제가 장담하겠습니다. 물론 저희도 선생님에 대해서 몇 가지 사실 관계는 파악하고 있습니다. 하지만 지금 현재 하시는 작업에 대해서 알고 싶을 뿐이에요.」

「물론이지요, 물론이지요, 그야 당연히 알려 드려야지요. 뭐, 지금 현재로서는 두세 가지 일거리를 진행하고 있는데요. 상당히 훌륭한 누드화가 한 점 있습니다. 귀사의 독자 여러분들이 그런 걸 알고 싶어 하실지는 모르겠습니다만.」

「아, 몹시 궁금해 하시죠, 웰치 씨. 저희가 제대로 보도하기만 한다면 당연히 그렇습니다. 저희가 〈아무것도 걸치지 않은 여성 인물화〉라고 불러도 반대하지 않으시겠지요? 여성분 맞죠?」

버트런드는 공격을 끝을 알리는 두목 사냥개의 울음소리처럼 웃어 젖혔다. 「아, 여성이 맞습니다. 그 점에는 최후의 1달러까지 거셔도 좋습니다. 그리고 〈둔부〉라는 표현이 정확하죠.」

딕슨은 자기도 소리 내어 함께 웃었다. 비슬리와 앳킨슨에게 들려줄 이야깃감으로는 최고였다. 「소위 기법에 대해서는 해주실 말씀 없으십니까?」 다시 진정을 되찾을 때쯤 물었다.

「굉장히 대범하지요. 상당히 세련되면서도 지나치지는 않고. 요즘 현대 친구들은 세부 묘사를 지나치게 엉망으로 넘어가는 경향이 있는데, 우리가 원하는 건 그런 게 아니지 않습니까?」

「그럼요, 선생님, 옳은 말씀입니다. 그게 유화지요?」

「오, 세상에, 그럼요. 비용을 전혀 아끼지 않고 있습니다. 대략 8피트 높이에 6피트 너비에 달할 테니까, 표구를 하면 말이죠. 진짜 엄청난 대작이에요.」

「특별히 생각해 두신 작품명이 있습니까?」

「글쎄요, 네, 〈아마추어 모델〉이라고 부를까 생각했습니다. 포즈를 취해 주고 있는 여성은 확실히 일종의 아마추어입니다만, 최소한 그림을 그리는 동안은 모델처럼 행동하고 있으니까요. 제목에 대해 쓰시면서 이런 설명은 구구절절이 달지는 마십시오.」

「여부가 있겠습니까요.」 딕슨이 보통 때 목소리 비슷하게 말했다. 지난 몇 초 동안 본의 아니게 입이 굳어서 O자 모양을 일시적으로 포기했던 것이다. 그나저나 이 버트런드라는 놈은 어떻게 생겨 먹은 녀석이야, 응? 그는 처음 만났을 때 버트런드가 은근히 흘렸던 캘러헌과의 주말에 대한 암시를 기억했다. 세상에, 싸움이라도 한판 붙으면 내가 저놈을…….

「뭐라고 말씀하셨죠?」 버트런드가 말투에 아주 희미한 의심을 담고 물었다.

「여기 사무실에 있는 다른 사람한테 한 말입니다, 웰치 씨.」 이번에는 제대로 O자를 하고 덧붙였다. 「저도 그런 건 다 이해합니다. 선생님, 감사합니다. 또 현재 작업하시는 다른 일들은 어떻게 되고 있죠?」

「글쎄요, 자화상이 한 점 있는데, 벽돌 벽을 배경으로 그린 야외 풍경화입니다. 사실 웰치보다는 벽이 더 많이 나오죠. 여기서 진짜 중요한 건 거대한, 붉은, 매끈한 벽면과 창백한 핏기, 그리고 구겨진 옷의 대조를 표현하는 것입니다. 뭐랄까, 화가의 그림 같은 거죠.」

「아, 그렇군요. 감사합니다. 또 다른 건요?」

「펍에서 신문을 보고 있는 세 일꾼을 그린 소품이 있습니다만, 그건 아직 제대로 시작도 못 하고 있습니다.」

「알겠습니다. 그 정도면 저희는 충분할 것 같습니다, 웰치 선생님.」 딕슨이 말했다. 지금이 바로 대담한 화제 전환을 할 순간이었다. 「그 젊은 여자분께서 전시회 얘기를 하셨는데요. 맞습니까?」

「네, 가을에 지역에서 작은 전시회를 열 겁니다. 하지만 지금 말씀하시는 젊은 여자분이 누구죠?」

딕슨은 안도감에 O자 입 모양새로 소리 없이 웃었다. 「미스 캘러헌이라는 분입니다. 아시는 분이죠?」

「네, 압니다.」 버트런드는 살짝 굳어진 목소리로 말했다. 「아니, 그런데 그녀가 이 일과 무슨 상관이 있지요?」

「아니, 틀림없이 알고 계실 줄 알았는데.」 딕슨은 짐짓 놀라는 척하며 말했다. 「이게 사실 그분 아이디어입니다. 여기 저희 신문사 직원과 아는 사이라서 그 친구한테 이 단평 얘기를 한 것도 그분이라고 들었습니다.」

「정말입니까? 아니, 전 금시초문인데요. 확실한 얘깁니까?」

딕슨은 굉장히 직업적인 너털웃음을 웃었다. 「아, 저희는 그런 문제에 대해서는 착오가 없습니다, 선생님. 저희 입지에서는 불필요할 정도로요. 무슨 뜻인지는 잘 아시겠지만요.」

「네, 그런 것 같습니다만 어째 이야기가…….」

「의심이 가신다면 제가 먼저 그분에게 확인을 해보겠습니다. 사실 미스 캘러헌이 앳킨슨에게 그 얘기를 했을 때…….」

「앳킨슨이라는 사람은 누구죠? 한 번도 들어 본 적이 없는 이름인데.」

「우리 런던 사무실에 근무하는 앳킨슨입니다. 캘러헌 양이 방금 그 친구한테 전화를 걸어서, 혹시 선생님을 만나게 되면 전화를 좀 해달라고 전해 주라고 부탁했거든요. 선생님 댁에 전화가 안 된다든가 뭐 그런 거 같았어요. 굉장히 긴급한 일이 있는 것 같던데, 괜찮다면 오늘 오후 5시 30분 전에 연락해 주면 좋겠다고 하더군요.」

「좋습니다, 그렇게 하지요. 그런데 기자님 성함은 어떻게 되십니까, 혹시 제가…….」

「비슬리입니다.」 딕슨은 거침없이 말했다. 「앨프리드 R. 비슬리.」

「좋아요. 감사합니다, 비슬리 씨.」 (바로 그 말투야, 딕슨이 속으로 생각했다.) 「아, 그나저나 단평은 언제 나옵니까?」

「아, 그거 말이군요. 사실 정확하게 알 수는 없습니다. 하지만 앞으로 4주 내에 확실히 게재될 겁니다. 만약의 가능성까지 생각하고 충분한 시간을 두고 검토해야 하니까요, 웰치 선생님.」

「그럼요, 그래야지요. 그런데 원하시는 이야기는 다 들으신 겁니까?」

「네, 정말 진심으로 감사드립니다.」

「아니, 아니에요, 제가 감사하죠.」 버트런드가 원래의 허심탄회한 동지애를 다시 보이며 말했다. 「아주 훌륭한 분들이죠, 언론사 기자분들은.」

「친절한 말씀 감사합니다.」 딕슨은 전화에 대고 에디스 시트웰[20] 같은 표정을 하고 말했다. 「자, 안녕히 계세요. 감사합니다, 웰치 선생님. 폐를 끼쳤습니다.」

「안녕히 계십시오, 비슬리 씨.」

딕슨은 의자에 기대앉아 얼굴의 땀을 닦았다. 온몸을 다 닦고 싶은 기분이었다. 그러고는 담배에 불을 붙였다. 공포에 질려 끔찍하게 무모한 짓을 저질렀지만 돌이킬 수 없는 지경은 아니었다. 이 상황을 해결할 열쇠는 버트런드가 직접 알아내기 전에 당장 속임수를 무장 해제하는 데 있었다. 캘러헌 아가씨에게 다음과 같은 사연을 세심하게 코치해야 했다. 자칭 앳킨슨이라는 모르는 사람이 그날 아침 전화를 해서 기자인 척하면서 버트런드에 대한 이야기를 했다. 아리송하게 「이브닝 포스트」를 들먹거리며 웰치네 집 전화번호를

20 Edith Sitwell(1887~1964). 영국의 시인 겸 비평가. 뺨이 푹 꺼진 신경질적인 얼굴로 유명하다.

받아서 끊었다. 버트런드와 통화가 되면, 인사를 하자마자 그 앳킨슨 얘기를 해야 하고, 그녀가 듣기에는 굉장히 수상쩍었고, 〈앳킨슨〉의 목소리가 두 사람에게 무의미한 장난을 걸어올 만한 런던의 지인과 비슷했다고 말하게 해야 했다. 의심을 살 만큼 강조하지는 말고, 〈앳킨슨〉이 장거리 전화선이 아니라 런던의 번호로 전화를 건 게 분명하다는 얘기를 해야 했다. 그녀의 입장을 고수하는 한, 그녀와 딕슨은 철저히 안전했다. 버트런드가 벌써 〈포스트〉에 전화를 걸어 〈비슬리〉를 찾았다 하더라도 무방했다. 위험성은 오히려 그녀가 음모에 동조해 주지 않는 데 있었다. 그러나 그녀가 동조해 줄 거라 믿는 데에는 튼실한 근거가 있었다. 그가 도와주겠다고 했을 때 보였던 감사의 마음, 그가 몹시 불리한 여건을 딛고 미션 수행에 성공했다는 사실, 이불 훌칭과 탁자 건을 두고 보였던 태도, 그리고 마지막으로, 진실이 흘러나갔을 때 그가 엄청난 위험에 노출된다는 사실 등이었다. 버트런드가 아직도 의심을 품고 있다면, 감정적인 압박을 가해서 그녀에게서 사실을 캐낼 수도 있다. 하지만 왜 의심을 하겠는가? 설마 여름 무도회에 대한 정보를 얻어 내려고 알지도 못하는 촌사람을 회유할 거라는 생각을 할 리는 없었다. 사실 바로 그거야말로 그녀가 한 짓거리와 거의 정확히 일치하는데 말이다.

이제 중요한 건 그녀에게 연락을 해서 해야 할 얘기를 코치하는 일이었다. 서둘러야만 했다. 왜냐하면 점심을 먹고 2시에 돌아와서 시험 감독을 해야 했기 때문이다. 그러나 뭐든 행동에 착수하기 전에 그는 일단 고개를 젖히고 길게 울리는 트롬본 소리 같은 무절제한 폭소를 터뜨렸다. 전부 다 이렇게 신날 수가 없었다. 일이 잘못 돌아간다 해도 좋았지만 잘못될 리도 없었다. 웰치네 집에서 그가 머릿속으로만 그려 봤던 버트런드 공격 작전이 개시된 데다, 눈부신 전략적 성공을 거두고 있었다. 지금까지 진행된 것만으로도 이 작전은 그와 같이 신분이 불안정한 사람한테는 너무 위험하다고 말해 주는 경고의 목소리가 들렸지만, 아까와 같은 폭소 속에 묻혀 버리고 말았다.

다시 한 번 그는 수화기를 들고 장거리 직통 교환을 연결해 크리스틴 캘러헌의 번호를 댔다. 버트런드와 나눈 대화의 전말을 다 털어놓지는 않는 게 좋겠어, 라는 생각이 들었다. 잠시 후 그는 몸을 앞으로 기울이고 말했다. 「캘러헌 양? 잘됐네요. 저 딕슨입니다. 이제 잘 들으세요.」

10

「솔직히 말해서 말이야, 제임스. 표정이 완전히 썩은 거 있지.」 마거릿이 말했다. 「물론 겉으로는 자제하고 있었지만, 입매가 딱딱하게 굳어서 눈에서 완전히 불이 번쩍번쩍 나더라니까. 그런 거 있잖아, 왜. 그래도 욕할 수는 없더라. 나하고 네디 부부가 다 있는데 티타임 식탁 머리에서 그렇게 불쑥 말을 던지니까.」

「그래서 뭐라고 했는데?」 딕슨이 댄스 플로어 구석에서 턴을 하고 그녀를 밴드 쪽으로 리드하기 시작하면서 물었다.

「뭐, 그냥 이렇게 말하던데. 〈아, 그런데 말이에요, 캐럴. 크리스틴이 결국 무도회에 오게 됐다는 얘기를 하려고 했는데 못 했네요. 삼촌을 데리고 온대요.〉 그러더니 진지한 문제를 두고 농담 따먹기를 하기 시작하는 거야. 〈삼촌이 질녀하고 파트너가 되면 최고의 용례에 어긋나니까〉 어쩌고저쩌고 헛소리를 하면서 〈최선의 방법은 캐럴이 반대하지 않으면 크리스틴을 내쪽 티켓으로 끌어들일까 싶네요〉 그러더라고. 아니 우리가 다 듣고 있는데 무슨 반대를 할 수가 있겠어. 〈그리고 고어어퀴트 씨가 아마 기쁜 마음으로 캐럴을 에스코트해 줄 겁니다.〉 그게 끝이었어.」

「으음.」 딕슨은 말했다. 춤에 대한 부담감이 안 그래도 상당한 데다, 위아래로 까닥거리고 앞으로 갔다 뒤로 갔다 하는 마거릿의 얼굴에 시선을 고정시키고 있기까지 하려니 달변을 풀어놓는 건 불가능했다. 게다가 부스럭거리는 수많은 다리들과 시끄럽게 웅성거리는 이야기 소리들을 뚫고 음악 박자를 놓치지 않으려고 귀를 쫑긋 세우고 있어야 했다. 「좀 바보 같네, 그거.」

「평생 그렇게 끔찍하게 무례한 짓은 살다 살다 처음 봤지 뭐야. 진짜 뭐 그런 사람이 다 있대. 사회적으로도 그렇고, 어, 다른 모든 면에서. 내 말은, 그런데 — 그때 생각난 건데 — 어, 자기는 버트런드하고 캐럴 사이에 무슨 일이 있는 거 같아?」

「전혀 모르겠는데. 왜 그런 얘기를 해?」

「뭐 눈치챈 거 없어?」

「없는 거 같은데. 왜?」

「아, 몰라. 버트런드가 애초에 캐럴을 데리고 무도회에 가려 했다는 것 자체가 사실 좀 이상하고, 게다가 그 여자가 그렇게 무섭게 화를 내니까…….」

「아, 하지만 버트런드는 원래 두 사람 다한테 그렇게 눈치 없이 굴었잖아 — 그 여자가 우리한테 말할 때 너도 있었던 기억이 나는데 — 그러니 캐럴 입장에서는 자기를 이리저리 휘두르려 한다는 느낌을 받는 것도 당연하지 뭐. 죄송합니다.」 그는 자기 골반에 엉덩이를 부딪힌 여자에게 사과를 했다. 이번 댄스 세트가 빨리 끝났으면 싶었다. 후끈후끈 달아올랐고 양말에는 미세한 접착성 모래가 스프레이로 흩뿌려져 있는 것만 같았으며 양팔은 14라운드를 뛰고 나서 가드를 올리고 있는 복서처럼 쑤셔 왔다. 그는 왜 자기가 그 예술의 주말에 본 포옹 얘기를 마거릿에게 하지 않았을까 생각해 보았다. 마거릿은 말조심을 하라고 하면 입을 꼭 다물고 있는 사람이었다. 아마 그 소식을 들으면 충격을 받기도 하겠지만 내심 약간 신나 하기도 할 텐데, 그는 그게 달갑지 않았다. 왜 그게 달갑지 않을까?

마거릿이 생기발랄하게 또 이야기를 시작하고 있었다. 살짝 상기되고 립스틱을 보통 때보다 훨씬 공들여 바른 얼굴이었다. 즐거워 보였다. 그녀 나름의 미니멀한 예쁨이 그 증거였다. 「뭐 아무튼, 고어어쿼트 씨하고 파트너가 되어서 캐럴한테는 훨씬 잘된 거 같아. 진짜 굉장히 매력적으로 보이던데, 요즘은 그런 사람 굉장히 보기 드물잖아. 매너도 정말 최상이고, 안 그래? 진짜 좋은 남자 같아. 턱수염 난 괴물보다야 훨씬 낫지 뭐야.」

딕슨은 이렇게 마구 뒤섞이는 스타일에 목에서 잘 들리지 않게 꾸르륵 소리를 냈지만, 뭐라 대답할 시간도 없이 춤은 휘리릭 끝나 버렸다. 잠시 후 불편한 두두두두 소리에 이어 챙그랑 쿵쾅 소리가 세트가 끝났음을 알렸다. 딕슨은 한숨을 내쉬고 손수건으로 손바닥을 닦았다. 「한잔 어때?」

마거릿은 이리저리 바삐 눈을 돌리고 있었다. 「잠깐만 기다려. 다른 사람들이 보이나 좀 보게.」

춤추는 사람들은 긴 댄스 플로어의 터치라인 쪽으로 뿔뿔이 흩어지고 있었다. 벽은 까마득한 과거의 풍경들로 장식되어 있었는데 그림의 기법은 소위 진보적이어서, 예를 들어 딕슨과 제일 가까이 위치한 그림에서는 원근법이나 뭐 그런 장치가 부재하는 바람에 무수한 난쟁이 보병들이(스파르타인?

마케도니아인? 로마 군대?) 하늘에서 훨씬 더 많은 수의 야만인 적군들(페르시아인? 이란인? 카르타고인?) 위로 우수수 떨어지고 있고, 적군들은 바로 머리 위에서 벌어지는 이런 위험은 까마득히 모른 채 위협적으로 텅 빈 가운데 공간을 노려보고 있었다. 중간중간 뭔가 허여멀건 소재로 지은 커다란 기둥들이 서 있었다. 딕슨은 향수에 젖은 서글픈 미소를 지었다. 이 모든 게 그가 굉장히 즐거운 시간을 보냈었던 마블 아치, 차링크로스, 코번트리 가의 대형 식당들을 뚜렷이 떠올리게 했던 것이다. 추억을 떠올리게 하는 장식들로부터 시선을 내리자 군중 속의 미치가 보였다. 세 여학생 중에서도 가장 예쁜 오쇼너시 양과 신나게 이야기를 나누며 웃고 있었는데, 실제로도 미치의 여자 친구였다. 그녀의 얼굴은 어쩐지 물의 집시 같은 가무스레한 장밋빛이었는데, 딕슨을 심란하고 불편하게 만들곤 했다. 그녀가 입은 푹 패인 드레스도 마찬가지였다. 족히 15야드는 거리가 있었지만, 딕슨은 미치의 이브닝 정장이 얼마나 완벽한지, 그 수다가 얼마나 효율적인지, 그리고 그의 말을 듣는 사람이 얼마나 열심히 경청하고 있는지 다 알고 있었다. 미치가 곧 그의 눈길을 받더니, 금세 심각한 표정으로 변해 겉치레지만 예의 바른 목례를 했다. 미스 오쇼너시는 재빨리 미소를 던지고 금세 고개를 돌렸는데, 웃음을 터뜨리기 위해서가 분명했다. 「술 한잔 하자, 어때?」 딕슨은 다시 마거릿에게 청했다.

「아, 저기 다들 있다.」 그녀는 대답 대신 이렇게 말했다.

버트런드와 크리스틴이 다가오고 있었다. 버트런드가 이브닝 턱시도를 차려입으면 상당히 봐줄 만하다는 건 딕슨도 인정하지 않을 수 없었고, 지금이라면 무슨 예술가처럼 보인다고 말해도 지나치게 기분 나쁘지 않은 사실로 통할 터였다. 딕슨이 버트런드에게 시선을 고정한 건, 관심이 있어서라기보다 크리스틴에게만 눈길을 두지 않기 위해서였다. 그날 저녁 그녀의 태도는 심지어 냉랭하지조차 않았다. 아예 태도랄 게 없었던 것이다. 그래서 딕슨은 자기 감각이 제시하는 증거에도 불구하고 실제로 자기가 거기 존재한다는 느낌이 들지 않았다. 그러나 설상가상 그녀는 그날 저녁 이제까지 본 중에서도 최고의 미모를 뽐내고 있었다. 그녀는 어깨를 드러낸 노란색 드레스를 입고 있었다. 바로 그 목적을 위해 재단된 것처럼 완벽하게 깔끔하고 품위 있어서, 리본도 달리고 주름도 잡히고 진주 목걸이까지 네 줄로 치렁치렁 감은 마거릿의 로열블루색 타피타 드레스 차림이 결정적으로 꼴불견으로 보였다. 크리스틴의 목적은 타고난 머리 색과 피부결을 돋보이게 하는 것이었으리라고 딕슨은 짐작했다. 결과는 고통스러우리만큼 성공적이어서, 다른 사람들을 전부 흐릿한 도판 사진들을 모아 붙인 아상블라주[21]처럼 보이게 만들었다. 한 순간, 그녀와 버트런드가 들어오던 순간, 딕슨과 그녀의 눈길이 마주쳤었다. 그 눈길에 아무런 사적 감정이 담겨 있지 않았음에도 불구하고 그는 몸을 굽혀 치마와 바지들의 방벽 뒤로 숨어 버리고 싶었다. 아니, 정장 옷깃을 머리 위로 끌어올려 쓰고 거리로 뛰쳐나가고 싶었다. 어디선가 읽은 얘긴데, 아니 주워들었던가, 아무튼 아리스토텔레스인가 I. A. 리처즈[22]인가 뭐 그런 사람이 아름다운 모습을 보면 우

21 *Assemblage*. 물건의 단편이나 폐품을 모아 만든 예술 작품.

22 I. A. Richards(1893~1979). 과학적 문학 연구 방법을 주창한 문학 비평가.

리는 가까이 다가가기를 원하게 된다고 말했다고 한다. 아리스토텔레스인지 I. A. 리처즈인지는 모르겠지만 틀려먹은 소리 아닌가, 그렇지 않나?

「자, 이제 계획이 어떻게 되십니까, 여러분?」 버트런드가 물었다. 그는 크리스틴의 손목을 엄지와 검지로 잡고 있었는데, 아마 맥박을 재는 모양이었다. 그러고는 딕슨 쪽을 슬쩍 쳐다보았다. 지금까지는 상당히 우호적인 태도를 유지하고 있었다.

「뭐, 가서 술이나 한잔할까 생각 중이었어요.」 딕슨이 답했다.

「아, 제발 조용히 해, 제임스. 누가 들으면 한 시간만 술을 못 마시면 죽는 사람인 줄 알겠다.」

「정말 죽을 것 같은데요.」 버트런드가 말했다. 「아무튼 딕슨 씨는 그런 위험을 감수하지 않는 쪽이 현명하겠죠. 어때, 자기? 유감스럽지만 근처의 호스텔까지 가지 않으면 맥주하고 사이더밖에 없어.」

「그래, 좋아. 하지만 줄리어스 삼촌하고 골드스미스 부인은 어디 계시지? 두 분만 두고 우리끼리 가버릴 수는 없잖아.」

이 두 사람은 벌써 바에 가 있을 거라는 데 중의가 모아지는 동안, 딕슨은 〈줄리어스 삼촌〉이라는 말에 혼자 미소를 지었다. 세상에 그런 호칭으로 불리는 사람이 있고, 그런 호칭을 부르는 사람이 있고, 이 사람이 그 사람을 그렇게 부르는 자리에 자기가 이렇게 함께 있을 수 있다니 얼마나 근사한 일인가. 한편에서 삼삼오오 이야기를 나누는 사람들과 다른 편에 말없이 벽에 기대서 있는 사람들 사이로 배회하다가 마거릿의 곁으로 걸어가면서, 딕슨은 후자의 무리에 끼어 좀 딱한 꼬락서니로 서 있는 앨프리드 비슬리를 보았다. 여자들을 사귀는 데 서툴기로 악명 높은 비슬리는 이런 행사에 빠지지 않고 오곤 했지만, 오늘 밤 여자들은 모두 파트너와 함께 왔기 때문에(60대의 철학 교수나 백 킬로그램의 거구인 경제학과 수석 강사 같은 여자들만 제외하고) 그는 때를 기다려야 한다는 걸 알고 있을 터였다. 딕슨은 그와 인사를 나누면서 눈빛에서 번득이는 질투심을 보았다고 생각했다. 그러고는 첫째로 자기 자신이 시간을 낭비하고 있다는 걸 알고 있는 게 실제로 시간을 낭비하는 걸 막는 데 얼마나 효과가 없는지 생각했다(특히 소위 웰치가 말하는 〈사람 마음의 문제〉에서). 두 번째로 그런 문제에서 비슬리의 입장과 자기 자신의 입장 사이에 놓인 간극이 얼마나 좁은가를 생각했다. 그리고 세 번째로 비슬리가 뛰어넘을 수 없는 간극 너머에 자신을 놓는 그 사실 — 한 여자와 이야기를 나눌 수 있고 그녀와 같은 일행이라는 특권 — 이 얼마나 부러워할 필요 없는, 보잘것없는 것인가를 생각했다. 그러나 네 번째로 성적인 특권의 표식을 소유하고 있다는 사실이 그 특권의 질이나 향유보다 더 중요했다. 이러한 결론에 도달하고 나면 더 차분하고 해방된 기분이 들어야 했지만 사실은 그렇지가 않았다. 기술적인 병명을 알아낸다고 해서 위장 장애가 나아지는 게 아닌 거나 마찬가지였다.

그들은 바에 도착했다. 애초에 그런 목적으로 설계된 게 아닌 작은 방이었다. 절대다수가 도저히 믿을 수 없다고 했지만 그럼에도 불구하고 여름 무도회에서 〈술〉을 제공하는 상당히 근래의 전통을 대학 측에서 도입하게 된 건, 장내에서 값싼 비독주계 주류를 판매하면 한때 우려할 만한 수준에 도달했던 학생들의 음주량을 조절할 수 있다는 논거에서였다. 그러면 시내 펍에서 값비싸고 해로운 호스넥 칵테일[23]을 꿀꺽꿀꺽 들이마시고 하급 진과 합성 라임 주스를 들이켜는 게 그토록 짜릿하게 매력적으로 느껴지지 않을 거라는 얘기였다. 그런데 더 희한한 일은 이러한 주장이 알고 보니 상당히 근거가 있는 걸로 밝혀져서, 지금 딕슨과 나머지 일행이 찾은 방에서는 세 사람의 대학 용역 직원들이 맥주와 사이더 나무 술통들과 씨름을 하고 있었다. 그 위로 무도회장에 있었던 더 큰 그림들과 비슷하게 난쟁이 캅카스인들한테 곧 휘말릴 건장한 군주들 또는 회오리바람에 빨려 들어가는 중국 대상들을 그려 넣은 벽화들이 있었다. 거기에는 허여멀건 기둥들 대신에 거의 음침할 정도로 호사스러운 종려나무 화분들이 놓여 있었다. 이 화분들 사이에 마코노치가 숨어서 세 종업원을 관리 감독하고 있었는데, 빳빳하게 풀 먹인 하얀 가운을 올리브그린색 바지 위에 걸치고 있어 뭐라 딱 꼬집어 말할 수 없는 효과를 더하고 있었다.

고어어쿼트와 캐럴은 저 안쪽의 종려나무 숲 속에 앉아서 상당히 열띤 대화를 나누고 있었다. 다른 사람들이 자기네 쪽으로 오는 걸 본 고어어쿼트가 벌떡 일어났다. 이런 정중한 예의는 딕슨이 보통 어울리는 집단에서는 너무나 낯선 것이어서, 한순간 상대가 완력으로 접근을 막으려 드는 걸까 하는 생각까지 했다. 그는 저명인사 치고, 그리고 크리스틴의 삼촌 치고, 딕슨이 예상한 것보다 훨씬 젊어서 40대 중반쯤으로 보였다. 이브닝 정장 역시 예상했던 것만큼 〈흠잡을 데 없이〉 완벽하진 않았다. 깡마른 단신 위에 자리 잡은 커다

23 브랜디와 진저에일을 섞은 칵테일. 일종의 폭탄주라고 할 수 있다.

랗고 미끈한 얼굴은 딕슨이 이제까지 본 중에 가장 불균형해서 자칫 기형에 가까울 정도였다. 마치 정신을 추스르려고 애쓰는 주정뱅이 현자 같은 인상을 주었다. 약간 돌출된 입술과 양쪽 관자놀이를 한 줄로 잇는 눈썹 때문에 더 그렇게 보였다. 일행이 다 앉기도 전에 벌써 팁을 두둑하게 받은 게 틀림없어 보이는 마코노치가 성큼성큼 다가와서 무슨 술을 원하시느냐고 물었다. 딕슨은 그의 비굴한 태도를 즐기며 지켜보았다.

「지금까지는 내가 여기 학장을 잘 피해 다녔는데 말입니다.」 고어어쿼트는 강한 스코틀랜드 저지대 억양으로 말했다.

「그게 얼마나 대단한 일인데요, 고어어쿼트 씨.」 마거릿이 웃음을 터뜨리며 말했다. 「분명히 학장님께서는 스파이들을 총동원해서 선생님을 찾고 계실걸요.」

「그렇게 생각해요? 그 친구한테 붙잡히면 또 도망갈 수 있을까요?」

「그럴 가능성은 몹시 희박합니다.」 버트런드가 말했다. 「이 지역 사람들 잘 아시잖아요. 저명인사를 던져 주면 개들이 뼈다귀를 두고 싸우듯이 달려들지요. 심지어 저처럼 변변찮은 사람도 나름대로 그런 유의 일들을 꽤나 견뎌야 했거든요. 특히 소위 학계라는 데에서요. 어쩌다 보니 아버지가 교수님이신데, 사람들은 그 이유만으로 제가 부총장 사모님의 학교에서 말썽을 피우는 한심한 손주 고민을 들어 주고 싶어 할 거라고 믿어 버려요. 하지만 물론 선생님께서는 저보다 천 배는 더 힘드시겠지만 말이지요, 그렇죠?」

이 말을 주의 깊게 경청하던 고어어쿼트는 무뚝뚝하게 〈어떤 면에서는요〉라고 말하더니 술을 마셨다.

「아무튼, 고어어쿼트 씨.」 마거릿이 말했다. 「지금은 안심하셔도 돼요. 이런 행사가 열리면 학장님께서는 댄스 플로어 저 반대편 끝에 있는 방에서 어전 회의를 여시니까요. 여기 있는 어중이떠중이들과는 어울리지 않으세요.」

「그래서 어중이떠중이들과 함께 있을 때는 안심해도 좋다, 그 말인가요, 미스 필? 좋아요, 그럼 어중이떠중이들과 계속 어울리도록 하죠.」

딕슨은 이 말이 끝나면 마거릿이 은방울 굴러가는 웃음을 터뜨릴 줄 알고는 있었지만, 막상 진짜로 닥치자 여전히 견디기 힘들었다. 그 순간 마코노치가 고어어쿼트가 주문한 술을 들고 들어왔다. 딕슨은 맥주가 파인트 잔에 담겨 있는 걸 보고 놀라며 반색했다. 고어어쿼트가 마코노치에게 〈이보게, 담배를 좀 찾아서 갖다 주지 않겠나〉라고 말할 때까지 기다렸다가 딕슨은 허리를 굽히고 말했다. 「대체 어떻게 파인트를 찾아온 거죠? 저녁 내내 반 파인트짜리 술잔밖에 못 봤는데. 그래서 여기 무슨 규정이 있는 줄 알았지 뭡니까. 파인트를 달라고 했는데도 안 주더라고요. 대체 어떻게 하신 거예요?」 이 말을 하는 사이 그는 마거릿이 자기와 고어어쿼트를 번갈아 보면서 한심하다는 듯 미소를 짓는 걸 보았다. 겉보기와는 전혀 달리 정말로 정신병이 있어서 저런 소리를 하는 건 아니라고 고어어쿼트에게 마치 변명하는 듯한 표정이었다. 버트런드 역시 주시하며 회심의 미소를 짓고 있었다.

고어어쿼트는 마거릿의 미소는 본 척도 하지 않고 떠나가는 마코노치를 향해 니코틴이 묻은 짤따란 엄지를 척 치켜올렸다. 「우리 스코틀랜드 애국자 동지 덕이죠.」

딕슨의 건너편과 왼쪽에 앉아 있던 모든 사람들은 — 고어어쿼트 본인, 버트런드와 마거릿 — 이 말에 폭소를 터뜨렸고 딕슨도 웃음을 터뜨렸다. 그러고는 오른쪽으로 눈길을 돌리는데 크리스틴이 보였다. 그녀는 탁자에 팔꿈치를 올려놓고 절제된 미소를 짓고 있었고, 그 너머로 고어어쿼트 왼쪽에서 캐럴이 상당히 음험하게 버트런드를 노려보고 있었다. 폭소가 가라앉기 전에 딕슨은 이 집요한 시선을 의식하고 고개를 돌리는 버트런드의 모습을 보았다. 일행 사이의 작은 긴장감에 심란해진 데다, 이제 보니 시커먼 눈썹 아래 고어어쿼트의 눈길이 자기한테 못 박혀 있다는 걸 깨달은 딕슨은 불쑥 안경을 코 오른쪽으로 고쳐 쓰며 용기 내어 말했다. 「어, 이런 행사에서 파인트 맥주를 마시게 되다니 뜻밖의 즐거움인데요.」

「운이 좋은 거죠, 딕슨.」 고어어쿼트가 쌀쌀하게 말하며 둥근 담배를 건넸다.

딕슨은 살짝 얼굴이 상기되는 느낌을 받았지만, 한동안 아무 말도 하지 않기로 결심했다. 그럼에도 불구하고 고어어쿼트가 자기 이름을 기억해 주었다는 사실이 기분 좋았다. 요란하게 울리는 트럼펫 소리와 함께 무도회장에서 음악이 시작되었고 사람들이 바에서 나가기 시작했다. 고어어쿼트 옆에 딱 붙어 앉아 있던 버트런드가 나지막한 목소리로 그와 이야기를 나누기 시작했고, 거의 동시에 크리스틴이 캐럴에게 뭐라고 말했다. 마거릿은 딕슨에게 말을 건넸다. 「여기 같이 와줘서 정말 고마워, 제임스.」

「네가 즐거워하니 다행이야.」

「너는 별로 재미있지 않은 것 같은데.」

「아, 아니야, 정말 좋아.」

「어쨌든 실제로 춤을 추는 것보다는 이런 걸 즐기는 건 확실해 보여.」

「아, 솔직히 둘 다 재미있어. 그거 다 마시고 나면 플로어로 돌아가자. 퀵스텝 정도는 나도 할 수 있어.」

그녀는 열렬하게 딕슨을 바라보더니 한 손으로 그의 팔을 잡으며 물었다. 「우리 제임스, 너랑 나랑 이런 식으로 어울리는 게 현명한 일이라고 생각해?」

「안 될 건 뭐야?」 그는 문득 불안해져 되물었다.

「네가 나한테 너무 다정하니까 자꾸 내가 널 지나치게 좋아하게 되잖아.」 마거릿은 떨림과 단조로움을 섞은 투로 이 말을 했다. 무슨 위대한 여배우가 강렬한 감정을 경제적으로 전달하는 능력을 과시하는 것처럼 말이다. 맹세를 할 때면 원래 그런 버릇이 있었다.

공황 상태에 빠진 와중에서도 딕슨은 이게 사실이라면, 정말로 서로 좀 덜 만나야 할 이유로 내세울 수 있겠다는 생각을 간신히 해냈다. 그리고 정직하고도 용납할 만한 발언을 찾아냈다. 「그런 말 하면 안 돼.」

그녀는 가볍게 웃었다. 「불쌍한 제임스. 내 자리 좀 맡아 줘, 알았지? 오래 안 걸릴 거야.」 그러더니 밖으로 나갔다.

불쌍한 제임스? 불쌍한 제임스라니? 그건 사실 굉장히 공정한 인물 묘사이긴 했지만 다른 사람도 아닌 그녀가 할 말은 아니었다. 그때 죄책감이 덮쳐와 그는 다이빙하다시피 뛰어들어 술잔을 찾았다. 이 마지막 생각뿐 아니라 〈너는 나한테 너무 다정해〉라는 말의 의도치 않은 아이러니 때문에 더더욱 죄책감이 느껴졌다. 그가 생각하기에는 자기가 세상 누구한테든 다정했던 적이 있었는지, 하물며 〈너무 다정했던〉

적이 있기나 했는지 의심스러웠다. 마거릿이 자기한테 그럭저럭 괜찮은 대우를 받았다면, 무조건 그건 짜증에 대해 공포가, 권태에 대해 연민이 한시적인 승리를 거두었기 때문이었다. 그런 데서 나온 행위가 그녀에게 〈너무나 다정하게〉 보일 수 있다는 사실이 그녀가 얼마나 둔감한가를 보여 준다고 생각할 수도 있겠지만, 한편으로는 그녀의 좌절과 외로움에 대한 끔찍한 논평이기도 했다. 불쌍한 마거릿, 그런 생각을 하니 온몸이 파르르 떨렸다. 더욱 열심히 노력해야 한다. 그러나 더 일관되게 다정하거나, 훨씬 다정함의 강도를 높여서 그녀를 대한다면 과연 어떤 결과가 나타날까? 그에게는 어떤 결과가 초래될까? 이런 상념들을 쫓아내기 위해, 딕슨은 자기 왼쪽에 있는 대화에 귀를 기울이고 듣기 시작했다.

「……저는 그분의 견해에 철저한 존중심을 갖고 있습니다.」 버트런드가 말하고 있었다. 힝힝거리는 비음은 목소리를 깔아 숨겨져 있었다. 아마 누군가 그 점을 지적했던 모양이다. 「제가 늘 하는 말이지만 그분은 마지막으로 남은 구식 전문 비평가이고 자기가 무슨 말을 하는지 정확히 알고 있는 분이에요. 요즘 그 직종에 종사하는 사람들 대부분은 그런 말을 듣기 어렵죠. 아무튼 우리는 계속 같은 전시회를 다니면서 서로 마주쳤습니다. 그리고 우습지만 같은 그림 앞에서 만나기도 했죠.」 이 대목에서 그는 웃음을 터뜨리며, 잠시 한쪽 어깨를 으쓱했다. 「어느 날 그분이 말씀하시더군요. 〈선생님 작품을 보고 싶군요. 좋다는 얘기를 들었습니다.〉 그래서 소품들을 이것저것 싸 가지고 그 댁에 가지고 갔습니다. 정말 근사한 곳이더군요, 안 그렇습니까? 물론 선생님도 아시겠지만요. 정말 18세기로 돌아간 것 같더군요. 고무 상품 노조가 인수할 때까지 얼마나 버틸지는 모르겠지만 — 아무튼 한두 점의 파스텔화가 그분을 사로잡은 것 같았습니다…….」

사로잡아서 구토용 용기에 처박았겠지, 딕슨은 생각했다. 그리고 〈자기가 무슨 말을 하는지 정확히 알고 있는〉 사람이 버트런드의 그림이 얼마나 고약한지 말하지 않고, 장화로 짓밟아 버리지도 않고, 심지어 한두 점에 관심을 갖기까지 했다는 얘기를 실감하자 공포가 덮쳐 왔다. 버트런드가 좋은 화가일 리가 없다. 그건 그가, 딕슨이, 용납할 수 없는 일이었다. 그렇지만 고어이치백인가 하는 이 사람이 여기 이렇게 있지 않은가. 겉으로 보기에는 멍청이 같지도 않은데, 별로 대놓고 항의도 하지 않고 이 광적인 자기 자랑을 듣고 있으면서 심지어 좀 흥미도 갖는 눈치였다. 그렇다, 딕슨은 그가 몹시 열심히 경청하는 모습을 보았다. 고어어쿼트는 엄청나게 큰 검은 머리를 버트런드 쪽으로 기울이고 있었다. 반쯤 돌린 그의 얼굴은 땅바닥에 시선을 둔 채로 잘 들리지는 않지만 단 한 마디도 놓치기 싫다는 듯 집중한 나머지 살짝 미간을 찌푸리고 있었다. 딕슨은 한 마디도 빠짐없이 다 들리는 상황을 더 이상 견딜 수가 없었고 — 버트런드는 이제 〈대위법적인 색조 값〉 같은 표현을 쓰고 있었다 — 그래서 잠시나마 어렴풋이 정적을 느낄 수 있었던 오른편으로 고개를 돌렸다.

그때 크리스틴이 그를 돌아보았다. 「저기, 여기서 같이 얘기 좀 해주실래요?」 나지막히 속삭여 말했다. 「무슨 말을 해도 답이 없어서 그래요.」

그는 캐럴 쪽을 바라보았다. 캐럴과 눈길이 마주쳤지만 별 반응이 없었다. 그러나 무슨 말을 해야 할까 궁리조차 하기도 전에 마거릿이 돌아왔다.

「뭐예요, 다들 아직도 술 마시고 얘기하는 거예요?」 그러더니 일행 전체를 향해 명랑하게 말했다. 「지금쯤은 다들 플로어에 나가신 줄 알았죠. 자, 고어어쿼트 씨, 학장님과 마주치든 말든 더 이상 이렇게 뾰로통하게 앉아 계시게 허락해 드릴 수가 없네요. 조명이 환상적으로 어울려요. 어서 오세요.」

고어어쿼트는 예의 바르게 미소를 지으며 일어서서 다른 사람들에게 아무 말도 하지 않고 마거릿의 손길에 이끌려 바를 떠났다. 버트런드가 건너편의 캐럴을 바라보며 말했다. 「밴드를 낭비하지 맙시다. 밴드 값으로 25실링이나 냈잖아요.」

「그쪽이 내신 거죠.」 호칭을 강조하며 캐럴이 받아쳤고, 딕슨은 순간 그녀가 거절하고 이 상황을, 이 상황이 어떤 상황인지도 잘 모르겠지만 아무튼, 위기로 몰고 가지 않을까 겁이 덜컥 났다. 하지만 잠시 후 캐럴은 일어나서 댄스 플로어 쪽으로 걸어가기 시작했다.

「나 대신 크리스틴 좀 돌봐 줘요, 딕슨.」 버트런드가 힝힝거렸다. 「떨어뜨리지 말고, 잘 깨지는 여자니까. 그럼 자기, 잠깐만 나 없이 있어.」 그는 크리스틴에게 피리처럼 지저귀었다. 「금방 올게. 저 남자가 거칠게 굴면 호루라기를 불고.」

「춤추실래요?」 딕슨이 크리스틴에게 물었다. 「전에 말했듯이 잘하지는 못하지만, 그쪽이 괜찮다면 한번 해볼까 하는데요.」

그녀가 미소를 지었다. 「그쪽이 괜찮다면 전 좋아요.」

11

크리스틴을 곁에 끼고 바에서 일어나 나가면서 딕슨은 자기가 특수 요원이나 산적, 시카고의 군벌, 스페인의 이달고나 석유 재벌, 아니면 모호크 대원이 된 기분이 들었다. 흥분과 자긍심으로 표정이 제멋대로 일그러져 멍청이 같은 미소를 만면에 짓게 될까 봐 조심스럽게 자제해야 했다. 크리스틴이 플로어 끝에서 돌아서서 그와 마주 보자, 정말로 그녀가 자기 몸에 손을 대도록 허락해 주고 근처의 남자들이 그 즉시 그를 말리지 않는다는 사실이 도저히 믿기지 않았다. 그러나 어느새 두 사람은 실제로 함께 춤을 추면서 관습적인 포옹의 몸짓을 하고 있었다. 솜씨가 유려하지는 않았지만, 누가 뭐래도 춤은 춤이었다. 딕슨은 말없이 그녀 얼굴 뒤쪽을 멍하니 바라보며, 그녀가 누군가와 충돌하는 일이 없도록 이끄는 데 전념했다. 15분 전만 해도 그렇지 않았는데 플로어가 빽빽히 들이찰 만큼 전보다 훨씬 더 많은 사람들이 나와 있었던 것이다. 딕슨은 춤추는 사람들 사이에서 아내와 춤추는 음악 교수 바클리를 알아보았다. 바클리의 아내는 언제 봐도 말상이었고 바클리는 큰 소리로 웃을 때만 그랬다. 잘 웃지 않는 사람이 가끔 불쑥 웃음을 터뜨릴 때가 있었는데, 바로 지금 잠깐 그런 얼굴이 보였다.

「골드스미스 부인은 대체 무슨 문제가 있대요, 아세요?」 크리스틴이 물었다.

그녀가 따져 묻는 바람에 놀란 딕슨이 바로 답했다. 「좀 지겨운 얼굴이긴 했죠?」

「버트런드가 나 대신 자기를 데리고 올 거라고 기대했던 걸까요?」

그 말은 파트너가 바뀌었다는 걸 그녀가 알고 있었다는 뜻일까? 확실하진 않지만 그럴 수도 있었다. 「모르겠어요.」 그는 기어 들어가는 목소리로 말했다.

「아시는 것 같은데요.」 굉장히 화가 난 목소리였다. 「저한테 말씀을 해주시면 좋겠어요.」

「미안하지만 저는 그 일은 전혀 모릅니다. 그리고 어쨌든 저와는 아무 상관도 없고요.」

「그런 태도로 일관하실 거면 더 이상 저도 할 말이 없네요.」

딕슨은 불과 몇 분 사이에 벌써 두 번이나 얼굴이 후끈 달아올랐다. 첫 만남에서 버트런드가 그를 낚으려 했던 걸 방조했던 것도, 술을 너무 많이 마신다고 타박을 줬던 것도, 오늘 저녁 내내 그를 없는 사람 취급했던 것도, 다 너무나 그녀다운 행동이었음이 분명했다. 느긋하게 풀어지지 않은, 딱딱한 형식적 태도가 본모습이었다. 홀청 일을 도와주었던 건 런던의 친구들을 재미있게 해줄 이야깃거리를 준 데 대한 보답일 뿐이었다. 전화 통화 때의 상냥한 말씨는 그로부터 뭔가 알아낼 게 있었기 때문이었다. 물론 버트런드와 캐럴 일로 기분이 상했겠지만, 그렇다고 여자의 술수를 부려 죄 없는 삼자를 대신 매 맞을 희생양으로 끌어들이는 짓거리를 하다니 그로서는 혐오스럽기 짝이 없었다.

그들은 한동안 아무 말 없이 춤을 추었다. 춤에 관심 없다고 했던 그녀의 말은 겸손이 아니었지만, 야심 찬 동작은 무조건 피하려는 딕슨의 태도 덕분에 두 사람은 꽤나 손발이 잘 맞았다. 다른 커플들은 그들 주위로 움직이며 조금만 공간이 보여도 서로 휙휙 돌리고 분주한 와중에도 꼭 껴안고 제자리걸음을 하고 있었다. 그들만 빼고 다들 이야기를 나누는 것 같았다. 딕슨은 결국 크리스틴의 어조 비슷한 목소리가 귓전에 들리는 바람에 속고 말았다. 「방금 뭐라고 했어요?」

「아무 말도 안 했는데요.」

이제는 무슨 말이라도 해야 했기에 딕슨은 저녁 내내 호시탐탐 기회만 노리던 말을 뱉었다. 「그 전화 건에 그렇게 잘 협조해 주셔서 고맙다는 말을 끝내 못 드렸습니다.」

「무슨 전화 건이요?」

「아시잖아요, 제가 기자인 척하고 버트런드와 통화했던.」

「아, 그거요. 실례가 안 된다면 그 얘기는 별로 하고 싶지가 않아요.」 그런 식으로 얼렁뚱땅 도망가게 내버려 둘 수는 없었다. 「실례가 된다면요?」

「무슨 말씀이시죠?」

「잊고 계시는 것 같은데, 제가 아니었다면, 그리고 제가 그렇게 남의 흉내까지 내지 않았더라면 오늘 밤 이 자리에 오시지도 못했을 겁니다.」

「네, 그래도 어차피 그리 중요한 일도 아니었을 텐데요, 안 그런가요?」

곡이 끝이 났지만 둘 다 플로어에서 나갈 생각도 하지 않았다. 박수 소리 사이로 그가 말했다. 「네, 그랬을지도 모르죠. 하지만 그때는 오고 싶어 하셨잖아요, 안 그래요?」

「이봐요, 그 얘기는 제발 안 하시면 안 돼요?」

「좋아요, 하지만 나한테 여왕 노릇 하려고 하지 말아요. 그럴 자격 없으니까.」

그녀는 어색하게 어깨를 으쓱해 보이고는 눈길을 떨구었다. 「죄송해요. 바보같이 굴었어요. 그럴 생각은 아니었는데.」

그녀가 말하는 순간, 잘 들리지 않는 피아노 서곡으로 세트의 마지막 곡이 시작되었다. 「좋아요, 그럼.」 딕슨이 말했다. 「춤추실래요?」

「네, 그럼요.」

두 사람은 다시 움직이기 시작했다. 「우리가 이제 꽤 리듬을 타고 있는 것 같아요.」 잠시 후 그가 말했다.

「그런 말을 왜 했을까 후회하고 있어요. 바보였어요. 완전히 천치같이 굴었어요.」

바로 지금처럼, 그녀가 평상시의 굳은 표정을 풀어 버릴 때면, 입술이 풍만해지고 삼촌처럼 돌출된다는 사실이 딕슨의 눈에 들어왔다. 「정말 괜찮아요. 아무 일도 아닌데요, 뭐.」

「아뇨, 아무 일도 아니라뇨. 완전히 웃기는 일이에요. 〈이브닝 포스트〉 사건 전체는 기가 막히게 웃긴다고 생각했어요.」

「아 이런, 그렇다고 완전히 정반대로 달려갈 필요는 없잖아요.」

「하지만 제가 그 얘기를 하고 싶지 않다고 한 건 버트런드 등 뒤에서 비웃으면서 흉보는 것 같아서였어요. 그건 나쁜 일이잖아요. 두 번째로 통화할 때는 제가 좀 쌀쌀맞게 굴었는지 모르겠는데, 그것도 버트런드를 골탕 먹이는 음모에 가담

하는 모양새가 될 수는 없어서 그런 거였어요. 그게 다예요.」

전말을 들어 보니 상당히 유치했지만, 유치한 게 새치름한 것보다는 나았다. 하지만 아무것도 아닌 일로 여자들이 자초해서 들어가는 곤경이란. 남자들도 자초해서 문제를 만들고 또 쉽게 빠져나오지도 못하지만, 남자들의 골칫거리는 실제적이고 단순한 욕구를 만족시키려는 시도에서 나온다. 엄청나게 시끄럽고 무슨 소리인지 알아듣기 힘든 목소리가 끼어드는 바람에 다행히 대답은 하지 않아도 되었다. 실어증 초기 증세를 보이는 도깨비 같은 목소리가 세실 골드스미스와 상당히 비슷한 억양으로 라우드 스피커를 통해 노래를 부르기 시작했다.

> 빱빱 택시로 데리러 갈게, 베이비.
> 빱빱 8시까지는 단장을 마치는 게 좋아.
> 아, 베이비, 늦지 말아요.
> 밴드가 연주를 시작하면 빱빱빱…….

헌칠한 키에 창백한 안색을 한 여자와 춤추고 있는 땅딸막한 키에 빨간 얼굴을 한 남자의 궤도에서 크리스틴을 빼내오려고 애쓰다가 딕슨은 심하게 박자를 놓쳐 버렸다. 「다시 시작해요.」 그가 이렇게 중얼거렸지만, 두 사람은 전처럼 함께 어우러져 움직일 수가 없었다.

「자요, 그렇게 거기 서 있으면 절대 아무것도 안 된다고요.」 크리스틴이 말했다. 「너무 떨어져 있어서 그쪽이 뭘 하는지 느낄 수가 없어요. 제대로 좀 잡아 봐요.」

딕슨은 조심스럽게 앞으로 나가서 그녀와 몸을 딱 붙이고

셨다. 이번에는 훨씬 나았다. 이래서는 안 되는데 싶을 만큼 호흡이 가빠지긴 했지만 말이다. 맞닿은 그녀의 몸은 둥글고, 상당히 풍만하게 느껴졌다. 두 사람은 춤을 추며 밴드에게서 멀어져 갔고, 음악을 뚫고 희미하게 울리는 비음 섞인 웃음소리가 딕슨의 귀에 들려왔다. 버트런드가 커다란 머리를 젖히고 몇 야드 전방의 틈새로 막 사라지고 있었다. 딕슨에게는 캐럴의 얼굴이 보이지 않았지만 그녀의 마음이 조금은 누그러졌다는 뜻으로 보였다. 도대체 버트런드는 무슨 꿍꿍이일까? 이건 대체 그는 왜 턱수염을 기르는가 하는 것만큼이나 긴급히 조명되어야 할 문제였다. 동시에 두 애첩을 거느리려고 하는 걸까, 아니면 하나를 버리고 다른 하나를 취하려고 하는 걸까? 후자라면 누구를 취하고 누구를 설득해서 버리려는 걸까? 자기가 하고 싶은 일을 행하는 데 있어, 타인의 양해를 구할 의지가 있긴 한 걸까? 십중팔구는 그럴 리가 없었고, 그렇다면 상승세를 탄 여자는 캐럴일 터였다. 왜냐하면 오늘 밤 그녀가 여기 있는 이유는 달리 설명할 길이 없었으니까. 크리스틴은 그저 고어어쿼트의 질녀 역할만 하고 있는 게 틀림없었다. 그러나 고어어쿼트와의 거래가 안전하게 결론을 맺을 때까지는 버트런드가 잡아 두고 있을 게 틀림없었다. 딕슨은 버트런드 공격 작전의 3라운드가 막 개시되는 참이라는 걸 깨닫고 자기도 모르게 머릿속으로 살짝 노래를 부르기 시작했다. 물론 아직은 전투가 어떻게 전개될지 파악할 수 없었지만.

「요즘 웰치 교수님과는 어떻게 지내고 계세요?」 크리스틴이 불쑥 물었다.

딕슨은 빳빳하게 굳었다. 「아, 그리 나쁘지는 않아요.」 기계적인 투였다.

「그 전화 때문에 혼나지는 않으셨어요?」

그는 자기도 모르게 신음 소리를 내뱉고 말았지만, 음악에 묻혀 들리지 않았기를 바랐다. 「그러니까 버트런드가 결국 나였다는 걸 알아냈다는 말씀이군요?」

「알아냈다뇨? 무슨 말씀이세요?」

「내가 그때 기자인 척했던 일 말입니다.」

「아뇨, 제가 얘기한 건 그 일은 아니고요. 같은 숙소에 계시는 그 남자분이 걸었던 전화 말이었어요, 그때 일요일에.」

목 잘린 암탉의 몸뚱어리가 농장을 뛰어 돌아다닌다더니, 딕슨의 두 다리도 계속해서 정해진 스텝만 밟고 있었다. 「내가 앳킨슨한테 미리 부탁해서 부모님이 오셨다는 얘기를 전하게 한 걸 교수님이 아신단 말이에요?」

「아, 그분이 앳킨슨이에요? 우리가 만난 이후로 그분이 전화를 참 많이 하신 거 같네요. 네, 웰치 씨는 그쪽이 부모님이 오셨다고 전화를 걸어 달라고 한 걸 아세요.」

「누가 말했어요? 누가 말해 줬어요?」

「부탁인데 손톱으로 등을 그렇게 쑤시지 말아 줄래요……? 오보에 연주하는 그 왜소한 남자였어요 — 그때 그 사람 이름을 말해 줬는데…….」

「네, 그랬죠. 존스라는 이름이죠. 존스.」

「맞아요. 제가 머물던 동안 그 사람이 무슨 말을 한 기억은 그게 유일해요. 그 전날 저녁에 그쪽이 펍에 간 게 틀림없다고 말했던 때만 빼고요. 그러고 보니 그쪽한테 억하심정이 있나 본데요.」

「그러게요, 그런 거 같죠? 얘기 좀 해봐요. 그 자식이 전화 얘기를 고자질할 때 웰치 부인도 같이 계셨나요?」

「아뇨, 확실히 없었어요. 점심 먹고 우리 셋이 잡담을 하고 있었거든요.」

「다행이네요.」 웰치는 존스가 무슨 말을 했는지 못 알아들었을 가능성이 농후했다. 존스가 한 번밖에 말을 안 했을 테니까. 반면 웰치 부인이라면 결국 웰치가 알아들을 때까지 같은 말을 하고 또 했으리라. 그러나 어쩌면 존스는 크리스틴이 못 듣는 데서 따로 웰치 부인에게도 일러바쳤을지 모른다. 그러자 딕슨은 이 상황의 새로운 국면에 대해 깨달았다. 「존스가 이 일을 어떻게 알게 되었다고 말하던가요? 짐작하시겠지만 나는 말한 적이 없거든요.」

「두 사람이 일을 꾸밀 때 같이 있었다고 하던데요.」

「그거 참 희한하단 말입니다.」 그가 얼굴을 잔뜩 찌푸리고 말했다. 「내가 그 꼬맹이 쥐새끼 앞에서 한마디라도 했을 리가 없잖아…… 죄송합니다. 그래요, 그치가 문밖에서 엿듣고 있었던 거예요. 그게 틀림없어요. 무슨 소리를 들은 것 같은 기억이 나네요.」

「무슨 그런 더러운 꼼수를 쓴대요.」 뜻밖의 독기를 담은 말이었다. 「대체 그 사람한테 무슨 짓을 하셨어요?」

「그저 그 친구 잡지 표지에 있는 어떤 사람 사진에 연필로 장난을 좀 쳤을 뿐이에요.」

그 자체로도 알쏭달쏭한 이 발언은 세트의 끝을 알리는 시끄러운 소요로 반쯤 묻혀 버렸다. 딕슨이 해명을 하고 나서, 막 그와 나란히 서려고 움직이기 시작하던 크리스틴은 고개를 돌려 그를 보더니 입을 꼭 다물고 키득키득 웃었다. 그가 씁쓸한 미소를 짓자 그녀는 살짝 고르지 못한 치아 사이로 혀를 보이며 웃기 시작했다. 딕슨은 급소에 총이라도 맞은 것같이 온몸에 홍수처럼 밀려드는 욕망과 함께 어마어마한 피로감을 느꼈다. 얼굴의 모든 근육들이 그의 뜻과 상관없이 풀어져 버렸다. 그녀는 그와 눈길을 마주치고는 웃음을 그쳤다.

「춤 고마웠어요.」 그는 보통 때와 똑같은 어조로 말했다.

「저도 굉장히 즐거웠어요.」 그녀는 말하고 나서 입술을 앙다물었다.

딕슨은 존스가 또 뭐라고 고자질을 했건 전혀 아무렇지도 않다는 걸 깨닫고 놀라워했다. 적어도 지금 이 순간만큼은 괜찮았다. 무도회의 이 시간이 너무나 즐겁기 때문일 것이다.

다시 바로 돌아온 그들은 아까 그 자리에 그대로 앉아 있는 고어어쿼트를 보았다. 벌써 버트런드가 옆에서 떠들고 있는 품이, 아예 대화가 끊긴 적도 없는 사람들 같았다. 마거릿은 심지어 아까보다 더 경청하고 있는 것 같았다. 고어어쿼트의 대꾸에 깔깔 웃다가 그치고 아무렇지도 않게 딕슨을 올려다보는 눈길이 대체 당신은 누구시냐고 묻는 것 같았다. 더 시킨 술이 나왔는데, 불가해하게도 더블 진이었다. 당연히 술을 가져온 건 마코노치였다. 그가 이 행사에서 맡은 주요 임무 중 하나가 밖에서 술을 들여오는 걸 막는 일이었을 텐데 말이다. 딕슨은 소위 〈늙은 티를 내기〉 시작하면서, 의자에 앉아서 술을 마시고 담배를 피웠다. 덥기도 엄청나게 더웠으며, 다리도 쑤셔 왔다. 그런데 이 짓을 언제까지 계속해야 하는 걸까? 잠시 후 그는 불쑥 크리스틴에게 말을 걸어 보고 싶은 충동을 느꼈지만, 그녀는 버트런드 옆에 앉아서, 그가 관심도 주지 않는데도 자기 삼촌에게 하는 버트런드의 얘기에 귀를 기울이고 있었다. 그리고 그 삼촌은 아까 딕슨이 봤을 때처럼 땅바닥을 바라보고 있었다. 마거릿이 또 큰 소리로 웃고 있었고, 고어어쿼트 쪽으로 몸을 흔들거리는 바람에 두 사람의 어깨가 자꾸 부딪혔다. 아 뭐, 다들 할 수 있을 때 자기 나름대로 즐겨야지. 그런데 캐럴은 대체 어디 있는 거야?

바로 그때 캐럴이 다시 나타나서 그들 쪽으로 걸어왔다. 어쩐지 일부러 부주의한 분위기를 풍기는 걸 보고 딕슨은 그녀가 뭔지 몰라도 한 병 걸쳤고, 지금은 바닥을 보인 술병이 여성 탈의실에 숨겨져 있을 거라 짐작했다. 그녀의 얼굴에 떠오른 표정을 보니, 누군가에게, 아니 모두에게 불길한 일이 닥칠 것 같았다. 그녀가 일행들이 있는 자리로 다 왔을 때, 딕슨은 고어어쿼트가 그녀를 올려다보면서 뭔가 표정으로 번득이는 신호를 보내려고 하는 모습을 보았다. 〈당신 내 위치가 어떤지 알지〉 정도가 아마 가장 근접할 것이다. 그때, 거기 서 있는 남자들 중에서 유일하게, 딕슨이 벌떡 일어섰다.

캐럴이 딕슨 쪽으로 고개를 돌렸다. 「어서, 짐.」 그녀는 좀 크다 싶은 소리로 말했다. 「네가 나랑 춤 좀 같이 춰주면 좋겠어. 여기에는 반대할 사람이 아무도 없어 보이네.」

12

「대체 뭐가 어떻게 되어 가고 있는 거야, 캐럴?」

「나도 그게 알고 싶다니까.」

「아니 그게 무슨 소리야?」

「무슨 말 하는지 알잖아, 짐. 너도 눈을 감고 돌아다니는 건 아닐 테고. 그리고 원래 넌 그런 사람 아니잖아, 그렇지? 그래, 난 이래라저래라 휘둘리는 데 질렸어. 너한테는 이런 말을 해도 괜찮아, 난 너를 아니까. 난 너랑 친하잖아, 그렇지? 사실 나도 누군가한테는 말을 해야겠어서, 그래서 널 고른 거야. 너도 괜찮지?」

딕슨이 괜찮지 않았던 건 캐럴이 하고 싶은 말을 들어 주는 게 아니라 또, 그것도 이렇게 금방, 춤을 다시 춰야 한다는 사실이었다. 캐럴 얘기는 적어도 재미는 있어 보였으니까. 「얼마든지 털어놔.」 그는 격려하듯 말하며 근처에서 누가 춤추고 있는지 주위를 살폈다. 플로어는 그 어느 때보다도 지그를 추며 이리저리 비틀거리는 커플들로 붐볐다. 춤추는 커플들은 몇 초에 한 번씩 한쪽으로 몸을 완전히 기울이며, 곧 경찰이 곤봉을 들고 쳐들어올 거라는 걸 이미 알고 있는 군

중처럼 서로 몸싸움을 하며 버텼다. 시끄러운 소음은 어마어마하게 컸다. 소음이 최고조로 달할 때마다 딕슨은 몸을 쥐어짜져 즙이 나오듯 가슴에서 식은땀이 배어 나오는 걸 느꼈다. 시선 높이 위로, 그림 속 파라오와 카이사르들도 몸을 뒤틀며 비틀거리고 있는 것만 같았다.

「자기가 빌어먹을 손가락을 구부리기만 하면 내가 달려갈 줄 안다니까.」 캐럴이 고함을 치며 단언했다. 「흥, 오판인 거지.」

실제보다 훨씬 더 취한 것처럼 말하고 행동해 봤자 누가 속을 줄 아느냐는 말이 혀끝까지 올라왔지만 딕슨은 입 밖으로 내뱉지 않았다. 그녀에게도 가면이 필요하다는 생각이 들었거니와, 경험상 실제로 취한 것보다 이편이 훨씬 효율적이라는 사실도 알고 있었기 때문이다. 그는 그냥 이 말만 했다. 「버트런드 말이야?」

「바로 그 친구지. 화가 있잖아. 위대하신 화가님. 물론 자기도 사실 위대하지 않다는 걸 잘 알고 있지만. 그래서 그렇게 행동하는 거거든. 위대한 예술가들은 늘 여자들이 많으니까, 자기한테 여자가 많으면 실제 그림이야 어떻든 위대한 예술가가 되는 거다, 이거지. 너도 그런 논리에는 익숙하잖아. 그리고 그게 잘못됐다는 것도 당연히 잘 알 테고. 유통이 되지 않는…… 그거 뭐라고 하더라. 아무튼, 이 경우에 내가 말하는 여자들이 누군지는 너도 짐작할 수 있잖아. 나하고 네가 찍은 그 여자란 말이야.」

딕슨은 위선적으로 짐짓 놀랐다. 그 공격은 전혀 근거가 없었지만, 또 한편으로는 뭐라 형용할 수 없는 방식으로 몹시 근거가 탄탄하기도 했다. 「도대체 무슨 소리를 하는 건데?」

「이렇게 시간 낭비하지 마, 짐. 그나저나 이제 어떻게 하려고?」

「뭐를?」

그녀는 손톱으로 그의 손등을 파 들어갔다. 「당장 그만둬. 크리스틴 캘러헌은 어떻게 할 생각인데?」

「당연히 아무것도 안 하지. 내가 뭘 할 수 있겠어?」

「네가 모르는데 내가 가르쳐 줄 수는 없지, 여배우가 주교에게 말했듯이 말이야. 소중한 마거릿 님이 무슨 짓을 할까 걱정이 돼?」

「이봐, 제발 이러지 마, 캐럴. 무슨 얘기를 해준다고 한 건 너야. 날 교차 심문하는 게 아니라.」

「나도 그럴 줄 알았어. 그리고 걱정 마. 다 얽혀 있으니까, 다 얽혀 있다고. 그래, 넌 소중한 마거릿이 자기 혼자 지지고 볶고 속 끓이게 그냥 둬. 나도 옛날에 그런 사람들 만나 봤는데 말이야. 진짜 내 말을 믿어. 그게 유일한 방법이야, 그렇게밖에 할 수가 없다고. 괜히 구명줄을 던져 줬다가는 너까지 물속으로 끌려 들어가. 내 말 잘 들어 둬.」 그녀는 눈을 반쯤 감고 고개를 끄덕였다.

「나한테 무슨 얘기가 하고 싶은 거야, 캐럴? 할 얘기가 있기나 한 거야?」

「아, 할 얘기야 차고 넘치지. 원래 그놈이 이 행사에 나를 데리고 오려 했던 거 알지?」

「그래, 그건 짐작했어.」

「또 소중한 마거릿 님이 말씀해 주셨겠지, 뭐. 그런데 날 차버리고 새 여자하고 그 여자 삼촌을 데리고 오겠다는 거야. 그러고는 날 삼촌과 짝지어 주더군. 좀 시간이 지나니까 별로 개의치 않게 되긴 했지만. 줄리어스 영감탱이하고 나하고는 상당히 공통점이 많더라고. 아니 좀 사귀어 보려고 했는데, 소중한 마거릿 님이 자기가 나보다 줄리어스하고 훨씬 달콤한 음악을 연주할 수 있다고 생각하신 모양이지. 이해해줘, 마거릿의 말이야, 내 말이 아니라.」

「알아, 됐어, 아주 잘 알고 있으니까.」

이 시점에서 두 사람은 군중을 따라 세차게 뒤꿈치를 차고 몸을 기울였지만, 캐럴이 하는 말은 잘 들렸다. 「제발 짐, 여기서는 골즈워디[24] 같은 그따위 말투 좀 집어치워. 우리 좀 가서 잠깐 앉을까? 여기 너무 싸구려 시장통 같은데.」[25]

「좋아.」

두 사람은 힘겹게 카르타고 군대 쪽으로 가서, 그 아래 벽에 붙은 빈 의자 두 개를 발견했다. 자리에 앉자마자 열떤 캐럴이 딕슨 쪽으로 딱 붙어 앉아 몸을 바짝 기울이는 바람에 두 사람의 무릎이 닿았다. 그녀의 얼굴에는 그림자가 드리워져 있었지만, 그렇게 보니 로맨틱한 분위기가 감돌았다. 「내가 우리 친구분이신 화가와 잤다는 건 너도 눈치챘을 거야, 그렇지?」

「아니, 몰랐어.」 그는 겁이 덜컥 나기 시작했다.

「잘됐네. 사람들이 다 알아서 좋을 게 뭐야.」

「아무한테도 말 안 할게.」

「그래, 그래야지. 특히 소중한 마거릿한테는 안 돼, 알았지?」

「당연하지.」

「좋아. 좀 놀랐어?」

24 John Galsworthy(1867~1933). 1932년 노벨 문학상을 수상한 작가. 존 골즈워디는 자유주의·인도주의적인 입장에서 작품 활동을 했다.

25 원서에서는 C and A의 세일 같다고 말한다. C&A는 19세기에 네덜란드에서 시작되어 유럽으로 퍼진 대형 저가 유통망이다.

「그래.」

「약간 충격받은 것 같다?」

「아, 아니, 딱히 그런 건 아니야. 보통 생각하는 그런 게 아니라, 그냥 그 친구가 너한테는 좀 희한한 상대처럼 보여서……. 아니 그런 상대로 말이야.」

「뭐 그렇게까지 희한하지는 않아. 그 사람, 결단력이라는 게 꽤 장점이기도 해서. 그리고 나름대로 아주 매력적이야.」

「그래?」 딕슨의 입가가 경직되었다.

「그래, 뭐, 너도 짐작하겠지만 세실이 워낙 그런 쪽으로는 별로라서. 우리는 그런 면들은 꽁꽁 싸매 두고 있거든. 문제는 내가 아직도 꽤나 밝힌다는 거지.」

「버트런드도 그렇고, 응?」

「당연하지, 벌써 한참 관계를 끌고 있었어. 우리도 좀 지겨워지고 있었고. 버트런드도 허구한 날 런던에서 이 사람 저 사람과 잤고, 특히 그 루스모어 여자하고 말이야. 그리고 나도 위대한 화가인 척하는 짓거리에 질렸고. 그러다가 지난번 버트런드가 내려왔을 때 다시 확 불이 붙은 거야. 아마 크리스틴이 준비가 안 됐거나, 아니면 마음처럼 그렇게 빨리 받아 주질 않거나, 그랬던 모양이지.」

「아, 그럼 네 생각에는 두 사람이 아직…….」

「잘 모르겠어. 전체적으로 봐서는 아닌 거 같아. 사실 그런 사람으로 보이지도 않고. 적어도, 말하고 행동하는 건 안 그래 보여. 어떻게 보면 겉모습은 그런 거 같기도 하고. 그 새치름하고 깔끔 떠는 모습의 깊이가 얼마나 되는지에 달려 있지. 아무튼 중요한 건 그 친구가 나하고 무도회 약속을 다 잡아 놓고, 그 후에 벌어질 일들까지 암시한 다음에, 자기 엄마하고 소중한 마거릿 님도 다 있는 앞에서 날 데려가지 않기로 했다고 면전에서 말했다는 거야. 처음에 짜증이 솟구친 건 그래서였어. 그러더니 오늘 저녁에는 크리스틴 앞에서 또 나를 달래기 시작하더라고. 그래서 또 화가 팍 가라앉더라. 그런데 여기에 데리고 와서는 다 웃음으로 때우고 넘기려는 거야. 나를 남자 대 남자로 다루고 크리스틴 같은 어린애들은 어떤지 알지 않느냐면서, 여기가 중요해 — 두 성인 사이에서 — 이 말도 잘 들어 봐 — 우정에 그런 문제를 끼어들게 한다면 나는 자기가 늘 생각했던 그런 사람이 아닐 거라나. 아, 나도 이런 식으로 받아들이면 안 된다는 걸 알지만……. 솔직히 말해서 짐, 진짜 힘이 쭉 빠져, 이 일 전체가. 다 지긋지긋해서 미치겠어. 이젠 심지어 그 자식 머리를 깨부숴 주고 싶은 생각조차 들지 않는다니까.」

딕슨은 이 말을 하는 동안 그녀의 얼굴을 찬찬히 살펴보고 있었다. 입의 움직임이 단호해서 아름다웠고, 목소리는 합성음 같던 취기를 떨치고 보통 때의 낭랑함으로 돌아와 있었다. 이런 것들 덕분에 그녀의 존재감에 견고함이 생기고 강렬한 방점이 찍혔으며 딕슨은 깊은 인상을 받았다. 성적인 매력보다는 여성성의 힘이 느껴졌다. 기혼인 몸이라 그가 감히 넘볼 수 없어도 괜찮았다. 아무리 우정이라도 깊이 숨겨진 주목이, 일종의 정신적이고도 정서적인 고결함이 필요한데, 딕슨은 그런 자질이 자신에게 과연 있는지 확신이 서지 않았다. 그렇게 잠시 가만히 있다가 황급하게 말했다. 「그런데 이 모든 일을 세실한테 어떻게 숨겼어?」

「넌 내가 그이한테 다 털어놓지 않았다고 생각하지, 그렇지? 난 그이 몰래 등치는 짓은 꿈도 꿀 수가 없어.」

딕슨은 다시 아무 말도 할 수 없었다. 처음은 아니지만, 그가 다른 사람이나 그들의 삶에 대해 정말 아는 게 아무것도 없다는 게 실감됐다. 그때 캐럴의 얼굴이 그늘 밖으로 나왔다. 표정 변화는 빨리 감지하는 편이지만, 보통 실제 사람의 얼굴 생김생김을 주의 깊게 관찰하지는 않았다. 하지만 이번에는 그녀 입술의 윤곽선이 살짝 번져 있고 뺨에 아주 또렷하게 주름이 두 줄 가 있다는 사실이 눈에 확 들어왔다. 그녀가 다시 뭐라고 말하자 또 다른 게 눈에 띄었다. 윗니는 치열이 고르고 하얬지만 송곳니 너머로 새까만 틈새가 있었다. 그걸 보니 또 마음이 편치 않아졌다.

「지금 해결해야 할 단 한 가지 문제는 크리스틴을 어떻게 할 건가 그것뿐이야, 짐.」

「말했잖아. 아무것도 안 한다고.」

「제발 이번에는 불쌍한 마거릿 생각은 집어치워.」

「그건 아무 상관 없어. 그냥 내가…… 그러니까 내가 크리스틴을 어떻게 해보고 싶지가 않아, 그냥 그거야.」

「그 얘기는 아까도 들었지만 진짜 웃겨. 그 얘기만 들으면 웃음이 난다니까.」

「아니야, 진심이야, 캐럴. 나는 가끔 한두 번 만나면서 아무것도 하지 않는 쪽이 더 좋아. 게다가 내가 무슨 일을 할 수 있겠어? 뭘 하려고 덤볐다가 괜히 따가운 잔소리만 벌게 될걸. 우리 둘 다 다른 사람한테 엮여 있어서…….」

「너 말하는 게 꼭 사랑에 빠진 것 같다?」

「그래 보여?」 그는 거의 반기다시피 물었다. 그 말을 칭찬으로 받아들이지 않을 수가 없었다. 오랫동안 듣고 싶었던 말이기도 했다.

「그래. 네 태도는 사랑의 두 가지 요건을 충족시켜. 그 여자와 자고 싶지만 그럴 수가 없다. 그리고 그 여자를 아주 잘 알지 못한다. 상대에 대한 무지에 박탈감이 더해진 거지, 짐. 너는 공식에 꼭 맞아떨어지고, 심지어 계속 공식에 충실하고 싶어 해. 그 뻔한 가망 없는 열정 말야, 안 그래? 내가 세실의 사랑을 무참하게 꺾어 놓기 전에는 그이도 입버릇처럼 말했지. 그런 사랑에는 회의 따위 끼어들 자리가 없다고.」

「그건 좀 사춘기 같지 않아? 내가 이런 말을 한다고 기분 나빠 하지 마.」

「사실 그래, 그렇지? 담배 한 대 있어, 짐? ……고마워. 그래, 열다섯 살 때쯤에는 나도 다 그렇게 돌아가는 줄 알았지, 그저 아무도 감히 인정을 못 할 뿐이라고 생각했어.」

「그래, 그것 봐.」

「그래, 지금 날 봐. 얼마든지 얘기해 줄 수 있어. 어차피 스스럼없이 속내를 다 털어놓은 셈이니까. 20대의 성장이 끝난 후로 나는 다시 그런 식의 설명으로 돌아가기 시작했고, 그게 굉장히 마음이 놓여. 그리고 정당화도 된다고 생각하고 싶어. 솔직히 말해서 요즘은 그 공식에 굉장히 애착을 갖고 있거든.」

「그래?」

「그럼, 정말 그래, 짐. 너도 알게 되겠지만 결혼은 진실로 가는 훌륭한 지름길이야. 아니, 딱 그런 건 아니다. 갑자기 방향을 돌려 진실로 전력 질주해 돌아가는 길이라고 해야 할까. 또 한 가지 네가 깨닫게 될 사실은 수년에 걸친 착각이 사춘기의 소산이 아니라는 거야. 어른들은 그렇게 말해 주고 싶어 하지만. 사춘기 직후에 찾아오는 시기의 착각이야. 예를 들어 20대 중반이라든가, 거짓된 성숙이라고 표현할 수도 있겠지. 처음으로 철저히 사태에 휩쓸려 정신을 잃어버리는 그 시기 말이야. 그러니까, 네 나이야, 짐. 그때 처음으로 섹스가 자기 말고 다른 사람에게도 중요하다는 사실을 깨닫게 되지. 그런 발견은 한동안 사람을 휘청거리게 만들거든.」

「캐럴……. 어쩌면 네가 결혼을 하지 않았더라면…….」

「도저히 결혼하지 않을 수 없었을걸, 안 그래?」

「그래? 왜 안 돼?」

「미치겠네, 내 말 듣고 있었던 거야? 난 사랑에 빠져 있었다고. 이제 바로 돌아가자, 응? 이 안은 너무 시끄럽다.」 그녀의 목소리가 살짝 파르르 떨렸다. 두 사람이 이야기를 나누기 시작한 후로 처음이었다.

「캐럴, 정말 너무 미안해. 해서는 안 될 말이었는데.」

「아니야, 바보 같은 소리 마, 짐. 사과할 것 없어. 자연스럽기 짝이 없는 말이었는데 뭐. 하지만 잊지 마, 너한테는 도덕적 의무가 있다는 걸. 그 여자를 버트런드한테서 떨어뜨려 놔. 그놈하고 연애하는 게 즐거울 리가 없어. 그 여자한테 어울리는 일도 아니고. 너 꼭 명심해야 한다.」

두 사람이 자리에서 일어났을 때 딕슨은 자기가 어느새 춤추는 사람들과 밴드를 까맣게 잊고 있었음을 깨달았다. 그러나 이제는 아주 생생하게 기억할 수 있었다. 어떤 곡이 연주되고 있었는데, 선율이 강한 인벤션[26]은 많이 쓰지 않고, 음량, 리듬, 하모니, 표현, 템포나 음조, 색채에도 뚜렷한 변주가 없었다. 그리고 대충 박자를 맞추어 삼삼오오 춤을 추는

26 대위법의 건반용 곡.

사람들이 빙글빙글 돌고 허리를 굽히고 동작을 취하는 사이 아까보다 훨씬 실어증 증세가 심해진 그 도깨비는 최고 성량으로 웅얼거리고 있었다.

야 빱 더 호키코키
그리고 야 딴빱빱
빱 어쩌고 빱빱빠

두 사람은 다시 바에 들어갔다. 딕슨은 벌써 몇 주일 동안 이러고 있었던 것 같은 느낌이 되었다. 일행이 여전히, 아니면 다시, 전과 똑같은 곳에 그대로 있는 모습을 보니 그대로 땅바닥에 곤두박질쳐 쓰러져서 잠들어 버리고 싶은 마음이 치솟았다. 버트런드는 말하고 있었고, 고어어쿼트는 듣고 있었다. 마거릿은 소리 내어 웃고 있었는데, 다만 한 손을 고어어쿼트의 어깨에 얹고 있었다는 점이 달랐다. 크리스틴 역시 누군가의 말을 듣고 있었는데, 지금은 손으로 머리를 받치고 있었다. 비슬리가 카운터에 서 있었고, 음침한 얼굴로 부들부들 떨며 가득 찬 반 파인트 술잔을 입으로 가져가고 있었다. 딕슨은 틀에 박힌 루틴을 깨뜨려 보려고 비슬리 쪽으로 갔지만, 캐럴이 돌아보더니 합류했다. 다시 인사말이 오갔다.

「이건 뭐야, 앨프리드? 술판 벌였어?」

딕슨의 물음에 비슬리는 잠시 멈추지도 않고 계속 술을 마시며 고개를 끄덕였다. 그러더니 마침내 술잔을 내려놓고 소매로 입을 훔치더니 얼굴을 찡그려 보이고는, 점잖지 못한 한마디로 맥주의 품질을 평했다. 「저기서는 뭐 되는 게 없길래 이리 들어와서 여기로 왔지.」

「여기서는 뭐가 좀 되고 있어, 앨프리드?」 캐럴이 물었다.

「열 잔하고 반쯤 마셨나 봐, 대충.」 비슬리가 말했다.

「피투성이가 되어도 굴복은 없다, 이거지? 좋았어, 그런 정신으로 밀고 나가야지. 자, 짐, 바로 여기가 우리 둘이 있을 자리야, 너도 동의하지? 우리를 원하는 사람들은 아무도 없으니까. 뭐가 문제야? 어디를 보고 있어?」 딕슨은 그녀의 말투와 행동거지가 또 가짜로 취한 사람처럼 휘청거리는 걸 보고 살짝 짜증이 났다.

비슬리가 몸을 앞으로 기울였다. 「어서, 짐, 맥주 아니면 맥주?」

「우리는 쫓겨날 때까지 여기 버티고 있을 거야.」 캐럴이 합성한 것 같은 반항을 담아 말했다.

「그래. 그냥 한 잔만 할게, 고마워. 하지만 계속 여기 있을 수는 없어.」 딕슨이 말했다.

「너는 어서 가서 소중한 마거릿이 어떻게 하고 있나 봐야 되니까, 그렇지?」

「뭐, 그래, 나는…….」

「내가 틀림없이 소중한 마거릿은 저 혼자 지지고 볶도록 그냥 내버려 두라고 말한 거 같은데. 그리고 그냥 네 눈을 좀 써보는 게 어때? 혼자 너무 재미있게 잘 보내고 있잖아, 고마워요, 딕슨 씨, 됐어요, 골드스미스 씨. 그리고 고맙지만 됐어요. 지금이 네 기회야, 짐. 도덕적인 의무 기억해? 고마워, 앨프리드. 자, 너를 위해 건배.」

「도덕적 의무가 뭔데, 캐럴?」

「짐이 알아, 그렇지, 짐?」

딕슨은 카운터에 앉아 있는 사람들을 보았다. 마거릿은

안경을 벗고 있었는데, 이제 완전히 무방비라는 확실한 신호였다. 딕슨 쪽으로 등을 돌리고 있는 크리스틴은 미라가 된 것처럼 꼿꼿하게 미동도 없이 앉아 있었다. 계속 떠들고 있는 버트런드는 검은색 시가를 피우고 있었다. 대체 그는 왜 그러고 있을까? 차가운 물벼락처럼 느닷없는 공포가 딕슨의 온몸을 덮쳤다. 잠시 후 그는 이 두려움의 원인을 알았다. 계획이 섰고 실행할 작정이기 때문이었다. 엄청난 사태에 숨이 약간 가빠졌다. 그는 술잔을 비우고 살짝 떨리는 목소리로 말했다. 「자, 그럼 이제 간다. 안녕.」

가서 크리스틴 옆의 빈자리에 앉자 그녀가 미소를 지으며 돌아보았다. 좀 서글픈 미소라고, 그는 생각했다. 「어, 안녕하세요. 집에 가신 줄 알았는데.」

「아직 못 갔습니다. 어쩐지 얘기에 끼어들지 못하고 계시는 것처럼 보이네요.」

「네, 버트런드는 이런 식으로 얘기를 시작하면 늘 그래요. 하지만 뭐, 원래 삼촌을 만나러 온 거니까요.」

「그래 보이네요.」 바로 그 순간 버트런드가 자리에서 일어나 크리스틴 쪽을 보지도 않고 캐럴이 비슬리와 함께 서 있는 데로 성큼성큼 걸어갔다. 희미한 비음이 섞인 인사말이 들려왔다. 크리스틴을 흘긋 살피던 딕슨은 다른 사람의 얼굴이 발갛게 달아오르는 희귀한 광경을 목격하게 되었다. 그는 재빨리 말했다. 「자, 내 말 들어요, 크리스틴. 제가 지금 나가서 택시를 부를게요. 15분쯤 후에 여기 도착할 겁니다. 그때 밖으로 나오면 내가 택시로 웰치 부부 댁으로 데려다 줄게요. 이상한 짓은 안 할 거예요. 그건 내가 장담할게요. 곧장 웰치네 집으로 가는 겁니다.」

즉각적인 그녀의 반응은 분노처럼 보였다. 「왜요? 내가 왜 그래야 해요?」

「왜냐하면 이제 질렸으니까요. 당연한 반응이고. 그래서죠.」

「그건 중요한 게 아니에요. 정말 말도 안 되는 생각이에요. 완전히 미쳤어.」

「올 거죠? 어쨌든 나는 택시를 부를 겁니다.」

「나한테 그런 거 물어보지 말아요. 그런 걸 묻는 거 싫어요.」

「하지만 그래도 물어볼 겁니다. 어때요? 앞으로 20분 드릴게요.」 그는 똑바로 그녀의 눈을 바라보고 그녀의 팔꿈치에 손을 얹었다. 이런 여자한테 이런 식으로 말하다니 그가 미친 게 틀림없었다. 「제발 부탁이니까 와요.」

그녀는 팔을 홱 뺐다. 「아, 그러지 말라니까요.」 마치 그가 아침에 치과에 가야 한다는 얘기를 한 것 같은 말투였다.

「기다리고 있을게요.」 그는 다급하게 속삭여 말했다. 「포치에서요. 20분이에요. 잊지 말아요.」

그는 돌아서서 댄스 플로어와 밴드가 살짝 보이는 경로를 따라 밖으로 나갔다. 당연히 그녀가 올 리 없다, 하지만 아무튼 그는 자기 나름대로 행동을 취해 보았다. 다른 말로 하자면, 그는 보통 때보다 더 심하게, 그것도 공공연하게, 자해를 하는 방법을 생각해 내고 만 것이다. 그는 잠시 발길을 멈추고 밴드에게 손을 흔들어 작별 인사를 고했고, 아무 응답도 받지 못한 채 전화기를 찾으러 밖으로 나갔다.

13

딕슨은 주랑이 즐비한 현관 앞에 서서 담배에 불을 붙였다. 원래는 일정상 다음 날 아침 식사 후에 태워야 할 담배였다. 그가 부른 택시는 이제 곧 당도할 터였다. 담배를 다 피울 때까지 크리스틴이 나타나지 않으면, 택시 기사에게 그냥 숙소로 데려다 달라고 할 참이었으니, 어찌 되든 곧 차를 타게 될 터였다. 그건 잘된 일이었다. 어차피 움직여서 이동할 능력이 머지 않아 다 소진될 지경이었으니까. 앞으로 10분. 그는 아예 생각을 하지 않으려 했다.

거리의 어둠은 고르지 못했다. 근처의 주도로를 비추는 주광등은 창백하게 빛나고 있었다. 연석을 따라 주차된 차들의 전조등이 활활 타는 듯했다. 기차 한 대가 역에서 나와 서서히, 아주 꾸준한 속도로 경사를 올라갔다. 이제 좀 열기가 가신 느낌이었다. 딕슨은 밴드가 자기가 잘 알고 또 좋아하는 곡을 연주하기 시작하는 소리를 들었다. 그 노래가 이 장면을 돋보이게 하고 영원히 그의 기억 속에 각인시키리라는 생각이 들자 낭만적인 흥분감이 복받쳤다. 그러나 그런 감정을 느낄 처지가 아니지 않은가, 안 그런가? 대체, 그는 여기서 뭘 하고 있단 말인가? 이 모든 게 어디로 귀결될 것인가? 어디로 가고 있는지는 모르지만 지난 8개월간 그의 삶이 추구해 왔던 궤적과는 멀어지는 게 확실했고, 이런 생각이 들자 흥분은 정당화되고 확신과 희망이 차올랐다. 긍정적인 변화는 무엇이든 좋았다. 정체되는 것, 그 자리에 익숙해지는 것, 그건 언제나 나쁜 것이다. 누군가가 옛날에 보여 준 시가 기억났다. 마지막 부분이 〈결핍을 받아들이는 것, 그건 죽음의 그림자〉 어쩌고 그런 것이었다. 그 말이 옳다. 〈결핍을 겪는 것〉은 모든 사람에게 일어나는 일이니까. 나쁘다고 생각되는 사람들과 사물들로 복작거리는 환경에 대한 단 하나의 필수 불가결한 해답은 그들을 나쁘게 생각할 수 있는 새로운 방법들을 계속해서 찾아 나가는 것이다. 프로메테우스가 수리들을 피할 수 없었던 것 역시 그것들을 매우 좋아했기 때문이다, 그 반대가 아니라.

딕슨은 갑자기 머리를 마구 흔들어 진동하게 했다. 고개를 모로 꼬지 않고 아래턱을 최대한 좌우로 움직여 보았다. 담배가 끝까지 타들어 가고 25분가량이 지났지만 그에게는 크리스틴도 없었거니와 심지어 택시도 오지 않았다. 그 순간 차 한 대가 주도로에서 모퉁이를 돌아 곁길의 한쪽 모퉁이에 서 있던 그 근처에 멈춰 섰다. 택시였다. 운전석에서 누군가의 목소리가 말했다. 「바커?」

「무슨 말이죠, 바커라니?」

「바커 택시라고요.」

「뭐라고요?」

「바커라는 분이 예약한 택시라고요.」

「바커? 아, 바클리 말씀이시군요, 그렇죠?」

「아, 맞아요, 바클리.」

「잘됐네요. 우리 떠날 준비가 거의 다 됐거든요. 저기 저쪽 분기점으로 좀 돌아가 계실래요? 그러면 1~2분 후에 나올게요. 친구를 하나 데리고 나올지도 몰라요. 절대 다른 사람 태우지 마세요. 곧 돌아올 테니까.」

「알겠습니다, 바클리 씨.」

딕슨은 기운찬 발걸음으로 주랑 현관으로 돌아가 불이 환히 밝혀진 복도를 올려다보며, 돌아가서 다시 한 번 크리스틴을 설득할 용기를 가다듬었다. 복도가 꺾어져서 그가 있는 자리에서는 처음 몇 야드밖에 보이지 않았다. 그런데 바로 그때 코트를 뒤집어쓰고 잔뜩 움츠린 바클리 교수가 이 모퉁이를 돌아 나타났고 부인이 곧 그 뒤를 따라나왔다. 딕슨은 최근에 어디 모임에서 바클리의 이름이 회자되는 걸 들은 적 있다는 느낌이 들었다. 그러고 그는 거리를 휙 쳐다보았다. 길 한가운데 그 택시가 구석 모퉁이로 조심스럽게 후진해 들어가기 시작하고 있었다. 거기라면 사무실 건물에 가려 보이지 않을 터였다. 그러나 바클리가 다가오고 있을 때는 아직 몇 야드쯤 거리가 남아 있었다.

딕슨은 그의 앞길을 막았다. 「오, 안녕하세요, 바클리 교수님.」 그는 최면을 걸 대상을 대하는 것처럼 철저히 계산된 투로 말했다.

「어이, 안녕한가, 딕슨. 혹시 나를 기다리는 택시 한 대 못 봤나?」

「안녕하세요, 바클리 부인……. 아뇨, 죄송하지만 못 봤습니다, 교수님.」

「아, 이런. 뭐, 그러면 좀 기다려야 되겠군.」 교수가 유쾌하게 말하는 사이 시끄러운 관악 화음이 복도에 울려 퍼져 곁길에서 들리는 핸드 브레이크 미늘 소리를 거의 덮어 버릴 뻔했다. 「방금 자동차 소리 들리지 않았나?」 그는 풀을 뜯다가 방해를 받은 늙은 말처럼 고개를 홱 치켜들며 물었다.

딕슨은 귀를 기울여 소리를 듣는 척했다. 「아무 소리도 안 들리는데요.」 아쉽다는 듯 말했다.

「잘못 들었나 보군.」

「사이먼, 그래도 좀 걸어가 봐요. 혹시 딕슨 씨가 나오기 전에 벌써 와서 주차를 했을지도 모르잖아요.」

「그럽시다. 그럴 가능성도 있지.」

「그럴 리가 없어요, 바클리 부인. 제가 여기 밖에 나와 있은 지 거의 30분이 다 되어 가는데요. 여기로 온 택시는 한 대도 못 봤다고 장담할 수 있습니다.」

「허, 그거 참 이상하네요.」 부인은 비저병에 걸린 것처럼 턱을 움직이며 말했다. 「남편이 최소한 30분 전에 택시를 불렀거든요. 보통 시티 택시들은 시간을 굉장히 잘 지키는데.」

「30분이요. 아, 제가 나오기 전에 왔을 리는 없겠네요.」 딕슨이 계산을 하는 것처럼 말했다. 「시티 택시 차고가 시내 반대편 끝에 있어요. 버스 정류장 지나서요.」

「딕슨 씨도 택시를 기다리고 있나요?」 부인이 물었다.

「아뇨, 저는…… 저는 그냥 신선한 공기 좀 쐬려고 나왔습니다.」

「그 시간이면 허파에 몇 번은 새로 채워 넣고도 남았겠네.」 교수가 웃으며 말했다.

그의 태도가 너무나 상냥해서 딕슨은 택시를 훔친 게 굉장히 부끄러워졌지만, 이제 와서 물러서기엔 너무 늦었다. 「네,

그렇습니다.」 딕슨은 아무렇지도 않은 척하려 애쓰며 말했다. 「사실 저도 친구를 기다리고 있습니다.」

「아, 그래요? 여보, 아무래도 좀 걸어서 내려가 보는 게 좋겠어요. 여기 서 있으니까 좀 쌀쌀하네요.」

「그래요, 그러는 게 좋겠군.」

「저도 두 분 따라서 산보 좀 하겠습니다.」 딕슨이 말했다. 위치를 옮기기는 싫었지만, 그렇다고 지키고 서 있는 건 더 나쁜 대안 같았다. 그러나 바클리가 택시를 찾는 걸 막기 위해 뭘 할 수 있을까?

세 사람이 바로 그 모퉁이와 10야드 거리도 안 되는 지점에 왔을 때, 차 한 대가 휙 하고 모퉁이를 돌아왔다. 딕슨은 한눈에 예의 그 택시가 아니라는 걸 알아보았다. 시티 택시들은 다 앞 유리창 위에 불이 들어오는 표시판을 달아 놓는데 이 택시에는 그게 없었기 때문이다. 그럼에도 불구하고 이제는 주의를 딴 데로 돌릴 수 있게 되었다. 모퉁이에 다다랐을 때, 딕슨은 길로 나가서 손을 쳐들고 다급하게 외쳤다. 「택시. 택시.」

「택시 좋아하고 있네.」 뒷좌석에서 새된 목소리가 소리를 질렀다.

「이봐, 저리 꺼져.」 운전사가 그의 곁을 지나쳐 가속하면서 으르렁거렸다.

그는 다시 바클리 부부에게 돌아갔다. 그들은 모퉁이를 등지고 서서 구경을 하고 있었다. 「아쉽지만 못 잡았어요.」 그러나 그에게는 잘된 일이었다. 이 사건 덕분에 돌아서서 주랑 현관 쪽으로 걷는 일이 자연스러워졌으니까. 하지만 다음번에 또 바깥쪽으로 걸어 나오게 된다면 어떻게 될까? 개인 자동차들이 보통 때처럼 저 모퉁이를 지나서 운행한다는 건 지나친 바람이었다. 딕슨은 이제 와서 자기가 부른 택시가 나타날 생각은 하지도 않기를 열렬히 바랐다. 그러면 바클리 부부는 자기가 훔친 택시를 찾도록 내버려 두고 그걸 타고 가버릴 수밖에 없었다. 아니면 바클리 부부를 잘 설득해서 자기 택시를 타고 가라고 할 수 있을까?

그들은 현관 앞에 1~2분쯤 서 있었지만 아무도 들어가지 않았고 아무도 나오지 않았다. 한 번 더 모퉁이까지 걸어가는 사태가 임박했다. 딕슨은 절박하게 복도 쪽을 바라보았다. 두 사람이 꺾어진 복도 모퉁이를 지나 거의 동시에 모습을 드러냈다. 처음 나온 사람은 크리스틴이 아니라 미친 듯이 라이터를 찰칵거리는 술 취한 남자였다. 그러나 두 번째 사람은, 크리스틴이 맞았다.

그녀가 등장하는 태도는 너무나 평범해서 오히려 딕슨에게는 충격적이었다. 그는 자기가 뭘 기대했는지도 몰랐지만, 적어도 이렇게 자기를 알아봐 주는 표정이 그녀 얼굴에 떠오르고, 이렇게 단호하게 그를 향해 걸어오고, 이렇게 아무렇지도 않게 그녀의 구두가 천을, 나무를, 돌을 밟는 소리를 내는 그런 건 생각지도 못했다. 즐비하게 늘어선 자동차들을 슬쩍 쳐다보더니 불쑥 그녀가 물었다. 「한 대 구했어요?」

딕슨은 바클리 부부가, 아니 적어도 바클리 부인이 듣고 있다는 걸 알고 있었다. 그래서 잠시 주저하다가 〈네〉라고 말하고 주머니를 툭툭 쳤다. 「대령했습죠.」

그는 그녀가 자기를 따라 걷게 만들려 했지만, 그녀는 문간에 그냥 서 있었다. 복도에서 흘러나오는 빛 때문에 그녀의 얼굴이 그늘져 보였다. 「택시 말이에요.」

「택시? 택시라고요? 겨우 3백~4백 야드밖에 안 되는데?」 그는 부르르 떨며 웃음을 터뜨렸다. 「전화 거는 시간도 못 되는 사이에 어머님한테 다시 돌려보내 드릴게요. 안녕히 계세요, 교수님. 안녕히 가십시오, 부인. 자, 별로 멀리 가지 않아도 된다는 게 다행이에요. 좀 쌀쌀하네요. 다른 사람들한테 내 인사도 대신해 주고 왔죠?」 이제는 충분히 멀어져서 그는 이렇게 덧붙여 말할 수 있었다. 「됐어. 괜찮았어요. 잘했어요.」 근처에서 자동차 한 대가 시동을 걸었다. 등 뒤에서 바클리 부인이 남편에게 뭐라고 말하는 소리가 들렸다.

「대체 뭐가 어떻게 되고 있는 거예요?」 크리스틴이 꾸밈없는 호기심을 드러내며 물었다. 「이게 다 뭐예요?」

「우리가 저 사람들 택시를 새치기했어요. 그게 지금 일어나고 있는 한 가지 일이죠. 바로 이 모퉁이를 돌면 그 차가 주차되어 있어요.」

그 이름에 대답이라도 하듯 택시가 기다리다 지쳐 곁길에서 나와 주도로 쪽으로 나왔다. 그는 〈택시, 택시!〉를 고래고래 불러 대며 미친 듯이 그 뒤를 따라갔다.

택시가 정차하자 그는 운전석으로 갔다. 잠시 대화를 나눈 뒤 택시가 다시 움직이더니 주도로로 사라져 버렸다. 딕슨이 다시 크리스틴에게 달려갔더니 바클리 부부가 다시 합류해 있었다. 「택시를 못 잡아 드려서 죄송합니다.」 딕슨은 그들에게 말했다. 「5분 후에 정류장에서 손님을 태워야 한다는군요. 거참 성가시죠.」

「뭐, 아주 고맙네, 딕슨. 애써 줘서.」 바클리가 말했다.

그는 안녕히 계시라고 소리치며 크리스틴의 팔을 잡아서 곁길로 이끌었다. 두 사람은 길을 건너기 시작했다.

「그러니까 우리가 택시를 놓친 건가요? 우리 택시였죠, 그렇죠?」

「원래 저 사람들 거였다가 우리 택시가 된 거죠. 사실 운전사한테 모퉁이를 돈 다음 도로에서 백 야드쯤 떨어진 자리에서 우리를 기다리라고 했어요. 이 골목으로 질러가면 2~3분 만에 거기까지 갈 수 있으니까요.」

「바로 그때 택시가 나오지 않았으면 어떻게 하려고 그러셨어요? 저 사람들 코앞에서 차를 타고 갈 수는 없었잖아요.」

「이미 그 비슷한 수를 써야겠다고 생각해 뒀어요. 우리하고 택시가 따로 출발할 수 있게 해야만 했으니까요. 그래서 재빨리 임기응변을 쓴 거죠.」

「정말 빨랐어요, 아주.」

더 이상 아무 말도 하지 않고 그들은 택시가 있는 데까지 갔다. 택시는 옷 가게의 환히 밝혀진 진열장 앞에 정차하고 있었다. 딕슨이 크리스틴을 위해 뒷문을 열어 주고 운전사에게 말했다. 「우리 친구는 안 오신답니다. 준비됐으면 출발합시다.」

「알겠습니다. 옥수수 거래장 바로 옆이죠?」

「아뇨, 옥수수 거래장보다 한참 더 가야 합니다.」 그는 웰치 가족이 사는 소읍의 지명을 말해 주었다.

「아, 거기까지는 못 갑니다, 선생님. 죄송합니다.」

「괜찮아요. 제가 길을 압니다.」

「저도 길은 알지만, 회사 차고에서 옥수수 거래장이라고 했어요.」

「정말 그랬어요? 아니 이런, 잘못 말해 준 거 같은데요. 우리는 옥수수 거래장 쪽으로 안 갑니다.」

「연료가 모자라요.」

「대학로 초입에 있는 베이트슨 주유소는 자정까지 문 안 닫아요.」 그는 계기판을 살펴보았다. 「앞으로 10분 남았네요. 쉽게 가겠어요.」

「우리 차고 아닌 데서는 기름을 못 넣게 되어 있습니다.」

「오늘 밤에는 그렇게 해요. 제가 회사에 사유서를 써 드릴 테니까. 어차피 옥수수 거래장까지 간다고 말한 건 그쪽 잘못이잖아요. 어서 갑시다. 잘못하면 돌아올 기름도 없이 8마일 밖까지 나가게 될 거예요.」

그는 크리스틴 옆에 탔고 자동차는 출발했다.

14

「대단히 효율적이었어요.」 크리스틴이 말했다. 「이런 유의 일에 점점 능숙해지고 계시는 거 아니에요? 처음엔 탁자 건, 다음에는 〈이브닝 포스트〉 사건, 그리고 이제 이번 일까지.」

「원래 그런 사람 아니었어요. 그건 그렇고 제가 이 택시를 잡은 방식에 너무 반감을 갖는 건 아니죠?」

「제가 탔는데요. 뭐, 그렇죠?」

「그래요, 알아요. 하지만 아무래도 방법이 비윤리적이라고 느낄 것 같아서요.」

「사실 그래요. 최소한 보통 때라면 그랬겠죠. 하지만 그 사람들보다는 우리한테 택시 잡는 일이 더 중요했잖아요, 그렇죠?」

「그렇게 봐주니 기쁘네요.」 딕슨은 잠시 그녀가 쓴 〈중요하다〉는 말뜻을 곱씹어 보다가 바클리의 택시를 해적처럼 가로챈 일에 이렇게 쉽게 공모해 준 그녀가 썩 탐탁지 않다는 걸 마음을 깨달았다. 심지어 그 자신마저 좀 심했다는 생각이 드는 마당인 데다, 그녀는 그만큼 택시를 절실하게 바랄 이유가 없었다. 그가 실제로 아는 단 두 사람의 미녀들과, 그리고 책에서 읽은 수많은 예쁜 여자들이 그렇듯, 그녀 역시 한 남자가 자기를 위해 사기를 치고 다른 남자가 자기 편의를 위해 사기를 당하는 일이 지극히 당연하다고 생각했다. 그녀는 이의를 제기하고 절대 같이 갈 수 없다고 버티고 돌아가서 택시를 다시 바클리 부부에게 돌려주라고 고집을 피우고 그의 경솔함에 염증을 느껴 다시 무도회장으로 걸어 들어갔어야 했다. 그렇다, 그랬으면 그가 참 좋아했겠다, 안 그런가? 암, 그거 엄청난 영웅이었겠어, 친구. 어둠 속에서 그의 손이 황급히 날아가 폭소를 터뜨리려는 입을 막았다. 터지는 웃음을 돌려 보려고 웰치네 집까지 가는 동안 내내 이 여자한테 할 말을 뭐든 찾아내야 한다는 생각을 쥐어짜 걱정을 우려내기 시작했다. 그러나 유일하게 또렷이 느껴진 감정이라고는 이렇게 그녀를 납치하는 게 버트런드에게 날리는 타격이라는 사실이었다. 하지만 거기서 시작하는 게 그리 분별있는 일은 아닌 것 같았다. 왜 그녀는 이렇게 결정적으로 남자 친구를 버리고 오는 짓에 동의했을까? 거기에는 몇 가지 가능한 해답이 있다. 어쩌면 거기서 시작할 수는 있으리라.

「잘 빠져나오는 데 성공했어요?」 그가 물었다.

「아, 네. 아무도 별 이의 제기를 안 하던데요.」

「뭐라고 하고 나왔는데요?」

「그냥 줄리어스 삼촌한테 상황 설명을 했어요. 어차피 제가 뭘 하든 신경도 안 쓰시거든요. 그리고 그냥 버트런드한테 간다고 했죠.」

「그랬더니 어떻게 반응하던가요?」

「〈아, 그러지 말아요, 금세 내가 같이 가줄게〉라고 하더군요. 그러더니 또 골드스미스 부인과 삼촌에게 계속 이야기를 하는 거예요. 그래서 그때 나왔죠.」

「알겠습니다. 굉장히 쉽고 빨랐던 것 같네요.」

「아, 정말 그랬어요.」

「뭐, 어쨌든 저와 같이 가기로 해줘서 아주 기쁩니다.」

「잘됐네요. 처음에는 다들 두고 나와 버리는 일에 죄책감도 좀 느꼈지만, 이젠 그것도 시들해요.」

「잘했어요. 결정적으로 결심한 계기가 뭐예요?」

잠시 침묵을 지키다가 그녀가 말했다. 「아시다시피 전 거기서 별로 재미가 없었어요. 그리고 끔찍하게 피곤해지기 시작했죠. 그런데 버트런드는 한참 더 떠날 기색이 없어 보여서 그냥 같이 가기로 한 거예요.」

그녀는 이 말을 엄청나게 사감 선생 같은 말투로, 아니 여자 사형 집행자 같은 말투로 해서 딕슨은 뻣뻣하게 따라 말했다. 「그렇군요.」 가로등 불빛에, 그가 예상했던 그대로, 좌석 끝에 걸터앉아 있는 그녀 모습이 보였다. 그래, 그렇다면 그런 거지.

그녀가 느닷없이 또 다른 태도를 보이기 시작했다. 전화 통화 때 보여 주었던 태도였다. 「아니, 그 정도로 얼렁뚱땅 넘어가지는 않을래요. 그건 일부에 불과해요. 더 털어놓으면 안 될 이유가 없어 보이네요. 제가 나온 건 만사가 끔찍하게 지긋지긋했기 때문이에요.」

「그건 좀 무차별적인 표현인데요. 구체적으로 어떤 점이 지긋지긋했던 거죠?」

「전부 다요. 완전히 질렸어요. 이런 얘기 못 할 이유도 없지요. 최근에 심하게 우울했는데, 오늘 밤에는 좀 감당하기 힘들 지경이 되더라고요.」

「크리스틴, 당신 같은 아가씨는 우울할 자격 없어요.」 이런 따뜻한 말을 건네는데 택시가 일렬로 늘어선 주유 펌프 앞에서 급정거를 하는 바람에 딕슨은 차창 쪽으로 몸이 쏠려 팔꿈치를 문짝에 호되게 부딪히고 말았다. 주유 펌프 너머에 있는 불 꺼진 건물에 걸린 〈렌터카-베이트슨-정비소〉라고 페인트로 쓴 표지판이 희미하게 보였다. 딕슨은 차에서 내려 커다란 나무 문으로 달려가서 불규칙하게 쿵쾅쿵쾅 두드리기 시작하면서, 과연 소리까지 질러 가며 사람을 불러야 할 것인지, 그렇다면 얼마나 빨리 고함을 치기 시작해야 할지 고민했다. 기다리는 동안 머릿속으로는 손님을 받기 싫어하는 정비사가 나타날 경우 쓸모 있게 써먹을 못되고 험악한 유의 만능 문구들을 생각해 내느라 바빴다. 1분이 지났다. 계속 쿵쾅거리며 문을 두들기는데 택시 기사가 천천히 와서 같이 두드리기 시작했다. 택시 기사는 온몸으로 턱도 없다는 비관적인 발언을 선포하고 있었다. 딕슨은 적절한 표정의 전반적 구도를 준비하고 입술과 혀를 흔히 볼 수 없이 자유롭게 활용하며 손짓 발짓까지 동원할 채비를 했다. 바로 그때 안에서 불이 들어오더니 문이 굉장히 빨리 벌컥 열렸다. 한 사내가 나타나서는 얼마든지 기름을 넣어 줄 의향도 있고 능력도 있다고 밝혔다. 이후 2~3분 동안 딕슨은 이 남자가 아니라 크리스틴에 대해 생각하고 있었다. 그녀가 자기를 결코 싫어하지 않을 뿐만 아니라 심지어 신뢰하는 것처럼 보인다니 놀랍다 못해 경이로웠다. 게다가 그녀는 얼마나 근사한가, 그리고 그런 그녀와 여기 함께 있는 그는 얼마나 행운아인가. 감정을 시인할 당시에는, 그러니까 캐럴에게 자기가 크리스틴에게 품고 있는 감정을 암시적으로 고백했을 때는,

황당무계하게 느껴졌었다. 그런데 이제 그 감정들은 너무나 자연스럽고 당연해 보였다. 앞으로 30분가량의 시간은 그 감정들로 그가 뭐든 해볼 수 있는 전무후무한 기회일 터였다. 평생 처음으로 딕슨은 자신의 행운에 걸어 보기로 결심했다. 과거에는 어떤 행운과 마주쳐도 믿지 않고, 신랄하게 버티며 원래 갖고 있던 걸 잃을 가능성이 안전히 지나갈 때까지 기다리기만 했다. 이제는 그런 짓을 그만둘 때가 왔다.

딕슨은 정비사에게 돈을 지불했고 택시는 다시 출발했다. 「당신 같은 사람이 우울할 일이 어디 있느냐고, 그런 말을 하던 참이었죠.」 그가 말했다.

「어떻게 그런 걸 아시는지 모르겠네요.」 그녀는 또 그 싸늘한 말투로 쏘아붙였다.

「당연히 저야 알 리가 없죠. 하지만 대체로 볼 때 그리 힘들게 사신 것 같지는 않네요.」 그는 자기 말투가 너무 편안해서 내심 놀랐다. 더 서글서글한 태도로 돌아가려면 그녀에게도 시간과 격려가 필요하다는 걸 알 수 있었는데, 그가 지금 느끼고 있는 다른 감정들이 다 그렇듯 이런 종류의 인지 역시 낯설기만 했다. 「제가 보기에는, 대부분의 일에 그럭저럭 성공을 거두고 있는 사람일 거라고 생각하게 되거든요.」

「순교자 같은 소리를 하려던 건 아니었어요. 물론 그 말씀이 맞아요. 잘 살아왔고 굉장히 여러 면에서 몹시 운이 좋았죠. 하지만 말이에요, 어떤 일들은 제게 지독하게 힘들어요. 어떻게 풀어야 할지 정말 모르겠거든요.」

딕슨은 웃음을 터뜨리고 싶어졌다. 또래의 여자들 중에서 그녀만큼 그런 훈계가 필요 없는 사람이 또 있을까. 그래서 그렇게 말하자 답이 돌아왔다.

「아니에요, 정말 그렇다고요.」 그녀가 우겼다. 「아직 알아낼 기회가 없었거든요.」

「이런 말이 실례가 될지 모르겠지만, 가르쳐 주고 싶어 하는 사람들이 줄을 섰을 텐데요.」

「알아요. 무슨 말씀인지 정확히 알지만, 그런 사람들은 별로 노력을 하지 않아요. 내가 이미 다 알고 있다고 생각해 버리거든요.」 그녀는 이제 굉장히 열띤 말투로 이야기하고 있었다.

「아, 그래요, 정말요? 어떻게 그러죠?」

「아마 제가 겉보기에 굉장히 차분해 보이고 그런 것들 때문에 그렇지 않을까 싶어요. 어떻게 행동해야 할지, 그런 걸 다 알고 있는 사람처럼 보이거든요. 저한테 그런 말을 해준 사람이 두세 명 되니까 아마 맞을 거예요. 하지만 그건 겉모습일 뿐이거든요.」

「글쎄요, 몹시 세련돼 보이는 건 사실이에요. 그 표현이 맞는지 모르겠지만, 심지어 가끔 거만해 보일 정도니까. 하지만 그건…….」

「제가 몇 살이나 되어 보이나요?」

딕슨은 처음으로, 이번만큼은 정직한 대답을 해야겠다고 판단했다. 「스물네 살 정도?」

「그것 보세요.」 그녀는 의기양양하게 말했다. 「내가 그럴 줄 알았어. 저는 다음 달에 스무 살이 되어요, 18일에.」

「내 말뜻은 실제 얼굴이 굉장히 어려 보이지 않는다는 건 아니었고, 그냥…….」

「알아요. 하지만 제 나이가 그렇게 보인다는 거잖아요? 겉모습이 그렇게 보인다고, 그렇죠?」

「네, 그런 거 같네요. 하지만 그건 그거만 그런 게 아니잖아요?」

「죄송한데, 뭐가 어떻지가 않다는 거예요?」

「내 말은 더 나이 들고 성숙하게 보이는 건 외모 때문만은 아니라는 얘기였어요. 몸가짐이나 말투도, 거의 대부분의 시간은, 그렇거든요. 그렇게 생각하지 않나요?」

「뭐, 사실 제가 제대로 파악하기는 정말 어려운 일이에요, 안 그래요?」

「그야 당연히 그렇겠죠. 그건…… 보기에는…… 항상 몹시 고고해 보이려 하는 느낌이라…… 정확하게 표현하기가 어렵네요. 그렇지만 가끔씩 가정 교사처럼 말하고 행동하는 버릇이 있어요. 솔직히 저도 가정 교사들에 대해서는 잘 모르지만…….」

「아, 그래요?」

이 질문의 말투가 바로 그가 얘기하던 면을 딱 보여 주고 있었지만, 딕슨은 자기가 무슨 말을 하던 어차피 별로 큰 의미가 없을 것 같아서 이렇게 말했다. 「자, 봐요, 지금 또 그러잖아요. 어떻게 해야 할지 무슨 말을 해야 할지 모르면 꼭 다시 그렇게 딱딱하게 굳어 버리더라고요. 그리고 그런 게 다 얼굴과 잘 어울려요. 아마 그래서 애초에 딱딱한 인상을 주는 거 같아요, 내 말은 그쪽 얼굴 말이에요. 그래서 전체적으로 새침한 당당함을 풍기는 효과를 내는데, 사실 새침한 건 싫고 당당한 건 좋잖아요. 그래요……. 하지만 〈짐 아저씨의 고민 상담〉 같은 얘기는 그만합시다. 우리 요점에서 벗어난 얘기를 하고 있는 거니까. 이 모든 얘기가 우울한 것과 무슨 상관이죠? 여전히 우울할 건 하나도 없잖아요.」

그녀가 망설이자 딕슨은 자기는 뭐 그렇게 노련하다고 패기 넘치는 잘난 척을 했나 싶어 살짝 식은땀이 났다. 그때 그녀가 황급히 말했다. 「그게 다 남자들하고 상관이 있어요. 작년에 런던에 취직할 때까지 남자들을 별로 만나 보지 못했거든요……. 저기, 이렇게 계속 제 얘기만 해도 괜찮으세요? 너무 자기중심적인 짓 같아서요. 괜찮으신가요……?」

「그런 건 신경 쓰지 말아요. 저도 듣고 싶은 얘기니까.」

「그럼, 알겠어요. 그러니까…… 서점에서 일하게 되고 그리 오래지 않아서, 한 남자가 말을 걸더니 파티에 오라고 초대를 하더군요. 그래서 당연히 갔죠. 그런데 예술가 같은 사람들이 굉장히 많더라고요. 그리고 BBC에서 온 사람들도 한두 명 있고. 그런 거 아시죠?」

「상상은 갑니다.」

「그래서…… 그러다 이 모든 게 시작된 거예요. 저는 계속 남자들한테 데이트 신청을 받았고 당연히 계속 나갔죠. 정말 기가 막히게 재미있었거든요. 그리고 전 아직도 그런 게 굉장히 즐거워요. 하지만 남자들은…… 내내 저를 유혹하려 들기만 했어요. 그렇지만 전 유혹당하기 싫었거든요. 그래서 제 마음이 정말 그렇다고 설득하면 곧 떠나 버리는 거예요. 뭐, 그래도 크게 개의치 않았어요. 왜냐하면 항상 또 다른 사람이 얼마든지…….」

「당연히 그랬겠죠. 그래서요?」

「제 말이 혹시 끔찍하게…….」

「얘기 계속해요.」

「네, 정말 괜찮으시다면……. 아무튼 그런 식으로 몇 달 지내다가 버트런드를 만났는데, 그게 3월이었어요. 그이는 다른 사람들과는 좀 달라 보였어요. 무엇보다 시종일관 나를 자기 애인으로 만들려고 애쓰지 않았거든요. 그리고 좀 생각이 다르시겠지만, 굉장히 친절하게 굴 수도 있는 사람이고……. 얼마 후 문제는, 그이가 꽤나 좋아지기 시작했던 거예요. 그리고 동시에 — 이 부분이 웃기는데 — 점점 더 좋아지면서도 또 다른 면들에서는 그이에게 질리기 시작했어요. 그이는 정말 괴상한 혼합물이거든요.」

딕슨은 버트런드를 구성하는 두 가지 혼합 물질이 될 만한 걸 마음속으로 혼자 읊어 보며 물었다. 「어떤 면에서요?」

「한 순간 보면 굉장히 이해심이 깊고 친절하다가, 다음 순간에는 완전히 비합리적이고 유치하게 굴 때가 있어요. 그이하고 있으면 대체 우리 관계가 어느 정도인지, 정말로 그이가 바라는 게 뭔지 전혀 파악을 할 수가 없는 느낌이에요. 가끔은 전부 다 그림이 잘되어 가는 정도에 달린 것 같기도 하고요. 아무튼, 이런저런 일들로 우리는 말다툼을 자주 하기 시작했어요. 그런데 저는 언쟁을 참을 수가 없었어요. 왜냐하면 그이는 결국 항상 내가 잘못한 걸로 만들어 버리니까요.」

「어떻게 말씀이시죠?」

「있잖아요, 언쟁을 시작해서 제가 잘못한 걸로 만들 수 있을 때만 싸움을 걸거든요. 그리고 시비를 처음 거는 사람이 결국 잘못한 입장이 될 수밖에 없을 때는 어떻게든 제가 싸움을 걸지 않고는 못 배기게 만들어 버려요. 당연히 오늘 밤 일로도 한바탕 싸우게 될 텐데, 그러면 늘 그렇듯 또 제 잘못으로 만들어 버리겠죠. 그렇지만 그이가 잘못하는 거예요, 늘 그이 탓이라고요. 골드스미스 부인하고의 이 모든 일들 — 괜찮아요, 그쪽한테 따져 묻지 않을 테니까 — 그래도 뭔가 있다는 건 저도 알아요. 하지만 그이는 무슨 일인지 절대 말해 주지 않을 거예요. 뭐 그렇게 대단한 일이라고 생각하진 않아요. 그저 제가 따지고 들면 그이가 좀 흥분을 해서……. 하지만 절대 진상을 나한테 말해 주지는 않는단 말이에요. 아무 일도 없는 것처럼 행동할 테고, 정말 자기가 내 등 뒤에서 무슨 짓을 할 사람처럼 보이느냐고 저한테 묻겠죠. 그러면 아니라고 대답해야 될 거예요, 안 그러면…….」

「크리스틴, 이건 내가 상관할 일이 아니지만, 내 생각에는 버트런드 이 친구가 퇴짜 맞는 신세를 자초하고 있는 거 같은데요.」

「아니, 전 그렇게 못 해요……. 못 해요. 이제는 그런 식으로 발을 빼기엔 너무 깊이 들어와 버렸어요. 그건 이대로 끌고 가야 할 거예요. 사람은 있는 그대로 받아들여야 하는 법이니까요.」

〈그건〉이 뭔지, 어떻게 되어 가고 있는지, 굳이 추정하고 싶지 않아서 딕슨은 재빨리 말했다. 「그 친구와 장래에 무슨 계획을 세운 겁니까?」

「글쎄요, 전 아닌데 그이는 그럴지도 몰라요. 실제로 입에 올린 적은 없지만 제 생각엔 그이는 저와 결혼하고 싶어 하는 것 같거든요.」

「그러면 크리스틴은 어떻게 할 거예요?」

「아직 결정하지 못했어요.」

일단 이게 전부인 모양이었다. 지금 그녀가 자기 곁에 있다는 증거는 오로지 목소리뿐이라는 생각이 딕슨의 마음을 스쳤다. 오른편으로 고개를 돌리니 어둡기 짝이 없는 익명의 형체만 보였다. 그녀가 어찌나 미동도 없이 앉아 있는지 옷

자락이나 좌석의 천이 사스락거리는 소리조차 들리지 않았다. 그가 못 맡는 건지 향수도 전혀 쓰지 않는 것 같았으며, 그로서는 그녀 몸에 손을 댄다는 건 감히 생각조차 할 수 없는 입장이었다. 차라리 자동차 전조등 불빛을 받아 또렷한 실루엣으로 보이는 택시 운전사의 어깨와 모자 쓴 머리와 그들의 앞길을 통제하는 그 움직임이 어떤 면에서는 그에게 훨씬 더 현실감이 있었다. 딕슨은 측면 차창 밖을 내다보았고, 휙휙 스쳐 지나가는 어둑어둑한 시골 풍경을 보니 금세 기분이 날아갈 듯 좋아졌다. 그에게 일어났던 대부분의 일들과는 달리, 차를 타고 달리는 이 시간은 없는 것보다는 역시 있어서 좋은 경험이었다. 그는 자신이 원했던 무언가를 얻었고, 앞으로 어떤 망신으로 대가를 치를지 몰라도 얼마든지 감수할 각오가 되어 있었다. 그는 이런 방침을 권장하는 아랍의 속담을 생각했다. 〈원하는 걸 취한 후 대가를 치러라〉라는. 그 뒤에는 이런 말이 덧붙여져야 한다. 〈원하지 않는 걸 억지로 취하고 대가를 치르게 되는 것보다 그 편이 낫다.〉 좋은 일들이 고약한 일들보다 낫다는 그의 이론을 뒷받침하는 또 한 가지 논리적 근거였다. 크리스틴을 독차지할 수 있다는 건 정말 좋은 일이었다. 너무 좋아서 그의 감정이 탐식가의 위장처럼 과다한 하중을 받고 있었다. 거기다가 그녀의 목소리는 또 얼마나 근사한가. 딕슨은 그 목소리를 더 듣고 싶어서 물었다. 「버트런드의 그림들은 어때요?」

「아, 저한테는 한 장도 보여 주지 않았어요. 말로는 스스로 화가라고 자부할 수 있을 때까지는 화가로 보지 말아 달라는데요. 하지만 상당히 좋다고 생각한다는 말을 해준 사람들이 있었어요. 다들 그이 친구들이겠지만요.」

버트런드에 대한 이런 견해를 에워싼 턱없는 헛소리의 후광은 일단 그렇다 치고, 딕슨은 그 견해 자체는 상당히 존중할 가치가 있다고 생각했다. 아니 적어도 상당히 놀랄 만하기는 했다. 예술가로서 위상을 입증할 증거물을 창조하고, 사람들의 비위를 맞추면서 동시에 비평을 해달라고 부탁하고, 그 비평을 행동으로 옮기는 것처럼 보임으로써 꽤 사람이 좋다는 인상을 주어야 하고, 무엇보다 겉모습으로 설명할 수 없는 훨씬 더 깊은 진면목이 있다는 걸 알려야 한다니, 엄청난 유혹이 아닐 수 없었다. 딕슨 본인도 가끔은 자기가 성숙한 인간됨을 주장하는 근거로 시 같은 걸 쓰면 좋겠다는 생각을 했었다.

크리스틴은 계속 말을 이었다. 「뭔가 야심을 가진 남자를 만난다는 건 대단한 일이라고 생각해요. 영화배우와 데이트를 하고 싶다거나 뭐 그런 야심 말고요. 이렇게 말하니까 좀 우습게 들리는데, 버트런드가 자기 삶을 꾸려 나갈 근거로 삼을 핵심적인 무언가를 갖고 있어서 전 그이를 존경해요. 단순히 물질적이거나 자기중심적인 게 아닌 무언가 말이에요. 그래서 그런 관점에서 보면 사실 그의 작품이 어떤지는 실제로 중요한 게 아니에요. 그이가 그리는 그림이 자기 말고는 다른 그 누구에게도 기쁨을 주지 못하더라도 상관없는 거죠.」

「하지만 사람이 오로지 자기 구미에 맞는 일만 하면서 평생을 보낸다면, 그거 역시 그만큼 자기중심적인 거 아닌가요?」

「뭐, 어떤 면에서 사람은 다 자기중심적이잖아요? 하지만 정도 차이가 있다는 건 인정해야죠.」

「물론입니다. 그렇지만 버트런드의 야심이 당신을 소외하는 경향이 있지 않습니까?」

「뭐라고요?」

「내 말은, 당신은 데이트를 하고 싶을 때에도 그는 그림을 그리고 있거나 하지는 않느냐고요?」

「가끔은요. 하지만 신경 쓰지 않으려 해요.」

「왜요?」

「그리고 물론 그런 티를 낸다는 건 꿈에도 생각지 않아요. 쉬운 일은 아니죠. 예술가와 연애를 한다는 건 보통 남자와 사귀는 것과는 전혀 다른 일이니까요.」

크리스틴에 대한 감정을 느끼기 시작한 딕슨은 어차피 이 마지막 말이 달갑지 않을 수밖에 없었지만, 나아가 객관적으로도 불쾌한 발언이라고 느꼈다. 영화에서 나온 대사였다 해도 지금과 같은 반응, 즉 어둠 속에서 레몬을 쪽쪽 빠는 표정을 지었을 것이다. 그러나 어떤 면에서는 저 인상적이리만큼 성숙하고 세련된 겉 속 어딘가에서 치기 어린 무례함이라는 허점이 있음을 알게 되어 마음이 놓이기도 했다. 「그건 전 잘 모르겠네요.」 단지 이렇게 말할 수밖에 없었다.

「네, 제가 아주 잘 표현하지 못했을지 모르지만 예술가의 작업이란 사람한테서 너무나 많은 것들을, 그러니까 감정이며 정서 같은 걸로 뽑아내기 때문에 다른 사람들한테 내줄 몫이 별로 남지 않는 거예요. 제 말은, 예술가로서 재능이 조금이라도 있다면 말이에요. 그이는 일종의 특별한 욕구를 갖고 있는 거 같아요. 그러니 꼬치꼬치 따져 묻지 않고 조용히 그의 필요를 채워 주는 건 다른 사람들한테 달린 거죠.」

딕슨은 스스로를 신뢰할 수가 없어서 말하지 않았다. 그 문제에 대한 자신의 확신과는 완전히 별개로, 마거릿과의 경험에서만 봐도 어떤 순간에나 어떤 것에나 어떤 특별한 욕구를 갖고 있는 인간이라는 생각 자체에 극심한 반감을 느낄 수밖에 없었다. 물론 그런 욕구가 엉덩이를 발로 차는 문신 그림 정도로 쉽게 충족될 수 있는 거라면야 모를까. 그때 그는 크리스틴이, 아마도 무의식적이겠지만, 아이들이나 신경증 환자, 또는 아예 병자와 같은 반열에 놓이고 싶어 하는 자신의 남자 친구 또는 그 남자 친구가 빌려준 무슨 끔찍한 책을 그대로 인용하고 있는 게 틀림없다는 걸 깨달았고, 그래서 그 순간에는 굳이 공격할 가치조차 느끼지 못했다. 딕슨은 미간을 찌푸렸다. 1분 전만 해도 그녀가 웰치의 예술적인 주말 모임 때 버트런드가 자신을 낚아 골탕 먹이는 짓을 도왔던 장본인이라는 걸 믿기 힘들었는데. 여자들이 남자 친구들, 혹은 심지어 한동안 사귀는 남자의 색깔을 얼마나 많이 흡수하는지 보면 이상했다. 물론 문제의 남자가 나쁠 때만 나쁜 일이지만. 말하자면, 남자가 좋으면 그래도 좋다는 얘기다. 올바른 남자가 나서서 그녀가 세련되고 우아한 겁쟁이에 예술가인 척하는 쓰레기 헛소리를 주절거리는 여자가 되지 않도록 막아 주는, 아니 적어도 그렇게 되지 않도록 도와주기라도 해야 하지 않을까. 혹시 자기 자신이야말로 그 사명을 완수할 적임자라고 생각하는 건가? 그렇다면 푸하하 웃음을 터뜨릴 일이다.

「짐.」 크리스틴이 불렀다.

그녀가 처음으로 그를 성이 아닌 이름으로 부르는 바람에 딕슨은 머리 가죽이 찌릿하게 따끔거렸다. 「네?」 경계를 풀지 않고 물었다. 의자를 깔고 앉은 엉덩이에 약간 힘이 들어갔다.

「오늘 밤에 저를 정말 점잖게 대해 주셨어요. 이렇게 횡설수설하는 데도 제 얘기를 다 들어 주시고. 그리고 워낙 분별있는 분이신 것 같고요. 혹시 조언을 좀 구해도 될까요?」

「그럼요, 얼마든지.」

「하지만 이건 알아 두셔야 해요. 제가 부탁을 드리는 데는, 그저 조언을 듣고 싶을 뿐이지 다른 이유는 전혀 없다는 것 말이에요.」 그러고는 잠시 말을 끊었다가 덧붙여 말했다. 「아시겠어요?」

「네, 물론이죠.」

「좋아요, 문제는 이런 거예요. 우리 두 사람을 지켜보셨을 텐데, 제가 버트런드와 결혼하는 게 좋은 일 같으세요?」

딕슨은 꼭 짚어 형용할 수 없는 아릿한 불쾌감을 느꼈다. 「그건 사실 직접 결정해야 할 문제 아닙니까?」

「물론 제가 결정해야 할 문제죠. 그 사람하고 결혼을 하든 안 하든 그건 제가 할 일이니까요. 생각을 듣고 싶어서 그래요. 이래라저래라 해달라고 부탁하는 건 아니에요. 그런데 어떻게 생각하세요?」

지금이야말로 딕슨이 대(大) 버트런드 전쟁에서 정밀 폭격을 퍼부어야 하는 순간이었다. 그렇지만 이상하게도 막상 발포가 꺼려지는 것이었다. 적을 조목조목 이치에 맞게 비난한 뒤에 최근 캐럴과 나눈 대화를 짤막하게 설명하면 일단 이 단계에서는 완벽한 승리를 거둘 가능성이 높았다. 아니 적어도 어마어마한 상해를 끼칠 수 있었다. 그러나 그런 식으로는 하고 싶지 않아서 그냥 천천히 이렇게만 말했다. 「두 분을 충분히 잘 알지 못한다는 생각이 듭니다.」

「아, 그런 소리 집어치워요.」 — 이런 말은 줄리어스 삼촌한테서 배운 걸까? 딕슨은 궁금했다 —「누가 박사 학위 논문을 쓰라고 했나요.」 마치 캐럴이 할 법한 행동을 하며 그녀가 딕슨의 팔을 너무 세게 꼬집어 비명을 지르게 만들더니, 따박따박 방점을 찍어 물었다.「어떻게 생각하시느냐고요?」

「아니, 그게…… 솔직하게 생각하는 대로 말해야 되는 거잖아요.」

「네, 당연하죠. 그걸 부탁한 거 아니에요? 어서 말해 봐요.」

「뭐, 그럼, 저는 반대입니다.」

「알겠어요. 왜죠?」

「당신은 좋은데 그 사람은 싫어서 그래요.」

「그게 다예요?」

「그 정도면 충분한 거예요. 그 말은 두 사람이 각각 인류의 2대 분류에 속한다는 뜻이죠. 내가 좋아하는 사람과 안 좋아하는 사람.」

「제가 보기엔 별로 설득력이 없는데요.」

「좋아요, 근거를 원한다면, 다만 내 근거라는 걸 기억해요. 그렇다고 그쪽 근거가 되지 말라는 법은 없지만. 버트런드는 지루한 사람이에요, 딱 자기 아버지 같죠. 그의 관심사는 오로지 자기뿐이에요. 무슨 화두를 꺼내더라도 그 친구는 상대방의 입장을 묵살할 뿐 달리할 줄을 몰라요. 그냥 못 한다고요, 아시겠어요? 그건 단순히 자기가 일등이고 다른 사람이 이등이다, 이런 게 아니라 아예 뛰는 사람이 자기밖에 없는 거예요, 세상에. 그 사람이 언쟁을 시작하면 늘 당신을 잘못한 쪽으로 몰아넣는다는 얘기를 했잖아요, 그건 당신도 그 사람을 안다는 뜻이에요. 어째서 다른 사람 입을 빌려서 그 얘기를 들어야 되는지 모르겠군요.」

그녀는 잠시 아무 말도 하지 않다가 예의 꼬투리 잡는 투로 대답했다. 「설사 그 말이 사실이라도, 제가 그 사람과 결혼하지 못할 이유가 될 필요는 없죠.」

「그래요, 나도 여자들이 별로 좋아하지도 않는 남자와 결혼하는 데 목숨을 거는 건 알아요. 하지만 내 말은 왜 결혼을 하면 안 되느냐가 아니라 과연 결혼을 하고 싶은 건지, 아니면 결혼을 할 건지 말 건지 그걸 묻는 겁니다. 마땅히 시들해져야만 할 감정들이 시들해지면, 엄청나게 힘들어질 텐데 말이에요. 그 친구한테 최선을……. 아니 제 말은, 그는 항상 시비를 걸어올 텐데, 당신은 언쟁을 좋아하는 사람이 아니라면서요. 그 사람 사랑해요?」

「그 단어는 굳이 꺼내고 싶지 않군요.」 마치 입이 걸은 장사치를 나무라는 듯한 말투였다.

「왜요?」

「무슨 뜻인지 모르겠어서요.」

그는 나지막한 비명을 올렸다. 「아, 그런 소리는 하지 말아요. 아니, 그런 말 하지 말아요. 대화나 문학에서 종종 본 적이 있는 단어잖아요. 볼 때마다 뛰어가서 사전을 찾는단 말입니까? 아니잖아요. 그러니까 순전히 사적인 — 죄송해요, 이 말은 똑바로 해야겠네요 — 순전히 주관적인 거다, 이 말이겠죠.」

「뭐, 주관적인 거 맞잖아요, 안 그런가요?」

「그래요, 맞아요. 당신 말만 들으면 세상에 주관적인 게 그것밖에 없는 줄 알겠어요. 내게 당신이 자두를 좋아하는지 아닌지 말해 줄 수 있다면 버트런드를 사랑하는지 아닌지 역시 말해 줄 수 있는 거예요. 물론 말을 해주고 싶을 때 얘기지만.」

「그래도 여전히 너무 단순하게 만들어 버리고 있잖아요. 제가 정말로 말할 수 있는 건 얼마 전까지만 해도 버트런드와 사랑에 빠졌다는 걸 확신하고 있었지만 이제는 믿음이 좀 흐려졌다는 것뿐이에요. 그런 감정의 기복이 자두에 생기지는 않잖아요. 그게 차이죠.」

「자두한테는 안 생기죠, 맞습니다. 그렇지만 대황은 어때요, 네? 대황은 어떠냐고요? 어머니가 나한테 억지로 먹이지 않게 된 후로부터, 대황과 나는 만날 때마다 사랑과 증오를 오가는 관계를 맺어 왔거든요.」

「그래요, 다 좋아요, 짐. 문제는 사랑이 냉정하게 자기 감정을 바라보지 못하게 만든다는 데 있다고요.」

「그래도, 당신이 사랑을 할 수 있다는 건 좋은 거 아니에요?」

「네, 당연하죠.」

그는 또 한 번 조용히 고함을 버럭 질렀다. 이번에는 한가운데 C음을 상당히 넘어서는 음계로. 「내가 이런 말을 해도 좋을지 모르겠는데, 정말 당신도 착한 사람이지만 갈 길이 멀군요. 어떻게든 감정을 냉정하게 바라보도록 해봐요. 그래야 한다는 생각이 들면 말이에요. 하지만 그건 (씨발) 당신이 사랑을 하고 있는 건지 아닌지 확정 짓는 것과는 아무 상관이 없어요. 사랑을 확정 짓는 건 자두 건보다 어려울 이유가 없다고요. 어려운 건, 그리고 이 냉정하고 어쩌고 하는 헛소리가 꼭 필요할 때는, 정말 사랑에 빠졌다면 어떻게 할지, 사랑하는 사람한테 딱 달라붙어 결혼까지 할 수 있을지, 그런 것들이란 말입니다.」

「그래요, 말은 좀 달라도 제가 계속 그 얘기를 했던 거예요.」

「말에 따라서 본질이 달라져요. 그리고 어쨌든 이 모든 과정이 다 달라요. 사람들은 자기가 사랑을 하고 있는 건지 아닌지를 두고 온통 골머리를 썩고 결론을 내리지도 못하는데, 그러면서 결론은 엉망진창으로 내리거든요. 날이면 날마다 일어나는 일이죠. 사랑을 확정 짓는 건 말도 못하게 쉽다는 걸 다들 깨달아야 한다고요. 정작 어려운 건 그래서 어떻게 할지 해답을 찾는 거죠. 당신의 경우와의 차이는, 그런 사람들은 두뇌를 계속 돌리고 있다는 겁니다. 〈사랑〉이라는 단어의 소리만 들려도 두뇌 전원을 꺼버리는 게 아니란 말이에요. 그런 사람들은 사랑에 빠졌다는 걸 어떻게 알까, 그리고 애초에 사랑이란 무엇일까, 기타 등등 감정적인 자체 교리문답의 황홀경에 빠져 자족하지 않고 의미 있는 진도를 나간다고요. 자두가 대체 뭘까, 아니면 자두를 좋아하는지 아닌지 어떻게 알까, 그들은 이런 자문을 하지는 않습니다. 알겠어요?」

강의를 할 때 말고 이렇게 오랫동안 열변을 토한 건 몇 년 만에 처음인 것 같았다. 게다가 강의를 배제하지 않고도 지금까지 최고의 달변이었다. 어떻게 해낸 걸까? 술? 아니, 그는 위험하리만큼 정신이 말짱했다. 성적인 흥분? 방점을 땅땅 찍어 절대 아니었다. 그런 감정이 찾아오면 그는 어김없이 위축되어 말이 없어졌고 반드시 화석처럼 굳어 버렸다. 그렇다면 어떻게? 그건 미스터리였지만, 그로서는 너무나 만족스러워 굳이 풀고 싶지 않았다. 그는 눈앞에 리본처럼 펼쳐진 길을 하염없이 바라보았다. 길이 바퀴 아래로 불안하게 펼쳐지고 있었다. 전조등 불빛 탓에 연한 모래색으로 빛바래 보이는 울타리 관목들이 올라갔다 내려갔다 하며 휙휙 스쳐 지나갔다. 외부와 격리된 자동차 안이 편안하고 자연스럽게 느껴졌다.

그는 차가 출발한 후로 처음 크리스틴이 움직이는 기척을 느끼자 흘긋 바라보았다. 그녀가 앞으로 몸을 숙이고 창밖을 바라보고 있는 모습이 보였다. 그녀는 잠긴 목소리로 말했다. 「자두를 좋아하지 않는 것도 마찬가지의 법칙이 적용되겠죠, 물론.」

「네? 아, 그렇겠죠.」

그녀의 하품 소리가 들렸다. 「우리 지금 어디까지 온 거죠, 아세요?」

「아, 이제 반 좀 넘은 것 같은데요.」

「지독하게 졸리네요. 한심해요. 졸리고 싶지 않은데.」

「담배 한 대 피우세요. 엄청 기분이 좋아질 겁니다.」

「아니 괜찮아요. 저, 몇 분 동안 눈 좀 붙여도 될까요? 그러면 피로가 훨씬 덜하거든요.」

「그럼요. 얼마든지요.」

그녀가 한쪽 구석에 바싹 붙어 몸을 기대자 딕슨은 이런 식으로 자기와의 대화를 끊으려 하는 그녀의 술수에 실망스러운 마음을 애써 눌렀다. 정말 잘하고 있다고 생각했었는데. 말은 길게 하지 않는다는 보통 때의 방침이 결국 옳았던 거다. 바로 그때 그녀가 그의 어깨에 머리를 기댔고 모든 감각이 바짝 살아났다. 「괜찮으시죠?」 그녀가 물었다. 「이 좌석은 등판이 철판 같네요.」

「괜찮아요.」 스스로에게 생각할 틈도 주지 않고 저질러 버리려고, 그는 그녀의 어깨 밑으로 팔을 받쳤다. 그녀는 시험을 하듯 기댄 머리를 앞뒤로 움직여 보더니 이내 자리를 잡고 잠에 빠져드는 듯했다.

딕슨의 심장이 약간 뛰기 시작했다. 그는 이제 그녀가 거기 함께 있다는 증거를 차고 넘칠 만큼 확보했다. 그녀의 숨결, 턱에 닿아 오는 그녀의 관자놀이와 손으로 감싸 안은 그녀의 어깨, 잘 빗은 머리카락의 향기, 현존하는 그녀의 몸을 느낄 수 있었다. 그녀의 마음이 거기 함께 존재하지 않는다는 게 아쉬울 뿐이었다. 그녀가 이러는 건 순전히 그의 욕망을 자극하려는 수작이며, 그런 짓을 하는 데는 어떻게든 자기 허영심을 충족시키려는 것 이상의 목적은 없다는 생각이 불쑥 뇌리에 떠올랐다. 그러나 곧 그는 그 익숙하고도 경멸해 마땅한 생각을 거부했다. 그러기에 그녀는 너무나 신뢰할 만한 사람이었다. 그저 피로했을 뿐. 그게 다였다. 택시가 모퉁이를 돌았고, 딕슨은 발로 몸을 지탱해서 그녀와의 자세를 유지했다. 그는 도저히 잘 수 없었지만 크리스틴이 깨지 않도록 지켜 줄 수는 있었다.

조심스럽게 몸을 뒤틀어서 성냥과 담배를 꺼냈고, 한 개비씩 연이어 불을 붙였다. 그 어느 때보다도 안정된 기분이 들었다. 자, 여기 그는 이렇게 얼마든지 충실하게 제 역할을 해낼 능력이 있다. 역할이라는 게 다 그러하듯 오래 미루다 보면 다시 하게 될 가능성이 높아지는 법이다. 하고 싶을 일을 더 하기 위해 필요한 수련과 준비는 오로지 하고 싶은 일을 하는 것뿐이다. 다음에 미치를 만나게 되면 그렇게까지 깍듯이 대하지는 않으리라. 다음에 앳킨슨을 만나면 더 말을 많이 걸어 보리라. 그 케이턴인가 하는 친구를 닥달해서 논문이 어떻게 될 건지 제대로 된 얘기를 듣고야 말리라. 그는 크리스틴 쪽으로 조금 더 가까이 슬쩍 붙었다.

이윽고 운전사가 운전석 뒤 창문을 내리고 굽신거리는 말투로 길을 물었고, 딕슨이 가르쳐 주었다. 마침내 택시가 웰치 저택으로 이어지는 도로 끝에 정차했다. 크리스틴이 잠에서 깨어나 잠시 후 물었다. 「올라가시나요? 같이 가시면 좋겠는데. 어떻게 들어가야 할지 잘 모르겠거든요. 하녀 숙소는 밖에 있는 것 같아요.」

「당연히 같이 올라가야죠.」 딕슨이 말했다. 그는 택시 기사와 짤막하게 이야기를 나누며 돈은 자기, 그러니까 딕슨의 숙소 앞에 갈 때까진 줄 수 없다는 얘기를 정리하고 자기 팔에 지팡이처럼 의지하고 있는 크리스틴을 데리고 어둠 속으로 걸어가기 시작했다.

15

「일단 창문부터 찾아보는 게 좋겠어요.」 어두운 집 앞에서 딕슨이 말했다. 「초인종은 누르지 않는 게 좋겠네요. 혹시 웰치 부부가 우리보다 먼저 돌아왔을지도 모르니까요. 이렇게 늦게까지 집을 비우지는 않을 사람들이니까.」

「차 때문에 버트런드를 기다려야 하지 않을까요?」

「택시를 탔을 수도 있죠. 아무튼, 초인종은 절대 안 누를 겁니다.」

그들은 조심스럽게 건물 왼편에 있는 마당으로 들어섰다. 딕슨은 어둠 속에서 헤매다가 정강이를 심하게 부딪히는 바람에 속삭임으로 욕을 뱉었다. 크리스틴이 소리 죽여 웃었다. 손으로 입을 막은 눈치였다. 손으로 더듬다가 몇 분 후 어둠에 눈이 익기 시작하면서 딕슨은 아까의 장애물이 수도관을 감싸고 있는 나무 널판이 최근에 심하게 부딪힌 것처럼 쪼개져 반쯤 박살 난 거라는 사실을 알아차렸다. 운전을 잘 못해서 차로 들이박은 모양이었다. 그는 웰치 주제곡을 한두 마디 콧노래로 흥얼거리다가 크리스틴에게 말했다. 「됐어요, 됐어. 이게 그 프랑스식 창문 같거든요. 혹시 모르니까 한번 열어 봅시다.」

잔뜩 움츠리고 까치발을 한 채 앞장서서 길을 인도한 그는, 막상 창문에 걸쇠도 걸려 있지 않다는 걸 깨닫자 어쩐지 불길한 예감마저 들었지만 잠시 망설이다가 방으로 들어갔다. 웰치 부부가 이미 집에 와 있을 가능성이 높았거니와, 그 사람들이라면 형광빛을 내는 곰팡이를 구경한다든가, 뭐 요가 명상을 한다든가, 아무튼 껌껌한 방을 활용하는 머저리 같은 취미가 없을 리 없지 않은가? 크리스틴과 자신이 어둠 속에서 남몰래 기어 들어오는 걸 보고 웰치가 얼마나 오랫동안 얼마나 심오하게 미간을 찌푸릴지 상상만 해도 끔찍해서 소름이 끼쳤다.

「열려 있어요?」 크리스틴이 팔꿈치에 매달려 물었다. 속삭이는 그녀의 목소리에는 전화 통화 때 들었던 그 소녀 같은 느낌이 배어 있었다.

「그래요. 그런 거 같아요.」

「저, 그럼 왜 안 들어가고 있어요?」

「좋아요, 갑시다.」 그는 천천히 창문을 잡아당겨 열고는 마룻바닥까지 늘어져 있는 커튼을 젖히고 실내로 들어섰다. 다른 커튼들이 다 쳐져 있어서 실내는 걸어 잠근 탱크 안 같았다. 그는 두 팔을 앞으로 쭉 뻗고 천천히 전진하다가 무슨 가구 같은 데 부딪히는 바람에 아까와 쌍둥이처럼 닮은 타박상을 입고 말았다. 그리고 그와 크리스틴이 아까와 정확히 똑같은 반응을 보이는 기묘한 순간이 있었다. 양손으로 쓱쓱 벽을 훑던 딕슨이 조명 스위치를 찾아내곤 말했다. 「불을 켤 거예요. 괜찮아요?」

「네.」

「좋아요.」 스위치를 내리자 실내가 빛으로 환해졌고 그 순간 본능적으로 고개를 돌렸다. 그러는 바람에 그는 크리스틴과 아주 가까워져 버렸다. 두 사람은 서로를 바라보았다. 둘 다 눈을 깜박거리면서 웃고 있었다. 두 사람의 얼굴이 같은 높이에 있었다. 그 순간 그녀의 얼굴에서 웃음기가 사라지고 불안한 표정이 떠올랐다. 눈매가 가늘어지고 입매가 소리 없이 달싹거리더니, 두 팔을 치켜드는 것 같아 보였다. 딕슨이 한 발자국 뒤로 물러섰다가, 그녀가 원한다면 얼마든지 물러서서 도망칠 시간을 주기 위해 처음에는 아주 천천히 그녀를 두 팔로 감싸 안았다. 양팔에 힘을 주어 단단히 포옹하자 숨을 들이쉬고 있던 그녀가 호흡을 딱 멈췄다. 그는 몇 초쯤인가 그녀에게 키스를 했지만 너무 바짝 몸을 붙이지는 않았다. 그녀의 입술은 메말랐고, 부드럽기보다는 딱딱했다. 아주 따뜻한 느낌이었다. 마침내 그녀가 뒤로 물러났다. 환한 조명 아래 보니 그녀의 모습이 비현실적으로 보였다. 무슨 속임수 합성 사진의 효과처럼. 딕슨은 버스를 잡으러 달려가다가 승차 직전 달려오던 자동차에 치인 사람 같은 기분이 들었다. 간신히 이 말밖에 할 수 없었다. 「어, 방금 아주 좋았어요.」 딱딱하지만 명랑한 투로.

「그래요, 그렇죠?」

「무도회를 박차고 돌아온 보람이 있네요.」

「그러네요.」 그녀가 돌아섰다. 「아, 저것 봐요, 우리 운이 좋네요. 이런 생각을 대체 누가 했을까요.」 둥근 소형 탁자에 두 개의 컵과 커피포트, 비스킷이 쟁반에 놓여 있었다. 덜덜 떨리고 휘청거릴 것만 같던 딕슨은 그 광경에 갑자기 기분이 날아갈 듯 좋아져 버렸다. 적어도 앞으로 30분 정도는 집에 가지 않아도 된다는 뜻이었다. 「굉장히 친절한 사람인데요.」

1분 뒤 두 사람은 소파에 나란히 앉아 있었다. 「제 컵으로 같이 마시는 편이 좋겠어요.」 크리스틴이 말했다. 「누가 왔다 간 티가 나면 안 좋잖아요, 그렇죠?」 그녀는 커피를 따라 조금 마시고는 컵을 건네주었다.

딕슨은 이 친밀감이 그날 저녁을 상징하면서 또한 장식한다고 느꼈다. 그는 심지어 신이라도 역사적 사실은 지울 수는 없다는 무슨 그리스인가 라틴어 경구를 기억하고는 이 말이 크리스틴의 커피 잔으로 커피를 마셨다는 역사적 사실에도 똑같이 적용될 거라는 생각에 기뻐졌다. 크리스틴은 그가 권한 비스킷 두 조각을 먹었고, 그러자 마거릿이라면 이런 상황에서 절대 먹지 않았을 거라는 생각이 들었다. 그래야 수월하게 자기 독립성을 주장할 수 있기라도 하는 것처럼 말이다. 그리고 똑같은 이유로 마거릿은 늘 블랙커피를 마시곤 했다. 어째서? 허구한 날 잠을 쫓으려 하는 건 아닐 텐데, 안 그런가? 하지만 두려움 없이 마거릿을 생각할 수 있다니 그건 좋았다. 그는 자기도 모르게 무도회에서 마거릿의 주목을 끌어 택시 전략을 가능하게 해준 고어어쿼트에게 발칸 소브라니(임페리얼 러시아 블렌드로) 담배 스물다섯 개비들이 한 갑을 선물로 보내야겠다고 스스로 다짐하다 말았다. 그러다가 곧 이런 공상들을 떨쳐 버렸다. 그 근저에 크리스틴과의 이 관계를 계속해야만 한다는 생각, 즉 지금 손에 넣은 걸 지키기 위해서는 선점하고 있는 우위를 밀어붙여야 한다는 생각을 회피하려는 욕망이 있다는 걸 깨달았던 것이다. 이런 식으로 크리스틴과 앉아 있으면 가정적이고 평안한 고요가 뚝뚝 떨어질 것 같지만, 사실 그의 심장은 불편하게 뛰고 있었다. 그렇지만 딱히 정의할 수 없는 희망도 솟아올랐다. 마치 해도조차 없이 항해해야 하는 망망한 바다 같았지만, 가끔은 해도가 없는 사람야말로 가장 먼 곳까지 항해한다는 걸 경험으로 익히 알고 있었다. 「저는 그쪽을 굉장히 많이 좋아해요.」 딕슨이 말했다.

대답을 하는 그녀의 모습에서 더 딱딱한 그녀의 면모를 일별할 수 있었다. 「어떻게 그럴 수가 있어요? 나를 잘 알지도 못하면서.」

「실례지만 그런 확신을 할 만큼은 충분히 알아요.」

「친절한 말씀이지만, 문제는 이미 아시는 것 이상은 별로 대단한 게 없다는 거예요. 저는 금세 바닥이 드러나는 그런 사람이거든요.」

「그런 말 못 믿겠어요. 하지만 그게 설사 사실이라도 아무 상관 없습니다. 지금까지 내가 본 모습만으로도 계속 좋아하고도 남을 만하니까요.」

「미리 경고하는데 좋을 일이 없을 거예요.」

「어째서요?」

「일단 전 남자들하고 잘 지내질 못해요.」

「무슨 그런 끔찍한 헛소리를 해요, 크리스틴. 운이 없었다는 둥 그런 턱없는 얘기가 나한테 먹힐 줄 알아요. 당신 같은 여자는 마음먹으면 어떤 남자라도 손에 넣을 수 있을 텐데.」

「아까 말했잖아요, 저를 좋아했던 남자들은 그리 오래 머무르지 않았다고. 그리고 제가 원하는 남자는 찾기 어려워요.」

「아, 그런 핑계는 대지 말아요. 주위를 둘러보면 생각이 멀쩡한 남자들이 널렸다고요. 심지어 우리 교수 휴게실에서만도 몇 명 생각나는데. 아니, 한두 명인가. 아무튼, 아무튼요……」

「그것 보세요.」

「그 얘기는 그만합시다.」 딕슨이 말했다. 「말 좀 해봐요. 이번에는 며칠이나 묵다가 갈 건가요?」

「며칠은 있을 거예요. 휴가의 일환이거든요.」

「잘됐네요. 언제 저하고 데이트하실래요?」

「아, 그런 바보 같은 소리 말아요, 짐. 제가 어떻게 데이트를 해요?」

「문제없어요, 크리스틴. 줄리어스 삼촌하고 나간다고 둘러대면 되니까. 가만 보니 얼마든지 뒤를 봐줄 분인 거 같던데.」

「이제 그런 말 하지 마세요, 좋을 게 없어요. 우리 둘 다 홀가분한 몸이 아니잖아요.」

「그 걱정은 좀 있다 합시다. 해야 할 때가 오면, 우리가 조금 더 만나고 서로를 알게 된 후에.」

「지금 무슨 얘기를 하고 있는지 알기나 하는 거예요? 전 이 집 손님이에요. 버트런드의 초청을 받아 내려왔고, 저는 그이의……. 지금은 그이하고 사귀고 있어요. 그러니 얼마나 못된 짓인지 정말 모르겠어요?」

「모르겠어요, 난 버트런드가 싫거든요.」

「그게 무슨 상관이에요.」

「상관있어요. 난 그런 치들한테는 〈형님 먼저〉식으로 양보 안 합니다.」

「알았어요, 그럼 마거릿은 어떻게 하고요?」

「그건 일리 있는 지적이네요, 크리스틴. 하긴 그게 문제죠. 하지만 사실 마거릿은 진짜 제 여자 친구라고 할 순 없어요.」

「그래요? 그렇다고 생각하는 것 같던데요.」

망설이던 딕슨은 지독한 침묵을 의식했다. 그는 앉은 자리에서 몸을 돌려 똑바로 그녀를 마주 보고 약간 덜 쌀쌀한 투로 말했다. 「이봐요, 크리스틴. 이렇게 생각해 봅시다. 나하고 데이트하고 싶어요? 잠시 버트런드와 마거릿은 잊고 말입니다.」

「내 마음은 알잖아요.」 그녀는 그 즉시 말했다. 「제가 왜 무도회에서 당신을 따라 나왔다고 생각하죠?」

「그럼 정말…….」 그는 그녀를 바라보았고, 그녀 역시 턱을 치켜들고 입술을 살짝 벌린 채 그의 눈길을 받았다. 그는 한 팔로 그녀의 어깨를 감싸 안고 고개를 숙여 단정한 금발 머리 쪽으로 다가갔다. 두 사람은 전보다 훨씬 열렬하게 키스했다. 딕슨은 컴컴하고 안개 낀 어딘가로 질질 끌려 내려가는 기분이 들었다. 공기는 텁텁해서 편히 숨 쉬기도 힘들었고 피가 희석되어 나른해졌다. 반쯤 그의 몸에 꼭 붙어 있는 그녀의 몸에 빳빳하게 힘이 들어가 있었다. 한쪽 젖가슴이 묵직하게 그의 가슴을 눌렀다. 그는 한 손을 들어 다른 쪽 젖가슴에 얹었다. 즉시 몸의 긴장이 사라졌고, 그녀는 입술은 그대로 대고 있었지만 태도는 수동적으로 바뀌었다. 그는 의미를 알아채고 손을 옮겨 드러난 어깨에 얹었다가 그녀를 풀어 주었다. 그녀는 그를 보고 미소를 지었는데 오히려 그 웃음이 키스보다 더 머리를 어지럽게 만들었다.

딕슨이 아무 말도 하지 않자 크리스틴이 말했다. 「그래요, 좋아요, 그럼. 하지만 아직도 나쁜 짓이라는 생각이 들어요. 우리 어떻게 할까요?」

딕슨은 훈장을 받으러 가는 길에 누가 붙잡더니 축구 도박으로 딴 돈 수백만 파운드가 로비에 대기하고 있다는 말을 들은 사람 같은 기분이 들어 말했다. 「시내에 아주 근사한 호텔이 있는데, 거기서 저녁을 같이 먹읍시다.」

「아뇨, 죄송하지만 우리 저녁에는 아무런 약속도 잡지 말아요.」

「왜요?」

「그냥 일단 지금은, 그러지 않는 게 좋을 것 같아요. 당연히 술을 먹게 될 테고 그러면…….」

「술 마시는 게 어때서요?」

「아무것도 아니에요. 하지만 한동안은 같이 술 마시지 말아요. 부탁이에요.」

「좋습니다. 그럼, 차는 어때요?」

「좋아요, 차 마시는 건 괜찮아요. 언제요?」

「월요일 괜찮을까요?」

「월요일은 안 돼요. 버트런드가 사람들을 데려오는데 저한테 소개시켜 주고 싶다 했거든요. 화요일은 어때요?」

「좋아요. 4시, 시간 괜찮아요?」 그는 두 사람이 만날 호텔까지 오는 길을 가르쳐 주었는데, 미처 말을 끝내기도 전에 자동차 소리가 뚜렷하게 들리더니 점점 커졌다. 「세상에, 왔나 봅니다.」 그는 본능적으로 다시 속삭이며 말했다.

「어떻게 하실 거예요?」

「앞문으로 들어설 때까지 기다렸다가 창문으로 슬쩍 빠져나갈 겁니다. 그런 다음 당신이 창문을 닫아 줘요.」

「알았어요.」

자동차가 저택 전면으로 들어오기 시작했다. 「어디서 만날 건지 다 알아들었죠?」 그가 물었다.

「걱정 말아요, 꼭 갈 테니까. 4시에.」

그들은 창문으로 가서 서로를 품에 꼭 안고 서 있었고, 그

사이 끔찍하게 시끄러운 덜컹거리는 소음과 함께 엔진 소리가 잦아들고 발소리가 멀어졌다.

「멋진 저녁 고마웠어요, 크리스틴.」

「잘 가요, 짐.」 그녀는 그를 꼭 안았고 두 사람은 잠시 키스를 했다. 그러더니 그녀가 〈잠깐만요〉 하면서 의자에 놓여 있는 가방 쪽으로 달려갔다.

「이게 다 뭐예요?」

그녀는 돌아와서 1파운드 지폐 한 장을 황급히 내밀었다. 「택시 값이에요.」

「웃기지 말아요. 나…….」

「어서, 괜히 시비 걸지 말고요. 금세 그 사람들이 들어올 거예요. 택시 값이 어마어마하게 들었을 텐데.」

「하지만…….」

그녀는 돈을 억지로 상의 가슴 쪽 호주머니에 쑤셔 넣었다. 미간을 잔뜩 찌푸리고 입을 앙다문 채로 왼손으로 손사래를 치는 그녀의 모습을 보니, 어린 시절 그에게 단것이나 사과를 억지로 안겨 주던 숙모님들 생각이 났다. 「그래도 당신보다 저한테 돈이 더 있을 거예요.」 말을 마치자 그녀는 그를 창문 쪽으로 마구 몰았는데, 바로 창가에 다다랐을 때 조증의 고음으로 말하는 웰치의 목소리가 그리 멀지 않은 데서 들려왔다. 「어서요. 화요일에 만나요. 잘 가요.」

급히 달려 나오는 길에 창문을 잠그면서 손으로 키스를 날리는 그녀의 모습이 보였다. 그러고 나서 커튼이 다시 드리워졌다. 하늘의 구름이 살짝 걷혀서 길을 살필 만한 빛은 충분했다. 도로 쪽으로 부지런히 걸어 나오는데, 평생 이렇게 피곤했던 적이 또 있었던지 기억나지가 않았다.

16

〈친애하는 존스 씨,〉 딕슨은 연필을 빵 써는 칼처럼 잡고 이렇게 썼다. 〈이 편지는 당신이 말린 리처즈와 무슨 꿍꿍이를 꾸미는지 안다는 얘기를 하려고 씁니다. 어린 말린은 조은 여자애고 당신가튼 사람한테 허비할 시간 업써요. 나 당신가튼 사람들 잘 암니다. 말린같이 조은 여자 머리에 예술이니 음악이니 하는 헛소리 채우는 거 못 참습니다. 그러기엔 너무 조은 여자고, 난 그녀와 결혼할 겁니다. 당신 같은 사람들은 절대 못 하겠지만. 그러니까 그녀 근처에 얼씬도 마라요, 존스 씨. 이번 한 번 경고가 끗입니다. 지금은 그냥 조은 마음으로 보낸 편지고 협박은 안 하겠지만, 내 말대로 안 하면 제 공장 친구들이 당신을 찾아갈 건데, 그땐 그냥 실없이 인사만 하지는 안을 겁니다. 그러니까 조심하고 신상 생각하면 어린 말린은 놔둬요. 친애하는, 조 히긴스.〉

그는 끝까지 편지를 정독하며, 문체와 철자가 얼마나 근사하게 통일성을 띠는지 생각했다. 둘 다 대체로는 그가 가르치는 부진한 제자들의 과제물에서 따온 것이었다. 그렇지만 존스를 오래 속일 수 있을 거라 바라지는 않았다. 무엇보다 존스는 사무실 비서인 말린 리처즈와 저 방구석에서 멀찍이 서서 창백한 얼굴로 쳐다보는 것 이상의 진도를 나갔을 리가 없었다. 그러나 편지를 읽으면 어쨌든 에번 존스는 소스라치게 놀랄 테고, 버릇대로 아침 식사 시간에 콘플레이크를 먹으면서 편지를 뜯어 볼 때 몇 분쯤 하숙집 친구들이 즐거울 테니까. 딕슨은 〈존스 씨 귀하〉라고 쓰고 굳이 이런 목적으로 쓰려고 산 건 아닌 싸구려 봉투에 하숙집 주소를 적은 후 편지를 넣고 봉하고 나서, 손가락에 바닥의 먼지를 묻혀 봉투 접히는 부분을 가로질러 지저분한 손때를 남겼다. 마지막으로 우표를 붙이고 좀 더 실감나는 효과를 내기 위해 손으로 문질렀다. 점심 때 한잔하러 펍으로 가는 길에 편지를 부칠 생각이었지만, 그 전에 메리 잉글랜드 강의 노트를 좀 써야만 했다. 게다가 그 전에 재정 상태를 점검하고 턱도 없는 파산 상태에서 평상시처럼 임박한 파산 상태로 회복할 수 있는 길은 진정 없는 것인지 알아봐야 했고, 심지어 그 전에 1~2분이라도 시간을 내서 전날 저녁 여름 무도회의 믿기지 않는 피날레와 크리스틴에 대해 깊이 생각을 좀 해야 했다.

그는 웰치의 집에서 서로 나누었던 이야기에 대해 일관성 있게 생각하기도 힘들었거니와, 심지어 기억도 제대로 나지 않았다. 게다가 막연히 좋았던 것 말고는 그녀와의 키스가 어땠는지 뚜렷하게 떠올릴 수도 없었다. 벌써 화요일 오후 생각만 하면 너무 들떠서 벌떡 일어나 침실을 서성이며 걸어다녀야 했다. 절대 그녀가 나타나지 않을 거라고 어떻게든 믿을 수 있다면, 무슨 일이 일어나든 모두 뜻밖의 선물이 될 것이니 정말 멋질 텐데. 문제는 호텔 라운지를 가로질러 그를 향해 걸어오는 그녀가 정확히 어떤 모습일지 너무나 상상이 된다는 점이었다. 그러다 문득 그녀의 얼굴을 선하게 눈앞에 그릴 수 있다는 생각이 들어서, 그는 내리쬐는 햇볕을 받고 있는 바깥의 하숙집 뒤뜰로 무심하게 시선을 옮겼다. 어쩐지 싸늘한 라이프 마스크[27]를 쓰고 있지 않을 때면, 그녀 얼굴이 일종의 골상학적 인용 표본이 되어 온갖 다른 얼굴들을 떠올리게 했다. 그 다른 얼굴들 중 일부는 원래 그녀 자신의 얼굴과는 몹시 거리가 멀었다. 곡예사처럼 지워지지 않는 미소도 보였고 난폭한 아파치 댄스 파트너의 모습도 있었으며 리비에라에서 모터보트를 타면서 땡볕에 눈부셔 하는 고급 매춘부 같은 얼굴도 떠올랐다. 이론적으로는 핀업 걸의 얼굴에서나 찾아볼 수 있는 뾰로통하게 입술을 내민 멍하고도 강렬한 눈빛, 다혈질에 그리 착하지 않은 소녀의 도발적으로 찌푸린 표정. 그는 마거릿의 얼굴을 보고 공군에서 얼굴만 아는 사이였던, 알아들을 수도 없는 억양에 군용 선글라스를 낀 어떤 남자를 떠올린 적이 한두 번이 아니었다는 생각을 하고 큰 소리로 헛기침을 했다. 볼 때마다 군인회 식당을 헤집고 다니며 소매로 코를 훔치던 것밖에 생각나지 않는 남자였다.

이 생각을 쫓아 버리기 위해 그는 흡연 도구와 부속 기기들 — 기념품들이 들어 있는 찬장을 열었다. 경제 사정에 비해 값비싼 것들도 있었다. 기억나는 한 그는 한 번도 피우고 싶은 만큼 마음껏 담배를 피워 본 적이 없었다. 이 흡연 장구의 무기고는 마음껏 담배를 피운 척하는 새로운 수단이 눈에 띌 때마다 모아 놓은 결과였다. 바싹 말라 버린 싸구려 담배

27 데스마스크를 염두에 두고 만든 표현으로 생활을 하기 위한 가면이라는 뜻이다.

타바코 갑, 체리목 파이프, 담배 마는 종이가 든 빨간 갑, 파이프 클리너 한 갑, 가죽 담배 롤링기, 4개조의 파이프 관리 도구 세트, 말라 부스러지는 싸구려 파이프 잎담배, 탈지면 필터 팁(새 공정), 니켈 담배 롤링기, 클레이 파이프, 브라이어 파이프,[28] 담배 마는 종이가 든 파란 갑, 담배 대용 허브 믹스(니코틴이나 기타 유해한 성분이 포함되지 않았음을 보장한다고 함. 대체 왜?), 값비싼 파이프 담배의 녹슨 깡통, 백악질의 파이프 필터. 딕슨은 호주머니의 담뱃갑에서 담배 한 개비를 꺼내 불을 붙였다.

찬장 바닥에는 그로서는 유일하게 돈을 아끼는 확실한 수단을 상징하는 텅 빈 맥주병들이 놓여 있었다. 도합 아홉 병이었지만, 그중 두 병은 턱도 없이 먼 술집의 것이었다. 2월에 토인비[29] 학회에 갔다가 돌아오는 길에 버스에서 마시려고 샀었다. 그때는 그 술의 힘을 빌려 마거릿이 저녁 식사 때 했던, 트라우마를 남길 정도로 끔찍스럽게 창피했던 연설의 기억을 좀 지워 볼 수 있지 않을까 기대했었다. 그러나 마거릿은 돌아오는 길 내내 옆자리에 앉아서 교육적으로 좋지 않다는 근거를 대며 그의 계획에 거부권을 행사했다. (버스에는 학생들도 아주 많이 있었고, 대부분은 병나발을 불며 맥주를 마시고 있었다.) 이 기억에 부르르 몸이 떨려 그 생각을 쫓으려고 나머지 일곱 병을 잔돈으로 바꾸면 얼마나 될까 합산을 해보았다. 다 합쳐서 2파운드 8실링이었다. 기대했던 금액에 한참 못 미쳤다. 그는 재정 상태 검토는 하지 않기로 하고 그냥 메리 잉글랜드 강의 노트를 꺼내려고 했는데, 바

28 남유럽산의 식물 브라이어의 뿌리로 만든 파이프.
29 Arnold Joseph Toynbee(1889~1975). 영국의 역사가이자 문명 비평가.

로 그때 문 두드리는 소리가 나더니 마거릿이 들어왔다. 그녀는 초록색 페이즐리 무늬 드레스를 입고 가짜 벨벳 구두를 신고 있었다.

「안녕, 마거릿.」 그는 몹시 반갑게 인사를 했는데, 곧 그런 태도가 죄의식에 기인한다는 걸 깨달았다. 하지만 어째서 죄의식을 느끼는 걸까? 무도회에서 그녀를 고어어쿼트와 있도록 두고 나온 건 〈눈치 있는〉 일이 아니었던가, 안 그런가?

마거릿은 댁이 누군지 잘 모르겠다는 특유의 분위기를 풍기며 그를 바라보았는데, 그럴 때면 그것만으로도, 완전히, 딕슨의 기분은 싱숭생숭해지곤 했다. 「아, 안녕.」 마거릿이 먼저 말했다.

「어떻게 지내?」 그는 허울 좋은 호의를 유지하며 물었다. 「자리에 좀 앉아.」 그러면서 지독하게 쭈글쭈글한 암체어를 앞으로 밀어 주었다. 그 의자는 육군성 흡연실에 맞는 크기와 디자인으로, 침대가 차지하고 남은 공간을 거의 절반가량 차지하고 있었다. 「담배?」 그는 진심으로 하는 권유라는 걸 보여 주기 위해 담뱃갑을 꺼냈다.

여전히 그를 바라보면서 마거릿은 고개를 천천히 저었다. 의사가 가망이 없다고 선고하는 것 같았다. 얼굴에 황달기가 비쳤고 콧구멍은 오그라든 것처럼 보였다. 그녀는 계속 서서 아무 말도 하지 않았다.

「어, 요즘은 좀 어때?」 딕슨이 입가를 당겨 억지웃음을 지으며 말했다.

그녀는 다시 고개를 저었다. 아까보다 조금 더 천천히. 그러고 의자 팔걸이에 걸터앉자 날카롭게 삐걱거리는 소리가 났다. 딕슨은 파자마를 침대에 던져 버리고 창문을 등진 채

바닥이 등나무로 된 의자에 앉았다. 「날 미워해, 제임스?」 그녀가 물었다.

딕슨은 후다닥 달려가 의자를 홱 자빠뜨리거나, 그녀 면전에 대고 귀가 멀어 버릴 것 같은 무례한 소음을 내거나, 콧구멍에다 구슬을 쑤셔 넣고 싶은 심경이 되었지만 질문했다. 「무슨 뜻이야?」

무슨 뜻으로 한 소리인지 그녀가 해명하는 데만 족히 15분이 걸렸다. 그녀는 달변에 말이 빨랐다. 팔걸이 위에 앉아서 몸을 아주 많이 움직였는데, 무릎을 망치로 맞은 것처럼 사방으로 발길질을 해댔고, 보이지도 않는 머리칼 가닥을 넘기느라 머리를 홱홱 젖혀 댔으며, 엄지는 구부렸다 폈다 난리였다. 어째서 무도회에서 날 그렇게 버리고 간 거야? 아니 그보다, 그 이유는 나도 알고 너도 알고 다른 사람들도 다 아니까 제쳐 두고, 대체 지금 무슨 생각인 거야? 아니 그보다도 먼저, 대체 나한테 왜 이래? 이런 문제들과 동류의 질문에 대해 최대한 성의 있는 정보를 제공하는 대가로, 마거릿은 웰치네 세 식구가 모두 〈피를 보려고 혈안이 되어〉 있으며 크리스틴이 그날 아침 식사 자리에서 비하하는 말투로 딕슨을 언급했다는 뉴스를 주겠다고 제안했다. 고어어쿼트에 대해서는 한 마디도 나오지 않았고, 다만 작별 인사도 하지 않고 무도회장을 떠난 딕슨의 〈무례〉에 대해 괄호 친 비난을 하는 목적으로만 슬쩍 언급했을 뿐이다. 딕슨은 경험상 마거릿에게 말대꾸를 하고 반론을 제기하는 건 어김없는 실수라는 걸 알고 있었지만, 너무 화가 나서 그런 데 신경 쓸 겨를이 없었다. 더 이상 고어어쿼트에 대해 아무 말도 하지 않을 거라는 확신이 들었을 때, 딕슨은 약간 뛰는 심장을 안고 말했다. 「네가 왜

이 난리를 치는지 모르겠다. 내가 나갈 때 혼자 잘하고 있는 것처럼 보이던데.」

「대체 그거 무슨 뜻으로 하는 소리야?」

「그 고어이치백 어쩌고 하는 인물한테 아주 푹 빠져 있었잖아. 그래서 나한테 어디 한마디 건넬 시간이라도 있었나? 그래서 잘된 게 없을지는 모르겠는데 노력이 부족해서는 아니었을걸. 내 평생 그렇게 적나라하게 대놓고…….」 그는 말꼬리를 흐렸다. 정의감에 분노하는 감정이 꼭 필요한데 그런 걸 충분히 꾸며 낼 수가 없었다.

그녀는 눈을 커다랗게 뜨고 그를 빤히 바라보았다. 「하지만 설마 그 말 너…….」

「그래, 설마는 집어치워. 당연히 그런 뜻이야.」

「제임스……. 너 정말……. 자기 입에서 무슨 소리가 나오는지도 모르는구나.」 그녀는 속담 책을 읽는 외국인처럼 천천히 힘들게 말했다. 「정말이야, 나 정말 너무 놀랐어. 그냥……. 무슨 말을 해야 할지 모르겠네.」 그러면서 파들파들 떨기 시작했다. 「난 그냥 겨우 몇 분 남자하고 얘기를 좀 했을 뿐이야, 그게 다였어……. 그런데 지금 내가 그 남자를 꼬시려 들었다고 비난하는 거야. 그게 네 말뜻이지. 그런 뜻으로 말한 거 맞지?」 목소리가 기괴하게 파르르 떨렸다.

「그래, 그게 내 말뜻이야.」 딕슨은 말투에서 어떻게든 분노를 쥐어짜내 보려고 애썼다. 「아니라고 해봤자 소용없어.」 그래 봤자 약간 성마르고 심란한 느낌밖에 나오지 않았다.

「정말 내가 그 사람을 꼬시려 들었다는 거야?」

「글쎄, 겉으로 보기에는 딱 그렇게 보이더군. 너도 인정해야 할걸.」

마거릿이 너무나 바짝 다가붙는 바람에 딕슨은 움찔했지만, 그녀는 창밖을 바라보기 시작했다. 목을 빼지 않으면 그녀 얼굴이 보이지 않아서, 그는 그녀가 차지하고 있었던 육군성 스타일의 의자 팔걸이에 걸터앉았다. 그녀가 창가에 꼼짝도 않고 하도 오래 서 있어서 그에게는 자기 일을 그새 까맣게 잊었을지도 모른다는 희망이 생겼다. 잠깐만 참으면 소리 없이 슬며시 빠져나가서 펍으로 직행할 수 있을지도 모른다. 그때 그녀가 말하기 시작했다. 굉장히 차분한 투였다. 「네가 이해 못 하는 게 너무 많은 거 같아서 안타까워, 제임스. 전에는 네가 날 이해해 준다고 생각했지만 지금은……. 있잖아, 네가 그런 말을 하면, 어, 그런 말이 기분 나쁘고 그런 건 난 상관없어, 왜냐하면 이런 일에 기분 나빠 한다는 걸 아니까, 그게 다 나를 위해서라는 걸 아니까, 그래서 네가……. 난 괜찮아……. 나한테 회초리질을 하려고 들어도 괜찮아. 그런데 이렇게, 이렇게 내가 불행한 기분이 드는 건, 우리 두 사람 사이에 놓인 건널 수 없는 끔찍한 간극 때문이야. 그래서 마음속으로 이런 말을 하게 돼. 아, 이건 안 되겠어, 나를 몰라도 너무 몰라, 한 번도 알았던 적이 없잖아. 그거 알겠어?」

딕슨은 아무런 표정도 짓지 않았다. 혹시라도 유리창에 비친 표정을 그녀가 보게 될까 두려웠다. 「그래.」 그가 말했다.

「그런 걸 다 꼬치꼬치 따지고 싶진 않아, 제임스, 너무 하찮고 치사하고 사소한 일이니까, 하지만 그래도 조금은 말하는 편이 나을 것 같아.」 그녀는 한숨을 쉬었다. 「너는 구분이 안 돼? 그러니까……. 아니, 구분 못 하는 거 같긴 하다. 그냥 이 말만 해줄게, 이거 한 가지, 그리고 네 마음에 흡족할지 두고 보자.」 그녀는 돌아서서 그를 마주 보았고, 아까처럼 차분하지는 못한 목소리로 말했다. 「어젯밤에 네가 가고 나서 단 한 순간도 고어어쿼트와 함께 보내지 않았어. 그는 캐럴 골드스미스와 함께 있었거든. 그래서 나는 그 후로 내내 버트런드와 같이 있어야 했어, 너한테 진짜 고맙지 뭐야.」 언성이 높아졌다. 「그리고 너도 알다시피 그 인간은…….」

「뭐, 딱하게 됐네.」 딕슨은 미처 마음을 누그러뜨릴 여유도 없이 불쑥 말해 버리고 말았다. 이런 구질구질한 과정에 대한 창대한 혐오감이 복받쳐 올랐다. 단지 이번에 내놓은 패 때문이 아니라 그와 마거릿이 벌이고 있는 이 포커 게임 전체, 그것도 옷 벗기 내기 포커도 아닌 그냥 포커 게임 전체가 끔찍하게 혐오스러웠다. 입술을 깨물면서 딕슨은 마거릿이 어떤 패를 내건다 해도 이번 판만은 자기가 가져가고야 말겠다고 결심했다. 그는 마거릿에게 더 이상 구명줄을 던져 주지 말라고 했던 캐럴의 말을 기억하고 있었다. 그래, 이미 마지막 구명줄은 던지고도 남았다. 이젠 화해하려고 시간 낭비를 하지는 않을 것이다. 화해할 능력이 없어서라기보다는 시간이 아까워서지만, 사실 화해할 능력도 이제 거의 바닥나 있었다. 「이봐, 마거릿.」 딕슨이 덧붙였다. 「쓸데없이 네 감정을 다치게 하고 싶지는 않아. 말이야 어떻든 결국 너도 너무나 잘 알듯이 말야. 하지만 나뿐 아니라 너 자신을 위해서, 몇 가지 확실히 해둬야 할 게 있어. 최근에 네가 아주 힘든 일을 겪었다는 건 알아. 그리고 너도 내가 그걸 안다는 걸 잘 알고. 하지만 네가 지금 나에 대해 생각하는 것, 그리고 우리 관계에 대한 생각, 그걸 계속 믿고 있으면 좋을 게 하나도 없어. 상황을 악화시킬 뿐일 테니까. 내가 말하고 싶은 건, 이렇게 나한테 감정적으로 의존하는 건 그만둬야 해. 무도회 건은 아마 내가 잘못한 쪽에 가깝겠지만, 옳건 그르건 이 일과는 아무 상관 없어. 너를 위해 나서 주고 너하고 자잘한 수다도 떨고 공감도 하겠지만, 억지로 거짓 입장에 몰리는 건 이제 지긋지긋해. 지금 하는 말을 그 머릿속에 똑똑히 새겨 둬. 내가 네게 여자로서 관심을 갖고 있었다면 이제는 남김없이 사라져 버렸다는 걸. 사랑을 나누고 싶고 침대로 가고 싶은 상대로서 전혀 생각하지 않는다는 걸. 아니, 1분만 기다려, 네가 말할 차례가 될 테니까. 이번에는 내 말을 끝까지 들어야 할 거야. 지금 말한 것처럼, 섹스 문제는 완전히 끝났어. 시작된 적이 과연 있었나 싶지만 말이야. 누구 탓을 하려는 게 아니야. 그저 그런 문제에 있어서는 네가 날 완전히 빼줘야 한다는 얘기일 뿐이야. 그게 지금의 현실이라고. 그리고 미안하다는 말은 할 수가 없어. 나 자신도 어쩔 수 없는 일에 미안하다는 말은 어울리지 않아. 더군다나 이 일은 내가 어쩔 수가 없는 일이고 너로서도 마찬가지야. 할 말은 이게 다야.」

「설마 그 여자가 널 받아 줄 거라고 생각하는 건 아니겠지? 너 같은 추레하고 지루한 시골 남자를.」 그가 말을 끝내자마자 마거릿이 폭발했다. 「아니면 벌써 그 여자가 널 받아 준 거야? 혹시 그냥 섹…….」

「황당한 소리 하지 마, 마거릿. 한 순간만이라도 연극하지 말고 진심을 보여 봐, 제발.」

잠시 정적이 흘렀다. 그러더니 그녀는 비틀거리며 앞으로 걸어와서 그의 어깨에 손을 얹고 풀썩 쓰러지는 것 같았……아니 그를 침대로 끌어들이는 것처럼 보였다. 무방비로 그녀의 안경이 벗겨져 떨어졌다. 그녀는 희한한 소음을 내고 있었다. 규칙적이고, 반복적이고, 나지막한 신음 소리는 마치 그녀 배 속 깊은 곳에서 나오는 것 같았다. 마치 토하고 또 토하고 또 토했는데도 여전히 구역질이 올라오는 것처럼. 딕슨은 반쯤 부축하고 반쯤은 안아 올려서 그녀를 침대에 눕혔다. 가끔 그녀는 조용히, 발작 같은 작은 비명을 지르기도 했다. 그녀의 얼굴이 가슴을 무겁게 짓눌렀다. 딕슨은 마거릿이 기절을 하는 건지, 히스테리 발작을 일으키는 건지, 아니면 그저 풀썩 주저앉아 울고 있는 건지 분간할 수가 없었다. 그게 뭐든 그로서는 대책이 없었다. 그녀는 자기가 침대에 딕슨과 나란히 앉아 있다는 걸 알아채자 몸을 앞으로 훽 숙여 얼굴을 그의 허벅지에 처박았다. 잠시 후 그의 피부로 스며 들어오는 축축한 습기가 느껴졌다. 들어 올리려 애써 봤지만 어찌나 무거운지 꿈쩍도 하지 않았다. 어깨가 들썩거리는 속도는 아무리 이런 상황을 고려하더라도 비정상적이라 느껴질 정도로 빨랐다. 그때 마거릿이 벌떡 일어나 앉더니, 뻣뻣하게 굳었지만 여전히 덜덜 떨리는 몸으로, 고음의 새된 비명을 아까의 신음과 번갈아 지르기 시작했다. 둘 다 굉장히 시끄러운 소리였다. 그녀의 머리카락이 눈에 다 들어가고, 입술이 뒤로 말리고, 치아가 딱딱 맞부딪혔다. 얼굴은 눈물뿐 아니라 침으로 범벅이 되어 있었다. 결국 그가 마거릿의 이름을 부르기 시작하자, 그녀는 격하게 몸을 뒤로 젖히더니 옆으로 굴렀다. 사지를 뻗고 누워 꿈틀거리면서 아주 큰 소리로 대여섯 번인가 비명을 질렀고, 그다음에는 조금 나직하게 내뱉는 숨소리마다 끙끙 앓는 신음 소리를 냈다. 딕슨은 그녀의 손목을 붙잡고 소리쳤다. 「마거릿, 마거릿.」 그녀는 커다랗게 확장된 동공으로 그를 바라보더니, 뿌리치려는 듯 발버둥을 쳤다. 밖에서 두 사람의 발소리가 가까워지고 있었다. 하나는 층계를 올라오고, 하나는 내려오고 있었다. 문이 열리더니 빌 앳킨슨이 들어왔고, 곧이어 미스 커틀러가 따라 들어왔다. 딕슨은 그들을 올려다보았다.

「히스테리 발작이군, 그렇지?」 앳킨슨은 이렇게 말하더니 마거릿의 얼굴을 여러 번 찰싹찰싹 때렸다. 딕슨은 굉장히 세게 때린다는 생각을 했다. 그는 딕슨을 밀쳐 비키게 하더니 침대에 앉아 마거릿의 어깨를 잡고 격하게 흔들었다. 「우리 방 수납장에 보면 위스키가 좀 있어. 가서 가져오게나.」

딕슨은 달려 나가서 층계를 뛰어 올라갔다. 지금 그나마 뚜렷하게 떠오르는 유일한 생각은 영화나 소설에서 나오던 히스테리 치료가 이토록 정확하게 올바른 방법에 근거하는구나 하는 실감이었다. 그는 위스키를 찾아냈다. 손이 너무 심하게 떨려서 하마터면 병을 떨어뜨릴 뻔했다. 코르크를 따서 단숨에 한 모금 마시고, 기침을 참으려 애썼다. 다시 자기 방으로 내려와 보니 아까보다 상황이 훨씬 진정되어 있었다. 앳킨슨과 마거릿을 지켜보던 미스 커틀러가 딕슨을 흘끗 쳐다보았다. 의혹이나 책망이 아니라 괜찮으니 안심하라고 위로를 하는 눈빛이었다. 그녀는 아무 말도 하지 않았다. 그 순간 느낀 감정, 그 감정 때문에 딕슨은 울고 싶어졌다. 앳킨슨이 눈길을 들고 보더니 병을 받지 않고 말했다. 「가서 술잔이나 컵을 가져오쇼.」 딕슨은 수납장에서 컵을 하나 꺼내서 위스키를 좀 따라 앳킨슨에게 건넸다. 미스 커틀러는 앳킨슨에 대한 경의로 가득 찬 눈빛으로 딕슨의 곁에 서서 마거릿에게 위스키를 먹이는 모습을 지켜보았다.

앳킨슨은 그녀를 일으켜 반쯤 앉은 자세로 부축했다. 신음 소리는 그쳤고 아까보다 몸의 떨림도 좀 나아졌다. 얼굴은 앳킨슨한테 맞아 빨갛게 부어 있었다. 그가 컵을 입에 갖다 대자 한두 번 이에 부딪혀 짤랑거리더니 숨결이 들릴 정도로 호흡이 가빠졌다. 섬뜩하리만치 뻔한 몸짓으로 그녀는 사레가 들려 헛기침을 했고, 조금 삼키더니, 다시 기침을 하고, 또 조금 삼켰다. 금세 몸의 떨림이 멎었고, 주위를 둘러보기 시작했다. 「죄송해요.」 희미한 목소리였다.

「괜찮아요, 아가씨.」 앳킨슨이 말했다. 「담배 한 대 할래요?」

「네, 감사해요.」

「앞으로 좀 나오게, 짐.」

미스 커틀러가 그들 모두를 보고 미소를 지었고, 뭐라고 입을 달싹거려 말하더니 조용히 나갔다. 딕슨은 모두에게 담배를 건넸고 마거릿은 침대 끄트머리에 몸을 바로 세우고 걸터앉았다. 앳킨슨은 여전히 그녀의 어깨에 팔을 두르고 있었다. 「당신이 내 뺨을 때리신 분이세요?」 마거릿이 물었다.

「그래요, 아가씨. 엄청난 효험이 있었던 거 같은데요. 지금은 기분이 좀 어때요?」

「훨씬 나아졌어요, 감사합니다. 약간 어른어른하긴 하지만 그 밖에는 다 괜찮아요.」

「좋아요. 잠깐만 움직이려 하지 말고 좀 있어요. 여기, 발 좀 올려놓고 쉬면서.」

「정말 그럴 필요…….」

앳킨슨은 발을 침대 위로 올려 주고 신발을 벗겼다. 그러고 일어나서 그녀를 내려다보았다. 「적어도 10분 동안 그대로 누워 있어요. 이제 짐 형제한테 맡기고 갈 테니. 다 끝나면 위스키 좀 더 마시고, 짐한테 뺏기지 말아요. 죽도록 술 마시지 않게 잘 봐주겠다고 그 친구 어머니한테 약속을 드렸으니까.」 그는 타르타르인다운 얼굴을 돌려 딕슨을 바라보았다. 「자네, 괜찮나?」

「네, 고마워요, 빌. 이렇게 잘해 주시다니.」

「괜찮아요, 아가씨?」

「정말 감사합니다, 앳킨슨 씨. 이렇게 친절하게 대해 주셔서. 뭐라 감사를 드려야 할지 모르겠네요.」

「괜찮아요, 아가씨.」 그는 고개를 끄덕여 인사를 하고 방을 나갔다.

「이렇게 소란 피워서 미안해, 제임스.」 문이 닫히자마자 마거릿이 말했다.

「내 잘못이지.」

「아니야, 넌 항상 그렇게 말하지. 이번에는 내가 그냥 두지 않을 거야. 그저 내가 네 말을 도저히 받아들일 수가 없었을 뿐이야, 그게 다야. 혼자 생각했지, 못 참아, 말려야 해, 그러다 그만 나 자신을 통제할 힘을 잃어버리고 만 거야. 그 이상의 의미는 전혀 없어. 그리고 실제로 내가 참 멍청하고 유치했지. 네가 그 얘기를 했던 건 전적으로 옳은 일이었으니까. 그런 식으로 상황을 확실히 정리하는 게 훨씬 나아. 내가 완전히 천치처럼 굴었어.」

「자책할 이유는 없어. 네 마음대로 되는 일이 아니었잖아.」

「그래, 하지만 자제할 수 있어야 했어. 와서 앉아 봐, 제임스. 그렇게 서성거리고 있으니까 굉장히 불안해.」

딕슨은 등나무 의자를 끌어다가 침대 곁에 다가앉았다. 자리를 잡고 마거릿을 보고 있자니, 자살 기도를 했을 때 문병을 가서 딱 이렇게 침대 곁을 지키고 앉아 있었던 기억이 떠올랐다. 하지만 그녀의 모습은 달라 보였었다. 머리카락을 목덜미 뒤로 단정히 넘겨 훨씬 마르고 연약해 보였었다. 그래서 어떤 면에서는, 지금만큼 사람 마음을 심란하게 만들지 않았다. 번진 립스틱, 축축한 코, 엉망으로 흐트러진 뻣뻣한 머리카락을 보고 있자니 심오하고 고요한 우울로 빠져드는 느낌이 들었다. 「너하고 같이 웰치 교수님 댁으로 돌아가야겠다.」 딕슨이 말했다.

「세상에, 그런 소리를 내가 들을 거라 생각하니? 넌 최대한 그 집 근처에도 안 가는 게 신상에 좋을 거야.」

「그런 건 신경도 안 써. 그리고 어쨌든 난 들어갈 필요도 없잖아. 그냥 너하고 버스 같이 타고 가줄게.」

「말도 안 되는 소리 하지 마, 제임스. 전혀 그럴 필요 없어. 지금은 멀쩡하니까. 적어도 친절하신 앳킨슨 씨의 위스키를 조금만 더 마시면 아주 멀쩡해질 거야. 네가 착한 천사처럼 한 잔만 더 따라 줄래?」

순순히 술을 따르며 딕슨은 그녀와 함께 버스를 타고 돌아가지 않아도 된다는 사실에 안도감을 느꼈다. 이제 그는 마거릿이 뭘 원하고 무슨 말을 할지 다 훤하게 파악할 수 있게 되었는데, 그럴 필요 없다는 거절은 진심이 틀림없었다. 그녀를 걱정하는 마음이 없어서가 아니었다. 오히려 걱정이 너무 많이 되어서 부담을 견딜 수가 없을 정도였다. 근심이라는 게 이제는, 그에게는, 궁극적으로 죄책감과 혼동될 수밖에 없기 때문에 더욱 견디기 힘들었다. 그는 눈길을 피하며 컵을 내밀었다. 아무 말도 하지 않았다. 여느 때처럼 하고 싶은 말을 할 수 없어서가 아니라 정말로 뭐라 할 말이 생각나지 않았던 것이다.

「이것만 마시고 피우던 담배 다 피우고 갈게. 20분에 버스가 있기도 하고. 그거 타면 잘 갈 수 있을 거야. 재떨이 좀 갖다 줄래, 제임스?」

그가 가져다준 재떨이에는 〈어뢰 구축함 《리블》호〉라는 설명과 함께 작은 구식 전함의 모형이 돋을새김으로 새겨져 있었다. 그녀는 담뱃재를 털고 침대 끄트머리에서 일어나 앉아 핸드백에서 화장품을 꺼내 화장을 손보기 시작했다. 그러다가 콤팩트 거울을 들여다보며 아무렇지 않게 말을 걸었다. 「이런 식으로 끝나다니 이상하지, 안 그래? 이렇게까지 한심하고 볼썽사납게 말이야.」 여전히 아무 말이 없자 그녀가 계속 말했다. 립스틱을 바르느라 가끔 입술을 이리저리 움직이면서. 「하지만 어차피 처음부터 그리 품위 있었던 건 아니잖아, 그렇지? 그저 내가 손잡이를 놓고 이리저리 팔랑팔랑 날아다니면 네가 마지못해 나를 철들게 하려고 애쓰곤 하는 그런 식이었으니까. 그래, 그건 너한테 못할 짓이지.」 마거릿은 립스틱을 바르고 다시 거울을 보았다. 「넌 남자가 할 수 있는 건 다 해줬어. 진짜야, 대부분의 남자들은 그만큼도 못 하거든. 그러니까 자책할 거 하나 없어. 사실, 어떻게 네가 그렇게 잘 버텼는지 모르겠다. 너는 별로 재미도 없었을 거 같은데 말이야. 끝내자고 하는 것도 당연하지.」 그녀는 콤팩트를 탁 소리 나게 닫고 핸드백에 넣었다.

「내가 너 아끼는 거 알잖아, 마거릿. 그저 그렇게는 안 되는 거라 그래서 그래.」

「알아, 제임스. 아무 걱정도 하지 마. 난 괜찮을 테니까.」

「언제든 나쁜 일이 있으면 나한테 찾아와야 해. 내가 뭐라도 해줄 수 있는 일이라면.」

그녀는 그가 물러서 조건을 달자 살짝 미소를 머금었다.

「당연하지.」 그러고는 달래기라도 하는 듯 말했다.

딕슨은 고개를 들어 그녀를 보았다. 분칠한 뺨은 붉은 반점들이 흐릿해지고 있긴 해도 아직 살짝 얼룩덜룩했다. 그러나 안경을 다시 쓰니 눈가의 부기가 거의 눈에 띄지 않았다. 히스테리 발작에서 방금 회복한 사람이라는 게 믿기지 않았다. 그녀가 히스테리를 일으킬 만큼 중요한 얘기가 자기 입에서 나왔다는 사실 역시 믿을 수 없기는 마찬가지였다. 그가 지켜보는 사이, 마거릿은 〈리블〉호에 담배를 비벼 끄고 일어서서, 옷에 묻은 담뱃재를 털었다. 「그러면 대충 정리가 되는 거 같네, 내가 보기에는.」 가볍게 말했다. 「그럼, 잘 있어, 제임스.」

딕슨은 자신 없이 웃었다. 얼마나 딱한 일인지 모르겠다고 생각했다. 마거릿이 더 예쁜 여자가 아니라서, 3페니 반짜리 싸구려 잡지 기사도 읽고 어떤 색 립스틱이 자연스러운 피부색과 어울리는지에 신경 쓰는 여자가 아니라서, 정말 얼마나 안타까운지 모르겠다고. 그런 쪽으로 결여된 부분들을 20퍼센트만 더 갖추었더라도, 아마 그녀가 맞닥뜨린 무시무시한 곤경은 겪지 않아도 되었을 텐데. 고독에서 파생된 못된 성격과 우울증이 노년까지 발현하지 않고 조용히 안전하게 잠들어 있었을 텐데. 「정말로 괜찮은 거 확실해?」 그가 재차 물었다.

「내 걱정은 그만둬. 나 완전히 멀쩡해. 이제 가봐야겠다. 안 그러면 버스를 놓칠 테고, 점심시간에도 늦게 될 테니까. 너도 네디 부인이 식사 시간을 얼마나 꼬장꼬장하게 지키는지 알잖아. 뭐, 그리 오래지 않아 곧 어디서든 보게 되겠지. 안녕.」

「안녕, 마거릿. 조만간 봐.」

그녀는 대답 없이 나갔다.

딕슨은 도저히 출처를 알 수 없는 무력한 분노감이 복받쳐 올라 〈리블〉호의 갑판에 대고 담배를 비벼 껐다. 그러고는 충격으로 받은 감정을 달래고 나면 그토록 오랫동안 하고 싶었던 말을 마거릿에게 했다는 사실에 기뻐질 거라 스스로를 타일렀다. 그러나 설득력이 없었다. 불과 이틀 뒤로 다가온 크리스틴과의 만남을 떠올렸지만 전혀 쾌감이 느껴지지 않았다. 지난 30분 동안 일어났던 사건의 일부가 그 모든 걸 망쳐 버렸는데, 그게 어느 부분인지를 알 수가 없었다. 어딘가에서 크리스틴에게로 가는 길이 막혀 버렸다. 그로서는 예상할 수 없었던 부분에서 전부 다 잘못되게 되어 있었던 거다. 마거릿이 그 문제에 손을 써서 버트런드와 웰치 교수 부부에게 어떻게 알린다든가 해서 모조리 뒤엎어 버리는 그런 게 아니었다. 마거릿에게 방금 던진 호언장담을 어쩔 수 없이 철회해야 할 수도 있다든가 그런 것도 아니었다. 첫 번째 가능성보다는 훨씬 더 황당무계하고, 두 번째 가능성보다는 훨씬 맞서 싸우기 어려우며, 두 가지 모두보다 훨씬 막연했다. 그저 모든 게 다 망쳐져 버렸다는 느낌이 들었다.

그는 작고 테두리 없는 거울 앞에 서서 멍하니 머리를 빗기 시작했다. 마거릿의 히스테리 발작에 대해 정면으로 생각하기를 거부했다. 머지않아 실제로 의자에 앉아 있거나 침대에 누워 있다가도 회한, 두려움, 또는 창피함으로 온몸을 뒤틀게 만드는 그런 서너 개의 기억들에 합류할 거라는 사실을 그는 잘 알고 있었다. 현재로서는 그 목록의 최상단을 장식하는 항목을 갈아 치울 가능성이 농후했다. 지금까지는 학예회가 끝난 뒤 무대로 등 떠밀려 나가서 관객들 앞에서 국가를 선창해야 했던 기억이 그 자리를 차지하고 있었다. 단조로운 특유의 어조로, 전혀 진지하지 못하게 질질 끌며 말하는 자기 목소리가 아직도 귀에 선하게 들려왔다. 「저 그러면…… 이제 모두…… 저를 따라서, 원하시는 분만…… 노래를…….」 그런 다음 선창을 시작했는데, 원래 음보다 틀림없이 반 옥타브가량 높거나 낮았을 것이다. 다른 사람들 모두와 함께 몇 음 못 부르고 계속 옥타브를 바꿔 가면서 다른 사람들보다 반 박자 빠르거나 느리게 국가를 완창했다. 불타는 얼굴을 다시 커튼에 처박았을 때 등 뒤로 환호, 갈채, 그리고 폭소가 터져 나왔다. 그는 지금 거울 속의 얼굴을 바라보았다. 그 얼굴도 그를 다시 바라보았는데, 유머도 없고 자기 연민에 가득 차 있었다.

그는 앳킨슨의 위스키 병을 집어 들고 문까지 갔다. 모퉁이를 하나 돌아 펍에 가서 파인트 맥주 두세 잔 어떠냐고 물어볼 작정이었다. 하지만 돌아서서 존스에게 보낼 편지를 집었다. 그걸 부치지 않을 이유가 없어 보였다.

17

존스가 편지를 읽는 사이에 함께 있기 위해서라기보다는, 오전 내내 메리 잉글랜드에 관한 강의록을 쓰고 싶어서 내지는 강의록을 써야 했기 때문에 딕슨은 이튿날 아침 8시 15분에 하숙집 계단을 내려왔다. 그렇게 아침 식사를 일찍 하는 것이 달갑지는 않았다. 평소의 아침 식사 시간인 9시에는 훨씬 나아 보였던 미스 커틀러의 콘플레이크와 창백한 달걀 프라이, 새빨간 베이컨, 폭탄이라도 맞은 듯한 토스트, 이뇨제 같은 커피를 8시 15분에 대하자 어쩐지 온몸 구석구석 남아 있는 숙취의 두통과 지난밤 토하고 남은 것들, 머릿속을 울려 대는 온갖 소음이 도로 깨어나는 것 같았다. 지난밤을 떠올리면 일어나는 이 현기증은 오늘도 언제나 그러듯 그의 목을 죄어 왔다. 간밤에 빌 앳킨슨과 비슬리와 함께 마신 3파인트의 맥주는, 시공간 연속체 어딘가에 자리 잡고 있는 지저분한 골목길의 중재로 그 전에 마셨던 영국 쉐리주 한 병, 그리고 그 후에 해장술로 마신 싸구려 포도주 여남은 잔과 연결되었다. 그는 양손으로 눈을 가리고서 모닥불 연기를 피해 자리를 잡으려는 사람마냥 식탁을 빙빙 돌다가 털썩 주저앉고는 콘플레이크 한 그릇에 멀건 우유를 따랐다. 식당에는 그 혼자였다.

딕슨은 마거릿 생각을 회피했고 무슨 영문에선지 크리스틴 생각도 하고 싶지 않아서 강의를 떠올렸다. 전날 저녁 이른 시각, 딕슨은 노트를 모아 강의 대본을 작성하려고 했다. 강의록 첫 페이지를 대본으로 정리하니 한 페이지와 세 줄이 되었다. 그런 식이면 지금 있는 노트로 11.5분 동안 강의할 수 있었다. 남은 48.5분을 채우기 위해 참고 자료 같은 것이 필요했다. 청중에게 소개받는 데 1분, 물을 마시고 기침을 하고 페이지를 넘기고 박수받고 내려오는 데 1분을 제할 수 있겠지만 말이다. 이 보충 자료를 어디서 구할 것인가? 이 질문에 대한 유일한 대답은 〈그래, 맞아. 어디서?〉뿐인 것 같았다. 참, 그렇지. 바클리에게서 중세 음악에 관한 책을 구할 것이다. 그러면 〈관심 분야가 이리저리 폭넓어서〉 죄송하다고 양해를 구하면서, 최소한 20분은 채울 수 있을 것이다. 웰치에겐 분명 먹힐 것이다. 딕슨은 그렇게 짜증 나는 사실들을 옮겨 적어야 한다는 생각을 하면서 스푼 위의 우유 거품을 불다가, 깊이 생각할 필요 없이 그렇게 많은 일을 할 수 있다는 사실에 기분이 좀 좋아졌다. 「한 시대, 한 국가, 한 계급의 성격이 그것이 만들어 낸 음악이나 음악 문화처럼 일반적인 사고방식과는 동떨어진 분야에서는 제대로 드러나지 않는다고 생각할 수도 있습니다.」 딕슨은 혼자 중얼거렸다. 「너무나도 그릇된 생각이지요.」

바로 그때 비슬리가 손을 비비며 들어오면서 말했다. 「잘 잤나, 짐. 우편물은 아직인가?」

「응, 아직 안 왔어. 그 친구는 오나?」

「욕실에서 나왔어. 곧 올 거야.」

「그래. 빌은?」

「나보다 먼저 일어났던데. 쿵쿵거리면서 돌아다니는 소릴 들었거든. 잠깐, 그 소리 같은데?」

비슬리가 앉아서 콘플레이크를 먹기 시작하는 사이, 앳킨슨은 천천히 식당으로 들어섰다. 평소에도 자주 그렇지만 특히 아침에 그렇듯, 그의 행동거지는 다른 두 사람을 모르고 그들과 어떤 종류의 관계도 맺고 싶지 않다는 투였다. 오늘 아침 그의 표정은 참모 몇 명을 숙청하려는 칭기즈 칸의 표정과 그 어느 때보다도 닮아 있었다. 앳킨슨은 자기 의자 앞에서 경멸 섞인 표정으로 걸음을 멈추고는 혀를 차더니 가게에서 점원의 안내를 기다리는 손님처럼 보란 듯이 한숨을 내쉬었다. 속내를 알 수 없는 검은 눈동자가 벽 주위를 훑으면서 걸려 있는 사진들을 하나씩 살펴보았다. 미스 커틀러의 조카가 영국 왕립 재정군 일병 제복을 입고 있는 사진, 미스 커틀러의 사촌의 두 딸 사진, 미스 커틀러가 예전에 일하던 집 주인의 시골 별장 공연 사진, 제1차 세계 대전 시절 화려한 신부 측 들러리 복장을 한 미스 커틀러의 사진을 못마땅한 표정으로 훑어보았다. 어쩌면 이 모든 광경이 불러일으키는 엄청난 양의 욕설을 사진 하나에 하나씩, 증오심을 가득 담은 짤막한 감상으로 요약하고 있을지도 모를 일이었다. 하지만 앳킨슨은 여전히 아무 말 없이 식탁에 자리를 잡더니 털이 숭숭 난 커다란 손을 식탁보 위에 턱 올려놓았다. 그는 시리얼을 먹는 법이 없었다.

미스 커틀러가 진홍빛 베이컨을 내놓느라 들어온 사이, 우편물이 도착하는 소리가 들렸다. 비슬리는 딕슨에게 의미심장한 표정으로 고개를 끄덕해 보이더니 복도로 나갔다. 그러고는 돌아와 더욱 의미심장한 표정으로 다시 고개를 끄덕였다. 딕슨은 예상과 달리 즐거운 기대감을 전혀 느끼지 못했다. 몇 분 뒤, 존스가 편지를 들고 말없이 들어왔을 때도 아무런 느낌이 없었다. 이유가 무엇일까? 메리 잉글랜드 때문에? 그렇지, 그리고 다른 것들도 있지만 그런 것 따위. 딕슨은 존스가 열어 펼치고 있는 편지에 집중하려고 애썼다. 비슬리는 한입 가득 든 음식을 우물거리다가 멈췄다. 앳킨슨은 겉으로는 무관심한 척했지만 숱 많은 속눈썹을 통과해 존스를 주시하고 있었다. 존스는 편지를 읽기 시작했다. 침묵에 긴장이 감돌았다.

존스는 조심스레 스푼을 내려놓았다. 그런데 머리가 뭔가 미묘하게 이상해 보였다(금전 문제에 대해 정상적인 태도를 가진 사람이라면 누구라도 날이 지나치게 무뎌졌으니 버려야 되겠다고 판단할 면도칼 탓에). 그날 서너 군데 반창고를 붙여 놓아 좀 변화를 주긴 했지만, 돼지비계처럼 허연 얼굴은 이미 너무 창백한 나머지 충격이나 분노 같은 감정으로 더 창백해질 수는 없었다. 하지만 그는 곧 고개를 들었고, 물론 남들의 얼굴 높이까지는 아니었지만 평소보다는 좀 더 가까운 높이까지 시선을 들었다. 딕슨은 존스와 잠시 눈이 마주친 것이 아닌가 하는 생각이 들기도 했다. 존스는 동요한 것이 틀림없었다. 자기 비하에 사로잡힌 사람의 몸짓을 하면서 어쩔 줄 몰라 하고 있었다. 그는 편지를 두 차례 끝까지 읽고는 재빨리 봉투에 다시 넣은 뒤 가슴 호주머니에 쑤셔 넣었다. 고개를 들고 남들이 여전히 자신을 쳐다보는 것을 확인한 존스는 스푼을 너무 급하게 들다가 청색 카디건에 우유를 흘렸다. 비슬리가 웃음을 터뜨렸다.

「무슨 일이야?」 앳킨슨이 존스에게 또렷한 목소리로 천천히 물었다. 「안 좋은 소식이라도 왔어?」

「아뇨.」

「너한테 안 좋은 소식이 있다는 느낌을 받아선 안 되거든. 그러면 하루를 망치는 셈이니까. 나쁜 소식이 아니라는 게 확실해?」

「그런 거 아니에요.」

「나쁜 소식 들은 거 아니었어?」

「아닙니다.」

「아, 그럼 듣게 되면 꼭 알려 줘. 내가 조언을 해줄 수도 있으니까. 그렇지 않겠어?」

앳킨슨은 담뱃불을 붙였다. 「말이 별로 없구나?」 존스에게 던진 질문이었다. 「그렇지?」 그러고는 다른 두 사람에게 물었다.

「그렇네요.」 둘이 대답했다.

앳킨슨은 고개를 끄덕이더니 밖으로 나갔다. 복도에서 그가 웃는, 평소에는 듣기 힘든 소리가 들려왔다. 웃음소리는 정확히 어느 지점이랄 것 없이 기침 소리로 바뀌더니 계단으로 차츰 사라져 갔다.

존스는 베이컨을 먹기 시작했다. 「재미없어.」 그가 불쑥, 놀랍게도 말했다. 「전혀 재미없다고.」

딕슨은 기쁨에 상기된 비슬리의 얼굴을 살짝 보며 물었다. 「뭐가 재미없다는 거야?」

「알고 있잖아, 딕슨. 그런 짓은 너 말곤 할 수 있는 사람이 없는 것 같은데. 두고 보자.」 존스는 떨리는 손으로 자기 컵에 커피를 따랐다.

그들의 만남은 더 이상의 대화 없이 끝났다. 존스는 딕슨의 넥타이 언저리에 마지막으로 한 번 더 적의로 이글거리는 시선을 던지고 나서 서둘러 나갔다. 대학 교직원의 연금 제도와 국민 건강 보험 카드에 대한 작업이 9시에 시작되었다. 나가는 존스의 뒤통수를 보며 딕슨은 뭔가 이상한 점이 있다고 생각했다.

비슬리가 다가와 말했다. 「괜찮아, 짐?」

「뭐, 별로.」

「존스가 말을 얼마나 많이 하는지 봤지? 엄청난 웅변이던데. 내가 늘 얘기하던 대로잖아. 존스는 어떻게든 위협을 느끼지 않으면 한마디도 하지 않는다니까. 이봐, 내가 그 얘긴 안 했지. 존스 머리가 얼마나 괴상한지 봤어?」

「말이 나왔으니 말인데, 나도 좀 이상하다고 생각했어.」

비슬리는 토스트에 마멀레이드를 발라 먹기 시작하더니 우적우적 씹으면서 말했다. 「머리 다듬는 기계를 샀다니까. 어제 욕실에서 봤어. 이젠 자기 머리도 깎나 봐. 고작 1실링 6펜스를 내기가 죽도록 아까운 거지. 세상에.」

그렇다면 그런 까닭에 뒤에서 보면 대단히 눈에 띄는 가발을 약간 비딱하게 쓴 것 같고, 앞에서 보면 괴이한 헬멧을 쓴 것처럼 보였던 것이다. 딕슨은 존스가 마침내 조금은 감탄스러운 일을 해냈다고 생각하며 입을 다물고 있었다.

「왜 그래, 짐? 별로 즐거워 보이지 않는데.」

「아무것도 아냐.」

「아직도 강의 때문에 그래? 이봐, 약속대로 〈초서의 시대〉 강의록 가져왔어. 별로 재미는 없지만, 몇 가지는 써먹을 수 있을 거야. 네 방에다 붙여 놓을게.」
딕슨은 다시 기분이 좋아졌다. 조금만 더 버티면 강의록 전체를 남의 도움으로 작성할 수 있을 것 같았다. 「고마워, 앨프리드. 그거 좋겠다.」
「학교엔 갈 거야?」
「응, 바클리를 만나려고.」
「바클리를? 그 친구하고는 별로 할 얘기가 없을 텐데.」
「중세 음악에 대해서 몇 가지 배우려고.」
「아, 이제 알겠군. 당장 갈 거지?」
「몇 분 있다가.」
「좋았어. 같이 가자.」
따뜻한 날이었지만, 구름이 짙게 드리우고 있었다. 대학로를 걸어가는 도중, 비슬리는 자기 과의 시험 결과에 대해 이야기하기 시작했다. 주말에 외부 시험관이 찾아와 여러 의문이 가는 사례를 해결할 예정이었지만 대략적인 결과는 이미 나와 있었다. 딕슨의 과도 마찬가지인 입장이라 의논할 것이 있었다.
「프레드 카르노가 마음에 드는 건,」 비슬리가 말했다. 「생각해 보면 이것 하나뿐이긴 하지만, 자기가 가치 없다고 생각하는 건 남에게도 절대 강요하지 않는다는 점이야. 올해 우리 과엔 최우등이 하나도 없고, 3등급이 넷, 1학년의 45퍼센트가 낙제야. 그런 식으로 처리하는 거지. 프레드는 삼류 대학처럼 최우등을 남발하고 자기 이름만 쓸 줄 알면 낙제를 면하게 해주라는 외부 압력에 굴하지 않는 유일한 교수일걸. 네디는 어떤 입장이야? 아직 입장이랄 것이 없나?」
「맞아. 네디는 모든 일을 세실 골드스미스한테 맡기는데,

그렇다면 모두 통과한다는 뜻이지. 세실은 마음이 약하잖아.」

「마음이 약하다고. 어딜 돌아보나 마찬가지야. 지방 대학들은 전부 같은 방향으로 가고 있어. 런던은 그렇지 않을 테고, 스코틀랜드도 그렇지 않을 테지. 하지만 어느 대학이든 너무 멍청해서 시험을 통과하지 못한다는 이유로 누굴 쫓아내려고 해봐. 차라리 교수를 자르는 편이 쉬울걸. 지방 교육 당국 장학금으로 온 애들이 여기 너무 많다 보니 그게 말썽인 것이지.」

「무슨 말이야? 학생들이 어디서든 돈을 구해야 하는데.」

「알잖아, 짐. 지방 교육 당국이 하려는 말을 알 거야. 〈우리는 존 스미스가 이 대학에 들어가도록 돈을 대줬는데, 7년이나 지났건만 아직도 학위를 못 따다니. 당신들은 우리 돈을 내다 버리고 있고만.〉 읽고 쓸 줄 모르는 애들이 들어오지 못하게 입학 시험 기준을 정하면 입학생이 절반으로 줄 테고, 우리 중에 절반은 일자리를 잃게 돼. 그리고 또 다른 요구가 있지. 〈올해는 교사 2백 명을 원하는데, 반드시 구해야 합니다.〉 좋다, 합격점을 20퍼센트 낮추고 원하는 양을 줄 테니, 2년 동안은 제발 학교에 교육 수료 일반 시험을 가르치기는커녕, 통과하지도 못하는 선생들로 가득하다고 불평하지 말라고. 훌륭한 입장 아니야?」

딕슨은 비슬리의 의견에 반대하기보다는 동의하는 편이었지만, 그렇다고 말할 정도로 흥미를 느끼지는 않았다. 학계에서 곧 퇴출될 것이 확실해지는 날이었으니까. 장차 무슨 일을 할까? 고등학교 교사? 그것만은 제발. 런던에 가서 사무직을 얻을까? 무슨 일? 누구의 회사에? 그냥 닥쳐라.

두 사람은 말없이 본관으로 들어가 휴게실 문을 열고 각자의 우편함으로 갔다. 딕슨은 아직 그해의 휴게실 사용료를 내지 않았다는 통지서와 튜더 왕조 시절의 섬유 거래에 대한 뭔가 허세 작렬하는 논문이 출간되었다는 것을 알리는, 〈문학사 제이스 딕슨 님〉 앞으로 보낸 엽서를 받았다. 딕슨은 이것들을 광속으로 쓰레기통에 던졌다. 비슬리는 혼잣말을 중얼거리면서 구독 중인 학내 문제 소식지 신간을 훑어보고 있었다. 휴게실에는 두 사람뿐이었다. 바클리를 찾으러 나가기 전, 딕슨은 그런 하루를 시작하기 전에 잠시 쉬어야 할 것 같아 안락의자에 주저앉아서는 하품을 했다.

잠시 후 비슬리가 소식지를 펼쳐 들고 다가왔다. 「짐, 이것 좀 봐봐. 신규 위촉. L. S. 케이턴 박사. 아르헨티나 토코만 대학교, 무역사 학과장. 네가 논문을 보낸 그 사람 아니야?」

「뭐? 이리 줘봐.」

「이 작자가 바나나 보트를 타고 달아나기 전에 좀 서둘러 연락해야 되겠는데. 거기 가서 편집을 할 게 아니라면, 새로 검토한 내용을 이삿짐에다 넣어 버릴 것 같아.」

「아, 정말 큰일이네.」

「나라면 전화를 걸겠어.」

「그래, 맞아. 그럴게. 어, 알려 줘서 고맙다, 앨프리드. 바클리도 거기서 일자리를 잡기 전에 찾아내야 되겠어.」

확실한 것은 아니지만 강력한 의혹에 사로잡힌 딕슨은 서둘러 음대로 달려갔는데, 놀랍게도 거기에서 바클리를 만나 협조를 받을 수 있었으며 바클리는 딕슨이 원하는 종류의 책을 갖고 있었다. 딕슨은 마음이 심란함을 조금 덜고 그 책을 들고는 도서관으로 가서 불길하리만치 민첩하게 중세의 의상과 가구에 대한 책을 손에 넣었다. 나오는 길, 회전문에서 딕슨은 밖으로 나오려다 문을 반대로 돌리려는 사람의 방해를 받았는데, 그 사람 쪽이 (서너 개의 깔끔하게 적은 커다란 안내문에 따르면) 분명히 잘못된 방향이었다. 그리고 그 사람은 다름 아닌 웰치였다. 웰치는 수상쩍다는 듯 찡그린 표정으로 한 걸음 물러나서 문을 밀고 나오는 딕슨을 보았다.

「안녕하세요, 교수님.」

웰치는 그를 거의 단번에 알아보았다. 「딕슨.」

「네, 교수님?」 딕슨은 웰치가 다른 가족 구성원들과 마찬가지로 〈피를 보려고 혈안이 되어〉 있다는 마거릿의 보고를 그때까지 잊고 있었다. 웰치는 자기한테 품은 악감을 과연 어떻게 드러낼 것인가?

「도서관에 대해 궁금한 게 있어서 말이네.」 웰치는 발뒤꿈치를 바닥에 붙이고 앞뒤로 흔들거리며 말했다. 오늘 아침에는 평소보다 더 눈빛이 사납고 머리는 부스스해 보였다. 넥타이에는 조그만 금색 표식이 달려 있었는데, 어딘가의 문장 같기도 했지만 좀 더 자세히 살펴보니 말라붙은 달걀노른자였다. 동일한 자국이 상당량 그의 입가에서 발견되었는데, 마침 그 입은 헤벌어져 있었다.

「아, 네?」 딕슨은 도서관이라는 사고 범위 내에서 웰치가 궁금해하는 내역을 파악할 수 있기를 바라며 물었다. 「자네 거기 갈 수 있을 거 같나?」

딕슨은 확실히 불안해지기 시작했다. 오랫동안 기미가 보였던 대로, 웰치의 정신 착란이 마침내 확실시되는 것일까? 아니면 딕슨 자신이 학계와 관련된 어떤 일도 맡기 싫어하는 것을 신랄하게 비꼬는 것일까? 딕슨은 너무나 심란해진 나머지 어깨 너머로 흘깃 자신들이 도서관 입구 바로 앞에 서 있다는 사실을 확인하기까지 했다. 〈그럴 것 같은데요〉라고 대답하는 것이 가장 안전했다.

「지금 일에 지나친 부담을 느끼는 건 아니고?」

「지금요?」 딕슨이 푸념하듯 말했다. 「그렇지는…….」

「수요일 강의를 생각하고 있었네. 지금쯤이면 준비가 다 됐겠지?」

딕슨은 웰치가 제목을 볼까 봐 옆구리에 끼고 있던 책 두 권을 살짝 감췄다. 「아, 네.」 당황해서 대답했다. 「교수님, 네.」

「자네도 알다시피 나는 도서관에 갈 시간이 없었네.」 웰치는 완전한 이해를 가로막고 있는 마지막 사소한 장애물을 제거한다는 듯 말했다. 「여길 가야 하는데.」 그러면서 도서관을 가리키며 덧붙였다.

딕슨은 천천히 고개를 끄덕였다. 「아, 여기 가셔야 하는군요.」

「그렇지. 시험 답안에서 한두 가지 문제가 나와서. 내일 외부 시험관과의 회의 전에 확인해 보고 싶은데. 회의에 올 수 있겠지? 내 방에서 5시네.」

내일은 크리스틴과 4시에 만날 예정이었다. 택시를 탄다 해도 크리스틴과는 45분밖에 만날 시간이 없었다. 딕슨은 웰치를 회전문에 가둔 다음 점심시간까지 빙빙 돌려 버리고 싶었지만 이렇게 대답했다. 「그때 뵙겠습니다.」

「좋네. 흠, 내가 도서관에서 이런저런 것들을 찾아보느라 낭비할 시간이 없다는 건 알고 있겠지.」

「네, 그럼요.」

「자, 그럼 이걸 좀 해주면 좋겠네, 딕슨. 도서관에서 찾아보고 싶은 것들이네. 다 여기 적혀 있지.」 웰치는 주머니에서 종이 한 묶음을 꺼내더니 펼쳤다. 「모두 자명한 것들일세. 거의 모든 항목에 참고 문헌이 적혀 있을 거네……. 그렇지. 참, 여기 몇 개는…… 확실하지 않은 추측인데. 별 가치는 없을 것 같지만, 주제 목록을 한번 찾아보길 바라네. 아무것도 없으면, 그냥 자네의…… 자네 걸로 이용해야 할 거야. 여기 소제목을 보면 도움이 될 걸세. 가령, 이걸 보게. 관련되는 사항이 있는지만 보면 되네. 날짜를 보면 없을 것 같네만. 하지만, 만약을 어떻게 알겠나?」 그러더니 확인을 구하며 딕슨의 얼굴을 살폈다.

「네, 알 수 없지요.」

「그럼, 알 수 없는 일이지. 한 가지 사실을 찾을 수가 없어 내가 하던 작업을 몇 주나 미뤘던 일이 기억나는군. 1663년 가을이었나……. 아니, 여름이었지…….」

딕슨은 몇 가지 기본 사실을 확실히 알 수 있었다. 그는 이 지역의 농민 미술과 농민 공예 역사에 대해 웰치가 모르는 부분을 채워 넣어 달라는 부탁을 받은 것이며, 웰치가 쓸데없이 깔끔하고 분명하게 필기를 했거나 우스꽝스러울 정도로 부정확하게 타이핑한 그 노트가 딕슨으로 하여금 별 무리 없이 그 일을 할 수 있게 도와주리라는 사실이었다. 시간과 인간으로서의 존엄성은 좀 잃게 되겠지만. 그래도 감히 거절할 수는 없었다. 웰치는 이런 일이 메리 잉글랜드 강의보다 오히려 더 중요한 능력의 시험이라고 생각할 테니까. 그건 분명했다. 하지만 도서관은 대체 무슨 상관이란 말인가? 웰치의 침묵으로 보아 부연 설명은 더 이상 없을 거라는 확신이 들었을 때, 딕슨이 물었다. 「교수님, 여기 모든 정보가 있을까요? 그러니까, 이것들 중에서 몇 개는 꽤 희귀한 자료인데요. 공문서 보관소에…….」

웰치의 얼굴에 서서히 노한 기색이 드러났다. 그러더니 잔뜩 심통이 붙은 목소리를 한층 높여 말했다. 「당연히 여기에 모든 정보가 있는 건 아니네, 딕슨. 대체 그런 생각을 누가 하는지 상상도 못 하겠군. 그래서 도서관에서 찾아보라고 부탁하는 거 아닌가. 내가 원하는 자료 중에서 90퍼센트는 찾을 수 있을 것으로 아네. 내가 직접 가고 싶지만, 설명하는 동안 여기 발이 묶여 있었잖은가. 그리고 폴테스큐 교수가…… 돌아…… 돌아온 뒤, 내일 저녁에 연설을 할 테니 오늘 밤까지는 모두 찾아와야 할 걸세. 알겠나?」

딕슨은 그제야 알 수 있었다. 웰치는 내내 시내 공공 도서관 이야기를 하고 있었으며, 그로서는 너무나 당연한 일이었으므로 그곳에서 〈도서관〉이라고 알려진 완전히 다른 건물 바로 앞에서 〈도서관〉을 이야기함으로써 불러일으킬 혼동에 대해서는 생각도 하지 않았던 것이다. 「아, 물론입니다, 교수님. 죄송합니다.」 교수가 요구할 때마다 즉시에 사과하도록 잘 배운 딕슨이 대답했다.

「알겠네, 딕슨. 흠, 이제 더 붙잡지 않겠네. 5시까지 마치려면 당장 일을 시작하고 싶겠지. 나중에 내 방으로 와서 결과를 보여 주게. 도와준다니 참 고맙군. 감사히 생각하네.」

딕슨은 바클리의 책 사이에 노트를 끼워 넣은 뒤 돌아섰지만, 이내 깜짝 놀라 뒤를 돌아보았다. 등 뒤에서 요란한 천둥소리가 들려온 것이다. 웰치는 회전문을 반대로 돌리다가 수비수에게 깔린 럭비 공격수처럼 문에 끼어 버렸다. 딕슨은 서서 지켜보며 개코원숭이 표정을 유지하고 있었다. 잠시 후, 웰치는 어찌어찌 실수를 깨닫더니 꼼짝 안하는 문을 반대로 당기기 시작해 줄다리기에서 지고 있는 팀 주장 꼴이 되어 버렸다. 갑자기 덜컹하더니 문이 움직였고, 웰치는 균형을 잃고 뒤로 밀려나 뒤통수를 벽에 부딪쳤다. 딕슨은 걸어가면서 찬송가에 가까운 박자로, 엄숙하게 웰치의 주제가를 휘파람으로 불기 시작했다. 이런 소소한 즐거움이 이 짓을 계속하는 보람이라고 생각하면서.

18

「음, 이거 참 훌륭하군, 딕슨.」 일곱 시간 뒤, 웰치의 반응이었다. 「대부분…… 대부분의…… 빈칸을 모두 채웠군. 진심으로 감탄스럽네.」 그러면서 흡족한 표정으로 노트를 잠시 살피더니 불쑥 덧붙였다. 「지금 뭘 하고 있나?」 의심이 느껴지는 어조였다.

실제로 딕슨은 양손을 뒤로 감추었다가 손짓을 하며 말했다. 「전 그냥…….」 말을 더듬었다.

「오늘 저녁에 자네한테 일이 있는지 궁금해하던 참이었네. 함께 식사를 하면 어떨까 해서.」

웰치의 일을 종일 하고 난 뒤라 딕슨은 강의와 관련해 그날 저녁에 할 일이 많았지만, 이런 제안을 거절할 입장은 아니었으므로 거침없이 말했다. 「아, 감사합니다, 교수님. 정말 친절하시네요.」

웰치는 기분 좋은 듯 고개를 끄덕였고, 서류를 모아 〈가방〉에 넣었다. 「내일 밤 연설은 잘될 것 같군.」 그는 딕슨에게 섹스광 같은 미소를 지어 보이며 말했다.

「그럴 겁니다. 어디서 연설하시는 건가요?」

「골동품 협회와 역사학회네. 포스터를 못 봤다니 놀랍군.」 그는 〈가방〉을 들더니 새끼 사슴 낚시 모자를 머리에 얹었다. 「그럼 가세. 내 차로 가면 되네.」

「감사합니다.」

「경이로울 정도로 열의가 넘치는 사람들이라고 할 수 있지.」 웰치는 계단을 내려가며 열띤 목소리로 말했다. 「연설하기 참 좋은 청중이야. 집중도 잘하고…… 예리하고, 끝나면 질문도 많이 던지지. 물론 시내 사람들이 대체로 오지만, 좀 나은 학생들도 늘 오거든. 가령 미치라든가. 좋은 청년이지. 자네 주제에 그 친구가 관심을 갖게 해본 적 있나?」

미치가 불길할 정도로 눈에 띄지 않는다는 사실을 기억하면서 딕슨은 〈네, 꽤 관심이 있는 것 같습니다〉라고 대답한 뒤, 그렇게 좋은 청년의 〈관심〉을 끌 능력이 있다는 이 말에 웰치가 마땅히 주의를 기울여 주었으면 하고 바랐다.

웰치는 계속해서 말을 이어 나갔다. 「아주 훌륭한 청년이지, 아주 예리하고. 골동품 협회에는 항상 참석하거든. 사실, 그 친구랑 한두 번 이야기를 나눠 봤네. 알고 보니 공통점이 많더군.」

딕슨은 웰치와 미치가 자신의 능력에 대한 시각 이외에는 별 공통점이 없으리라 생각했지만, 웰치가 직업 윤리상 그 말을 하지는 못하리라 판단하고 호기심 어린 목소리로 질문했다. 「어떤 면에서 말씀입니까?」

「흠, 우리 둘 다 이른바 영국의 전통에 이렇게 관심을 갖고 있지. 그 청년의 관심은 더 철학적이고, 나는 문화적이라고 정리할 수 있겠지만, 공통점이 많아. 참, 며칠 전에 내 관심사가 최근 몇 년 사이에 영국의 전통 쪽으로 변한 것이 놀랍다고 생각했다네. 반면에 집사람은…… 집사람의 관심은 항상 서유럽이 우선이고 그다음이 영국 여성이라고 요약할 수 있겠군. 그러니까, 집사람의 경우에는, 집사람식의, 유럽식 시각이랄까, 프랑스식 시각으로는 말이네, 영국 사회나 문화적 배경에서 내게 그렇게 중요한 것들, 어떻게 보면 과거를 바라보는 편향된 시각이 작용하긴 하겠지만, 대중적인 공예라든가, 전통적인 취미 생활 같은 것이, 집사람에게는 그것이 뭐랄까, 그러니까 — 물론 아주 흥미로운 측면이기는 하네만은, 그저 측면에 불과하지.」 그러고는 이 지점에서 정확한 용어를 고르려는 듯 머뭇거렸다. 「서구 문화의 발전에 대한 일종의 측면이라고 할 수도 있겠네. 사실, 복지 국가에 대한 집사람의 태도를 보면 아주 명확하게 알 수 있네만, 좀 더 넓은 시각에서 그 문제를 볼 수 있다면 큰 이익이겠지. 집사람은 말이네, 사람들이 모든 일을 남에게 시킬 수 있다면…….」

이미 오래전에 웰치 부인에 대해서는 나름대로 정리가 끝난 딕슨은 웰치가 부인의 정치적 시각에 대해, 〈소위 교육의 자유〉에 대한 태도에 대해, 보복성 처벌을 옹호하는 입장에 대해, 파리지앵의 생각과 감정에 관하여 영국 여성이 집필한 내용을 읽기 좋아하는 취향에 대해 논하는 동안, 잠자코 듣기만 했다. 차까지 가서 출발하는 사이, 그 자신의 생각과 감정은 마거릿을 중심으로 움직였다. 그는 어떻게 마거릿을 만나야 할지 알 수 없었다. 공공 도서관에서 하루 대부분을 보내는 동안 머릿속을 떠나지 않던 이 생각은 그녀를 곧 만나야 할 시점이 되자 더욱 시급한 문제가 되었다. 딕슨은 버트런드와 웰치 부인도 만나야 했지만, 그들과의 만남은 비교적 덜 오싹했다. 크리스틴도 함께할 것이다. 그녀 역시 만나고 싶지는 않았는데, 그녀와 사적으로 관련된 문제 탓이 아니라, 마거릿에 대한 염려에 크리스틴도 한몫을 담당하기 때문이었다. 딕슨은 마거릿만 그런 것이 아니라는 사실을 알리기 위해 뭔가 행동을 취해야 했다. 그녀와 예전의 상태로 돌아갈 생각도 없고, 그래서도 안 되었지만, 어떻게든 자신이 계속해서 한편이 될 것이라고 다짐해 줘야 했다. 그렇게 하려면 어떻게 해야 할까?

딕슨은 딴생각을 해보려고 웰치가 교차로에서 서행하는 사이 왼쪽 차창 밖을 내다보았다. 보도에는 덩치가 크고 뚱뚱한 남자가 서 있었는데, 딕슨의 이발사였다. 딕슨은 인상적인 외모, 쩡쩡 울리는 저음, 그리고 왕가에 대한 어마어마한 정보 때문에 그를 매우 존경했다. 그 순간 좀 예쁘장한 여자 둘이 몇 야드 떨어진 우체통 앞에서 걸음을 멈췄다. 이발사는 두 손으로 뒷짐을 지고 돌아서서 그 여자들을 쳐다보았다. 그 얼굴에서는 은밀한 욕망이 분명하게 느껴졌다. 그러더니 그는 마치 정중한 판매원처럼 그 여자들 쪽으로 천천히 다가갔다. 웰치는 다시 속도를 냈고, 상당히 놀란 딕슨은 서둘러 길 반대편으로 시선을 돌렸다. 그곳에서는 크리켓 경기가 벌어지고 있었고 투수가 막 공을 던진 참이었다. 역시 뚱뚱하고 덩치가 큰 타자는 공을 향해 배트를 휘둘렀지만 놓쳤고, 배를 공에 세게 맞았다. 그가 배를 감싸 안고 구르면서 위킷 키퍼가 앞으로 달려 나오는 것까지 보았을 때 높다랗게 자란 울타리에 시야가 가렸다.

이 한 쌍의 삽화가 천벌이 얼마나 빨리 내리는지 보여 주는 것인지, 혹은 천벌이 얼마나 엉뚱한 사람에게 내리는지 보여 주는 것인지 헷갈리는 상태이긴 했어도 딕슨은 어쩐지 압도당한 느낌을 받았고, 그래서 웰치가 하는 말에 귀를 기울였다. 웰치는 〈매우 인상적이군〉이라고 말하고 있었고, 딕슨은 한순간 대시 보드함에 보이는 스패너를 집어 들어 교수 뒷덜미를 내려치고 싶었다. 웰치가 〈인상적〉이라고 생각하는 일이 어떤 것인지 딕슨은 알고 있었다.

그 뒤로는 별일이 없었다. 웰치의 운전은 약간 나아진 것 같았다. 어쨌든, 딕슨을 죽도록 위협하는 사인(死因)은 지루함뿐이었다. 몇 분 지나자 그 위험마저 줄어들었는데, 웰치가 미쉘의 최근 몇 가지 동향을 알려 주었기 때문이다. 미쉘은 딕슨의 삶에 늘 가까이 있지만, 아마도 실제로 등장하지는 못할 운명의 인물이었다. 그녀의 어머니만큼이나 항상 프랑스적인 이 미쉘은 런던의 작은 아파트에서 혼자 살고 있었는데 지난 며칠 동안 직접 만든 지저분한 외국 음식을 마구 먹다가 병에 걸렸다고 했다. 그 음식이란, 스파게티와 올리브오일로 요리한 것들임을 딕슨은 알게 되었다. 응고 밀가루 반죽과 싸구려 버터 대용품을 점성 높은 〈진짜〉 블랙커피로 삼키는 것을 좋아하는 사람에게 그건 아주 적절한 처벌 같았다. 어쨌든 미쉘이 부모의 영국식 식사를 하며 회복하려고 하루 이틀 후면 찾아올 예정이었다. 이 마지막 일격을 받고 딕슨은 고개를 돌려 창밖을 내다보며 웃었다. 그런 쓸모없는 인간조차 런던에 아파트를 갖고 있다는 생각에도 이번에는 소소한 분노밖에 느껴지지 않았다. 어째서 그에게는 자식에게 런던에 자리를 잡도록 해줄 만큼 생각은 짧고 돈은 많은 부모가 없는 것일까? 그런 생각만으로도 고문을 당하는 기분이었다. 그에게 그런 기회가 있었다면, 지금쯤 상황이 매우 달라졌을 것 같았다. 처음에 딕슨은 그 상황이란 게 어떤 것인지 잠시 생각해 내지 못했다. 그러다 곧 그것이 정확히 어떤 것인지, 그리고 그때의 현실과 정확히 어떻게 다를지 머릿속에 떠올랐다.

웰치는 계속해서 떠들어 댔다. 그의 얼굴은 자기 말을 열심히 경청하는 표정이었고, 자기 농담에 웃고, 호기심이나 진지함을 드러내고, 가장 중요한 핵심이 나올 때는 입을 꼭 다물고 눈을 가늘게 떠 반응했다. 그는 집 옆 모래밭으로 차를 몰고 가서는 망가진 수도꼭지에 차를 긁고 차고 입구로 들어간 뒤 무섭게 덜컹하더니 안쪽 벽에서 2인치 떨어진 지점에 차를 세울 때까지도 계속 이야기를 하다가 차에서 내렸다.

차에서 내릴 방도를 찾던 딕슨은 차 문과 옆쪽 벽 사이의 6인치밖에 안 되는 공간을 포기하고, 짜증을 느끼면서 다리를 겨우 움직여 기어와 브레이크를 넘어 운전석 문으로 내렸다. 이러는 사이 바지 엉덩이 부분이 뜯기는 것이 느껴졌다. 차고의 어질어질한 열기 속에 내렸을 때 엉덩이를 만져 보고서야 천이 찢어진 부분으로 손가락 두 개가 충분히 들어가고도 남는다는 사실을 알게 되었다. 운전석을 흘깃 보니 좌석에서 방금 튀어나온 스프링 끝이 보였다. 웰치를 따라 천천히 걷기 시작하면서, 딕슨은 심장이 뛰기 시작했고 안경에는 김이 서렸다. 그는 심하게 찡그린 표정을 지으면서 턱을 최대한 길게 늘이고 콧잔등에 주름을 잡았다. 이 표정이 완성되어 갈 무렵, 안경을 벗어 닦았다. 그의 시력은 안경의 도움 없이도 몇 야드 앞 기다란 창문에 자신의 행동을 지켜보는 사람이 넷 있다는 사실을 알아볼 수 있을 만큼 좋았다. (왼쪽으로부터 오른쪽으로)크리스틴, 버트런드, 웰치 부인, 마거릿이었다. 그는 뭔가 의문이 생긴 얼간이로 보일 수 있으리라는 희망에, 재빨리 콧잔등의 주름을 원래대로 복귀시키고 생각에 잠긴 척 길게 늘인 턱을 쓰다듬기 시작했다. 그러고는 네 사람 모두에게 적용될 만한 몸짓이나 인사말을 생각해 내지 못한 채, 집 모퉁이를 돌아 앞서가는 웰치의 뒤를 따랐다.

바지는 어떻게 한다? 어느 쪽이 더 나쁠까. 필요한 재료를 찾아서, 아니 그보다는 새로 사들여서 직접 수선하는 것, 또는 누군가에게 수선 가게가 어디 있는지 잊지 않고 물어봐서, 바지를 거기로 잊지 않고 가져가, 그것을 잊지 않고 찾으러 가서 돈을 지불하는 것, 아니면 미스 커틀러에게 수선을 부탁하는 것? 마지막 방법이 가장 빠를까? 그렇다. 하지만 그러려면 수선 작업을 지켜보면서 그사이, 그리고 작업이 끝난 후로도 막대한 시간 동안 미스 커틀러와 대화를 나누는 벌칙이 따라올 수도 있다. 면접 자리나 장례식장 이외의 장소에서 입기에는 너무 어두운 정장에 딸린 바지를 제외하면, 이 바지 이외의 바지에는 음식물과 맥주 얼룩이 너무 많이 묻어서 누추하고 가난한 인물을 연기하느라 입고서 무대에 나간다 해도 지나치게 과장된 의상이라고 간주될 것이다. 웰치가 수선을 해줘야 했다. 그의 끔찍한 차 때문에 벌어진 일 아닌가? 어째서 그는 철사가 튀어나온 자리에 앉고도 그 역겨운 바지가 찢기지 않았단 말인가? 어쩌면 곧 찢어질 수도 있다. 아니, 어쩌면 이미 찢어졌는데 모르는 것일 수도 있다.

현관문 위, 이엉을 얹은 지붕 밑을 지나가면서 딕슨은 웰치가 얼마 전에 샀다던, 복도에 걸어 놓은 그림으로 시선을 돌렸다. 어느 유치원 멍청이가 그린 그 그림은 남자 화장실에서 발견되는 낙서의 기법을 썼지만, 노아의 방주에서 내리는 뚱뚱한 동물들을 모아 놓은 소재는 더욱 매력이 없었다.

반대편에는 높다란 선반에 구리와 도자기 그릇들이 진열되어 있었다. 그중에는 딕슨이 선물한 토비 머그[30]도 있었는데, 딕슨은 씩 웃으며 그 잔을 노려보았다. 검정색 모자와 멍하니 놀란 얼굴, 가느다란 팔다리가 몸통에 붙어 있는 그 토비 머그가 웰치의 리코더를 포함해서 이 집에 있는 모든 무생물보다 더 격렬하게 싫었다. 그 표정을 보면 머그는 딕슨의 생각을 아는 모양이었지만, 그렇다고 누구한테 말할 수도 없었다. 딕슨은 관자놀이 양쪽에 엄지를 대고 마구 돌리면서 눈을 뒤집고 야유와 욕설을 던졌다. 세 번째로 웰치의 재산이 등장했는데, 어린 적갈색 고양이, 이드였다. 이드는 같이 태어난 세 마리 중에서 유일하게 살아남았다. 나머지 두 마리는 웰치 부인이 이고와 슈퍼이고라고 이름 붙였다. 이 사실에 대해 너무 깊이 생각하지 않으려고 노력하면서, 딕슨은 허리를 숙여 이드의 귀 뒤를 긁어 주었다. 딕슨은 이드가 웰치 부부에게 안기지 않는 것이 감탄스러웠다. 「확 긁어 버려.」 딕슨이 속삭였다. 「카페트에 오줌도 싸고.」 이드는 가르릉거리기 시작했다.

딕슨이 안에 모인 사람들과 함께하자마자, 서서히 흘러가던 하루가 갑자기 미친 듯이 내달렸다. 웰치가 달려왔다. 그 어느 때보다도 더 발갛게 달아오른 뺨을 한 크리스틴이 뒤에서 미소를 짓고 있었다. 웰치 부인과 버트런드도 그에게 다가왔다. 마거릿은 등을 돌렸다. 웰치가 힘차게 말했다. 「오, 포크너.」

딕슨이 콧잔등을 움직여 안경을 올려 썼다. 「네, 교수님.」

30 *Taby mug.* 토비 저그*Toby Jwg*라고도 하며 사람의 머리나 몸통을 본떠 빚은 도자기 맥주잔을 말한다.

「적어도 말이지, 딕슨.」 그는 머뭇거리더니 유례없이 유창하게 말을 이었다. 「약간 혼동이 있었나 보네, 딕슨. 오늘 저녁에 골드스미스 부부와 극장에 가기로 약속한 것을 잊었군. 저녁 식사를 일찍 해야 해서 바로 옷을 갈아입고 준비를 한 다음 시내로 갈 시간밖에 없네. 태워다 주길 바란다면 자네가 타고 갈 자리는 있네. 물론 미안하네만, 당장 서둘러야 되겠어. 다음에 함께하세.」

딕슨이 나오기 직전, 웰치 부인이 마치 큐 사인을 받은 여배우처럼 다가왔다. 버트런드가 옆에 있었다. 부인은 얼굴이 좀 빨개져서는 말했다. 「아, 딕슨 씨. 언제 다시 보면 좋을지 싶어서요. 함께 이야기를 하고 싶은 문제가 있거든요. 우선, 최근에 우리 집에 왔을 때 썼던 침대 깔개와 담요에 무슨 일이 있었는지 해명해 줬으면 하는데요.」 딕슨이 목소리가 나올 만큼 입을 적시려고 하는데 부인이 덧붙였다. 「대답을 기다리고 있어요, 딕슨 씨.」 그 순간만큼은 부인 속의 영국 여성이 서유럽 여성을 밀치고 툭 튀어나온 것 같았다.

딕슨은 크리스틴과 마거릿이 나직이 이야기를 나누며 멀찌감치 피하는 것을 보았다. 「무슨 말씀이신지…….」 딕슨이 중얼거렸다. 「전 아무것도…….」 그녀가 전화로 비슬리-〈이브닝 포스트〉 사칭 건을 이야기해 준 것을 어떻게 잊을 수 있단 말인가? 하지만 그사이에 그 일은 한 번도 생각나지 않았다.

「그 사건과의 연관성을 부인했다고 이해하면 되나요? 그렇다면, 다른 범인은 오직 우리 하녀뿐이고, 그렇다면…….」

「아뇨.」 딕슨이 말을 잘랐다. 「부인하는 건 아닙니다. 부탁드립니다. 너무나 죄송합니다. 와서 말씀드렸어야 했는데, 너무 심한 피해를 끼쳐 드린 것이 아닌가 싶었습니다. 어리석게도 부인께서 그걸 발견하지 못하시기를 바랐지만, 물론 알아채실 줄 알았습니다. 그걸 바꾸시느라 쓰신 비용을 제게 청구하시겠습니까? 담요도요. 제가 처리해야 할 일입니다.」
다행히 탁자에 대해서는 모르는 모양이었다.

「물론 그래야죠, 딕슨 씨. 하지만 비용 문제를 논의하기 전에 그 피해가 어떻게 일어났는지 알고 싶어요. 정확히 무슨 일이 있었던 거죠?」

「몹쓸 행동이라는 건 알고 있습니다만, 부디 제게 설명을 청하지 말아 주십시오. 사과를 드렸고, 피해를 보상해 드리겠다고 약속했습니다. 자초지종은 저만 알고 있으면 안 되겠습니까? 심하게 나쁜 일은 아니었다는 점만 말씀드리겠습니다.」

「그렇다면 어째서 설명을 거부하는 거죠?」

「거부하는 건 아닙니다. 그저 부인께 도움이 되는 일도 아닌데, 제가 굳이 망신을 당하지 않게 해주십사 부탁드리는 겁니다.」

버트런드가 다가왔다. 덥수룩한 얼굴을 한쪽으로 갸우뚱하면서 이렇게 몰아붙였다. 「딕슨, 우리는 상관없습니다. 당신이 망신을 당한다고 해서 우리가 다칠 건 없거든요. 당신이 저지른 행동에 대한 작은 보상은 되겠지만.」

그의 어머니가 아들 팔을 잡았다. 「아니 가만있어라, 얘야. 그래 봐야 좋을 것이 없으니. 딕슨 씨는 그런 식의 말을 듣는데 익숙할 거다. 이 일은 그냥 두자. 그렇다고 이 상황의 주된 사실이 바뀌진 않으니까. 다음 문제로 넘어가고 싶구나. 딕슨 씨, 이제 보니 최근에 내게 전화를 해서 나와 우리 아들에게 신문 기자인 척한 것도 바로 당신이었다는 확신이 드는군요. 내가 물었더니 거짓말까지 했죠. 그것도 당신 맞죠? 사실

대로 인정한다면 훨씬 나을 거예요. 남편이 걱정할까 봐 이 일은 전혀 알리지 않았지만, 경고하는데 만족스러운…….」

일단 자백을 하고 나면 계속하지 않을 이유가 없어지는 범죄자처럼 딕슨은 그 사실도 인정하려다가, 그렇게 하면 크리스틴까지 걸려든다는 사실을 이내 기억해 냈다. (버트런드가 크리스틴에게서 알아낸 것이 있다면 어디까지일까?) 「그건 착각이십니다, 웰치 부인. 왜 그렇게 생각하시는지 모르겠네요. 교수님께 물어보시면 제가 이번 학기에 한 번도 이곳을 떠난 적이 없다고 말씀해 주실 겁니다.」

「이곳을 떠난 적이 없다고요? 그게 무슨 상관인지 잘 모르겠군요.」

「아, 제가 이곳과 런던에 동시에 있을 순 없지 않습니까?」

웰치 부인은 버트런드를 막아서며 이상하다는 듯 물었다. 「그게 무슨 상관이죠?」

「제가 이곳에 내내 있었다면 어떻게 런던에서 전화를 걸었겠습니까? 런던에서 온 전화 아니었나요?」

버트런드는 어머니를 쳐다보았다. 그녀는 고개를 젓더니 입술을 거의 움직이지 않고 작게 말했다. 「아뇨, 이곳 전화였어요. 누군지 몰라도 곧바로 이야기했어요. 런던 전화면 항상 교환원이 먼저 나와요.」

「그러게 아니라고 했잖아요.」 버트런드가 짜증을 내며 말했다. 「데이비드 웨스트가 배후에 있다고 했죠. 젠장, 크리스틴은 그 자식이 자길 앳킨스라고 하면서 전화한 게 틀림없댔어요. 그 자식 친구가 전화를 한 거지…….」 그가 딕슨을 보더니 말을 멈췄다.

딕슨은 자신의 방어가 성공한 것을 기뻐하고 있었다. 그러고는 이 상황에서는 오해한 척하는 편이 낫다는 사실을 기억했다. 또한 버트런드가 크리스틴에게서 아무것도 알아내지 못한 것도 분명해졌다. 「그렇다면 해결된 겁니까?」 딕슨이 정중하게 물었다.

웰치 부인은 다시 빨개지기 시작했다. 「얘야, 아버지가 뭘 하고 계신지 보고 와야 되겠구나. 내가 한두 가지 부탁할 게…….」 말끝을 흐리며 나갔다.

버트런드는 한 발자국 다가왔다. 「그 일은 모두 잊어버리죠.」 너그러운 말투였다. 「음, 한동안은 좀 잘 지내고 싶었거든요. 사실, 그 무도회 사건 이후로 말이에요. 이것 보세요. 한 가지 물어볼 게 있는데, 솔직한 대답을 얻고 싶다는 걸 알아줬으면 합니다. 무도회에서 크리스틴을 꾀어냈던 그날 저녁, 정확히 무슨 꿍꿍이였던 겁니까? 솔직하게 대답해 주시죠.」

이 모든 대화가 크리스틴에게 또렷하게 들릴 것이 틀림없었다. 크리스틴이 마거릿과 함께 방으로 들어왔으므로. 둘은 딕슨의 눈을 피하며 밖으로 나가 딕슨과 버트런드 둘만 남겨두었다. 문이 닫히자 딕슨이 입을 뗐다. 「무의미한 질문에는 솔직한 대답이든 거짓 대답이든 내놓을 수가 없군요. 꿍꿍이라니, 무슨 말입니까? 아무런 꿍꿍이도 없었습니다.」

「내가 무슨 말 하는지 잘 알 텐데요. 무슨 속셈이었어요?」

「그건 크리스틴한테 묻는 게 나을 텐데요.」

「괜찮다면 크리스틴은 이 일에서 뺍시다.」

「괜찮지 않을 건 또 뭐겠어요?」 웰치 부인의 청구서 때문에 은행 계좌가 얼마나 타격을 입을지 생각하면서도, 딕슨은 갑자기 기운이 솟기 시작했다. 적어도 전초전, 그와 버트런드 사이의 냉전은 끝난 셈이었다. 이건 포화가 끝나고 풍겨

오는 연기에 불과했다.

「웃기지 마시지, 딕슨. 무슨 일인지 말 안 할 거요? 좀 더 힘을 써야 되겠나?」

버트런드는 주먹을 쥐더니, 딕슨이 안경을 벗고 어깨를 펴자 주먹을 다시 펼쳤다. 딕슨은 안경을 다시 썼다. 「알고 싶어서……」 버트런드는 이렇게 말하다가 머뭇거렸다.

「내 꿍꿍이가 뭐냐고요? 그 얘긴 했잖아요.」

「닥치시지. 크리스틴이랑 뭘 하려 했던 건지 묻는 거잖아.」

「내가 한 그 일을 할 생각이었어요. 거기서 크리스틴이랑 나와서 택시로 여기 데려온 다음, 같은 택시로 내 숙소로 돌아가는 거. 그게 내가 한 일이고요.」

「흠, 그런 소린 들어 줄 수 없는데?」

「들어 줄 수 없다고 하긴 너무 늦었죠. 이미 들었으니까요.」

「그럼 이제 이 말만 똑똑히 들어요, 딕슨. 당신이 빈정거리는 소리는 이제 됐으니까. 크리스틴은 내 여자고, 앞으로도 그럴 겁니다. 알겠어요?」

「당신 생각을 이해하냐는 말이라면, 네, 그래요.」

「잘됐군. 자, 다시 이런 장난질을, 아니 뭐든 망할 장난질을 치다 또 걸리면 당신 모가지를 부러뜨리고 학교에서도 잘라 버릴 겁니다. 알겠어요?」

「네, 잘 알겠지만 당신한테 내 목을 부러뜨리게 할 거라거나, 교수의 아들 여자 친구를 택시로 바래다준다고 학교에서 쫓겨날 수 있다고 생각한다면, 제가 더 심한 착각을 하고 있는 셈입니다.」

버트런드의 대답을 들어 보니 아버지로부터 딕슨이 현재 대학 당국의 눈에 어떻게 보이는지 듣지 못한 모양이었다.

대답은 〈나를 무시하고 멋대로 굴지 마세요, 딕슨. 그러고 살아남는 사람은 없으니까〉였다.

「그런 사람들도 생겨나고 있습니다, 웰치. 나를 더 만나느냐 마느냐는 크리스틴이 정하는 일이라는 걸 알아야죠. 누군가에게 협박을 해야 할 것 같으면 크리스틴한테 하세요.」

버트런드는 갑자기 가성에 가까운 목소리로 고함을 쳤다.
「이제 진저리가 난다, 이 망할 놈아. 더 이상은 못 참겠다, 알겠냐? 너처럼 형편없는 속물이 내 일을 이러쿵저러쿵한다고 생각만 해도……. 다치기 전에 나가서 사라져. 내 여자한테 집적거리지 말고. 네 시간을 낭비하는 거고, 그 여자 시간을 낭비하는 거고, 내 시간을 낭비하는 거야. 대체 이딴 헛소리는 왜 하는 거지? 덩치로 보나 나이로 보나 못생긴 얼굴로 보나 그 정도 상황 판단은 해야지.」

크리스틴과 마거릿이 불쑥 들어오는 바람에 딕슨은 대답을 하지 않아도 되었다. 싸움은 중단되었다. 딕슨에게 알아들을 수 없는 메시지를 전하려는 듯 보이는 크리스틴은 여전히 큰 소리로 화를 내는 버트런드의 팔을 잡고서 끌고 나갔다. 마거릿은 말없이 딕슨에게 담배를 권했고, 딕슨은 받아들었다. 둘은 소파에 나란히 앉을 때도, 그 후에도 아무 말도 오가지 않았다. 딕슨은 부들부들 떨고 있었다. 마거릿을 바라보자, 그의 마음은 견딜 수 없이 무거워졌다.

전날 아침부터 스스로에게서 감추려던 사실, 버트런드와의 싸움으로 잠시 믿지 않아도 되었던 사실을 이제야 알 수 있었다. 결국, 딕슨과 크리스틴은 다음 날 오후에 결코 함께 차를 마실 수 없다는 사실을. 미스 커틀러 이외의 어떤 여성과 차를 함께한다면, 그건 크리스틴이 아니라 마거릿일 것이다. 딕슨은 비슬리가 빌려주었던 현대 소설에 나오는 인물을 기억했다. 그는 마치 질병처럼, 혹은 다른 전문 용어를 썼는지는 모르겠지만, 아무튼 그렇게 동정심이 몸속을 돌아다니는 것을 늘 느끼는 인물이었다.

「그 무도회 때문에 그러는 거지?」 마거릿이 물었다.

「응. 그게 전부 마음에 안 들었나 봐.」

「놀랄 일은 아니지. 뭐라고 소리를 치던?」

「나더러 얼씬하지 말라고 설득하려고 하던데.」

「크리스틴한테?」

「그렇지.」

「그럴 생각이야?」

「응?」

「얼씬하지 않을 거야?」

「응.」

「왜, 제임스?」

「너 때문에.」

딕슨은 이 지점에서 뭔가 강렬한 감정 표현을 기대하고 있었지만, 마거릿은 〈그건 좀 어리석은데〉라고 말할 뿐이었다. 가식적으로 중립적인 것이 아니라, 단순히 중립적인 어조로.

「왜 그렇게 말하는 거야?」

「어제 다 결정되었다고 생각했거든. 모조리 다시 시작해 봐야 무슨 소용인지 모르겠어.」

「어쩔 수 없어. 언젠가는 다시 시작해야지. 지금 그렇게 해도 좋고.」

「웃기는 소리 하지 마. 나하고 있을 때보다 크리스틴이랑 있을 때 훨씬 더 즐거웠잖아.」

「그럴지도 모르지. 하지만 난 너한테 붙어야 해.」 딕슨은 씁쓸함을 느끼지도, 담지도 않고 이렇게 말했다.

잠시 침묵이 흐르더니 마거릿이 대답했다. 「그런 포기 선언에 동의하지 않아. 넌 양심 때문에 크리스틴을 내던지고 있어. 바보나 하는 짓이라고.」

이번에는 둘 중 한 사람이 입을 열기 전에 1분 이상이 흘렀다. 딕슨은 마거릿과의 관계 전체에서 늘 그렇듯, 이 대화에서 자신의 역할이 누군가 자신 이외의 사람이지만 딱히 그녀도 아닌 사람에 의해 조종당하는 것 같았다. 그는 그 어느 때보다도 자신의 말과 행동이 어떤 의지나 지루함 때문이 아니라 일종의 상황 파악에서 나온 것처럼 느꼈다. 그리고 만약 그에게 의지가 전혀 없다면, 그 상황 파악은 어디서 연유한 것일까? 불안하게도, 딕슨은 마음속에서 말이 만들어지는 것을 알 수 있었다. 달리 다른 누구도 생각할 수 없으니, 그 자신이 곧 내뱉을 말이었다. 딕슨은 창가로 가서 창문을 통해 보이는 것을 보고서 다른 말을 할 수 있을까 생각하며 일어났지만, 그곳에 닿기 전에 돌아서서 이렇게 말했다. 「그건 양심의 문제가 아니야. 네가 할 일을 아느냐의 문제지.」

마거릿은 또렷하게 말했다. 「넌 내가 무서워서 거짓말을 꾸며 내고 있어.」

딕슨은 마거릿이 돌아온 후 처음으로 그녀를 찬찬히 살폈다. 마거릿은 다리를 소파 위에 올리고, 무릎을 감싸 안은 채 앉아 있었다. 표정은 진지했다. 잘 알고, 관심을 가진 학술적인 문제를 논의하고 있었을지도 모른다. 딕슨은 마거릿이 평소보다 화장을 덜 하고 있는 것을 알아차렸다. 「어제 이후론 그렇지 않아.」 딕슨이 말했다. 무슨 말을 할 것인지, 이번에도 의식하지 않았다.

「무슨 말인지 모르겠는데.」

「됐어. 이렇게 반대하는 거 그만둬. 모든 게 지극히 간단하니까.」

「나는 안 그래, 제임스. 네가 하는 말을 이해할 수가 없다니까.」

「할 수 있어.」 딕슨은 다시 마거릿 곁에 앉았다. 「오늘 밤에 영화 보러 가자. 극장에서 빠져나올 수 있지? 캐럴은 상관하지 않을 거야.」

「어쨌든 안 갈 거였어.」

「그럼 됐네.」

딕슨은 손을 뻗어 마거릿의 손을 잡았다. 마거릿은 움직이지 않았다. 또 침묵이 흘렀고, 그사이 누군가 층계를 쿵쾅거리며 달려 내려오는 소리가 들려왔다. 마거릿은 잠시 딕슨을 쳐다보더니 고개를 돌렸다. 그러고는 약간 갈라진 목소리로 말했다. 「알겠어, 극장으로 갈게.」

「좋아.」 딕슨은 상황이 종료되어서 기뻤다. 「네디를 찾아서 차에 한 자리 부탁할게. 여섯 명은 충분히 탈 수 있어. 올라가서 준비해.」

두 사람이 복도로 나가자 놀라울 정도로 화려하게 재단한 파란 서지 수트를 입은 웰치 교수가 그림을 감상하고 있었다. 마거릿이 〈금방 내려올게〉라고 말하고 계단을 올라갔을 때, 그들의 대화가, 비록 특이한 점이 있긴 했지만, 이전에는 한 번도 볼 수 없었던 솔직한 태도를 서로에게 보여 주었다고 딕슨은 생각했다. 어쨌든 그것만 해도 대단한 일이었다.

그가 다가가자 웰치의 입이 벌어졌는데, 〈물론, 아동 미술의 핵심은〉으로 시작하는 문장을 준비하느라 그랬겠지만, 딕슨이 먼저 괜찮다면 마거릿도 동승했으면 한다고 설명했다. 아주 잠시 의아해하느라 인상을 찡그린 뒤, 웰치는 고개를 끄덕이고는 딕슨과 함께 현관으로 가서 문을 열었다. 두 사람은 계단으로 걸어 나갔다. 가벼운 바람이 불고 있었고, 옅은 구름 사이로 햇빛이 비추었다. 낮의 열기가 사라졌다.

「가서 차를 빼오겠네.」 웰치가 말했다. 「외출해야 한다는 걸 완전히 잊었지 뭔가. 그렇지 않았다면 차고에 넣지도 않았을 텐데. 곧 오겠네.」

웰치가 사라지는 사이, 누군가의 발소리가 계단에서 들려왔다. 딕슨이 돌아보니 검정색 조그만 볼레로를 걸치기는 했지만, 주말에 본 것과 똑같은 차림새의 크리스틴이 걸어오고 있었다. 어쩌면 크리스틴이 가진 평범한 옷은 그것뿐이었나 보다. 이럴 줄 알았으면 크리스틴이 택시 값을 주도록 하지 말았어야 했는데. 「버트런드랑 너무 심하게 다툰 건 아니었으면 좋겠어요.」

「버트런드요? 아…… 아니에요. 괜찮았습니다.」

「좀 진정시켰어요.」

딕슨은 크리스틴을 보았다. 크리스틴은 다리를 벌리고 서 있었고, 아주 강인하고 자신만만해 보였다. 바람에 머리 몇 가닥이 엉뚱한 쪽으로, 가르마를 가로질러 나부꼈다. 크리스틴은 해를 마주 보고는 눈살을 살짝 찡그렸다. 마치 성공하든, 못 하든, 해볼 만한 시도였다는 것을 아는, 뭔가 위험하고 중요하면서도 단순한 일을 하려는 것 같았다. 슬픔, 그리고 동시에 분노가 딕슨에게 내려앉았다. 그는 시선을 돌려 근처 울타리 너머 들판 쪽, 고리버들이 일렬로 늘어서 조그만 시냇물 자리를 알려 주는 곳을 바라보았다. 2백 마리쯤 되는 까마귀 한 무리가 집 쪽으로 날아오더니 그 개울을 바로 지나 경로를 옆으로 꺾었다.

「내일 차 마시기로 한 약속 말인데요.」 딕슨이 크리스틴에게 반쯤 몸을 돌리며 말했다.

「네?」 크리스틴은 좀 불안한 표정으로 물었다. 「왜 그러세요?」 이렇게 말할 때 웰치가 집 옆에서 시동을 걸었다. 크리스틴이 덧붙여 말했다. 「염려 안 해도 돼요. 거기서 만나요.」 딕슨이 미처 대답하기 전, 크리스틴은 어깨 너머 복도를 살피더니 인상을 찡그리고 손가락을 저어 보였다.

버트런드는 계단으로 나오며 두 사람을 번갈아 살폈다. 그는 파란 베레모를 쓰고 있었는데, 그 모자는 딕슨에게 웰치 교수의 낚시 모자와 똑같은 효과를 발휘했다. 그런 모자가 보호용이라면, 대체 무엇을 막아 준다는 것일까? 보호용이 아니라면, 대체 뭐란 말인가? 무슨 까닭으로 쓰는 것일까? 대체 무슨 까닭으로?

그가 묻고 싶은 것을 알아차리기라도 한 듯, 크리스틴은 다시 그를 향해, 그리고 버트런드를 향해 인상을 쓰고는 말했다. 「자, 두 사람이 서로를 어떻게 생각하든 제발 부탁이니 자제 좀 해요, 둘 다. 그리고 웰치 부부 앞에서는 제대로 행동해요. 방금 전까지는 제정신이 아닌 것 같았어요.」

「그저 저 친구한테…….」 버트런드가 입을 열었다.

「자, 이제 그만.」 크리스틴이 딕슨을 쳐다보았다. 「그리고 딕슨 씨도 마찬가지예요. 차에서 싸우기 시작하면, 난 뛰어내릴 거예요.」

모두 좀 떨어져서 서 있는 동안, 딕슨이 느낀 후회는 주로,

크리스틴을 포기한다는 것은 버트런드 전쟁에서 휴전을 의미한다는 사실에 대한 것이었다. 그때 웰치의 자동차가 주인을 운전석에 태우고 모퉁이를 돌아 덜컹거리며 등장했고, 세 사람은 그쪽으로 다가갔다. 마거릿과 함께 웰치 부인이 집에서 나오더니 현관문을 닫고, 딕슨에겐 눈길을 주지 않은 채 다가왔다. 별로 품위 없는 좌석 배치가 이어졌고, 결국 딕슨이 3인용의 앞자리 가운데에 자리를 잡고 왼쪽에는 마거릿이 앉게 되었다. 뒤에는 웰치 부인, 크리스틴, 버트런드가 앉았다. 딕슨은 그 배치가 아름다운 대칭을 이룬다고 생각했다. 웰치는 요란하게 숨소리를 내면서 클러치 페달에서 발을 떼었고, 이제는 익숙해졌을 캥거루 모드로 자동차가 출발했다.

19

딕슨은 미스 커틀러의 응접실 대나무 탁자 한가운데, 검은 천 위에 놓인 전화기를 바라보았다. 마치 술병이 어디 있는지 살피는 알코올 중독자가 된 기분이었다. 그것을 써야만 원하는 안도감을 얻을 수 있지만, 최근의 경험이 증명하듯, 해로운 부작용이 있을 것이다. 이제 여섯 시간 앞으로 다가온 크리스틴과의 데이트를 취소해야만 했다. 그러려면 웰치 부인이 전화를 받는 위험을 감수해야 했다. 다른 상황에서라면 그런 위험을 감수하느니 전화 걸기를 포기했겠지만, 딕슨은 데이트를 취소하지 않고 크리스틴을 만나 자신들의 작은 모험이 끝났음을 직접 알리는 것보다는 부인과의 통화를 무릅쓰기로 했다. 그런 만남이 마지막이 될 거라고 생각만 해도 견딜 수 없었다. 그는 전화기 옆에 앉아 번호를 돌렸고, 몇 초 뒤 웰치 부인의 음성을 들었다. 그 때문에 평정심을 잃지는 않았지만, 딕슨은 일단 말을 시작하기 전에 분노를 삭이기 위해 표정 관리를 했다. 웰치 부인은 대체, 침대 정리는 했는지 모르겠지만, 오전 내내 혹시나 그가 전화를 걸까 봐 전화기에 손이 닿는 자리에 앉아 있었단 말인가?

「연결해 드리겠습니다.」 딕슨은 계획대로 목소리를 바꿔 말했다. 「안녕하세요, 누구신지요?」

웰치 부인이 전화번호를 말했다.

「런던, 말씀하세요. 연결됐습니다.」 그렇게 말하고는 이를 앙다물고, 입술을 최대한 양옆으로 벌린 뒤 상류층이 쓰는 저음으로 말했다. 「안녕하십니까, 안녕하십니까.」 그다음에는 다시 〈연결됐습니다, 런던〉이라고 말한 뒤, 저음으로 〈안녕하십니까, 켈러헌 씨가 함께 계신가요?〉라고 했다. 그는 장거리 전화의 잡음을 흉내 내느라 입으로 쉭쉭거리는 소리도 냈다.

「누구신가요?」

딕슨은 슬프다는 듯 앞뒤로 몸을 흔들면서 수화기를 입에 바짝 대고 〈여보세요, 여보세요, 포테스키아 하이야〉라고 말했다.

「죄송하지만, 잘 들리지가…….」

「포테스키아우…… 파테스키아우…….」

「누구시죠? 꼭…….」

「여보세요……. 혹시 캘러헌 씨인가요?」

「혹시…….」

「파테스키야입니다.」 딕슨은 미친 듯이 소리를 치고는 손으로 입을 막으면서 기침을 참으려고 했다.

「딕슨 씨 맞죠? 대체 무슨 짓을…….」

「여보세요…….」

「부탁이니 이런…… 말도 안 되는 짓은 그만…….」

「3분 다 됐습니다.」 딕슨은 말했다. 「이제 끊어 주세요. 시간 다 됐습니다.」 그런 다음 마지막으로 목청을 높여 〈여보세요〉라고 외치면서 수화기를 최대한 멀리 떼고 입을 다물었다. 낭패였다.

「딕슨 씨, 아직 듣고 있다면,」 몇 마일 거리의 전화선이 더욱 날카롭게 만들어 준 목소리로, 웰치 부인이 잠시 후 말했다. 「내 아들이나 내 일에 또 한 번 더 간섭하려 든다면, 남편에게 당신 문제를, 그리고 다른 문제를 징계라는 관점에서 처리하도록…….」

딕슨은 전화를 끊으며 읊조렸다. 「젠장.」 부들부들 떨면서 담배를 집었다. 지난 며칠 동안 흡연 양을 줄이려는 시도를 모두 포기했었다. 이제는 데이트를 취소할 수 없었다. 전보는 너무 퉁명스럽게 느껴질 것이다. 그리고 웰치 부인은 그것도 가로챌 것이다. 딕슨이 담뱃불을 붙이는데 머리에서 2피트도 안 떨어진 위치에서 전화벨이 울렸다. 그는 깜짝 놀라 기침을 하면서 전화를 받았다. 누굴까? 존스의 오보에 연주자겠지만, 어쩌면 클라리넷 연주자일 수도 있었다. 「여보세요.」

다행히 아주 낯선 목소리가 말했다. 「아, 딕슨 씨라는 분이 거기 사십니까?」

「전데요.」

「오, 딕슨 씨. 연락이 되어서 다행입니다. 대학교에서 번호를 받았습니다. 저는 캐치폴이라고 합니다. 마거릿 필에게서 제 이름을 들어 보셨을 겁니다.」

딕슨은 긴장했다. 「예, 그렇습니다.」 애매하게 답했다. 캐치폴의 목소리일 것 같지 않았다. 조용하고 정중하며 소심하게 느껴지는 목소리였다.

「마거릿 소식을 좀 얻을 수 있을까 해서 전화드렸습니다. 멀리 나가 있다가 얼마 전에 돌아왔는데, 돌아온 이후로 아무 소식도 듣지 못해서요. 요즘 마거릿이 어떻게 지내는지 아십니까?」

「마거릿을 잡아 직접 물어보시죠? 아마 그렇게 했는데 마거릿이 이야기를 안 했던 모양이죠. 음, 그건 저도 이해합니다.」 딕슨은 다시 떨기 시작했다.

「뭔가 오해가 있는 모양인데…….」

「마거릿의 주소는 갖고 있지만, 왜 하필 당신에게 그걸 줘야 하는지 모르겠군요.」

「딕슨 씨, 왜 그런 식으로 말씀하는지 모르겠네요. 제가 궁금한 건 마거릿의 안부뿐입니다. 거기에 무슨 문제가 있을 순 없지 않습니까?」

「마거릿에게 돌아오려고 하는 거라면, 시간 낭비라고 경고하는 겁니다. 알겠어요?」

「그게 무슨 말인지 모르겠군요. 저를 다른 사람과 혼동한 건 아닙니까?」

「캐치폴이라면서요.」

「네. 부탁인데…….」

「그럼 누군지 잘 압니다. 당신에 대해서도 모두 알고 있어요.」

「제 말 좀 들어 주세요, 딕슨 씨.」 들려오는 목소리가 살짝 떨렸다. 「마거릿이 무사한지만 알고 싶습니다. 그것도 말해 주시지 않을 겁니까?」

간절한 목소리에 딕슨의 마음이 가라앉았다. 「좋아요, 그러죠. 마거릿은 신체적으로는 건강합니다. 정신적으로는, 예상대로예요.」

「감사합니다. 알게 되어서 기쁩니다. 한 가지만 더 여쭤 봐도 될까요?」

「뭔데요?」

「좀 전에 마거릿 안부를 물었을 때, 왜 그렇게 화를 냈는지.」

「그거야 자명하지 않습니까?」

「저한텐 그렇지 않습니다. 지금 우리가 동문서답을 하고 있는 것 같아요. 당신이 제게 안 좋은 감정을 가질 이유를 모르겠습니다. 그러니까, 그럴 이유가 전혀 없는데 말입니다.」 그 말이 매우 진실하게 들렸다. 「흠, 저는 알겠는데요.」 딕슨이 어리둥절한 목소리를 감추지 못하고 말했다.

「뭔가 오해가 있는 건 알겠습니다. 언젠가 가능하면 만나서 오해를 풀고 싶군요. 전화로는 할 수 없어요. 어떻습니까?」

딕슨은 망설였다. 「좋아요. 어떻게 할까요?」

두 사람은 이튿날, 목요일에 대학로 끝자락의 펍에서 점심 전에 만나 한잔하기로 약속했다. 캐치폴이 전화를 끊고 나자 딕슨은 잠시 앉아 담배를 피웠다. 걱정스러운 일이었지만, 최근 그에게 일어난 모든 일이 다 걱정스러운 일이었을 뿐 아니라 사실 더 심했다. 어쨌든 그는 나가서 뭐가 뭔지 알아볼 생각이었다. 물론 마거릿에게는 입을 다물고. 그는 한숨을 내쉬며 전화번호를 적어 둔 1943년 포켓 다이어리를 꺼낸 뒤, 전화를 당기고 런던 번호를 돌렸다. 잠시 후 이렇게 말했다. 「케이턴 박사님 계십니까?」

잠시 기다리자 크고 자신만만한 목소리가 또렷하게 들려왔다. 「케이턴입니다.」

딕슨은 자기 이름과 소속 학교 이름을 밝혔다.

무슨 영문인지 상대의 음성에서 느껴지던 성량과 자신감이 확 줄어들었다. 「왜 그러죠?」 딱딱한 질문이었다.

「케이턴 박사님, 임명 기사를 읽었습니다. 참, 축하를 드려도 될까요? 그런데 학술지에서 받아 주셨던 제 논문은 어떻게 될 건지 궁금해서 전화드렸습니다. 언제 출간될까요?」

「아, 딕커슨 씨. 요즘 상황이 아주 좋지 않아서 말이죠.」 목소리는 마치 잘 알고 있는 격언을 외듯이 자신감에 차서 말했다. 「짐작하시다시피 대기 중인 것들이 꽤 많아서 말이죠. 논문이 참, 논문은 참 좋더군요. 그래도 5분 만에 들어갈 거라고는 기대하시면 안 됩니다.」

「말씀은 감사합니다, 케이턴 박사님. 줄이 긴 것은 이해할 수 있습니다. 날짜라도 대략 알려 주실 수 있을까 해서요.」

「요즘 상황이 얼마나 어려운지 알아주시길 바랍니다, 딕커슨 씨. 우리 논문 같은 것을 인쇄하는 건 대단한 고급 기술을 가진 식자공만 할 수 있는 일입니다. 각주 반 페이지를 만드는 일이 얼마나 지난한지 생각해 보셨습니까?」

「아뇨, 하지만 아주 복잡한 일이라는 건 알겠습니다. 사실, 제가 궁금한 건 제 논문이 나올 대강의 날짜입니다.」

「흠, 그것에 대해서라면, 딕커슨 씨. 생각처럼 간단한 일이 결코 아닙니다. 트리니티[31]의 하디를 아실 겁니다. 지금 그 사람 논문을 인쇄소에 넣은 지 여러 주가 되었는데, 하루에도 두세 번, 그 이상 전화로 이런저런 질문을 받고 있습니다. 물론, 외국 문서랑 관련된 일이거나 하면 하디에게 다시 연락을 취해야 하는 경우가 많지요. 당신 입장의 사람들은 편집자 일이 아주 편하다고 생각하는 걸 압니다만, 결코 그렇지 않다는 걸 알아주세요.」

「아주 까다로운 일이라고 생각합니다, 케이턴 박사님. 그

31 더블린에 소재한 아일랜드 최고의 명문 대학인 트리니티 대학을 말한다. 오스카 와일드, 사뮈엘 베게트 등을 배출했다.

리고 무슨 확답을 달라는 건 전혀 아니지만, 제 논문을 언제 출간하실지 대략적인 날짜를 꼭 알아야 해서요.」

「다음 주에 논문이 나온다는 약속을 할 수는 없습니다.」 바보처럼 딕슨이 이 점을 고집한다는 듯, 짜증 난 목소리가 말했다.「상황이 이렇게 어려우니까요. 그건 아시겠죠. 한 권이, 특히 창간호가 나오려면 계획이 얼마나 필요한지 모르시는 것 같군요. 기차 시간표를 만드는 것과는 달라요, 네? 네?」 그는 뭔가 이상하다는 듯, 큰 목소리로 말을 맺었다.

딕슨은 자기도 모르는 새 욕설이 튀어 나간 것이 아닐지 의아했다. 마치 성당 안에서 아연 철판을 망치질하는 듯, 금속성의 텅텅 소리가 전화에서 들려왔다. 그는 더 큰 소리로 말했다.「그렇지 않다는 건 압니다. 그리고 연기되어도 좋습니다. 하지만 솔직히 말씀드리자면, 여기 학과에서 제 입지를 개선시키고 싶어서 말입니다, 케이턴 박사님. 그러니 박사님의 말씀을 전할 수만 있다면, 혹시 날짜를…….」

「어려운 상황이라니 유감입니다, 딕킨슨 씨. 하지만 이쪽 상황이 너무 어려워 그쪽 처지를 심각하게 염려할 수 없군요. 당신 같은 사람들이 아주 많습니다. 그런 사람들이 모두 이런 식으로 약속을 요구하기 시작하면 어떻게 해야 할지 모르겠군요.」

「하지만 케이턴 박사님, 약속을 해달라는 게 아닙니다. 대략적인 날짜만 부탁드리는 것이고, 아주 대충이라도 알려 주시면 도움이 될 겁니다. 가령, 〈내년 하반기〉라든가요. 그런 말씀을 주신다고 무슨 약속을 하시는 건 전혀 아닙니다.」 그런 다음 이어진 침묵을, 딕슨은 분노가 차오르는 소리로 해석했다.「누가 물어보면 〈내년 하반기〉라고 대답해도 되겠습니까?」

딕슨은 10초 이상 기다렸지만, 점점 커지고 속도가 빨라지는 금속성 소리밖에 들리지 않았다.

「상황이 너무 어려워, 상황이 너무 어려워, 상황이 너무 어려워.」 딕슨은 전화에 대고 중얼거리다가 케이턴 박사가 해보기 적당한 어려운 일들을 떠오르는 대로 말했다. 그는 또 무슨 말을 해볼까 궁리하면서 마치 꼭두각시 인형처럼 머리와 어깨를 흔들어 대며 혼잣말을 중얼댔다. 회피 기술 분야, 언어 분과에서 웰치에 대적할 만한 상대가 등장했다. 물리 분과에서 이 친구는 애초에 웰치를 압도했다. 남미로 떠난다니, 회피 능력의 정점이었다. 딕슨은 방으로 올라가 폐를 가득 채운 뒤, 쉬지 않고 30초 이상 신음 소리를 냈다. 그런 다음 강의 준비 노트를 꺼낸 뒤 대본으로 만들었다.

다섯 시간 뒤, 딕슨은 44분 분량의 강의 대본을 완성했다. 그때가 되자 딕슨이 자신의 현재 영역으로 끌어들일 수 있는 사실이란 우주에도, 자신의 머릿속이나 남의 머릿속에도, 아니면 그 어디에도 없는 것처럼 느껴졌다. 그렇다 하더라도 그는 44분의 대부분을 상당한 수준으로, 관련되는 것들과 결코 무슨 수를 써도 관련 없는 것들을 예리하게 나누는 데 할애했다. 그가 정한 45분 이후를 장식할 15분은 아마도 상당히 광범위한 결론으로 채워져야 했고, 딕슨은 그런 것은 쓰고 싶지 않았다. 〈마침내, 다행히도 20세기가 온 거죠〉라는 식의 결론이라면 딕슨 자신은 만족하겠지만, 웰치는 만족하지 않을 것이다. 그래서 그는 다시 연필을 쥐고, 즐겁게 웃은 뒤 이렇게 썼다. 〈이 개관은 비록 짧지만 단순히〉까지 썼다가, 〈단순히〉를 지워 버렸다. 〈역사의 기록으로 남겨질 목적은 아닙니다. 여기에는 조립식 오락거리의 시대를 사는 우리에게 소중한 교훈이 있습니다. 제가 설명하려 한 사람들이 영화관이라든가 라디오, 텔레비전 같은 전형적인 현대 현상에 대해 어떻게 반응할지 궁금한 일입니다. 자신의 음악을 만드는 데(이 지점에서 웰치를 쳐다보아야 함) 그처럼 익숙한 사람이, 자신 같은 사람이 별종으로 간주되고, 남들에게 연주를 하라며 돈을 지불하는 대신 스스로 악기를 연주하고, 싸구려 댄스곡 대신 마드리갈을 부르는 것이 《괴짜》라는 무서운 별명을 낳는 그런 사회에 대해서 어떻게 생각하겠습니까…….〉

딕슨은 글쓰기를 멈추고 욕실로 달려갔다. 그는 미친 듯한 속도로 씻기 시작했다. 그러고는 충분히 늦은 시각에 욕실에서 나왔다. 운이 좋다면 크리스틴과 차를 마시러 호텔까지 달려갈 시간은 있었지만, 크리스틴과의 만남에 대해 생각할 시간은 없었다. 그럼에도 불구하고, 그가 열정적으로 움직이고 있음에도, 걱정 때문에 속이 약간 울렁거리기 시작했다.

딕슨은 호텔에 2분 늦게 도착했다. 차를 서빙하는 라운지로 들어서는 순간, 이미 앉아서 기다리고 있는 크리스틴이 보이자 두려움인지 뭔지 모를 감정이 횡격막을 찢기라도 할 듯 찔러 댔다. 그는 몇 분 남는 시간에 그녀에게 할 말을 생각할 셈이었다. 상대가 마거릿이었다면, 그보다 많은 시간이 걸렸을 것이다.

딕슨이 다가가자 그녀가 미소를 지었다. 「안녕하세요, 짐.」

그는 온몸으로 심한 불안을 느끼고 있었다. 「안녕하세요.」 기침을 하듯 말했다. 타이가 바르게 매어져 있는지, 호주머니 덮개가 밀려 들어가 있지 않는지, 바지 단추가 잠겨 있는지 확인하고 싶은 유혹을 떨치며, 그녀 앞에 조심스레 앉았다. 오늘 크리스틴은 자두색 스커트와 같은 옷감으로 된 재킷을 입었고, 이 옷과 하얀 블라우스는 모두 새로 다린 것 같았다. 크리스틴이 굉장히 예뻐 보여서 딕슨의 머리는 뭔가, 원래의 목적과는 다른 뭔가 할 말을 생각해 내려고 빙빙 돌기 시작했다.

「잘 지냈어요?」

「네, 감사합니다. 일을 하고 있었어요. 별 소동 없이 나올 수 있었던 거죠?」

「별 소동 없는 건 잘 모르겠네요.」

「아, 유감이네요. 무슨 일이 있었어요?」

「버트런드가 좀 의심을 하는 것 같아요. 시내에서 할 일이 한두 가지 있다고 했어요. 구체적으로 무슨 일인지는 말하지 않았고요. 그러면 좀…….」

「그렇죠. 버트런드가 뭐라고 하던가요?」

「화를 내더군요. 제가 멋대로 군다고 했는데, 전 하고 싶은 대로 행동하고 누구한테도 얽매이지 않으려고 한다나요. 그런 말을 들으니 제가 못된 사람 같았어요.」

「어떤 느낌인지 이해할 수 있어요.」

크리스틴은 몸을 앞으로 숙이더니 둘 사이에 놓인 낮은 원형 탁자에 팔꿈치를 댔다. 「보세요, 짐. 어떻게 보면 제가 당신을 만나러 오는 것 자체가 나쁜 일이었어요. 하지만 저는 그러겠다고 했고, 와야 했어요. 물론, 당신이 청했을 때만큼이나 오고 싶었어요. 하지만 다시 잘 생각해 보고 결정을 내렸어요……. 참, 먼저 차부터 마시면서 이야기할까요?」

「아뇨, 무슨 말이든 지금 이야기해 주세요.」

「그럼, 좋아요. 이거예요, 짐. 그때는 이런저런 감정에 휘말렸던 것 같아요. 그러니까, 당신이 오늘 만나자고 한 그때요. 제가 무슨 짓을 하고 있는 건지 생각할 시간이 있었다면 절대 만나자고 하지 않았을 거예요. 하지만 그래도 만나고 싶은 마음은 있었을 거예요. 아직 인사도 제대로 나눌 새도 없이 이렇게 바로 말해야 하니 죄송하지만, 제가 하려는 말이 뭔지 알겠죠?」

딕슨은 이런 태도가 자신이 할 일을 쉽게 만들어 주리라는 생각은 하지 않았다. 그는 단호한 목소리로 말했다.「계속 이러고 싶지 않다는 말씀인가요?」

「이렇게 해봐야 어떻게 될지 사실 잘 모르겠어요. 당신은요? 나중에 이야기해도 되겠지만, 그래도 계속 그 생각을 떨칠 수 없었어요. 저, 딕슨 씨는 늘 이곳에 틀어박혀 있는 편이죠? 아니면 런던에 꽤 자주 들르나요?」

「아뇨, 거긴 거의 안 갑니다.」

「음, 그럼. 우리가 서로 만날 기회라곤 버트런드가 지금처럼 부모님 댁에서 지내라고 부를 때뿐이고, 그사이에 몰래 빠져나와 당신을 만나는 건 옳은 일 같지 않아요. 그리고 어쨌든…….」 크리스틴이 말을 멈추고 지은 표정에 딕슨은 앉은 채로 고개를 돌려보았다.

젊은 웨이터가 카페트를 소리 없이 밟고 다가와서는 입으로 숨을 쉬며, 체중을 이쪽저쪽 발로 옮겨가며 서서 기다리고 있었다. 딕슨은 말이나 몸짓, 그 밖에 어떤 표정의 변화도 없이 그처럼 오만함을 온몸으로 발산하는 인간은 본 적이 없다고 생각했다. 이 사람은 무심한 듯 우아하게 보이려고 은쟁반을 흔들며 딕슨 건너편의 크리스틴을 쳐다보고 있었다.

딕슨이 〈홍차 두 잔 부탁합니다〉라고 하자 웨이터는 거만하게, 그러나 진심으로 동정하는 표정으로 크리스틴을 향해 힘없이 미소를 짓고는 휙 돌아 은쟁반을 무릎에 부딪히며 걸어갔다.

「미안해요. 무슨 얘기 중이었죠?」 딕슨이 말했다.

「아, 제가 버트런드에게 매인 사람이라는 거예요. 그이에게 의무가 있느냐 하는 문제도 아니에요. 그저 어리석은 행동을 하고 싶지 않아요. 당신을 만나러 오는 것이 어리석다는 뜻은 아니에요. 아, 조금이라도 합리적인 말로는 전할 수가 없는 것 같네요.」 크리스틴은 간간이 조금씩 〈분한〉 어조와 태도를 취하고 있었다. 「당신에게 부탁드릴 건 이해해 달라는 것뿐이에요. 사람들이 늘 그렇게 말하는데, 저도 제대로 이해할 수 없는 일이니 당신이 어떻게 이해할 수 있을지는 모르겠지만, 그렇네요.」

「그럼, 버트런드에게 질렸다고 한 말은 번복하는 건가요?」

「아뇨, 그건 여전히 사실이에요. 제가 지금 하려는 건 힘든 것도 기쁜 일처럼 받아들이려는 거죠. 힘든 건 택시에서 말했을 때처럼 여전히 힘들어요. 하지만 노력을 해야죠. 그러고 싶다고 하던 일을 그냥 그만둘 수도 없는 노릇이고, 남들이 제가 항상 원하는 대로 행동하길 바랄 수도 없죠. 버트런드와 저 같은 사이에는 어느 정도 기복이 있기 마련이잖아요. 그걸 갖고 성질을 부려 봤자 소용없어요. 싫어도 받아들여야죠. 문제는 제가 그러면서 당신에게 못할 짓을 해야 한다는 거예요.」

「그건 염려 마세요.」 딕슨이 말했다. 「최선이라고 생각하는 대로 하세요.」

「어떻게 하든지 별로 만족스럽지는 못할 거예요.」 그러고는 덧붙였다. 「내내 아주 멍청하게 행동한 것 같아요.」 크리스틴의 입장이 완전히 밝혀졌지만, 딕슨은 거의 알아차리지 못했다. 「당신에게 바라는 게 있다면, 제가 당신에게 키스를 허락하고, 오늘 만나자고 한 게 모두 경솔하게 행동한 거라고 생각하지는 말아 주셨으면 해요. 그리고 제가 말한 건 모두 진심이었어요. 그때 한 말이 모두 옳았어요. 그리고 제가 그저 재미로 그랬다거나, 당신을 좋아하지 않아서 이런 결정을 내렸다고 생각하지 말아 주세요. 그런 게 아니에요. 그러니 그렇게 생각하지 마세요.」

「알겠어요, 크리스틴. 그건 염려 안 해도 돼요. 아, 차가 나오네요.」

웨이터가 가득 차린 쟁반을 들고 딕슨의 옆에서 나타났다. 그는 그것을 탁자 바로 위로 떨어뜨리다시피 하면서 내려놓았다. 그러더니 기분 나쁠 정도로 과장된 몸짓으로 차를 소리 없이 차리기 시작했다. 허리를 펴더니 이번에는 딕슨에게 웃어 보이고는 홍차를 내놓는 일을 전혀 하고 싶지 않다는 사실을 강조하듯 움직임을 멈췄다가 다리를 저는 척하면서 돌아갔다.

크리스틴은 그릇을 옮기고 차를 따르기 시작했다. 딕슨에게 차를 따라 주고 나서는 말했다. 「미안해요, 짐. 이렇게 말할 생각은 없었어요. 샌드위치 들겠어요?」

「아뇨, 아무것도 먹고 싶지 않습니다.」

크리스틴은 고개를 끄덕이더니 시장한 듯 열심히 먹기 시작했다. 딕슨은 이 평범한 감수성의 전형적인 부재에 흥미를 느꼈다. 그의 평생 처음으로 여자가 전형적인 여자처럼 굴고 있었던 것이다. 「따지고 보면, 당신은 마거릿과 사귀죠?」 크리스틴이 말했다.

딕슨은 좀 떨리는 소리로 한숨을 내쉬었다. 이 만남에서 최악의 순간은 이론적으로 끝났고, 그가 곧 느낄 멍한 상태는 아직 닥치지 않았지만, 그래도 불안했다. 「네.」 짧게 대답하곤 덧붙였다. 「오늘 오후에 그 얘기를 하려고 했는데, 당신이 먼저 이야기했네요. 제 관점에서 우리가 더 이상 만나서는 안 된다고 말씀드리러 나온 겁니다. 마거릿 때문에요.」

「알겠어요.」 그녀는 또 샌드위치를 먹기 시작했다.

「사실 며칠 동안 상황이 아주 나빠졌어요. 무도회 후로요.」

그녀는 딕슨을 재빨리 쳐다보았다. 「그것 때문에 싸웠어요?」

「네, 그렇게 말할 수도 있을 것 같군요. 사실은 싸움 이상이었지만요.」

「그렇군요. 제가 당신이랑 그렇게 빠져나가는 바람에 온갖 말썽이 많았네요.」

「그런 말 말아요, 크리스틴.」 딕슨이 짜증을 내며 말했다. 「당신이 모든 일을 일으킨 것처럼 말하시는군요. 말씀대로 온갖 말썽에 책임이 있는 사람이 있다면, 그건 접니다. 그렇다고 제가 무슨 잘못을 저질렀다는 건 아니지만요, 당신도 마찬가지고요. 그건 모두 아주 자연스러운 일이었어요. 이런 식의 자책은 뭔가 억지스럽습니다.」

「미안해요. 제가 잘못 말한 것 같네요. 억지를 부리는 건 아니었어요.」

「네. 그럴 거라고 생각합니다. 화를 낸 것처럼 느꼈다면 그럴 생각은 없었습니다. 마거릿 때문에 좀 우울해서요.」

「상황이 어떤데요? 마거릿이 뭐라고 했나요?」

「아, 온갖 말을 다 했습니다. 하지 않은 말이 별로 없었어요.」
「엄청난 상황인 것 같네요, 정말. 어떻게 됐어요?」
딕슨은 다시 한숨을 쉬고 차를 마셨다. 「너무나…… 복잡해요. 지루한 이야기라 하고 싶지 않아요.」
「지루하지 않을 거예요. 제게 이야기하고 싶다면, 듣고 싶어요. 이제 당신이 이야기할 차례잖아요.」
그 말을 하면서 크리스틴이 지어 보인 미소에 딕슨은 당황해 버렸다. 이 여자는 정말로 이 일이 재미있다고 생각하는 것일까? 「그렇군요.」 말하기 힘겨웠다. 「음, 과거사도 온통 뒤섞여 있어요. 마거릿은 좋은 여자이고, 저도 많이 좋아해요. 마거릿이 허락만 해준다면, 전 좋아할 거예요. 하지만, 말도 안 되는 소리 같지만, 전 그럴 생각이 없는데도 마거릿과 엮였어요. 지난 10월 언젠가 처음 만났을 때, 마거릿은 캐치폴이라는 친구랑 다니고 있었어요…….」 딕슨은 마거릿과의 지난 관계를 압축하되 약간만 편집해서 들려준 뒤, 전날 저녁 극장에 간 이야기로 마쳤다. 그는 웨이터가 가져온 음식을 모두 먹은 크리스틴에게 담배를 한 대 권하고 자신도 한 대 들고는 말했다. 「그러니까 어느 정도는 시작된 것이 무엇인지 설명하고 싶진 않지만, 어느 정도는 시작된 셈인데, 시작이라는 것도 좀 모호하죠. 참, 마거릿은 제가 당신에게 얼마나 관심을 가졌는지 모르는 것 같아요. 그리고 제가 그 이야길 해준다고 고마워할 것 같지도 않고요.」
크리스틴은 시선을 피하면서 아마추어처럼 담배를 빼금거렸다. 그러고는 무심한 어조로 물었다. 「헤어졌을 때, 마거릿이 어땠던 것 같아요?」
「저녁 내내 비슷했어요. 상당히 조용하고, 겉보기로는 이

성적인 모습. 아, 꽤 모욕적인 표현이라는 거 압니다. 그런 뜻이 아니라……. 음, 마거릿은 쉽게 흥분하지 않았어요. 평소와는 달리 불안한 긴장감이 없었거든요.」

「상황이 안정되었으니 마거릿이 계속 그럴 것 같아요?」

「흠, 그런 희망이 느껴지기 시작한다고 인정할 수밖에 없군요.」 일단 희망이란 말을 하고 나니 너무나 순진하게 들렸다. 「아, 글쎄요. 어쨌든 별 차이는 없어요.」

「모든 상황이 많이 우울하신 것 같네요.」

「그런가요? 사실, 쉬운 일은 아니었습니다.」

「네. 쉬워질 상황도 아니고요. 그렇죠?」 이 질문에 짜증이 난 딕슨이 아무 말도 하지 않자, 크리스틴은 접시에 재를 털며 이야기를 계속했다. 「제가 이런 말을 하는 걸 원하지 않겠지만, 스스로 깨달으셔야 해요. 두 사람 모두 어떻게 서로에게 만족할 수 있을지 모르겠어요.」

딕슨은 짜증을 억누르려고 했다. 「네, 저도 그렇다고 생각하지만 어쩔 수 없는 노릇이죠. 그렇다고 헤어질 순 없는 것뿐입니다.」

「음, 그럼 어쩔 건가요? 약혼이라도 하실 건가요?」

몇 주 전, 그의 음주 습관에 대해서 그녀가 보인 것과 똑같은 호기심이었다. 「글쎄요.」 딕슨은 마거릿과의 약혼을 생각하지 않으려고 노력하면서 냉랭하게 말했다. 「지금처럼 당분간 유지된다면, 그럴 수도 있다고 생각합니다.」

크리스틴은 딕슨의 쌀쌀맞은 어조를 알아차리지 못한 모양이었다. 크리스틴은 자세를 바꾸며 라운지 안을 둘러보더니 설교조로 말했다. 「우리 둘 다 해결된 것 같지 않아요? 이게 최선이에요.」

이 말이 갖는 권위와 지루함이 딕슨이 평소 느끼는 짜증나는 후회와 반응해서 그로 하여금 재빨리 이렇게 말하게 만들었다. 「네, 생각해 보면 우리 사이에서는 선택의 여지가 별로 없군요. 당신은 그런 짓에 얽혀 있는 위험에도 불구하고, 저와 사귀는 것보다는 그게 더 안전하다고 생각하기 때문에 버트런드와의 관계를 유지할 생각이군요. 그의 문제점은 알지만 제게는 무슨 문제가 있을지 모르니까요. 그리고 전 마거릿을 놓아줘서 자기 일을 직접 처리하게 할 배짱이 없으니까 마거릿에게 붙어 있고요. 그러니 저는 겁이 나서 원하는 일 대신 그러고 삽니다. 우리의 문제는 따분하고 인색한 조심성입니다. 당신은 그걸 최선이라고 불러서는 안 돼요.」 그는 약간 경멸하는 눈빛으로 그녀를 바라보았고, 그녀 역시 같은 감정을 갖고 자신을 바라보는 것을 알고 상처를 받았다. 「그게 전부입니다. 그중에서도 최악은 전 애초에 하려던 것을 그대로 할 거라는 사실이에요. 당신이 어떤 위치에 있는지 안다고 해도 아무런 도움이 안 된다는 걸 증명하니까요.」 무슨 영문인지 이 마지막 발언과 함께 버트런드에 대한 크리스틴의 애착을 없애 버릴 수 있는 몇 마디 말이 떠올랐다. 캐럴이 한 말만 해주면 되었다. 하지만 크리스틴은 어쩌면 이미 알면서도 버트런드에게 너무나 마음을 빼앗겨서, 그런 일을 알면서도 그와는 헤어질 수 없다고, 그의 절반만이라도 갖고 싶다고 생각할지도 모를 일이었다. 게다가 어쨌든, 이 시점에서 그 이야기를 꺼내면 그녀가 딕슨을 뭐라고 생각할까? 아니, 그건 잊어버리는 편이 나았다. 그 일을 누구한테든 폭로하기에 적절한 기회란 없을 것 같았다. 그가 얼마나 충성스럽게 그 일을 숨기면서 얼마나 오랫동안 적기를 기다려 왔는지 생각하면, 너무나도 불공평한 일이었다.

크리스틴은 담배를 문질러 끄는 접시 위로 머리를 숙였다. 깔끔하게 빗은 머리가 보였다. 「필요 이상으로 좀 법석을 떠는 것 같지 않아요? 사실 우리 사이엔 아무 일도 없었잖아요.」 여전히 고개를 숙인 채로 말했다.

「동의하지만, 그런 식으로 판단해서는…….」

크리스틴은 이제 달아오른 얼굴로 눈을 마주 보았고, 그러자 딕슨은 입을 다물었다. 「그런 식으로 이야기하는 건 어리석은 것 같아요.」 크리스틴은 딕슨이 전에는 제대로 알아차리지 못한 런던 억양을 살짝 섞어 말했다. 「그런 말을 하는 걸로 뭔가 증명해 보였다고 생각하는 모양이죠. 물론 우리가 하고 있는 게 그거겠죠. 당신은 우리가 하고 있는 일이 그것뿐이라는 듯 말하고 있어요. 사람들이 어떤 행동을 하는 이유가 그걸 하고 싶어서, 최선의 일을 하고 싶어서라고 생각하지 않으세요? 올바른 일을 하는 걸 조심한다거나 배짱이 없다고 부르는 게 뭐가 득이 되는지 모르겠네요. 자신이 해야 할 일을 하는 것이 가끔은 끔찍하기도 하지만, 그렇다고 가치 없다고 할 순 없어요. 당신이 한 말을 들어 보니 제가 버트란드랑 잔다고 생각하는 모양인데요. 그렇게 생각한다면 여자를 잘 모르는 거예요. 그런 식으로 생각한다면 당신이 힘든 것도 당연하죠. 무슨 일을 했든, 행복해질 수 없는 분이네요. 이제 가봐야 되겠어요, 짐. 더 이상 이야기해 봐야…….」

「아니, 가지 말아요.」 딕슨이 동요하며 말했다. 상황이 너무 빠르게 진행되고 있었다. 「화내지 말아요. 조금만 더 있어요.」

「화나지 않았어요. 그냥 모든 게 지겨워요.」

「저도 그래요.」

「4실링입니다.」 웨이터가 딕슨 옆에서 말했다. 처음으로 그의 음성을 들어 보니 입속에 반쯤 먹은 사탕을 물고 있는 것 같았다.

딕슨은 주머니를 뒤져 반 크라운짜리 동전 두 개를 건넸다. 웨이터의 방해가 반가웠다. 덕분에 감정의 균형을 약간 되찾을 수 있었다. 둘만 남게 되자 그가 말했다. 「그럼 우린 다시 만나는 건가요?」

「한 번은 더 만나겠죠. 당신의 강의에도 갈 거고, 그 전에 총장의 쉐리 파티에도 갈 테니까요.」

「오 저런, 크리스틴. 거긴 안 오는 게 좋을 거예요. 지루해서 온몸이 굳을걸요. 어쩌다 그 일에 얽힌 거예요?」

「줄리어스 삼촌이 학장에게 초대를 받았는데, 마음이 약했던지 초대에 응하시고는 이제 저한테 함께 가자고 하시네요.」

「괴이한 일이군요.」

「삼촌은 당신을 다시 만나고 싶으시대요.」

「대체 왜 그런 말씀을 하실까요? 그분께 몇 마디 하지도 않았는데.」

「음, 삼촌이 그렇게 말씀하셨어요. 무슨 뜻인지는 저한테 묻지 마세요.」

「그럼 어쨌든 멀찍이서 보겠군요. 사실, 잘됐습니다.」

크리스틴이 불쑥 다른 목소리로 말했다. 「아뇨, 사실 잘된 일은 아니에요. 어떻게 그럴 수 있어요? 아주 재미있을 텐데. 거기서 착한 소녀처럼 버트런드와 줄리어스 삼촌과 나머지 사람들과 잡담을 나누는 거요. 그래요, 난 아주 즐거운 시간을 보낼 테니 염려 마세요. 그건 아주…… 견딜 수 없어요.」

크리스틴이 일어섰고, 할 말을 찾을 수 없었던 딕슨도 일어났다. 「그거면 됐어요. 이번에는 정말로 가겠어요. 차 잘 마셨어요.」

「주소를 알려 주세요, 크리스틴.」

크리스틴은 짙은 눈썹 아래 갈색 눈동자를 동그랗게 뜨곤 경멸하는 눈초리로 그를 쳐다보았다. 「그래 봐야 아무 득도 없어요. 대체 무슨 의미가 있다고 이래요?」

「이게 마지막이 아니라는 느낌을 제게 줄 테니까요.」

「그렇게 느껴 봐야 무슨 의미가 있어요?」 크리스틴은 그를 재빨리 지나쳐 뒤돌아보지도 않고 라운지를 나갔다.

딕슨은 다시 앉아서 거의 식은 차 반 잔과 함께 담배를 한 대 더 피웠다. 원래 계획을 그처럼 정확히 실행에 옮겨 낸 사람이 그렇게 사무치는 패배감과 무의미를 느낄 수 있으리라고, 생각지도 못했다. 그는 크리스틴이 마거릿과 비슷하게 생겼거나 마거릿이 크리스틴과 비슷하게 생겼다면 기분이 훨씬 더 나을 거라고 잠시 생각했다. 하지만 그것은 무의미한 상상이었다. 크리스틴의 얼굴과 몸을 한 마거릿은 마거릿이 될 수 없었을 것이다. 논리적으로 할 수 있는 이야기라면, 크리스틴의 외모가 그렇게 훌륭하다니 운이 좋은 것이라는 말뿐이었다. 그건 늘 필요한 행운이었다. 그도 조금만 더 운이 좋았다면 인생을 잠시 서로 연결되는 길로, 자신이 가는 길에서 곧바로 벗어나는 길로 옮겨 탔을 것이다. 그런 생각을 하다 화들짝 놀라 벌떡 일어났다. 시험관 회의 시간이 거의 다 됐다. 그는 마거릿이 거기 있을 거라는 생각을 떨쳐 버리려고 애쓰며 밖으로 나갔다가 되돌아와, 벽에 기대 서 있는 웨이터에게 다가갔다. 「제 거스름돈 좀 받을 수 있을까요?」

「거스름이요?」

「네, 거스름이요. 그걸 받을 수 있을까요?」

「5실링을 주셨는데요.」

「네. 청구서에는 4실링이라고 적혀 있었어요. 1실링을 돌려받고 싶어요.」

「그건 제 팁 아니었나요?」

「그럴 수도 있었지만, 아니에요. 돌려주세요.」

「1실링을 다?」

「네. 모두요. 빨리 주세요.」

웨이터는 돈을 내놓을 시도조차 하지 않았다. 그러다가 목이 반쯤 막힌 것 같은 소리로 이렇게 말했다.「대부분은 팁을 줍니다.」

「대부분은 지금쯤 당신 엉덩이를 걷어찼을 겁니다. 5초 안에 내 거스름을 주지 않으면 관리인을 부르겠어요.」

4초 뒤, 딕슨은 호텔에서 햇살 가득한 거리로 나서고 있었다. 1실링을 주머니에 넣고서.

20

〈결국, 이 모든 것의 실용적 적용이란 무엇입니까? 그 어떤 것도 제가 묘사한 과정을 멈추거나 방해할 수조차 없단 말입니까? 전 오늘 밤 여기 모인 우리 모두가 무언가 할 수 있다고 말씀드리고 싶습니다. 우리 모두 매일 뭔가 하겠다고 결심할 수 있어요. 제조 표준 적용에 저항하여, 흉측한 가구와 상차림에 맞서, 가짜 건축에 반대하여, 라이트 프로그램 중계용 확성기들의 공공장소 확대 도입에 저항하여, 황색 언론, 베스트셀러, 극장 오르간[32]에 반대하여, 그리고 통합된 마을 형식 공동체라는 본능적 문화를 옹호하기 위해서 말입니다. 그 각각의 효과는 아무리 미미할지라도, 그런 식으로 우리의 토착적 전통을 위하여, 우리의 공통된 유산을 위하여, 한마디로 우리가 한때 가졌고 언젠가 다시 가질 수도 있는 것 — 메리 잉글랜드를 위해 우린 목소리를 낼 겁니다.〉

딕슨은 의자에 앉아 주절주절 웅얼거리며 이 글을 쓰고 있다가 자리에서 일어나 방을 휘휘 돌며 원숭이 흉내를 냈다.

32 무성 영화에 음악과 음향 효과를 넣는 용도로 만들어진 오르간.

한 팔은 구부려 손가락으로 겨드랑이를 쓸고 다른 팔은 쳐들고 구부려 팔뚝 안쪽으로 머리 위를 감싼 채 구부정한 자세로 무릎을 구부리고 어깨를 들썩거리며 침대 쪽으로 지그재그 다가가더니, 그 위로 올라가 혼자 깩깩 웅얼대며 몇 번 펄쩍펄쩍 뛰었다. 문에서 노크 소리가 나는가 싶더니 버트런드가 쏜살같이 들어오는 바람에 그는 허둥지둥 웅얼대는 소리를 멈추고 자세를 바로잡았다.

파란 베레모를 쓴 버트런드가 그를 쳐다봤다. 「그 위에서 뭘 하는 겁니까?」

「이 위에 있는 게 좋아서요. 뭐 이의라도 있습니까?」

「광대짓 그만하고 내려와요. 몇 가지 할 말이 있으니까. 듣는 게 좋을 겁니다.」 그는 화를 꾹 참고 있는 것처럼 보였고 숨을 거칠게 몰아쉬고 있었는데, 아마 그건 2층 계단을 달려 올라온 탓일 수도 있었다.

딕슨은 가볍게 바닥으로 뛰어내렸다. 그도 약간 숨을 헐떡거렸다. 「무슨 말을 하고 싶은 겁니까?」

「이것뿐입니다. 지난번 만났을 때 크리스틴에게서 떨어지라고 제가 말씀드렸죠. 지금 보니 그러지 않았더군요. 먼저 거기 대해 할 말 있습니까?」

「크리스틴에게서 떨어지지 않았다니, 그게 무슨 말입니까?」

「그런 수작 나한텐 안 먹혀요, 딕슨. 당신이 어제 은밀하게 크리스틴과 차 한잔했다는 거 다 알고 있습니다. 당신 잘못은 다 알고 있다고요.」

「아, 크리스틴이 다 말했나 보네요, 그렇죠?」

버트런드는 빗질이라도 한 듯한 수염 뒤에서 입술을 꾹 다물었다. 「아니, 아닙니다. 물론 그녀는 말하지 않았어요.」 말투는 격렬했다. 「크리스틴을 조금이라도 안다면, 그런 짓은 안 했다는 걸 알 겁니다. 당신과는 다른 사람이니까요. 정말로 알고 싶다면 — 이걸 듣고 좀 충격받았으면 싶은데 — 이 집 안에 있는 소위 당신 친구 중 하나가 우리 어머니에게 그 사실을 알려 줬습니다. 즐겁게 생각해 볼 거리가 될 겁니다. 모두가 당신을 미워해요, 딕슨. 정말이지 전 그 이유를 알겠습니다. 하여간, 제가 바라는 건 당신 행동에 대한 해명입니다.」

「맙소사.」 딕슨은 미소 지으며 말했다. 「그거 상당히 터무니없는 명령이군요. 제 행동을 해명하라니, 그거 정말 대단한 요구네요. 그런 일을 할 만한 사람이 생각나지가 않네.」 그는 버트런드를 뚫어져라 쳐다보며, 존스 — 다른 누구겠는가? — 가 최근 가한 타격의 소식을 나중에 곰곰이 생각해서 적절한 조치를 취해야 할 항목으로 분류해 놓았다.

「집어치워요.」 버트런드가 얼굴을 붉히며 말했다. 「전 크리스틴을 내버려 두라고 단도직입적으로 경고했습니다. 제가 그런 말을 할 때는 사람들이 제 말대로 행동할 사리 분별이 있기를 기대해요. 그런데 당신은 왜 안 그러는 거죠? 예?」

딕슨이 이미 다른 이유로 크리스틴에 대한 관심을 거둬들였고 따라서 버트런드의 반대 운동에서 떠난 사람이란 걸 생각할 때, 버트런드의 분노와 방문은 어느 모로 보나 불필요한 일이었다. 하지만 그 사실을 혼자만 알고 저격의 즐거움을 누리지 않는다면 바보겠지. 「그러고 싶지 않아서요.」 딕슨이 말했다.

잠시 침묵이 이어졌다. 그동안 버트런드는 두 번이나 알아들을 수 없는 긴 울부짖음을 내뱉기 일보 직전 상태처럼 보였다. 색깔이 다른 두 눈알이 윤이 나게 닦은 유리알 같았다.

다음 순간 그는 전보다 좀 더 차분한 목소리로 말했다. 「이봐요, 딕슨. 당신은 지금 자기가 어떤 지경에 처했는지 잘 모르는 것 같군요. 제가 설명해 드리죠.」 그는 폴몰 의자 손잡이에 걸터앉더니, 입고 있는 짙은 양복과 흰 칼라, 덩굴풀 무늬가 그려진 넥타이와 별로 어울리지도 않는 베레모를 벗었다. 딕슨은 침대에 걸터앉았다. 침대가 그의 아래서 나지막이 훌쩍대는 소리를 냈다.

「크리스틴과 저 사이의 문제는,」 버트런드가 수염을 만지작거리며 말했다. 「의문의 여지 없이 심각한 일입니다. 우린 상당히 오랫동안 알고 지냈어요. 그저 오랜 농탕질 같은 걸로 이러는 게 아니란 말입니다. 아시겠어요? 당분간은 결혼하고 싶지 않지만, 몇 년 후 크리스틴과 제가 결혼할 가능성은 분명히 있습니다. 제 말은, 이건 단연코 장기적인 관계란 겁니다. 자, 크리스틴은 매우 어려요, 나이에 비해 어리죠. 무도회에서 납치당해 호텔에서 열리는 비공식 티 파티에 가고 하는 일에는 익숙하지가 못합니다. 이런 상황에서 당연히 잠시 동안은 그런 일에 우쭐해져서 흥분을 즐기겠죠. 하지만 아주 잠시뿐입니다, 딕슨. 곧 그녀는 죄의식을 느끼기 시작할 테고 당신을 아예 안 만나기로 했다면 좋았을 거라고 생각할 겁니다. 바로 그 지점에서 문제가 발생하는 거죠. 그녀는 그런 여자라서, 당신을 내친 일과 저 모르게 뭔가 한 것 — 제가 이 일에 대해 알고 있다는 건 아직 모릅니다 — 그리고 이 모든 일에 대해 좋지 않게 생각할 거예요. 음, 전 그 모든 걸 막고 싶습니다. 그게 제게 전혀 도움이 되지 않을 거라는 매우 타당한 이유로 말입니다. 전 이미 크리스틴의 생각을 바로잡는 데 상당한 시간을 들였습니다. 처음부터 다시 시작하고 싶지 않아요. 그러니 당신한테 참견하지 말라고 하고 싶습니다, 그게 다예요. 그런 식으로 행동해서는 문제만 일으킬 뿐입니다. 당신에게도 도움이 안 될 뿐더러, 크리스틴에게는 상처를 주고 제겐 폐를 끼칠 뿐이죠. 크리스틴은 여기 며칠 더 있을 겁니다. 그 시간을 망치는 건 모두를 생각할 때 어리석은 일입니다. 이제 말이 됩니까?」

딕슨은 크리스틴의 동기에 대한 이야기를 듣고 느낀 동요를 감추기 위해 담뱃불을 붙였다. 그건 그가 버트런드에 대해 예상했던 것보다 더 예리했다. 「그래요. 말이 되는군요, 어느 정도까지는.」 그는 무심한 어조이기를 바라며 말했다. 「물론, 크리스틴의 생각을 바로잡는다는 부분만 제외하면 말입니다. 그건 헛소리 희망 사항에 불과하니까. 하지만 뭐, 신경쓰지 마요. 당신에게는 말이 되고도 남겠죠. 하지만 저한테는 전혀 안 되는군요. 당신은 당신의 첫 번째 가설들이 옳을 때만 그 모든 게 말이 된다는 걸 전혀 모르는 것 같군요.」

「전 그 가설들이 옳다고 말하고 있는 겁니다.」 버트런드가 크게 말했다. 「바로 그 말을 하고 있는 거라고요.」

「네, 그건 저도 압니다. 하지만 제가 당신의 가설들을 만들어 줄 거란 기대는 하지 마요. 이제 제가 당신에게 이야기할 차례군요. 이 일의 심각하고 장기적 부분은 당신과 크리스틴과는 전혀 상관이 없어요. 없고 말고요, 그건 저와 크리스틴과 상관된 겁니다. 지금 상황은 제가 불필요하게 당신에게서 그녀의 관심을 돌리고 있는 게 아닙니다. 당신이 불필요하게 제게서 그녀의 관심을 돌리고 있는 거죠 — 그저 아주 잠시 동안요. 오래 가지는 않을 겁니다. 자, 이건 어때요?」

버트런드는 다시 벌떡 일어나서 다리를 약간 벌린 채 딕슨을 마주 보았다. 그의 어조는 침착했지만, 이는 악물고 있었다.「당신의 그 소위 머리라는 물건에다 내가 하는 말을 똑똑히 새겨 넣어요. 난 원하는 게 보이면 바로 그리로 돌진합니다. 당신 같은 사람들이 방해하도록 내버려 두지 않아요. 그게 바로 당신이 생각하지 못하는 점이죠. 난 크리스틴을 가질 겁니다. 내 권리니까요. 알겠어요? 원하는 것이 있으면 전 그걸 확실히 갖기 위해 수단 방법을 가리지 않습니다. 전 그 법밖에 따르지 않아요. 그게 바로 이 세상에서 원하는 것들을 가질 유일한 방식이죠. 당신의 문제는 말입니다, 딕슨. 당신은 나랑 체급이 다르다는 거요. 싸움을 하고 싶으면 체격에 맞는 사람을 골라요. 그럼 가능성이 있을지도 모르니까. 나하고는 일말의 가능성도 없어요.」

딕슨은 한 걸음 더 가까이 다가갔다.「그런 게 통하기엔 당신은 좀 너무 나이가 많지 않나요, 웰치.」그러고는 재빨리 말했다.「사람들이 무한정 당신 앞길에서 피해 주진 않을 겁니다. 당신이 키가 크고 캔버스에 물감을 칠할 수 있다고 해서 반신(半神) 같은 존재나 된다고 생각하나 보죠. 정말로 그렇기라도 한다면 그렇게 나쁘진 않겠지만 당신은 아니에요. 당신은 못 믿을 인간에 속물에 바보에다 약자를 괴롭히는 인간입니다. 자기가 예민하다고 생각하나 본데, 천만에. 당신의 예민함은 사람들이 당신에게 하는 일들에 대해서만 작동합니다. 과민하고 허영심 가득해요. 하지만 예민하지는 않죠.」말을 멈추었지만, 버트런드는 그저 노려볼 뿐 끼어들려는 시도도 하지 않았다. 딕슨은 계속해서 말했다.「당신이 대단한 연인이라도 되는 줄 생각하고 있겠지만, 그것도 틀렸어요. 당신은 절 두려워하고 있잖아요. 당신 표현을 빌리자면 기생충 같은 것에 불과한 제가 너무 두려워서 이곳으로 들이닥쳐 둔탱이 남편처럼 참견하지 말라는 소리를 하는 거죠. 게다가 얼마나 부정직한 인간인지, 자기가 내내 다른 놈 마누라와 바람을 피워 댔다는 생각은 하지도 못하고 크리스틴이 당신에게 얼마나 중요한 존재인지 떠들어 대는군요. 제가 그저 그것만 반대하는 게 아닙니다. 자기가 얼마나 위선적인 사람인지 돌이켜 보지 못하는 듯한 그 태도가…….」

「도대체 무슨 소리를 하는 겁니까?」 버트런드가 콧김을 씩씩 내뿜었다. 주먹도 움켜쥐었다.

「캐럴 골드스미스와의 농탕질 말입니다. 그 이야기를 하는 거예요.」

「도대체 무슨 소리를 하는 건지…….」

「아, 이봐요, 부정하려 들지 말아요. 뭐 하러 신경을 씁니까? 분명 그것도 당신 권리라서 가진 것들 중 하나일 텐데, 안 그래요?」

「이 얘기를 크리스틴에게 한다면, 당신 목을 갈기갈기…….」

「괜찮아요, 전 그런 짓을 할 사람은 아니니까.」 딕슨은 싱긋 웃으며 말했다. 「당신과는 달라요. 그런 짓 안 하고도 당신에게서 크리스틴을 빼앗을 수 있단 말입니다, 여자 꽁무니나 쫓아다니는 한량 양반아.」

「좋아, 당신이 자초한 거야.」 버트런드는 격분해서 짖어 댔다. 「난 경고했어.」 그러고는 다가와서 딕슨을 굽어보았다. 「자, 일어나라, 이 더러운 파리 새끼, 이 개천에서 올라온 지저분한 똥 덩어리 같으니.」

「뭐하자는 겁니까, 춤이라도 춰요?」

「춤추고, 춤추게 만들어 줄 테니 걱정 말라고. 무서워서 그러는 게 아니라면 그냥 일어서. 가만히 앉아서 이런 말을 듣고 있을 거라 생각했다면 오산이야. 난 그런 타입 아니라고, 샘.」

「난 샘이 아니야, 이 바보 자식아.」 딕슨이 날카롭게 고함을 질렀다. 이건 최악의 조롱이었다. 그는 안경을 벗어 상의 주머니에 넣었다.

그들은 꽃무늬 카페트 위에서 마치 누구도 시작 신호를 배운 적 없는 의식을 시작하기라도 할 듯이 다리를 벌리고 팔꿈치를 어정쩡하게 구부린 채 서로를 마주 보았다. 「본때를 보여 주지.」 버트런드가 시작종을 울리더니 딕슨의 얼굴에 주먹을 날렸다. 딕슨은 옆으로 피했지만 발이 미끄러졌고, 그 바람에 자세를 바로 잡기 전에 버트런드의 주먹이 오른쪽 광대뼈 위를 강타했다. 딕슨은 약간 얼떨떨하긴 했지만 당황하지 않고 똑바로 서서, 타격을 날린 후 아직 균형을 잡지 못하고 있는 버트런드의 양쪽 귀 중에 더 크고 돌돌 말린 쪽에 제대로 한 방 먹였다. 버트런드는 커다란 소리를 내며 꽈당 넘어졌고, 그 과정에서 벽로 선반 위의 도자기 인형 하나를 떨어뜨렸다. 인형은 벽난로 타일 바닥에 부딪혀 산산조각이 났고 덕분에 방 안의 고요함이 한층 도드라졌다. 딕슨은 손마디를 문지르며 앞으로 몇 걸음 걸어나왔다. 충격 때문에 관절이 쓰라렸다. 몇 초 후 버트런드는 바닥에서 꿈지럭거리기 시작했지만 일어나려 하지는 않았다. 이번 라운드, 그리고 버트런드 경기 전체에서 딕슨이 이긴 게 명백했다. 흡족한 마음으로 다시 안경을 썼다. 버트런드가 당황스런 기색으로 그를 바라보았다. 딕슨은 되도 않는 인디언 보호 구역에 세워진, 개 얼굴, 신발 얼굴을 한 케케묵은 토템폴을 떠올리고는 말했다. 「인디언 보호 구역에 서 있는 개 얼굴, 신발 얼굴

모양의 케케묵은 토템폴 같으니.」

마치 이 용어를 사려 깊게 칭찬하기라도 하는 듯이, 문에서 조그맣게 노크 소리가 들렸다. 「들어와요.」 딕슨은 자동 반사적으로 신속하게 대답했다.

미치가 들어왔다. 「안녕하십니까.」 그는 이렇게 말하고는, 아직 엎어져 있다가 이 자극에 놀라 일어나려고 버둥거리고 있는 버트런드에게 공손하게 덧붙였다. 「안녕하세요. 제가 좋지 않은 때 들어온 것 같군요.」

「전혀요.」 딕슨이 거리낌 없이 말했다. 「웰치 씨는 막 가실 참이었습니다.」

버트런드가 고개를 흔들었다. 딕슨의 말을 부정하기 위해서가 아니라 정신을 차리려고 그러는 게 분명해서 딕슨은 흥미롭게 바라보았다. 그러고는 주인처럼 문간까지 배웅했고, 버트런드는 말없이 방을 나갔다.

「잘 가요.」 딕슨은 인사를 한 뒤 미치에게 돌아섰다. 「무슨 일입니까, 미치 군?」

미치는 평소처럼 속을 알 수 없는 얼굴을 하고 있기는 했지만, 처음 보는 표정을 짓고 있었다. 「특별 과목 일로 왔습니다.」

「아, 그래요. 앉아요.」

「괜찮습니다. 곧 가야 해서요. 전 그저 오쇼너시 양과 맥코쿠오데일 양, 앨 리스 윌리엄스 양과 함께 그 문제를 철저하게 검토해 보고 마침내 마음을 정했다는 걸 알려 드리려고 들렀습니다.」

「좋아요. 결론이 뭐죠?」

「죄송하지만, 세 숙녀분은 그게 너무 만만찮다고 결론 내렸어요. 맥코쿠오데일 양은 골드스미스 선생님 수업을 듣기로 결정했고, 오쇼너시 양과 앱 리스 윌리엄스 양은 웰치 교수님 과목을 들을 거랍니다.」

이 말에 딕슨은 마음이 아팠다. 어여쁜 세 아가씨가 딕슨이 굉장히 착하고 매력적이라고 생각해서 반대를 억누르고 자신의 과목을 택하기를 바랐다. 「아 저런, 안된 일이군요. 미치 군은요?」

「전 딕슨 씨의 과목이 매우 매력적이라고 결론지었습니다. 괜찮으시다면 정식으로 들어가고 싶습니다.」

「그렇군요. 그러니까 제겐 미치 군만 있게 된 거군요.」

「네, 저만요.」

잠시 침묵이 뒤따랐다. 딕슨은 턱을 긁었다. 「음, 분명 꽤 재미있을 겁니다.」

「저도 분명 그럴 거라 생각합니다. 정말 감사합니다. 그리고 이렇게 불쑥 찾아와서 죄송합니다.」

「천만에요. 큰 도움이 됐습니다. 그럼 다음 학기에 봅시다, 미치 군.」

「전 물론 오늘 밤 딕슨 씨의 강연에도 갈 겁니다.」

「거긴 도대체 왜 오려고요?」

「당연히 강연 주제가 흥미로우니까요. 분명 다른 사람들도 꽤 많이 흥미로워할 겁니다.」

「그래요? 무슨 말이죠?」

「제가 이야기해 본 사람들은 모두들 온다고 했습니다. 강연장이 꽉 찰 거예요.」

「그거 안심이 되는군요. 강연 재미있게 듣길 바라요.」

「당연히 그럴 거예요. 다시 한 번 감사드립니다. 오늘 강연

잘하세요.」

「고마워요. 또 봐요.」

미치가 가고 나서 돌이켜 보니, 미치가 자신을 한 번도 〈선생〉이라고 부르지 않았다는 게 은근 만족스러웠다. 하지만 다음 학기는 얼마나 끔찍할 것인가. 반면 그는 자신과 관련된 한, 다음 학기는 없을 거라는 걸 점점 더 확신할 수 있었다. 적어도 대학에서의 학기는 말이다.

딕슨은 다시 한 번 턱을 쓰다듬었다. 다른 일을 하기 전에 면도를 하는 게 좋겠다. 다음에는 달려가서 앳킨슨이 있는지 볼 것이다. 그와 함께 있거나, 적어도 그의 위스키를 좀 마시는 것이 저녁 일을 시작하기 전에 그저 딕슨이 할 수 있는 일이었다.

21

「너무 아프지는 않길 바라네.」 학장이 말했다.

딕슨의 손이 자기도 모르게 검게 멍든 눈두덩이로 올라갔다. 「아, 아니요, 학장님.」 가볍게 말했다. 「정말이지 저도 멍이 들어서 놀랐습니다. 정말 살짝 부딪혔거든요. 피부도 상하지 않았고요.」

「세면대 구석이라고 했나요?」 다른 사람이 물었다.

「네, 고어어쿼트 씨. 가끔 벌어지는 그런 멍청한 일 있잖아요. 면도기를 떨어뜨려서 주우려고 고개를 숙였다가 쾅 한 거죠. 헤비급한테 맞은 것처럼 어찔하더라니까요.」

고어어쿼트가 천천히 고개를 끄덕였다. 「운이 없었군요.」 그러고는 짙은 눈썹 아래로 딕슨을 위아래로 쳐다보았다. 입술이 실룩거리며 두세 번 튀어나왔다 들어가기를 반복했다. 「누가 제게 물어본다면,」 그러고는 계속해서 말했다. 「싸움을 한 거라고 말했을 겁니다. 안 그래요, 학장님?」

반짝거리는 분홍빛 대머리에 배가 불룩 나온 자그마한 체구를 한 학장은 그 특유의 웃음을 터뜨렸다. 그 소리는 성에서의 살인이 벌어지는 영화 속에 종종 울려 퍼지는 끔찍한 환희의 웃음소리와 굉장히 비슷해서, 전쟁 직후 학장이 대학에 왔을 때 처음 몇 주 동안은 휴게실 전체의 대화 소리를 잠재우곤 했다. 하지만 지금은 아무도 고개도 돌리지 않았고, 오로지 고어어쿼트만 약간 불편해 보였다.

4인조의 네 번째 멤버가 말했다. 「어, 그것 때문에 방해가 안 되어야 할 텐데, 거 뭐야, 자네가 읽는 그걸…… 그걸…….」

「아, 전혀요, 교수님.」 딕슨이 말했다. 「장담하건데 전 눈을 가리고도 그 원고는 읽을 수 있습니다. 너무 많이 읽었거든요.」

웰치가 고개를 끄덕였다. 「좋은 계획이지.」 그러고는 덧붙였다. 「내가 처음 강의를 시작했을 때가 생각나네. 바보같이 내용을 써놓기만 하고는 도대체…….」

「뭐 새로운 이야깃거리가 있나, 딕슨?」 학장이 물었다.

「새로운 거라고요, 선생님? 저, 이런 종류의…….」

「내 말은, 그건 꽤 연구가 된 과목이라는 말이지, 안 그런가? 요즈음 그 주제에 대해 새로운 관점을 가지는 게 가능한지 모르겠네. 하지만 개인적으로 내 생각은…….」

웰치가 불쑥 끼어들었다. 「학장님, 그 문제는 그런 게 아니라…….」

놀라운 이중창이 이어졌다. 학장과 웰치는 둘 다 쉴 새 없이 이야기를 계속했다. 한 사람이 목소리를 드높이면 다른 사람은 목청을 키워서, 마치 야심차게 시 낭송이라도 하는 듯한 광경이었다. 딕슨이 주위를 보니, 그와 고어어쿼트는 서로를 쳐다보고 있었고, 방 안은 두 경쟁자의 목소리를 제외하곤 조용해지기 시작했다. 마침내 학장이 대화를 그만두자, 웰치는 솔로 연주자가 카덴차[33]를 시작하는 순간의 오케스트라처럼 갑자기 조용해졌다. 「매 세대마다 되풀이할 가치가 있거나 없거나.」 학장이 결론을 내렸다.

그때 마코노치가 셰리주를 담은 잔들을 들고 들어오는 바람에 분위기가 전환되었다. 딕슨은 세 상급자가 잔을 들 때까지 의지력을 발휘하여 손을 옆구리에 딱 붙이고 있다가 술이 가장 그득 담긴 잔을 들어 입술에 갖다 댔다. 그런 행사에 술 공급을 담당하는 사무 주임은 처음 몇 차례 술이 돌고 나면 딱 잘라 버리는 걸로 악명이 높았다. 학장과, 학장과 이야기하고 있는 사람들에게만 제외하고 말이다. 딕슨은 자신이 이 그룹에 오래 머물 수 없다는 것을 잘 알고 있었고, 그래서 이 기회를 최대한 활용하기로 결심했다. 뭐라 말할 수 없는 방식으로 몸이 살짝 안 좋았지만, 새 잔을 들어 한 번에 반 잔을 들이켰다. 셰리주가 서서히 속을 덥히며 내려가, 앞서 마신 석 잔의 셰리주와 빌 앳킨슨의 위스키 여섯 잔과 합쳐졌다. 어떤 면에서, 하지만 오직 어떤 면에서만, 그는 20분 후인 6시 30분부터 시작될 강연이 더 이상 걱정되지 않기 시작했다.

딕슨은 사람들로 그득한 휴게실을 둘러보았다. 부모님을 제외하고, 그가 알거나, 한 번이라도 안 적 있는 모든 사람들이 다 거기 있는 것만 같았다. 웰치 부인이 몇 걸음 떨어진 곳에서 존스와 이야기하고 있었다. 보통 때 같으면 출입 불가인 이 방에 그가 들어와 있는 데는 그녀가 간접적으로 연루되어 있는 게 분명했다. 그 너머에는 버트런드와 크리스틴이 서로 별 대화 없이 서 있었다. 바로 그 뒤 창가에서는 음대 교수 바클리가 영문과 교수와 열렬하게 이야기를 나누고 있었

33 악곡이나 악장을 끝맺을 무렵, 연주자의 기교를 최대한 발휘할 수 있게 구성한 무반주 솔로 연주 부분.

는데, 분명 다음 주말 열리는 대학 위원회에서 딕슨을 몰아내는 데 한 표 던져야 한다고 촉구하고 있었을 것이다. 반대쪽에서는 비슬리가 한 말에 골드스미스가 웃음을 터뜨리고 있었다. 다른 쪽에는 딕슨이 알아볼 수 없는 사람들 투성이었다. 경제학자, 의학자, 지리학자, 사회학자, 법률가, 기술자, 수학자, 철학자, *lektors,*[34] *lecteurs,*[35] *lectrices.*[36] 그는 돌아다니며 이 방에서 나가 줬으면 좋겠다는 그의 바람을 모든 사람 한 명 한 명에게 일일이 알리고 싶었다. 전에 한 번도 보지 못한 사람들이 몇 명 있었는데, 이집트학 명예 교수부터 새 카페트 치수를 재러 대기 중인 인테리어업자에 이르기까지 누구라도 될 수 있을 것 같았다. 지역 유지들이 커다란 무리를 이루고 있었다. 아내를 대동한 시참사 의원, 사교계 성직자, 기사 작위를 받은 내과 의사, 모두들 대학 위원회 회원들이었다. 딕슨은 그 무리 끄트머리에서 웰치가 주최한 예술 주말 모임에서 본 지역 작곡가를 보고 깜짝 놀랐다. 그는 미친 듯이 아마추어 바이올리니스트를 찾아 방 안을 둘러봤지만, 소용없었다.

잠시 후 학장이 지역 유지들 쪽으로 와서 사교계 성직자에게 무슨 말을 하자 모두들 웃음을 터뜨렸다. 기사 작위를 받은 내과 의사만 웃지 않고 차가운 표정으로 사람들 얼굴을 둘러봤다. 거의 동시에 웰치 부인이 신호를 보내 웰치를 데려가서, 딕슨과 고어어쿼트만 남자 그가 말했다. 「이 게임을 한 지 얼마나 됐습니까, 딕슨?」

34 독일어로 강사.
35 프랑스어로 강사.
36 프랑스어로 여자 강사.

「이제 9개월이 돼가는군요. 작년 가을에 절 받아 줬으니까.」

「제가 보기에 당신은 여기서 굉장히 행복한 것 같지 않네요. 제 말이 맞나요?」

「네, 맞는 것 같네요, 대체로.」

「뭐가 문젭니까, 당신, 아니면 이곳?」

「아, 둘 다 마찬가지죠. 그 사람들은 제 시간을 낭비시키고, 전 그 사람들 시간을 낭비시키니까.」

「음, 그렇군요. 역사를 가르친다는 건 시간 낭비로군요, 그래요?」

딕슨은 이 사람에게 한 말은 신경 쓰지 않겠다고 결심했다. 「아뇨, 잘 가르치고 분별 있게 가르치면 역사는 사람들에게 엄청난 도움이 될 수 있어요. 하지만 실제로는 그렇게 되지 않죠. 여러 가지 일들이 방해를 하거든요. 그 책임이 누구에게 있는지는 딱히 모르겠습니다만. 잘못된 가르침이 주된 문제입니다. 나쁜 학생들이 아니라요.」

고어어쿼트는 고개를 끄덕이더니, 그를 힐끗 바라봤다. 「오늘 밤 당신 강연 말입니다. 그건 누구 생각입니까?」

「웰치 교수님요. 물론 전 거절할 수도 없었어요. 강연이 잘되면, 여기서 제 입지도 좋아지겠죠.」

「야심이 있나요?」

「아뇨. 여기서 일을 시작한 이래 제대로 한 게 없어요. 이 강연이 제가 잘리는 걸 막아 줄 수도 있겠죠.」

「여보게, 여기.」 고어어쿼트가 학장이 속한 무리를 향해 오고 있던 마코토치의 쟁반에서 셰리주가 담긴 잔 두 개를 낚아챘다. 딕슨은 아마 더 이상은 안 마시는 게 좋지 않을까 생각했지만 — 그는 이미 약간 알딸딸해지기 시작했다 — 자기에게 내밀어진 잔을 받아 들이켰다. 「왜 오늘 밤 여기에 오신 겁니까?」 딕슨이 물었다.

「최근 당신 학장을 너무 여러 번 피해 다녀서 여기에는 와야 할 것 같았거든요.」

「왜 신경을 쓰시는지 모르겠네요. 학장님에게 매인 몸도 아닌데. 지겨움을 자초하고 있으시네요.」

고어어쿼트가 다시 그를 쳐다봤고, 딕슨은 흐릿하게 보이는 상대방 얼굴 때문에 핑 도는 머리를 가라앉히느라 잠시 애를 먹었다. 「전 매일 몇 시간씩 지겨움을 자초하고 있습니다. 몇 시간 더한다고 죽지는 않겠죠.」

「왜 그걸 참는 거죠?」

「제가 중요하다고 생각하는 일을 사람들이 하도록 영향을 끼치고 싶어서죠. 그 사람들에게 먼저 절 따분하게 만들 기회를 주지 않으면, 그렇게 하게 만들 수가 없잖아요. 그럼 그 사람들이 제가 혼미해질 때까지 이야기를 늘어놓으며 즐긴 것처럼 제가 그 사람들에게 가서 제가 계획해 놓은 일들을 하게 하는 겁니다.」

「저도 그럴 수 있으면 좋겠네요.」 딕슨은 부러워하며 말했다. 「제가 이야기를 듣느라 혼미해져 있으면 — 사실 전 대부분의 시간 동안 그런 상태예요 — 바로 그때 그 사람들이 와서 자기들이 원하는 일을 저한테 하게 만들죠.」 걱정과 술이 합쳐져 마음속 격벽을 또 하나 뚫고 지나갔고, 그는 계속해서 진지하게 말했다. 「전 권태 탐지기예요. 아주 조율이 잘된 기구죠. 백만장자 하나만 잡을 수 있다면, 제가 돈 가방 하나 가치 정도는 충분히 해줄 수 있을 겁니다. 절 먼저 저녁 모임이나 칵테일 파티, 나이트클럽 같은 데 먼저 들여보내 5분 정도만 있게 해보면, 어떤 모임의 권태 계수도 읽어 낼 수 있을 걸요. 광산에 내려보내는 카나리아[37]와 같은 이치입니다. 그럼 그 백만장자는 그게 직접 가볼 가치가 있는 모임인지 아닌지 알 수 있는 거죠. 로터리 모임, 공연장에 모인 사람들, 골프 모임, 책과 음악 대신 인물평을 떠들어 대는 예술가인 척하는 사람들 사이에 저를 들여보내는 겁니다…….」 그는 고어어쿼트가 커다랗고 미끈한 얼굴을 한쪽으로 갸우뚱하며 자신을 향해 내미는 것을 알아차리고 말을 멈췄다. 「죄송합니다.」 작게 중얼거렸다. 「제가 그만…….」

고어어쿼트는 그를 아래위로 훑어보더니 한 손으로 한쪽 눈을 가렸다가 손가락으로 옆얼굴을 쓸어 내리며 살짝 미소 지었다. 흥미를 보이는 흔한 미소는 아니었지만, 적대적인 미소도 아니었다. 「여기 괴로워하는 사람이 또 하나 있군요.」 이 말을 하고는 태도가 바뀌었다. 「어느 학교를 나왔죠, 딕슨? 이런 질문을 해도 된다면요.」

「지방 공립 학교를 나왔습니다.」

고어어쿼트가 고개를 끄덕였다. 사교계 목사와 시참사 의원 하나가 다가오더니 잔을 채우고는 학장을 둘러싸고 있는 무리로 그를 데리고 갔다. 특별히 뭐라고 하지 않으면서도 따라올 필요가 없다는 것을 분명히 하는 그 자연스러운 태도에 딕슨은 감탄하지 않을 수가 없었다. 무심히 쳐다보고 있자니, 고어어쿼트가 두 사람 뒤로 살짝 처지면서 골드스미스 부부가 서 있는 건너편을 쳐다보았다. 세실과 비슬리는 이야

37 카나리아는 깨끗한 공기 속에서만 살 수 있기 때문에 탄광 속 공기를 측정하기 위해 광부들이 카나리아를 데리고 들어갔다고 한다. 카나리아가 노래를 그치고 죽거나 이상 현상을 보이면 작업을 중지하라는 신호로 여겼다.

기에 너무나 깊이 빠져 있어서, 캐럴이 고어어쿼트와 시선을 교환하는 것을 알아채지 못했다. 거의 알아차릴 수도 없고 해독할 수도 없는 눈길이 두 사람 사이를 오갔다. 물론 딕슨은 어리둥절했고 약간은 혼란스러웠지만, 그건 나중에 생각하기로 한 뒤 잔을 비우고 크리스틴과 버트런드에게 다가갔다. 「안녕하십니까, 두 분.」 그러고는 쾌활하게 외쳤다. 「어디 숨어 계셨어요?」

크리스틴이 버트런드에게 매서운 눈길을 보내 그가 말하려는 것을 막고 말했다. 「이게 이렇게 거창한 행사가 되리라고는 전혀 생각 못 했네요. 도시의 거물 인사 반은 다 여기 모인 것 같아요.」

「난 이제 당신 숙부님께 가고 싶어, 크리스틴.」 버트런드가 말했다. 「그분이랑 한두 건 의논할 거리가 있거든, 기억하실런지 모르겠지만.」

「잠깐만요, 버트런드. 시간은 많아요.」 크리스틴이 〈분개하지 않으며〉 말했다.

「아니, 아니, 시간이 별로 없어. 10분 뒤에 강연이 시작될 텐데, 내가 하려는 이야기를 하기엔 충분치 않거든.」

딕슨은 버트런드가 항상 〈아니〉 대신에 〈아니, 아니〉 하고 말하며 동시에 눈썹을 살짝 내렸다 올렸다 한다는 것을 알고 있었다. 그는 버트런드가 그러지 않기를 바랐다. 버트런드의 머리 너머로 캐럴이 세실과 마거릿 — 처음으로 그녀가 보였다 — 에게서 떨어져 자기 쪽으로 오고 있는 게 보였다. 그는 예전에 본 영화 대사를 인용하여 크리스틴에게 말했다. 「그 사람이 하자는 대로 하는 게 좋을 겁니다, 아가씨. 안 그러면 저 사람이 당신 이를 발로 집어 찰지도 모르거든요.」

「저리 가서 놀아요, 딕슨.」

「버트런드, 어떻게 그렇게 무례하게 굴 수가 있어요?」

「내가 무례하다고? 그거 맘에 드는걸. 내가 그렇게 무례하다니. 저 사람은 어때? 도대체 자기가 뭐라고 생각하고 있는 거야? 당신한테…….」

크리스틴의 얼굴이 빨개졌다. 「오기 전에 내가 한 말 잊었어요?」

「이봐, 크리스틴. 난 이…… 이 사람과 이야기하려고 여기 온 게 아니야, 이 사람에 대해서 이야기하려고 온 것도 아니고. 난 그저 순전히 당신 숙부와 만나려고 온 거야, 그런데 지금…….」

「어머, 안녕하세요, 버티.」 캐럴이 그의 뒤에서 말했다. 「당신이 필요해요. 이쪽으로 와줄래요?」

버트런드는 깜짝 놀란 기색을 하며 동시에 반쯤 몸을 돌렸다. 「안녕하세요, 캐럴, 하지만 전 막…….」

「잠깐이면 돼요.」 캐럴은 이렇게 말하며 그의 팔을 붙들었다. 「온전히 돌려보낼게요.」 그녀는 크리스틴에게 어깨 너머로 덧붙여 말했다.

「저…… 안녕하세요, 크리스틴.」 딕슨이 말했다.

「아, 안녕하세요.」

「이게 정말로 마지막이군요, 그렇죠?」

「네, 그러네요.」

그는 화가 나면서 동시에 자기 연민이 들었다. 「저만큼 신경 쓰는 것처럼 보이지는 않네요.」

그녀는 잠시 딕슨을 쳐다보더니, 그가 법의학 책 속의 사진이라도 보여 주기라도 한듯이 갑자기 고개를 옆으로 홱 돌렸다. 「신경 쓸 만큼 썼어요.」 그러고는 덧붙였다. 「이제 더 이상은 신경 쓰지 않을 거예요. 생각이 있다면 당신도 그러지 말아요.」

「신경 쓰지 않을 수가 없어요.」 딕슨이 말했다. 「그건 자기 마음대로 되는 일이 아니거든요. 어쩔 수 없이 계속 신경이 쓰여요.」

「눈은 어떻게 된 거예요?」

「오늘 오후에 버트런드와 좀 싸웠거든요.」

「싸움이요? 저한테는 아무런 말도 하지 않았는데. 뭐 때문에 싸운 거예요? 싸움 때문에?」

「당신에게서 떨어지라고 하더군요. 전 안 그럴 거라고 했고, 그래서 싸움이 시작된 거죠.」

「하지만 우린 그러기로 했잖아요……. 마음을 바꾼 건 아니겠죠……?」

「아니, 전 그저 그 사람이 저한테 이래라저래라 하는 게 싫었을 뿐이에요. 그게 답니다.」

「하지만 싸움이라니.」 그녀는 웃음을 꾹 참고 있는 것처럼 보였다. 「얼굴을 보니 당신이 진 것 같네요.」

그는 그 말이 마음에 안 들었지만, 호텔에서 차를 마실 때 싱긋거리며 웃던 걸 떠올렸다. 「천만에요. 누가 이기고 졌는지 결정하기 전에 버트런드의 귀를 보시죠.」

「어느 쪽이요?」

「오른쪽. 하지만 별로 상처 같은 게 없을지도 몰라요. 대부분 내상이었을 테니까.」

「때려눕혔어요?」

「아, 네, 완전히요. 잠시 동안 일어나지도 못했죠.」

「세상에.」 그녀는 도톰하고 메마른 입술을 살짝 벌린 채 그를 바라보았다. 속절없는 욕망의 고통으로 인해 딕슨은 마치 웰치의 이야기라도 듣고 있는 것처럼 마음이 무겁고 냉정해졌다. 다음 순간 그는 지난 몇 분처럼 그녀와의 첫 만남을 선명하게 떠올린 적이 없었다는 것을 느끼고 그녀를 노려보았다.

이 침묵의 순간, 버트런드가 갑자기 한 시의원의 아내 뒤에서 마치 심판을 우회하여 타자의 시야에 들어온 왼손잡이 크리켓 투수처럼 재빨리 발을 질질 끌며 다시 나타났다. 그는 얼굴이 벌겋게 달아 있었다. 순수한 감정이건 다른 감정이랑 섞인 감정이건 간에, 분노로 인해 거의 제정신이 아닌 게 분명했다. 캐럴이 호기심 가득한 표정으로 그의 뒤를 따라왔다.

「그만하면 됐어.」 버트런드가 목멘 소리로 울부짖었다. 「이런 식으로 속일 줄 알았지.」 그는 크리스틴의 팔을 잡고 거세게 잡아당겼다. 그러고는 떠나면서 딕슨에게 말했다. 「좋아, 이 친구야. 당신은 이제 끝이야. 다른 일자리를 찾아보는 게 좋을걸. 진심으로 하는 말이야.」 삼촌이 있는 무리를 향해 거의 억지로 끌려가고 있던 크리스틴이 깜짝 놀란 표정으로 딕슨을 어깨 너머로 잠시 쳐다봤다. 그러더니 그녀는 다른 두 사람을 따라갔다. 미치광이 살인범 같은 학장의 웃음소리가 커다랗게 들려왔다.

몇 분 전에 느꼈던 기분 나쁜 느낌이 다시 딕슨에게 찾아왔다. 그러더니 공포가 모든 생각을 휩쓸어 갔다. 버트런드는 분명 진심이었다. 웰치의 머릿속에 어떤 생각이 오가고 있었던 간에, 그의 아들이 폭로할 사실은 분명 엄청난 영향을 미칠 것이다 — 설령 그렇지 않을 거라고 해도 그의 아내에게도 저울에 더할 거리가 있었다. 이미 자진해서 더해 놓지 않았다면 말이다. 딕슨은 버트런드의 반대 운동은 이미 끝났으며 패배했다고 생각한 게 오산이었음을 깨달았다. 마지막 한 방이 아직 남아 있는데, 그는 텅 빈 벌판에서 무장도 하지 않은 꼴이었다. 처음에 스스로에게 경고한 일이 정말로 일어났다. 전투의 즐거움에 완전히 심취해서 정말이지 분별력과 신중함을 다 잃어버렸던 것이다. 그는 무력했다. 무엇보다도 저 수염 투성이 얼간이가 크리스틴의 팔을 잡고 서 있는 것을 막을 도리가 없었다. 그녀는 어색하고 불편한, 심지어 볼품없는 자세로 남자 친구 옆에 서 있었다. 하지만 딕슨의 생각으로는 그보다 더 아름다운 자세란 있을 수 없었다.

「마지막으로 봐두려고, 제임스?」

사각지대에서 마거릿이 갑자기 나타나는 바람에 딕슨은 경찰과 싸우고 있다가 또 한 명의 경찰이 말을 타고 나타나는 걸 본 사람처럼 깜짝 놀랐다. 완전히 얼떨떨한 기분이었다. 「뭐라고?」

「잘 봐두는 게 좋을 거야, 안 그래? 이제 더는 기회가 없을 테니까.」

「아니, 내 생각엔…….」

「물론 자주 런던에 올라가기로 정했다면 모를까. 그저 연락이나 하고 지내려고 말이야.」

딕슨은 완전히 놀라서, 이 단계에서 마거릿이 그를 놀라게 할 수 있다는 데 대해서도 놀라서 그녀의 얼굴을 빤히 바라보았다. 「무슨 소리야?」 멍해져서는 물었다.

「모른 척할 필요 없잖아? 당신이 무슨 생각을 하고 있는지 빤히 보이는데.」 마거릿은 말할 때면 늘 그렇듯이 코끝이 살짝 흔들렸다. 이 방이나 위층의 조그만 교실에서 이야기할 때 여러 번 봐왔던 모습대로, 그녀는 다리를 벌리고 팔짱을 낀 채 서 있었다. 긴장하지도, 흥분하지도, 불편해하지도, 화나 보이지도 않았다.

딕슨은 피곤한 한숨을 깊게 내쉰 다음, 이런 일의 관습상 주어진 역할인 항의나 변명에 뛰어들었다. 이야기를 하면서 그는 최근 마거릿과의 관계에 있어 유일하게 도덕적 우세를 부여해 주었던 결정, 즉 크리스틴에게 더 이상 적극적인 관심을 갖지 않기로 한 자발적인 결정을 그가 어떻게 교활하게 빼앗겨 버렸는지를 생각했다. 자진해서 거절한 것을 동정한다는 이유로 책망당하고 있으니 마음이 쓰라렸다. 어찌나 기분이 바닥을 치는지 땅바닥에 누워 개처럼 헐떡거리고 싶었다. 직장도, 크리스틴도 없는 데다, 이제 마거릿과의 게임에서 대패까지 당하다니.

그들의 대화는 학장의 무리가 문 쪽으로 가는 바람에 어떤 결론도 없이 끝났다. 고어어쿼트는 버트런드와 크리스틴과의 이야기에 몰두해 있는 것 같았다. 웰치가 불렀다. 「준비됐나, 딕슨?」 부인 옆에 서 있으니 그는 그 어느 때보다도, 부엌데기 출신 아내 옆에 선, 이따금씩 밀렵을 저지르는 버릇이 있는 늙은 권투 선수와 닮아 보였다.

「강당에서 뵙겠습니다, 교수님.」 딕슨은 웰치에게 대답한 다음, 마거릿에게 한마디 하고 서둘러 휴게실로 들어갔다. 무대 공포증이 그를 덮쳤다. 손은 차갑고 축축했고, 다리는 가는 모래로 가득 찬 흐늘흐늘한 고무관 같은 데다, 호흡을 가다듬기도 힘들었다. 화장실에서 볼일을 보며 에블린 워[38]

같은 얼굴을 해보려고 했다가 곧 포기하고 평소보다 더 사나운 표정을 지으려고 애썼다. 이 사이에 혀를 넣어 꽉 물고 양 볼을 반구형 풍선 모양으로 부풀렸다. 윗입술은 억지로 아래쪽으로 내려 바보처럼 쑥 내밀고, 턱은 삽날처럼 내밀었다. 돌아서는 순간, 그는 고어어쿼트와 정면으로 마주쳤다. 그 순간 표정을 풀고 말했다. 「아, 안녕하세요?」

「안녕하세요, 딕슨.」 고어어쿼트가 지나쳐 가며 말했다.

딕슨은 세면대 위 거울로 다가가서 눈두덩이를 살펴봤다. 기억 속의 색보다 훨씬 더 연해져 있었다. 이런 상황에서 옷이나 머리를 아무리 멋지게 꾸며 봤자 소용없는 일일 것이다. 그가 책장에서 강연 원고가 들어 있는, 훔쳐 온 영국 공군 서류철을 꺼내 나가려는 순간, 고어어쿼트가 불렀다. 「잠깐만요, 딕슨.」

딕슨은 걸음을 멈추고 돌아봤다. 고어어쿼트가 다가와 서더니, 마치 강연이 끝나는 대로 목탄이나 잉크 같은 걸로 그를 우스꽝스럽게 스케치하려는 계획이라도 세우는 것처럼 빤히 바라보았다. 그러더니 잠시 후 말했다. 「혹시 긴장됩니까?」

「굉장히요.」

고어어쿼트는 고개를 끄덕이더니, 몸에 안 맞는 옷 안에서 얄팍하지만 실속 있게 생긴 휴대 용기를 꺼냈다. 「쭉 들이켜요.」

「고맙습니다.」 딕슨은 기침에 신경 쓰지 않기로 결심하고 — 그가 이제껏 마셔 본 어떤 술보다 더 — 스카치위스키가 분명한 술을 한 모금 가득 들이켰다. 심한 기침이 터져 나왔다.

38 Evelyn Waugh(1903~1966). 『한 줌의 먼지』 등을 집필한 영국의 소설가. 여기서는 사진 촬영 시 짓는 에블린 워의 근엄하고 진중한 표정을 말하고 있다.

「아, 그거 좋은 술이에요. 한 모금 더 마셔요.」

「고맙습니다.」 딕슨은 전과 똑같이 마신 다음, 숨을 헐떡거리며 소맷자락으로 입을 닦고 용기를 돌려줬다. 「정말 감사합니다.」

「기운을 북돋워 줄 겁니다. 내 셰리 통에서 가져온 거예요. 음, 사람들을 기다리게 하지 않으려면 서두르는 게 좋겠군요.」

마지막 지각생들이 아직도 휴게실에서 나와 계단을 올라가고 있었다. 계단 꼭대기에서 한 무리의 사람들이 기다리고 있었다. 골드스미스 부부, 버트런드, 크리스틴, 웰치, 비슬리와 역사과의 다른 강사들이었다.

「우리 먼저 가는 게 좋겠군요, 선생님.」 버트런드가 말했다.

그들은 강당 안으로 들어가기 시작했다. 강당 안은 당황스러울 정도로 꽉 차 있었다. 발코니석 앞줄에는 학생들이 빼곡히 들어차 있었다. 대화 소리가 시끄럽게 섞여 들려왔다.

「솜씨를 보여 줘요, 짐.」 캐럴이 말했다.

「잘해. 친구.」 세실이 말했다.

「행운을 비네, 짐.」 비슬리가 말했다. 모두들 자기 자리를 찾아갔다.

「자, 시작해요.」 고어어쿼트가 조그맣게 말했다. 「걱정할 필요 없어요. 다 싹 쓸어 버리라고.」 그러고는 딕슨의 팔을 꽉 움켜쥐었다가 놓았다.

등 뒤에서 왔다 갔다 자리를 찾는 소리를 들으며, 딕슨은 웰치를 따라 무대 위로 올라갔다. 학장과 뚱뚱한 시참사 의원은 이미 무대 위에 올라가 있었다. 딕슨은 자신이 취해 있다는 걸 깨달았다.

22

웰치가 서막을 여는 그 특유의 소리를 냈다. 아들의 짖는 소리와 동종인 그 소리는 강연을 시작할 때면 으레 그가 정숙을 요청하는 소리였다. 딕슨은 학생들이 그 소리를 흉내 내는 걸 들어 본 적 있었다. 강당 안이 서서히 고요해졌다. 「오늘 우리는 여기에,」 청중들에게 알렸다. 「강연을 들으러 왔습니다.」

웰치가 몸을 이리저리 흔들며 이야기하는 통에, 탁자 위 독서 등이 상반신을 더 환하게 비추었다. 딕슨은 그가 하는 말을 듣지 않으려고 강당 안을 몰래 둘러보았다. 확실히 가득 차 있었다. 뒤의 몇 줄은 사람들이 듬성듬성 앉아 있었지만 앞쪽은 꽉 들어차 있었다. 교직원과 그 가족들, 다양한 지역 유지들이 주로 그 자리를 채우고 있었다. 딕슨의 시선이 닿는 한까지는 발코니석도 가득 차 있었고, 일부는 뒤쪽 벽에 서 있었다. 가까운 자리로 시선을 내리니 두 명의 시참사 의원 중 좀 더 마른 체격의 의원과 지역 작곡가, 사교계 성직자가 눈에 들어왔다. 작위를 받은 내과 의사는 아마도 셰리주만 마시러 왔던 모양이었다. 더 먼 곳으로 시선을 돌리기 전, 미약하게 되풀이되던 안 좋은 기분이 기절할 것 같은 느낌인 게 분명해졌다. 등줄기에서 퍼져 나온 열이 머리까지 올라와 단단히 자리를 잡은 것만 같았다. 자기도 모르게 신음 소리를 내뱉으려는 찰나, 그는 의지력을 발휘해 괜찮아지려고 애썼다. 그냥 긴장한 것뿐이라고 되뇌었다. 그리고 물론 술도.

웰치가 〈……딕슨 씨〉라 말하고 앉자, 딕슨은 일어섰다. 무대 공포증에 떠는 만화 속 인물처럼 무릎이 사정없이 후들거렸다. 우레 같은 박수 소리가 터져 나왔다. 주로 발코니석 쪽에서 나오는 것 같았다. 발을 구르는 둔탁한 소리들이 들렸다. 그는 다소 힘겹게 탁자 앞에 자리를 잡고 서서 첫 번째 문장을 훑어보고 고개를 들었다. 박수 소리가 약간 잦아들며, 그 사이로 웃음소리가 들렸다. 그러더니 박수 소리가 다시 커지기 시작하며 전보다 더 커졌다. 발 구르는 소리는 특히 더했다. 발코니석 청중들이 딕슨의 검게 멍든 눈두덩이를 처음으로 똑똑히 본 것이다.

첫 번째 열의 머리 몇 개가 그쪽 방향으로 돌아갔다. 딕슨이 보니, 학장이 화난 표정으로 소란스런 구역을 노려보고 있었다. 안 그래도 곤혹스러워하고 있던 딕슨은, 나중에 자기도 어쩌다 그랬는지 도무지 이해할 수 없었지만 웰치의 서막 소리를 절묘하게 흉내 냈다. 소란은 적법한 갈채로 간주될 수 있는 단계를 지나 더욱 커졌다. 학장이 천천히 자리에서 일어났다. 소란은 가라앉기 시작했지만, 완전히 조용해지지는 않았다. 잠시 후, 학장은 딕슨에게 고개를 끄덕여 보이고 다시 자리에 앉았다.

마치 곧 재채기라도 터져 나올 것처럼 피가 귀로 확 몰렸다.

어떻게 그가 여기 저 사람들 앞에 서서 이야기를 하려고 할 수 있겠는가? 그러면 그의 입에서 얼마나 더 짐승 같은 소리가 나올까? 그는 원고 귀퉁이를 정리하며 강연을 시작했다.

여섯 문장쯤 말했을 때, 딕슨은 뭔가가 굉장히 잘못됐다는 걸 깨달았다. 발코니석 쪽에서 웅성대는 소리가 조금 더 커졌다. 다음 순간 그는 무엇이 그렇게 잘못된 건지 깨달았다. 그가 계속해서 웰치의 어법을 사용하고 있었던 것이다. 원고를 자연스럽게 들리게 하려고 이곳저곳에다 〈물론〉, 〈아시겠지만〉, 〈소위〉 등의 말들을 끼워 넣었는데, 그것만큼 확고하게 웰치를 떠올리게 만드는 게 없었던 것이다. 게다가 강연 내용을 그럴듯하게 만들려는, 즉 웰치의 마음에 들게 하려는 일부 무의식적 시도에서 그는 〈사회적 의식의 통합〉, 〈일과 기술의 동일시〉 등 웰치가 좋아하는 상투어들을 다수 가져와 썼다. 고군분투하고 있던 마음속에 이 사실이 번개처럼 스치고 지나가자, 그는 한두 구절에서 버벅대고 주저하고 같은 말을 반복하기 시작했고, 심지어 어디를 읽고 있는지 잊어버리는 바람에 10초 동안 아무 말 없이 강연을 중단하기까지 했다. 발코니석에서 점점 커져 가는 웅성대는 소리는 다들 이러한 영향을 모른 채 넘어가고 있지 않음을 알려 줬다. 그는 땀을 뻘뻘 흘리고 얼굴이 벌개진 채 자신의 목소리에 착 달라붙은 웰치의 어조를 들으며 죽을힘을 다해 조금 더 계속했다. 그 순간엔 그 어조를 떨쳐 낼 방도가 없었다. 취기가 머릿속에 파도처럼 밀려와 고어어쿼트가 준 위스키의 전위 부대가 도착했음을 알렸다 — 아니면 마지막으로 마신 셰리주인가? 그게 어찌나 뜨겁던지. 그는 말을 멈춘 뒤 가능한 한 웰치와 다른 톤을 찾아 목을 가다듬고, 새롭게 시작했다. 잠시 동안 모든 게 순조로워 보였다.

그는 이야기를 하며 앞자리를 슬쩍 둘러보기 시작했다. 고어쿼트는 버트런드 옆에 앉아 있었고, 버트런드 옆에는 그의 어머니가 앉아 있었다. 크리스틴은 삼촌 옆자리에, 그 옆에는 세실이, 그 옆에는 비슬리가 앉아 있었다. 마거릿은 반대편 끝 쪽의 웰치 부인 옆에 앉아 있었지만, 안경이 빛을 반사하는 바람에 그녀가 그를 보고 있는지 아닌지는 알 수 없었다. 그때 크리스틴이 캐럴에게 뭐라고 속삭이는 게 보였는데, 약간 동요한 기색이었다. 그는 그 때문에 낙담하지 않으려고 빌 앳킨슨을 찾으려 먼 곳으로 시선을 돌렸다. 그렇다, 그는 중앙 열 옆 중간보다 뒤쪽에 앉아 있었다. 한 시간 30분 전 앳킨슨은 위스키를 마시면서, 자기는 강연에 올 뿐만 아니라 어쩌다 일이 잘못될 경우 딕슨이 양쪽 귀를 동시에 긁으면 기절하는 척하겠다고 우겼다. 「내 멋들어지게 기절해 주지.」 오만한 목소리로 말이다. 「그러면 딴 데로 관심이 쏠릴 거요. 걱정 말게.」 그 말을 떠올린 딕슨은 웃음이 터져 나오려는 걸 억지로 참아야만 했다. 그 순간 연단 가까운 곳에서 벌어진 조그만 소동이 시선을 끌었다. 크리스틴과 캐럴이 강당에서 나가려는 게 분명한 태도로 세실과 비슬리를 지나나가고 있었고, 버트런드는 앞으로 몸을 쑥 빼고 다들 들으라는 듯이 그들에게 뭐라고 속삭여 대고 있었다. 고어쿼트가 걱정스런 표정으로 반쯤 일어섰다. 딕슨은 당황해서 다시 말을 멈췄다. 그러다가 두 여자가 통로로 나와 문 쪽으로 걸어가자, 너무 성급하게 다시 강연을 계속했다. 알아듣기 힘들게 떠듬거리며 중얼거리는 그의 말투에는 만취의 기운이 역력했다. 그는 불안하게 발을 이리저리 바꿔 가며 서 있다가 탁자 기둥에 걸려 크게 앞으로 휘청했다. 발코니석에서 다시 웅성대는 소리가 들려오기 시작했다. 마른 시참사 의원과 그의 아내가 비난조의 시선을 교환하는 게 휙 눈에 들어왔다. 그는 말을 멈췄다.

정신을 차려 보니, 그는 또다시 문장 중간에서 갈 곳을 잃고 있었다. 입술을 깨물며 다시는 탈선하지 않겠노라 결심했다. 목청을 가다듬고, 제자리를 찾은 후, 모든 자음을 강조해서 발음하고 매 단계 끝마다 소리를 높여서 딱딱한 어조로 강연을 계속했다. 어쨌거나 이젠 사람들이 모든 단어를 들을 수 있을 거라고 그는 생각했다. 계속 말하고 있던 그는 두 번째로 뭔가 잘못됐다는 걸 의식했다. 몇 분이 지나고서야 자기가 이번에는 학장의 흉내를 내고 있다는 걸 깨달았다.

그는 고개를 들었다. 발코니석에서 들썩거리는 움직임이 느껴졌다. 그쪽에서 뭔가 무거운 것이 바닥에 요란하게 떨어졌다. 문 가까이 서 있던 마코노치가 밖으로 나갔다. 아마도 올라가서 질서를 바로잡으려고 그러는 것 같았다. 이번에는 강당 한가운데가 웅성대기 시작했다. 사교계 성직자가 울리는 저음으로 뭐라고 말했다. 비슬리는 자리에 앉아 이리저리 몸을 뒤틀고 있었다. 「왜 그러는 건가, 딕슨?」 웰치가 쉿 하고 꾸짖었다.

「죄송합니다, 교수님……. 약간 긴장해서……. 좀 지나면 괜찮아질…….」

찌는 듯 더운 밤이었다. 딕슨은 참을 수 없이 더웠다. 그래서 떨리는 손으로 앞에 놓인 물병에서 물을 한 잔 따라 정신없이 마셨다. 발코니석에서 커다랗지만 똑똑히 알아들을 순 없는 의견이 터져 나왔다. 딕슨은 울음을 터뜨릴 것 같은 심정이었다. 기절해 버릴까? 그건 어렵지 않을 것이다. 아니, 그러면 모든 사람이 그가 알코올에 굴복했다고 추측할 것이다. 마지막 힘을 다해 정신을 추스르고, 침묵이 거의 30초나 이어진 끝에 강연을 재개했지만, 정상적인 목소리가 나오지 않았다. 마치 통상시에 말하는 법을 잊어버린 것만 같았다. 그는 이번에는 누군가의 기분을 상하게 하거나 목소리를 닮을 가능성이 가장 적을 것 같은, 과장된 북부 억양을 택했다. 처음에 발코니석에서 요란스런 웃음이 한바탕 터지고 나자, 상황은 진정됐다. 아마도 마코노치의 영향 탓일지도 몰랐다. 이제 몇 분간 모든 게 순조롭게 흘러갔다. 그는 이제 반 정도 끝내 가고 있었다.

그렇게 읽어 나가고 있을 때, 상황이 세 번째로 서서히 틀어지기 시작했다. 하지만 전처럼 말하는 내용이나 방식 때문이 아니었다. 이번에는 그의 머릿속이 문제였다. 취기가 아니라 막대한 우울함과 피로감이 머릿속에서 거의 명백하게 형태를 띠어 가고 있었다. 한 문장을 말하는 동안에도, 크리스틴을 생각하면 슬픔이 혀를 뿌리째 붙들고 구슬픈 침묵 속으로 빠져들게 하려 버둥거렸다. 또 한 문장을 말하고 있으면, 초조한 공포의 외침이 마거릿과의 상황에서 그가 느끼는 기분을 사방팔방에 알리려고 후두부 안으로 더듬고 비집고 나오려 했다. 다음 문장을 말하는 동안에는, 분노와 공포가 입과 혀, 입술을 제대로 비틀어 버트런드와 웰치 부인, 학장, 사무 주임, 대학 위원회, 대학을 히스테리컬하게 고발하게 만들겠노라 협박했다. 딕슨은 앞에 앉은 청중들을 거의 의식하지 않기 시작했다. 그중 유일하게 그가 아끼는 사람은 자리를 떠났고, 아마도 다시 돌아오지 않을 것이다. 그렇다, 이것이 이곳에서 그의 마지막 공식석상이라면 사람들이 빨리 잊지 못하도록 해줄 것이다. 비록 아무리 적을지라도 일부 참석자들에게, 아무리 작을지라도 약간의 좋은 일을 해줄 것이다. 흉내는 이제 그만, 그건 그를 너무 놀라게 만들었다. 하지만 억양을 통해 그의 과목에 대한 자신의 생각과 그가 말하고 있는 바의 가치를, 물론 매우 미묘하게, 암시할 수 있을 것이다.

서서히, 하지만 그의 머릿속 일부에서 느끼는 것만큼은 느리지 않게, 그는 자신의 어조에 냉소적이며 호된 신랄함을 불어넣기 시작했다. 정신 병원에 있는 사람이 아니고서야 이 억측 투성이에다 무의미하고 기만적이며 지루한 쓰레기 같은 말들은 한 마디도 진지하게 받아들일 수 없으리라는 걸 암시하고자 했다. 순식간에 그는 평화주의자인 유대인 공산주의 학자가 쓴 팸플릿의 일부 구절을 군중들에게 낭독해 주고 있는 분서의 담당인 광신자 나치 군인 같은 말투를 꾸며내고 있었다. 반쯤은 흥미로워하는, 반쯤은 분개한 중얼거리는 소리들이 주위에서 점점 크게 들려왔지만, 귀를 틀어막고 계속해서 읽어 나갔다. 그는 거의 무의식적으로 뭐라 말할 수 없는 외국 억양을 채택해 점점 더 빨리 읽어 나가기 시작했다. 머리가 빙빙 돌았다. 마치 꿈속에서 벌어지는 일처럼 웰치가 일어나 속삭이다가 옆에서 이야기하는 소리가 들렸다. 그는 조소의 콧방귀를 참으며 자신의 강연 원고를 힘주어 읽기 시작했다. 음절 하나하나를 저주처럼 내뱉고, 잘못된 발음이나 생략, 두음 전환도 바로잡지 않으며, 프레스토[39]

39 *Presto*. 빨리 연주하라는 의미의 음악 용어.

박자를 따라가는 연주 보조자처럼 자신의 원고 페이지를 휙 휙 넘기며 목소리를 점점 드높였다. 마침내 마지막 문단에 다다르자 그는 말을 멈추고 청중들을 바라보았다.

그의 아래쪽에는 지역 유지들이 얼어붙은 듯이 놀라 항의하는 태도로 노려보고 있었다. 교직원 쪽에서는 고참 멤버들이 비슷한 표정을 지으며 쳐다보고 있었고, 신참들은 아예 쳐다보지도 않으려 했다. 강당 중앙 부분에서 소리를 내는 사람은 고어어쿼트가 유일했는데, 그가 내는 소리는 커다랗고 날카로운 웃음소리였다. 고함 소리와 휘파람 소리, 박수 소리가 발코니석에서 터져 나왔다. 딕슨이 손을 들어 정숙을 요구했지만, 시끄러운 소리는 계속됐다. 참을 수 없을 정도였다. 그는 또 기절할 것 같은 기분이 들어 양쪽 귀에 손을 갖다 댔다. 온갖 시끄러운 소음을 뚫고 더 시끄러운 소리가, 신음과 고함의 중간쯤 되는 소리가 들렸다. 멀어서 귀를 긁는 것과 막는 것을 구분하지 못한 건지 하기 싫었던 건지는 모르겠지만, 강당 중간쯤에 있던 빌 앳킨슨이 통로에 대자로 뻗어 버린 것이다. 학장이 벌떡 일어나 입을 열었다 닫았다 했지만, 강당 안은 전혀 조용해지지 않았다. 그는 몸을 숙여 옆에 앉은 시참사 의원과 다급하게 속삭여 대기 시작했다. 앳킨슨 주위의 사람들은 그를 일으켜 보려 했지만 역부족이었다. 웰치가 딕슨의 이름을 부르기 시작했다. 학생들이 줄줄이 들어오더니 가로누워 있는 앳킨슨 쪽으로 다가갔다. 줄잡아 스무 명이나 서른 명 정도는 되었다. 서로에게 고함을 질러 방향을 지시하고 조언을 한 끝에, 그들은 앳킨슨을 들어 문밖으로 운반해 나갔다. 딕슨이 탁자 앞으로 돌아 나오자 소동이 잠잠해졌다. 「그거면 됐네, 딕슨.」 학장이 웰치에게 손짓을 하며 커다란 소리로 말했지만 이미 너무 늦었다.

「결국, 이 모든 것의 실용적 적용은 무엇입니까?」 딕슨은 정상적인 목소리로 말했다. 현기증에 사로잡혀 있는 느낌이었다. 자기 의지를 가지고 의식적으로 말하고 있는 게 아니라 자기가 이야기하는 소리를 듣고 있는 것 같았다. 「들어 보십시오. 제가 말해 드리죠. 메리 잉글랜드의 핵심은 그게 아마도 우리 역사상 가장 즐겁지 않은 시기였다는 점입니다. 그건 그저 수공예 도자기를 만드는 무리들, 유기농 농사를 짓는 무리들, 피리 부는 무리들, 에스페란토어…….」 그는 말을 멈추고 휘청거렸다. 열기와 술, 불안, 죄의식이 마침내 내부에서 합쳐졌다. 머리는 부풀어 오르는 동시에 가벼워지는 것 같았고, 몸은 구성 입자 알갱이들로 갈려지고 있는 듯한 느낌이었다. 귀에서는 윙윙 소리가 났고, 시야의 옆과 위, 아래는 연기 자욱하고 기름진 어둠에 침식당하고 있었다. 양쪽에서 의자가 삐걱대는 소리가 나더니, 손 하나가 어깨를 잡아 그를 비틀대게 만들었다. 그는 웰치의 팔을 어깨에 두른 채, 털썩 무릎을 꿇고 주저앉았다. 떠들썩한 소음 위로 학장의 목소리가 희미하게 들렸다. 「……갑작스런 병으로 강연을 중단…… 분명 여러분 모두는…….」

이제 다 끝냈어, 그는 가까스로 생각했다. 그리고 그들에게 말하지조차 않고……. 폐 속으로 숨을 들이마셨다. 이걸 다시 내뱉을 수만 있다면 다 괜찮을 거야. 하지만 그럴 수 없었다. 그러고는 말 없는 목소리들의 포효 속에서 모든 것이 희미해졌다.

23

「그게 다야.」 비슬리가 다음 날 아침 말했다. 「꽤나 이해가 가지. 하지만 정말로 자넬 끝장낸 건 그가 준 위스키였어, 안 그래?」

「그래, 내 생각에도 그 술만 없었다면 괜찮았을 것 같아. 하지만 그걸 웰치에게 말할 순 없어.」

「물론 그럴 순 없지, 짐. 하지만 불안이나 열기 등등에 대해선 뭐라고 변명해 볼 수 있어. 어쨌거나 결국 자넨 기절했으니까.」

「하지만 대중 강연을 망친 건 절대 용서하지 않을걸. 그리고 불안 때문에 네디와 학장 흉내를 내지도 않을 테고. 그렇잖아?」

그들은 교문들을 지나 안으로 들어갔다. 학생 세 명이 거기서 어정거리고 있다가 갑자기 조용해지더니 딕슨이 지나가자 서로 슬쩍 찔러 댔다. 비슬리가 말했다. 「모르겠어. 해볼 수는 있잖아, 안 그래? 잃을 것도 없으니까.」

「그래, 자네 말이 맞아, 앨프리드. 아, 상관없어. 어차피 내가 자초한 일이니까. 또 크리스틴 문제도 있잖아. 지금쯤은 웰치도 그 일에 대해 알게 됐을걸.」

「너무 우울해하지 마. 웰치는 버트람인지 뭔지 따위가 한 이야기를 귀담아듣지 않을 거야. 자네가 아들 여자 친구한테 한 일은 웰치와는 상관없잖아, 안 그래?」

「마거릿 건도 있지. 분명 웰치는 그걸 그녀를 저버린 일로 볼 거잖아. 자네 시각이 어떻든 간에, 어쨌든 사실이 그렇고.」

비슬리는 대답 없이 그를 흘깃 쳐다봤다. 그러더니 휴게실로 들어가면서 말했다.「그것 때문에 낙담해선 안돼, 짐. 커피 타임에 볼 거지?」

「그래.」 딕슨은 멍하니 대답했다. 자신의 우편함에 든 메모에서 웰치의 필체를 알아본 그는 위장이 뒤틀리는 것 같았다. 나가서 위층으로 올라가 메모를 읽었다. 웰치는 다음 주 위원회가 열렸을 때 자신이 딕슨의 강사직 유지를 추천할 수 없을 것 같다는 것을 비공식적으로 알려야 한다고 생각했다. 마찬가지로 비공식적으로 가능한 한 빨리 이 지역에서 일을 정리해서 떠나라고 충고했다. 딕슨이 새 일자리에 지원한다면 필요한 추천장도 다 써줄 것이다. 이 도시가 아닌 곳이기만 하다면 말이다. 딕슨과 함께 일하는 것이 즐거웠기 때문에 개인적으로는 그가 떠나서 섭섭하다고 했다. 추신이 덧붙어 있었는데, 거기서 그는 딕슨에게 〈침대보 문제〉는 걱정하지 말라고 했다. 웰치 자신은 〈그 문제가 해결된 것으로 생각〉할 준비가 되어 있다는 것이다. 음, 그것 참 관대하군, 딕슨은 강연으로 웰치를 실망시켰던 게 살짝 양심에 찔렸다. 그보다는 덜하지만, 너무 많은 시간과 에너지를 웰치를 미워하는 데 쏟은 것도 좀 찔렸다.

그는 세실 골드스미스와 같이 쓰는 방으로 들어가 창가에

섰다. 지난 며칠 동안 찌는 듯했던 날씨는 천둥도 없이 사라졌고, 하늘은 몇 시간 동안 맑게 개어 있을 모양새였다. 물리학 연구실에서는 개조 공사가 벌어지고 있어서, 벽 옆에 세워 놓은 트럭에서 벽돌과 시멘트가 내려지고 있었고 망치 소리가 들렸다. 학교 선생 일은 쉽게 구할 수 있었다. 딕슨의 옛 교장 선생이 크리스마스 때 3학년 역사 선생 자리가 9월까지는 채워지지 않을 거라고 했다. 딕슨은 교장에게 편지를 써서 자신은 대학에서 가르치는 게 맞지 않다고 할 것이다. 하지만 오늘 편지를 쓰지는 않을 것이다, 오늘은.

오늘은 뭘 하지? 그는 창가에서 물러나 골드스미스의 탁자 위에 놓인 두툼하고 근사한 정기 간행물을 집어 들었다. 무슨 이탈리아 역사학회의 학회지였다. 표지의 무언가가 눈길을 끌어 그는 관련 페이지를 찾아 들어갔다. 한 번도 이탈리아어를 배운 적은 없지만, 이 논문 위에 적힌 이름 L. S. 케이턴은 전혀 어렵지 않았고, 1~2분 후에는 논문의 전반적 흐름도 어렵지 않게 파악할 수 있었다. 15세기 후반 서유럽의 조선 기술과 그것이 이런저런 분야에 미친 영향에 관한 내용이었다. 의심의 여지가 없었다. 이것은 원래 딕슨이 쓴 논문을 거의 똑같이 고쳐 썼거나 번역한 논문이었다. 그는 어떤 표정을 지어야 할지 몰라 하며 일단 욕을 퍼부으려고 숨을 들이마셨지만, 그 대신 히스테리컬하게 깩깩거리며 웃어 댔다. 그러니까 이런 식으로 사람들은 자리를 얻는 거였다, 안 그런가? 하여간 그런 자리들을 말이다. 아 뭐, 이젠 상관도 없었다. 하지만 얼마나 교활한……. 그러자 생각이 났다. 그가 오늘 해야 할 일 중 하나는 존스를 만나 그의 최신 배신 건에 대해 욕을 하거나, 심지어 백병전을 벌이는 것이었다. 그는 밖으로 나가 계단을 내려갔다.

범죄의 재구성은 쉬웠다. 비슬리와 앳킨스를 참고한 끝에, 딕슨은 두 사람이 크리스틴과의 차-데이트 이야기를 하는 것을 존스가 엿들었고 기회가 오자마자 그 소식을 그의 친구이자 후원자에게 넘겼다고 추론했다. 그랬을지도 모르는 사람이니까, 따라서 분명히 그랬을 것이다. 존스가 그 정보를 어떻게 얻었든지 간에, 어쨌거나 버트런드는 사실상 그가 제보자라고 말한 거나 다름없었다. 그는 증오심으로 인해 잠시 네온사인처럼 달아올라 존스의 연구실 문을 두드리고 안으로 들어갔다.

안에는 아무도 없었다. 딕슨이 책상으로 가서 보니, 보험 증서가 잔뜩 놓여 있었다. 그는 잠시 곰곰이 생각했다. 존스의 배신을 두 번이나 겪어야 할 만한 일을 한 적이 있나? 정기 간행물 표지의 작곡가 얼굴에 장식을 그려 넣은 거? 그건 해롭지 않은 농담이었다. 조 히긴스에게서 온 편지? 빤한 장난이지. 딕슨은 고개를 주억대고는 보험 증서를 한 움큼 잡아 주머니에 쑤셔 넣고 밖으로 나갔다.

몇 분 후 그는 보일러실로 살금살금 내려가고 있었다. 주위에는 아무도 없는 것 같았다. 그는 작동 중인 보일러를 찾아 기계들 사이를 탐색하며 돌아다녔고, 발밑에서는 석탄가루가 부서졌다. 온 집 안의 화장실 물을 데우고 있는 보일러가 분명 하나 있을 것이다. 여기, 힘차게 연기를 내뿜고 있는 보일러가 하나 있었다. 그는 그 앞의 바닥에서 도구 같은 걸 하나 들어 뚜껑을 옆으로 밀어냈다. 증서는 순식간에 완전히 타버렸다. 어떤 흔적도 남지 않을 것이다. 그는 뚜껑을 닫고 계단을 달려 올라갔다. 그가 나오는 걸 본 사람은 하나도 없었다.

이제 무엇을 해야 할까? 이제 와서 깨달았지만, 그는 어떤 뚜렷한 생각도 없이, 그저 비슬리와 헤어지기 싫어서 대학에 왔다. 하지만 이제 그는 해고당했고, 커피 타임이 될 때까지 기다리고 싶진 않았다. 게다가 그때가 되면 웰치나 학장과 마주칠 수도 있었다. 자기 물건을 치우기 위해서가 아니라면, 정말이지 다시 여기 와야 할 이유는 전혀 없었다. 음, 분명 다음에 해야 할 일은 그거였고, 그 일이라면 한 번만에 끝낼 수 있었다. 참고서 두세 권과 강의 노트 몇 권 외엔 아무것도 가져온 게 없었기 때문이었다. 그는 다시 자기 방으로 돌아가 물건들을 챙기기 시작했다. 그러고는 생각했다, 고향에서 일하게 되면 마거릿을 덜 볼 수 있겠지만, 충분할 정도는 아니었다. 마거릿의 고향과 그의 고향은 15마일 정도밖에 떨어져 있지 않았기 때문이다. 경험이 이미 증명했듯이, 그 정도는 방학 동안 적어도 일주일에 한 번 정도 함께 저녁 시간을 보내기 위해 움직이기에는 적당한, 혹은 완전히 말도 안 되는 것은 아닌 거리였다. 그리고 석 달 동안의 방학이 앞에 놓여 있었다.

학교에서 나오고 있는데, 딱히 알아볼 수 없지만 어딘가 낯설지 않은 외모의 남자 하나가 그에게 다가왔다. 그 남자가 말했다. 「어젯밤 강연은 정말 훌륭했습니다.」

「미치.」 딕슨이 말했다. 「수염을 밀었군요.」

「맞아요. 에일린 오쇼너시가 진절머리가 난다고 해서, 오늘 아침에 작별을 고했죠.」

「좋은 충고네요, 미치. 훨씬 좋아 보여요.」

「고맙습니다. 졸도였는지 뭐였는지 모르지만, 건강을 완전히 회복하셨기를 바라요.」
「아, 고마워요. 영구적인 상해는 없습니다.」
「천만다행이군요. 저흰 다들 강연을 재미있게 들었습니다.」
「그랬다니 저도 기쁘군요.」
「완전 폭탄처럼 꽂혔죠.」
「그래요.」
「끝까지 하지 못하셔서 안타깝습니다.」
「그러게요.」
「그래도 주된 취지는 다 들었어요.」 미치는 말을 멈추고 일군의 사람들이 지나가기를 기다렸다. 개방 주간 동안 대학을 찾은 미혹된 방문객들이었다. 그는 계속해서 말했다. 「저…… 이런 질문을 드린다고 뭐라 하시지는 않겠죠? 하지만 저희는 혹시 약간…… 그러니까…….」
「취했냐고요? 네, 그랬던 것 같아요, 좀.」
「그 문제로 야단법석이 벌어졌겠군요? 아니면 아직 그럴 시간은 없었나요?」
「아뇨, 시간이 있었어요.」
「안 좋은 거죠, 그렇죠?」
「뭐 그렇죠. 이런 일이 그렇듯이. 전 해고당했어요.」
「뭐라고요?」 미치는 동정하는 듯했지만, 놀라지도 분개한 것 같지도 않았다. 「그거 정말 신속합니다. 정말 안타까워요. 강연 하나 때문에 말입니까?」
「아뇨. 그 전에도 학과 내에 사소한 문제들이 한두 건 있었어요. 아마 알고 있을지 모르겠지만.」
미치는 잠시 말없이 있다가 말했다. 「저희는 딕슨 씨가 그리울 겁니다.」

「고마워요. 저도 여러분이 그리울 겁니다.」

「전 내일 집으로 가요. 그러니까 작별 인사는 지금 드려야겠네요. 제가 통과한 건 맞죠? 지금 말씀해 주실 수 있으십니까? 그렇지 않으면 다음 주까지 못 듣거든요.」

「아, 그럼요. 당신 친구들은 모두 통과했어요. 하지만 드류는 낙제했어요. 드류와 친한가요?」

「아뇨, 감사합니다. 정말 좋네요. 그럼, 안녕히 가세요. 내년에 전 결국 웰치 교수님의 특별 과목을 하게 되겠군요.」

「그럴 것 같죠?」 딕슨은 자기 물건들을 왼쪽 팔 아래 끼우고 악수를 했다. 「그럼 잘 지내요.」

「잘 지내세요.」

딕슨은 대학로를 따라 내려갔다. 너무 늦게 생각이 나는 바람에 마지막으로 대학 건물들을 돌아보지도 못했다. 그는 거의 아무런 걱정도 들지 않았는데, 이 상황을 생각하면 자기가 생각해도 대단한 것 같았다. 그날 오후 그는 집으로 돌아갈 것이다. 어쨌거나 며칠 뒤에는 가 있을 테니까. 그런 다음 다음 주에 와서 남은 물건들을 챙기고 마거릿을 만나는 등의 일을 처리할 것이다. 마거릿을 만난다. 「우어어어어어.」 그 생각을 하자 혼자서도 비명이 나왔다. 「아아아아아아아.」 집도 그녀의 집과 너무 가까우니, 이곳을 떠난다고 해도 상황이 진전되는 것 같지도 않았다. 그저 한쪽 옆으로 표류하는 것뿐이었다. 그건 정말이지 최악이었다.

그때 오늘이 점심 때 캐치폴을 만나기로 한 날이라는 걸 떠올렸다. 그 친구는 뭘 원할까? 생각해 봤자 소용없다. 중요한 건 그때까지 어떻게 시간을 죽이냐는 것이다. 그는 하숙집에 돌아와 눈을 씻었다. 약간 연해지기 시작하고 있었지만 새로운 색깔도 흉측하긴 마찬가지인 데다가 훨씬 덜 건강해 보였다. 미스 커틀러와 식량 배급과 세탁 문제에 대해 좀 이야기를 나눈 후 면도와 목욕을 했다. 욕조에 들어가 있는데, 전화벨 소리가 들리더니 잠시 후 미스 커틀러가 문을 두드렸다. 「거기 계세요, 딕슨 씨?」

「네, 무슨 일인데요, 미스 커틀러?」

「한 신사분이 전화로 찾으시는데요.」

「누구죠?」

「이름을 잘 못 들었어요.」

「캐치폴인가요?」

「네? 아뇨, 그건 아닌 것 같아요. 더 긴 이름이었어요.」

「아, 괜찮아요, 미스 커틀러. 그럼 전화번호를 물어보고, 제가 10분 후쯤 전화한다고 말해 주시겠어요?」

「네, 딕슨 씨.」

딕슨은 누구일까 궁금해하며 몸을 말렸다. 버트런드가 협박거리를 더 들고 왔나? 바라던 바다. 존스가 보험 증서의 운명을 직관적으로 알아냈나? 어쩌면. 학장이 대학 위원회 특별 회의에 그를 소환하는 건가? 아니, 아니, 그건 아니야.

그는 옷을 입으며 해야 할 일이 아무것도 없다는 건 얼마나 멋진 일인지 생각했다. 강사를 그만두는 것, 특히 강의를 그만두는 것에는 보상이 있었다. 그는 학계와의 단절을 나타내기 위하여 낡은 폴로 스웨터를 입었다. 그가 입은 바지는 웰치의 차 좌석에 걸려 찢어졌던 바지였는데, 미스 커틀러가 노련하게 수선해 놓았다. 전화기 옆에 소녀 같은 필체로 쓰인 연필 메모가 있었다. 이번에도 이름은 제대로 알아듣지 못했지만, 번호는 받아 적어 놓았다. 놀랍게도 그건 웰치가

와는 반대 방향으로 몇 마일 떨어진 곳에 있는 조그만 마을의 번호였다. 거기에는 아무도 아는 사람이 없었다. 여자 목소리가 전화를 받았다.

「여보세요.」 그는 사적 전화의 용도에 대한 논문이라도 쓸 수 있을 거라고 생각하며 말했다.

여자의 목소리가 자기 번호를 말했다.

「거기 남자분이 있습니까?」 그는 약간 당황하며 물었다.

「남자분요? 말씀하시는 분은 누구시죠?」 어조가 적대적이었다.

「제 이름은 딕슨입니다.」

「아, 네, 딕슨 씨군요. 잠시만요.」

잠시 조용하더니, 한 남자가 전화기에 입을 매우 가까이 대고 말했다. 「여보세요. 딕슨, 당신인가요?」

「네, 그렇습니다. 누구시죠?」

「고어어쿼트요. 당신 해고당했나요?」

「네?」

「해고당했냐고 물었습니다.」

「네.」

「좋아요. 그럼 그렇게 말한다고 해서 비밀을 누설하는 건 아니겠군요. 음, 계획이 어떻게 돼요, 딕슨?」

「학교 선생이 될까 생각하고 있었습니다.」

「결정한 건가요?」

「아뇨, 딱히 그렇진 않아요.」

「좋아요. 당신에게 줄 새 일자리가 있어요. 1년에 5백. 월요일에 당장 시작해야 해요. 런던에 살아야 하고. 할 건가요?」

딕슨은 놀랍게도 숨을 쉴 수 있을 뿐만 아니라 대답도 할 수 있었다. 「어떤 일인데요?」
「개인 비서 같은 거죠. 편지를 많이 쓸 필요는 없어요. 그 일은 거의 젊은 여자 하나가 하니까. 대부분의 일은 사람들을 만나거나, 사람들에게 나와 만날 수 없다고 말하는 겁니다. 상세 사항은 월요일 아침에 이야기하죠. 10시에 런던에 있는 우리 집에서 봅시다. 주소 적어요.」 그는 주소를 불러주고 물었다. 「이제 괜찮습니까?」
「네, 괜찮아요. 감사합니다. 그러자마자 잠자리에 들었거든요…….」
「아니, 건강 상태를 묻는 게 아닙니다. 다 적었어요? 월요일에 올 거죠?」
「네, 물론요. 매우 감사합니다. 저…….」
「그럼 됐어요. 이만…….」
「잠시만요, 고어어쿼트 씨. 제가 버트런드 웰치와 일하게 되는 겁니까?」
「도대체 왜 그런 생각을 하게 된 거죠?」
「아니에요. 그저 그 사람이 당신과 같이 일하려 한다고 생각했거든요.」
「그게 바로 당신이 차지한 일입니다. 전 웰치를 보자마자 쓸모없는 사람이란 걸 알았죠. 그 사람 그림처럼 말이에요. 그자가 내 조카를 붙들어 두고 있다니 정말 안타까운 일입니다, 정말로. 하지만 크리스틴에게는 뭐라고 해봤자 소용없어요. 노새처럼 고집이 세거든요. 제 엄마보다도 더. 하지만 당신은 잘 해낼 것 같아요, 딕슨. 당신이 이 일이나 다른 어떤 일에 자격이 있어서가 아니에요. 자격 있는 사람들이야 많죠. 하지만 당신은 결격 사유가 없어요. 그건 정말 흔치 않은 일이거든요. 질문이 더 있습니까?」

「아뇨, 그게 답니다. 감사합니다, 전…….」

「월요일 10시.」 그 말만 남기고 전화를 끊었다.

딕슨은 대나무 탁자 앞에서 천천히 일어났다. 이 광적인 기쁨을 표현하려면 어떤 괴성을 질러야 할까? 그는 행복의 고함을 내지르기 위해 숨을 깊이 들이마셨지만, 벽난로 위에 놓인 다리 달린 시계에서 땡 하고 들려온 종소리 한 번에 일상으로 돌아왔다. 12시 30분, 그가 마거릿 문제를 의논하러 캐치폴과 만나기로 한 시간이었다. 가야 할까? 런던에 살면 마거릿에 관한 문제는 덜 중요한 — 아니면 덜 급박한 일이 될 것이다. 호기심이 승리를 거뒀다.

그는 집에서 나오며, 버트런드 그림의 가치를 요약한 고어 어쿼트의 한마디를 의기양양하게 떠올렸다. 그가 틀렸을 리가 없다는 것을 딕슨은 알고 있었다. 그러나 다음 순간 걸음걸이는 생기를 잃고 말았다. 버트런드에게는 직장도, 재능도 없지만, 여전히 크리스틴이 있다는 걸 깨달았기 때문이었다.

24

캐치폴은 딕슨보다 먼저 도착해 있었고, 20대 초반의 훤칠하고 마른 청년으로 은행원처럼 보이려고 애쓰는 지식인 같은 외모를 하고 있었다. 그는 딕슨에게 술을 사며 시간을 빼앗아 미안하다고 사과를 하고, 용건으로 들어가기 전에 이런저런 얘기를 좀 더 하더니 말했다. 「제가 할 수 있는 최선은 이 일의 진짜 전모를 밝혀 드리는 거라고 생각합니다. 동의하십니까?」

「그래요, 좋습니다. 하지만 그게 진짜 일어났던 사실이라는 걸 어떻게 보장하실 수 있죠?」

「보장할 순 없습니다, 물론. 하지만 마거릿을 잘 아신다면 제 말의 개연성을 알아보지 못할 리가 없으실 겁니다. 그런데 시작하기 전에, 현재 마거릿의 건강 상태에 대해서 전화로 하셨던 말씀을 좀 더 구체적으로 해주실 수 있을까요?」

딕슨은 이 이야기를 하면서, 어찌어찌 자기와 마거릿의 관계가 어떤 상황인지 대충 실마리를 흘릴 수 있었다. 캐치폴은 고개를 숙이고 탁자만 바라보며 말없이 이야기를 들었고, 살짝 찌푸린 표정으로 꺼진 성냥개비 한두 개를 만지작거렸다.

머리카락은 길어서 지저분했다. 이야기가 끝나자 그가 말했다. 「정말 감사합니다. 저로서는 궁금하던 것들이 상당히 해소되었어요. 이제 제 쪽의 이야기를 들려 드리겠습니다. 첫째, 마거릿이 아무래도 다르게 얘기한 것 같은데, 저와는 애인 관계였던 적이 없어요. 감정적으로도 그렇지만 소위 기술적인 면으로도 말입니다. 그건 처음 들으시는 얘기겠지요?」

「그래요.」 딕슨이 말했다. 이상하게 무서웠다. 캐치폴이 한판 싸움이라도 걸어오는 기분이었다.

「그럴 거라 생각했습니다. 뭐, 정치적인 행사에서 그녀를 만난 후로, 저도 모르는 사이에 그녀와 이리저리 다니고 있더군요. 극장이나 음악회에 그녀를 데리고 가고, 뭐 그런 것들 있지 않습니까. 금세 저는 그녀가 특정 부류 — 보통 여자들이지요 —, 그러니까 감정적인 긴장 없이는 못 사는 그런 유의 사람이라는 걸 깨닫게 되었습니다. 우리는 아무것도 아닌 일을 두고 말다툼을 하기 시작했죠. 정말 말 그대로 아무것도 아닌 일들 말입니다. 물론 저는 어떤 식으로든 성적인 관계를 시작조차 하지 않으려고 엄청나게 조심했지만, 마거릿은 마치 제가 이미 그렇게 한 것처럼 행동하기 시작했습니다. 허구한 날 제가 자기한테 상처를 주고 무시하고 다른 여자들 앞에서 창피를 주고, 아무튼 온갖 그런 일들로 저를 비난하는 겁니다. 그녀와 그런 경험을 한 적이 있으십니까?」

「네.」 딕슨이 말했다. 「말씀 계속하세요.」

「처음 생각보다 우리 둘의 공통점이 훨씬 많은 것 같군요. 하지만 그녀를 여동생한테 소개시켜 주면서 제가 뭐라고 했던 말 때문에 정말 턱도 없이 황당한 싸움을 하고 나서는 더 이상은 안 되겠다 싶었습니다. 그래서 그렇게 말했죠. 그랬더니 풍비박산 대난리가 났었습니다.」 캐치폴은 손가락으로 머리를 뒤로 쓸어 넘기고는 자리에서 불안하게 몸을 움직였다. 「제가 오후에 휴가를 내서 같이 쇼핑을 하고 있었던 걸로 기억합니다. 그런데 길거리에서 저한테 소리를 지르기 시작했어요. 정말 끔찍했습니다. 1분도 더는 못 참을 것 같아서, 결국 조용히 시키고 싶은 마음에 그날 밤 10시에 그녀를 만나러 가기로 했던 겁니다. 막상 그때가 됐는데 차마 갈 수가 없었어요. 2~3일 뒤 그녀 일을 알게 되었는데…… 자살 기도를 했다고요. 제가 가서 그녀를 만나기로 한 그날 밤이었다는 사실을 깨달았죠. 귀찮아도 그냥 가서 얼굴만 보여 줬어도 막을 수 있었을 거라는 생각이 드니까 엄청난 충격이었죠.」

「잠깐만요.」 딕슨이 메마른 입술로 말했다. 「마거릿은 저한테도 그날 밤에 놀러 오라고 했었어요. 그러고 나중에 선생님이 와서 헤어지자고 말했다고…….」

캐치폴은 대수롭지 않게 넘겼다. 「확실합니까? 그날 저녁이라는 게 확실해요?」

「확실하다마다요. 처음부터 끝까지 생생하게 기억하고 있어요. 사실 그 수면제를 막 사고 있는 와중에 저에게 마거릿이 놀러 오라고 초대를 했거든요. 그날 밤 먹은 그 약 말입니다. 그래서 기억을 하고 있는 겁니다. 왜요, 왜 그러세요?」

「같이 있을 때 수면제 알약을 샀다고요?」

「네, 맞습니다.」

「그게 언제죠?」

「약을 산 때요? 아, 아마 정오쯤이었을 건데. 왜 그러세요?」

캐치폴이 천천히 말했다. 「하지만 오후에 저하고 함께 있을 때도 수면제 한 병을 샀는데.」

두 사람은 침묵 속에 서로의 얼굴을 바라보았다. 「처방전을 위조한 모양이군요.」 딕슨이 마침내 입을 열었다.

「그렇다면 우리 둘 다 거기 가서, 우리가 그녀를 어떤 궁지로 몰아넣었는지 똑똑히 봐야 했던 거였군요.」 캐치폴이 쓰디쓴 말투로 말했다. 「정신적으로 불안한 줄은 알았는데, 이 정도로 심한 줄은 몰랐습니다.」

「아래층 남자가 라디오 소리 때문에 불평하러 올라간 게 천만다행이었군요.」

「그런 모험을 하지는 않았을 겁니다. 아니, 제가 항상 하고 있던 생각이 이 일로 확실히 굳어졌어요. 마거릿은 자살을 할 생각이 애초에 없었을 겁니다. 그때도 그렇고 다른 때도요. 우리가 도착할 시간이 되기 전에 약을 — 당연히 죽지 않을 정도로만 — 몇 알 먹고 우리가 다급하게 달려와서 괴로워 어쩔 줄 몰라 하면서 자책하기를 기다리고 있었던 거예요. 의심의 여지가 없는 일이라고 봅니다. 그 여자는 애초에 절대로 죽을 위험이 없었던 거예요.」

「하지만 그건 증거가 없지 않습니까.」 딕슨이 말했다. 「그저 선생님의 추정일 뿐이에요.」

「제가 옳다고 생각하지 않으세요? 그녀에 대해 알 만큼 아시면서도?」

「솔직히 말하자면 대체 무슨 생각을 해야 할지도 모르겠습니다.」

「그렇지만 보이지 않습니까……? 이만하면 충분히 논리적이지 않나요? 딱 떨어지는 설명이 이거밖에 없어요. 이봐요, 기억을 떠올려 봐요. 몇 알이나 먹었는지, 치사량이 얼마인지, 그 여자가 그런 얘기 한 적이 있습니까?」

「아뇨, 그런 거 같지는 않아요. 그냥 자기가 빈 약병을 꼭 붙들고 있었다고 그 말만 기억이 나는데 그래서…….」

「빈 약병이라. 약병이 두 개였다고요. 됐어. 전 이제 이걸로 됐습니다. 제 말이 맞아요.」

「술 한잔 더 하시지요.」 딕슨이 말했다. 순간 캐치폴에게서 도망쳐야 될 것만 같았지만 바에 서 있는 동안 아무 생각도 할 수가 없다는 걸 깨달았다. 할 수 있는 거라곤 생각을 정리해 보려는 노력뿐이었지만 다 헛수고였다. 딕슨은 자기가 아주 잘 아는 사람을 생면부지의 사람이 아주 잘 알고 있다는 걸 알고 받은 평범하고도 기본적인 충격에서 벗어나지 못하고 있었다. 친밀한 관계라면 여타의 친밀한 관계들을 배제해야 하는 게 아닐까, 그런 느낌이었던 거다. 그리고 캐치폴의 이론에 대해서는…… 도저히 믿기지가 않았다. 그걸 믿어도 될까? 그건 믿음이나 불신이 연루될 수 있는 그런 유의 이론이 아니었다.

술을 가지고 다시 캐치폴이 있는 자리로 돌아오자 그가 말했다. 「설마 아직도 못 믿고 있는 건 아니시길 바랍니다만?」 그는 뭐랄까 불안한 희열에 들떠 의자에서 몸을 흔들거렸다. 「텅 빈 약병이라. 하지만 약병이 두 개 있었는데 하나밖에 쓰지 않았잖아요. 내가 어떻게 아느냐고요? 두 병을 다 썼으면 두 병을 썼다는 얘기를 그쪽한테 과연 하지 않고 배겼을까요? 아뇨, 거기서 거짓말을 하는 걸 깜박 잊은 겁니다. 별로 중요하지 않다고 생각했겠지요. 이런 식으로 내가 그쪽을 붙잡을 줄은 몰랐을 테니까요. 그걸 트집 잡을 수는 없지요. 최고의 책략가라도 모든 걸 계산에 넣을 수는 없으니까 말입니다. 당연히 한 병만 먹으면 큰 위험이 없다는 정도는 확인했을 겁니다. 두 병을 다 먹었어도 죽지는 않았을지 모르지만 위험을 감수할 사람은 아니지요.」 그는 술잔을 들어 단숨에 절반을 들이켰다. 「뭐, 저를 위해서 이렇게까지 해주셔서 정말 얼마나 감사한지 모릅니다. 이제는 완전히 그 여자한테서 해방됐어요. 더 이상 어떻게 지내는지 걱정하지 않을 겁니다, 천만다행이지요. 값어치를 따질 수가 없는 일입니다.」 그는 이마 위로 흘러내리는 머리카락 사이로 딕슨을 물끄러미 바라보았다. 「그리고 선생님도 그 여자를 후련하게 털어 내셨기를 바랍니다.」

「결혼 문제를 언급한 적은 없으시지요?」

「그럼요. 그 정도로 바보는 아니었습니다. 제가 그랬다고 말했나 보군요?」

「그렇습니다. 그리고 그 무렵에 여자와 함께 웨일스에 가시지도 않았고요?」

「유감이지만 그것도 아닙니다. 웨일스에 가긴 했어요. 하지만 회사 일 때문이었습니다. 회사에서는 대표들한테 같이 도망갈 여자들을 제공해 주지는 않아요. 그것도 유감이죠.」 그는 술잔을 비우고 일어섰다. 태도가 뭐라 말을 할 여지를 주지 않았다. 「저에 대한 의혹은 가셨기를 바랍니다. 정말 반가웠고, 해주신 일들에 대해서도 진심으로 감사드리고 싶어요.」 그는 허리를 굽혀 딕슨 쪽으로 다가와 한층 더 언성을 낮췄다. 「더 이상은 그 여자를 도와주려고 애쓰지 말아요. 선생한테 너무 위험합니다. 제가 지금 무슨 소리를 하는지 잘 알고 하는 얘깁니다. 사실, 도움도 별로 필요 없는 여자이기도 하고요. 그럼 행운을 빕니다. 안녕히 계십시오.」

두 사람은 악수를 했고 캐치폴은 넥타이를 펄럭거리며 성큼성큼 걸어 나갔다. 딕슨은 남은 술을 다 마시고 2~3분 더 있다가 나왔다. 점심 식사를 하러 나온 분주한 사람들을 헤치고 터덜터덜 걸어 숙소로 돌아왔다. 사실 관계는 다 맞아떨어지는 것 같았지만, 이미 마거릿이 그의 삶과 정서에 너무 붙박이가 되어 버려서 그저 사실의 나열 정도로는 밀어내 버릴 수가 없었다. 사실 관계 외에는 하자가 될 만한 다른 요인을 찾지 못한 딕슨은 이 사실까지 통째로 불신해 버리는 자신의 모습을 내다볼 수 있었다.

미스 커틀러는 원하는 사람이 있으면 1시에 점심 식사를 차려 주었다. 딕슨은 이 점심을 챙겨 먹고 2시가 바로 지난 시각에 집으로 가는 기차를 탈 생각이었다. 식당에 들어가던 그는 탁자에 앉아 정기 구독하는 레슬링 잡지 신간을 읽고 있는 빌 앳킨슨과 마주쳤다. 빌은 눈을 들어 딕슨을 보고 가끔 그러듯 한마디를 툭 던졌다. 「방금 자네 애인 전화를 받았는데.」

「이런 맙소사. 뭘 원하던가요?」

「맙소사 같은 소리는 하지도 마.」 그는 무섭게 인상을 썼다. 「그 신경 거슬리는 여자, 허구한 날 바보 천치들을 차고 다니는 그 여자 말고 다른 여자 말이야, 그 수염 난 스포츠맨 애인이라고 했던.」

「크리스틴요?」

「그래. 크리스틴.」 앳킨슨은 그 이름을 무슨 욕설처럼 들리게 하려고 용의주도한 말투로 말했다.

「뭘 원하던가요, 빌? 중요한 일일지도 몰라요.」

앳킨슨은 다시 잡지 첫 페이지로 눈길을 돌렸다. 라오콘 석상 같은 사람들 둘이 얽혀 씨름하고 있었다. 그는 대화가 아직 죽지 않았다는 암시를 던졌다. 「잠깐만 기다려.」 그러고는 자기가 여백에 적은 글씨를 찬찬히 읽더니 몹시 비위 상하는 투로 덧붙여 말했다. 「전부 다 알아듣지는 못했는데, 주된 용건은 그 여자 기차가 1시 50분에 출발한다는 거였어.」

「뭐라고요, 오늘요? 며칠은 더 있다 갈 거라고 들었는데.」

「무슨 소릴 들었는지 몰라도 그건 내가 어쩔 수 있는 게 아니고, 난 그냥 내가 들은 얘기를 해주는 걸세. 자네한테 알려 줄 소식이 있는데 낡은 전화기로 나한테 전할 얘기는 아니라고 하던데. 그리고 다시 자기를 만나고 싶으면 이 1시 50분 기차로 떠나기 전 만나서 인사를 해달라고 하더군. 자네 마음에 달린 거라고, 그렇게 말했어. 자네한테 달렸다는 생각을 좀 강조하는 거 같았는데, 그게 무슨 뜻인지는 나한테 묻지 말고. 속내를 털어놓지는 않았으니까. 자네가 오지 않아도 〈이해하겠다〉라고는 확실히 말했어. 그것도 번역해 달라고 하지는 말고.」 빌은 지금 말한 기차가 도심의 중앙 역사에서 출발하는 게 아니라 웰치네 집 근처에 있는 작은 역에서 떠난다는 얘기도 했다. 시내에서 출발하지 않는 경우에는 런던으로 가는 길에 이 역사에 정차하는 열차들이 간혹 있었다.

「그럼 빨리 나가 봐야겠군요.」 딕슨은 머릿속으로 계산을 하며 말했다.

「그게 좋겠지. 자네 점심은 필요 없다고 대신 말해 주지. 어서 가서 그 버스에 올라타게.」 앳킨슨은 고개를 숙이고 다시 잡지를 바라보았다.

딕슨은 길거리로 달려 나갔다. 평생 동안 서두르며 살아온 기분이었다. 어째서 시내 역사에서 출발하는 기차를 타려 하지 않았을까? 3시 20분에 훌륭한 런던행 기차가 있다는 걸 그는 알고 있었다. 그녀가 전해 줄 소식이라는 게 뭘까? 아무튼, 그 역시 그녀에게 해줄 얘기가 있었다. 사실 두 개나 있었다. 예상을 깬 그녀의 출발은 버트런드와 또 말다툼을 했다는 뜻일까? 1시 10분에서 15분 사이에 대학로로 버스 한 대가 나타날 터였다. 그게 지금이었다. 다음 버스는 1시 35분 가량이나 되어야 온다. 가망이 없었다. 그는 더 빨리 뛰었다. 아니, 말다툼 정도로 떠날 리가 없어. 그런 유의 일에 그런 유의 복수를 할 그런 유의 여자는 아니라는 데 무엇이든 기꺼이 걸 수 있었다. 아, 제길, 그녀의 소식은 아마 〈줄리어스 삼촌〉이 그에게 일자리를 주겠다고 했다는 정도에 불과할 것이다. 그가 그렇게 일찍 소식을 들었을 줄은 그녀도 몰랐을 것이다. 하지만 그런 얘기를 하려고 이 먼 길을 오라고 불렀을까? 아니면 그를 다시 보기 위한 핑계에 불과한 걸까? 하지만 그녀가 왜 그러고 싶어 하겠는가?

그는 돌연 옆의 도로로 펄쩍 뛰어 들어갔다. 몇 야드 떨어진 곳에 택시처럼 생긴 차가 주도로를 지나치는 자동차의 대열에 합류하기 위해 갓길에서 대기하고 있었다. 딕슨은 제일 가까운 차들의 행렬을 가로질러 달리며 〈택시, 택시!〉 하고 고함을 질렀다. 그게 바랐던 대로였다. 금세 저 멀리 인도에 닿을 수 있는데, 택시는 그와 동시에 출발해 주도로로 진입했고 속도를 높여 그에게서 멀어져 가려 하는 것이었다. 「택시. 택시.」 간신히 거의 다 닿았을 때, 텅 빈 줄 알았던 뒷문 차창이 스르르 열리고 가톨릭 신부 모자 같은 걸 쓰고 있는 학장 사모의 오만상을 찌푸린 얼굴이 나타났다. 그 택시는 택시가 아니라 학장의 자동차였던 것이다. 그럼 그 안에 학장도 타고 있을까? 딕슨은 스르르 발길을 돌려 열린 현관문을 통해 누군가의 앞마당으로 들어가서, 울타리 덤불 뒤에서 잠시 무릎을 털썩 꿇고 앉아 있었다. 정말로 기차역에서 크리스틴을 만나는 게 그에게 그토록 중요한 일일까? 줄리어스 삼촌을 통해 나중에 그녀와 연락을 할 수는 없을까? 아직도 그녀의 전화번호를 적은 쪽지를 그가 갖고 있었던가?

유리창을 똑똑 두드리는 소리에 돌아보았다. 노부인과 커다란 앵무새 한 마리가 1층 창가에서 그를 무섭게 노려보고 있었다. 깊이 고개를 숙여 인사를 하고 나니 버스가 기억나서 도로로 달려 나갔다. 2~3백 야드 앞에서 시내 쪽에서 오는 버스 한 대가 천천히 언덕을 오르고 있었다. 아직 너무 멀어서 목적지를 읽을 수 없었지만 어차피 죽도록 뛰느라 안경에 온통 김이 서려 있기도 했다. 그러나 그 버스가 틀림없었고 반드시 잡아야 했다. 그 순간 뭘 느낄 겨를도 없었긴 하지만, 기차역에 제시간에 닿지 못하면 뭔가 엄청나게 잘못될 거라는 느낌이, 그가 원하는 무언가를 빼앗길 거라는 느낌이 들었다. 그는 심지어 더 빨리 뛰기 시작했고, 사람들이 화들짝 놀라 길을 비켜 주며 짜증 섞인 의문으로 그를 바라보았다. 그 순간에 대학로로 진입하지 못한 버스는 차들 한가운데 멈춰서 있었고, 이제 그가 타야 할 버스라는 게 똑똑히 보였다. 딕슨은 열심히 대학로 교차로 쪽으로 달려갔지만 버스는 다시 움직이기 시작해 그보다 먼저 교차로에 다다랐다. 그다음에 딕슨이 봤을 때는, 대학로 저 앞으로 대략 50야드 떨어진 곳에 잠시 정차해 있었고, 누가 방금 올라탄 참이었다.

딕슨은 허파를 불태우는 광란의 단거리 질주에 돌입했고, 차장은 정류장에서 꼼짝도 않고 그를 지켜보고 있었다. 버스까지 절반쯤 달렸을 때, 이 차장이 벨을 울렸고 운전수는 클러치를 밟았으며 바퀴가 돌아가기 시작했다. 딕슨은 자기가 생각보다 훨씬 뜀박질을 잘한다는 사실을 새롭게 깨달았지만, 인간과 버스의 거리는 대략 5야드쯤으로 좁혀졌을 때쯤부터 다시 급속히 멀어지기 시작했다. 딕슨은 달리기를 멈추고, 여전히 감정 없는 얼굴로 쳐다보고 있는 차장을 향해 가장 유명한 외설적인 제스처를 던졌다. 그러자 즉시 차장이 다시 벨을 울렸고 버스가 급정차를 했다. 딕슨은 잠시 머뭇거리다가 가벼운 발걸음으로 버스로 달려가 약간 민망해하며 올라탔다. 차장과 눈길을 마주치기가 영 껄끄러웠지만 오히려 차장은 감탄하는 눈길로 〈잘도 뛰었다, 등신아〉라고 말하고 세 번째로 벨을 울리는 것이었다.

딕슨은 헐떡거리며 간신히 버스가 종점인 기차역에 도착하는 시간을 물었다가 정중하지만 애매한 대답을 들었으며 몇 분 동안 근처 승객들의 못마땅한 시선을 한 몸에 받고 있다가 힘겹게 2층으로 올라갔다. 거기서 그는 맨 앞자리까지 밀려가서 신음할 숨도 못 쉬고 그대로 쓰러졌다. 입안과 목구멍을 채운 텁텁하고 타오르는 덩어리를 삼키기 시작했고, 한참을 격하게 숨을 몰아쉬다가, 덜덜 떨리는 손으로 담배와 성냥이 든 작은 갑을 꺼냈다. 성냥갑 뒤에 새겨진 농담을 몇 번 읽고 웃은 후 담배 한 개비에 불을 붙였다. 지금으로서는 이 정도가 그가 감당할 수 있는 움직임의 한계였다. 그러고는 창밖을 내다보았다. 눈앞으로 도로가 펼쳐지는데, 특히 햇살을 받아 환하게 빛나는 풍경을 보니, 뭔가 복받쳐 오르는 벅찬 희열을 느끼지 않으려야 않을 수가 없었다. 녹색 타일에 반쯤 붙어 있는 빌라들이 줄지어 있는 너머로, 탁 트인 논밭이 벌써 모습을 드러내고 있었고 나무 몇 그루 사이로 반짝이는 물도 보였다.

크리스틴은 기차역에 인사를 하러 나오지 못하더라도 〈이해하겠다〉라고 말했다. 그게 무슨 뜻일까? 마거릿과의 관계에 충실하려고 가지 않기로 결정하더라도 〈이해를 하겠다〉라는 의미인가? 아니면 희미하게 언짢은 저의가 깔려 있어서, 마거릿이 있건 없건 상관없이, 두 사람 사이에 있었던 그 모든 일들을 이제 그가 로맨틱한 실수로 치부한다 해도 〈이해하겠다〉라는 암시를 하는 걸까? 그는 크리스틴이 오늘 자신을 피해 도망쳐 가도록 두고 볼 수는 없었다. 그러면 영영 못 볼지도 모른다. 절대로. 그건 불쾌하기 짝이 없는 생각이었다. 돌연 그의 얼굴이 싹 변했다. 얼굴에 코와 안경밖에 없는 꼴로 변해 버리는 느낌이었다. 버스는 정교한 트레일러를 끌고 가는 트럭 뒤를 따라서 이동해 온 참이었다. 트레일러 뒤에는 주의를 요하면서 트레일러 길이가 몇 피트인지 알려 주는 경고문이 붙어 있었다. 그리고 더 작은 경고문에는 타원형 글씨체로 더 주의해야 할 이유 — 에어 브레이크라고 — 를 밝혀 두었다. 화물차, 트레일러, 그리고 버스가 시속 12마일 정규 속도를 유지하며 달리기 시작했고 회전을 해서 모퉁이들이 한참 이어질 게 분명한 앞길로 돌아들었다. 힘들었지만 딕슨은 트레일러 뒤를 노려보던 시선을 어렵사리 돌려 마음을 다잡기 위해서 캐치폴이 마거릿에 대해 했던 이야기를 곱씹어 생각하기 시작했다.

그러다가 곧 이 버스를 타고 가기로 마음먹은 그 순간 그의 마음은 정해졌음을 깨달았다. 처음으로 그는 근본적으로 구원을 받지 않으려 하는 사람을 구하려고 애써 봤자 아무 소용이 없다는 생각이 들었다. 노력을 계속해 봤자 동정과 감상에 굴복하는 짓거리일 뿐 아니라 잘못된 일이고, 그 일을 결론으로 치닫게 밀어붙인다면 비인간적인 행위가 될 것이다. 마거릿에게는 참으로 재수 없는 일이 되겠지만, 그건 딕슨이 전에도 했던 생각처럼, 애초에 성적으로 매력이 없다는 불운으로부터 나왔을 가능성이 높다. 크리스틴의 더 정상적인, 즉 덜 쓸모없는 성격 역시, 어쨌든 부분적으로는, 얼굴과 몸매를 운 좋게 타고났다는 사실에 확실히 기인하고 있다. 그러나 그건 그냥 그렇다는 거다. 만사를 운 탓으로 돌리는 건 그 사건 자체를 아예 없는 걸로 치거나 어떤 면에서 생각해 볼 가치도 없는 걸로 치부하는 것과는 달랐다. 크리스틴은 마거릿보다 여전히 더 예쁘고 착했으며, 그 사실에서 이끌어 낼 수 있는 추론들은 모두 이끌어 내야만 한다. 고약한 사람들보다 착한 사람들이 더 좋은 이유는 끝도 없다. 연민의 덫으로부터 그를 해방시켜 준 것도 행운이었다. 캐치폴이 다른 종류의 남자였다면, 그는, 딕슨은, 여전히 전처럼 꽁꽁 묶여 있을 터였다. 그리고 지금 그는 또 한 번의 행운이 절실하게 필요했다. 그 행운이 와준다면, 그 역시 누군가에게는 쓸모가 있는 사람이라는 걸 입증할 수 있을지도 모른다.

그때 차장이 와서 차표를 놓고 딕슨과 협상을 벌였다. 거래가 끝나자 그가 말했다. 「1시 43분에 역에 도착할 예정입니다. 내가 찾아봤어요.」

「아. 그럼 정시에 도착할 것 같으신가요?」

「그건 말 못 하겠네요, 죄송합니다. 이 공군 신병기 뒤를 이렇게 계속 좇아가야 한다면야 될 리가 있겠습니까? 기차를 타셔야 되나 봅니다?」

「뭐, 1시 50분 차를 타는 사람을 배웅하고 싶어서요.」

「내가 그쪽이라면 큰 기대는 안 하겠어요.」 차장은 약간 어물쩍거렸는데, 당연히 시커멓게 멍든 딕슨의 눈을 찬찬히 뜯어보기 위해서였다.

「고맙네요.」 그는 쌀쌀맞게 대꾸했다.

그들은 길게 뻗은 직선 도로로 들어섰는데, 도로 한가운데 텅 빈 표면이 보이는 곳마다 1야드 간격으로 살짝 홈이 패여 있었다. 저 멀리 앞쪽으로 화물차 운전석에서 야윈 갈색 손이 쑥 나오더니 꿈틀거리며 신호로 손사래를 쳤다. 그러나 버스 운전사는 이 초대를 묵살하고 대신 일렬로 늘어선 초가집들 밖에 있는 버스 정류장 옆에 서서히 정차하고 있었다. 위에서 내려다보니 짤따랗게 보이는 검은색 옷차림의 두 할머니가 버스가 움직임을 완전히 멈출 때까지 기다렸다가 서로를 꼭 부여잡고 조심스럽게 곁눈질을 하며 자분자분 옆걸음을 걸어 딕슨의 시야에서 사라지더니 정류장 쪽으로 갔다. 잠시 후 차장에게 뭐라고 알아들을 수 없는 소리를 외쳐 대는 할머니들의 소리를 들었다. 그러더니 모든 활동이 정지한 것 같았다. 적어도 5초가 흘렀다. 딕슨은 절묘하게 자기 자리에서 움직여 몸을 틀어서 그의 여행에 이런 세쥬라[40]를 초래한 게 무엇인지 찾아보았다. 그런 원인은 전혀 감지할 수가 없었다. 운전수가 혼절이라도 해서 운전석에 거꾸러진 건가, 아니면 돌연 시상(詩想)이 떠올랐나? 정차는 잠시 더 이어졌다. 그러더니 하품 나는 시골의 고요한 풍경은 몇 야드 떨어진 오두막에서 라일락색 의상을 입은 세 번째 여인이 상당히 뜬금없이 등장함으로 인해 살짝 바뀌었다. 그녀는 버스

40 *caesura*. 영시에서 시행 한가운데 대칭의 대구 사이에 들어가는 쉼표 또는 휴지를 말한다.

쪽을 열심히 쳐다보더니 그리 힘들지 않게 버스를 알아보고는 고개를 푹 숙이고 발을 질질 끌며 다가오는 것이었다. 마치 슬롯머신에서 받을 돈을 정산하기 위해 직원을 불렀을 때 다가오는 발걸음을 떠올리게 했다. 이 이미지를 강화시킨 건 특히 그녀의 모자였다. 근위병의 뾰족한 모자를 자동차로 여러 번 치어 짓뭉갠 후 선홍색으로 염색한 꼬락서니였던 것이다. 사실, 그 늙은 할망구가 버스를 놓치지 않은 걸 스스로 뿌듯해하면서 미소 짓는 얼굴을 보았을 때, 딕슨의 목구멍 깊은 곳에서 금속성 소음이 복받쳐 올랐다. 정말로 무슨 군사 훈련이 끝난 후 그 고약한 오두막 바깥길에 뒹굴고 있는 모자를 발견했을지도 모른다. 모자는 항공 모함 부대의 짓궂고 장난기 많은 시골 촌놈이 남기고 간 물건으로, 놈의 머리에서 땅바닥으로 떨어진 후 전 부대원의 발굽과 자동차 바퀴에 밟히고 깔렸던 게 틀림없다.

버스가 천천히 신중하게 언덕길 꼭대기로 전진했고, 화물차와의 간격도 좁혀지기 시작했다. 딕슨은 자신의 온 존재가 버스의 진행 문제를 중심으로 돌아가게 되었다는 생각이 들었다. 제시간에 도착하면 크리스틴이 뭐라고 말할지 궁금해한다거나, 그러지 못해 제시간에 도착하지 못한다면 뭘 어떻게 할까 더 이상 고민할 겨를도 없었다. 그저 지축이 흔들리도록 웃어 젖히는 사람마냥 요란하게 앞뒤로 뒤틀리는 버스의 흔들림에 몰두한 나머지 감전된 사람처럼 지저분한 쿠션 위에 미동도 않고 앉아 열기와 공포에 은밀히 식은땀을 흘리고 있을 뿐이었다. 술을 안 마신 게 그나마 천만다행이었다. 그의 얼굴 근육은 차 한 대가 끼어들 때마다, 돌아서는 모퉁이 하나마다, 운전수가 쓸데없이 용의주도하게 굴 때마다 새삼스럽게 이리저리 쭉쭉 늘어났다.

버스는 이제 결연하게 트레일러 뒷자리를 다시 확보하고 있었고, 트레일러는 한층 더 속도를 늦추기 시작했다. 딕슨이 미처 고함을 치기도 전에, 무슨 일이 벌어지는지 제대로 파악하기도 전에, 화물차와 트레일러가 갓길로 비켜 버스가 단독으로 주행하고 있었다. 지금이 기회라고, 딕슨은 꺼져 가던 희망을 되살리며 생각했다. 지금이야말로 운전사가 잃어버린 시간을 보충할 수 있는 절호의 기회라고. 그러나 운전사는 이런 진단에 순응할 생각이 전혀 없었다. 딕슨은 작은 담배 한 개비를 꺼내 불을 붙이면서, 사포가 운전사의 눈깔인 것처럼 성냥개비로 쿡쿡 쑤셔 댔다. 물론 시간은 전혀 알 길이 없었지만, 지금쯤은 목적지까지의 거리 8마일 중 5마일 정도를 지났을 거라 추정할 수는 있었다. 바로 그때 버스가 모퉁이를 돌더니 갑자기 속도를 줄이고 정차했다. 엄청난 소음을 내면서 농경 트랙터 한 대가 도로를 직각으로 가로지르며, 여기저기 진흙이 꾸덕꾸덕 들러붙어 있고 리본 같은 풀로 장식되어 있는 거인의 침대 스프링 비슷한 물건을 힘겹게 끌고 가고 있었다. 딕슨은 진심으로 아래층으로 뛰어 내려가 버스와 트랙터 운전사 둘 다 칼로 찔러 버리고 싶은 충동을 느꼈다. 다음엔 또 뭐야? 그다음엔? 진짜 그다음에는 또 무슨 일이 닥칠까. 복면 노상 강도, 추돌 사고, 홍수, 타이어 펑크, 나무들이 쓰러지고 운석이 떨어지는 전자 폭풍, 궤도 일탈, 공산당 전투기의 저강도 공습, 양 떼, 말벌에 쏘인 운전사? 누가 그의 의견을 묻는다면, 그나마 마지막을 선택할 것이다. 기어를 넣고 버스는 꾸물꾸물 전진했고, 몇 야드마다 노인네들이 한 무리씩 파들파들 떨며 승차하려고 대기하고 있었다.

시내로 들어가면서 통행량이 약간 늘어나자, 운전사는 비대하게 발달한 신중함에 더해 다른 도로 사용자들의 편의에 대한 사이코패스 같은 배려까지 보이기 시작했다. 이삿짐 트럭에서 청소년용 자전거까지 뭐라도 보이면 속도를 4마일로 절반이나 뚝 떨어뜨리고 공수병에 걸린 사람이 파닥거리고 춤추는 것처럼 슬로모션으로 손을 흔들어 대는 것이었다. 초보 운전자들이 그의 앞길을 가로질러 후진 연습을 했다. 삼삼오오 모여 남의 뒷얘기나 하며 빈둥거리던 사람들은 운전사가 마지못해 모자에 손을 얹어 인사를 하면 그제야 유유자적하게 흩어지곤 했다. 갓 걸음마를 배운 아이들은 공회전하는 버스 바퀴 아래 떨어진 장난감들을 주우러 아장아장 걸어왔다. 딕슨의 머리는 분노로 차서 앞뒤로 시계를 찾아 헤맸지만 허사였다. 수년간 그나마 눈뜨고 있던 시간들을 바쳐 순결을 범하는 죄과들을 색출하는 데 헌신했던 이 정신적, 윤리적, 물리적 낙후 지역에 사는 주민들은 너무 가난하고 또한 너무 비열했다……. 딕슨은 30야드 전방에서 나타난 거대한 기차역 역사를 보고 고통스럽게 현실로 들어와 덜컹거리는 통로를 따라 층계로 내려갔다. 버스가 기차역 정류장에 닿기도 전에 그는 펄쩍 뛰어내려, 길을 건너, 매표소로 달려갔다. 매표소 위에 걸려 있는 시계는 1시 47분을 가리키고 있었다. 그 순간 분침이 한 눈금 더 전진했다. 딕슨은 몸을 던지다시피 칸막이에 달려들었다. 준엄한 얼굴의 남자가 그를 맞았다.

「런던행 열차는 어느 플랫폼이죠?」

남자는 범상치 않게 부적절한 농담을 해도 되는 사람인가 아닌가 미리 재어 보기라도 하는 것처럼 감정하는 눈길로 그를 뜯어보았다. 「좀 일찍 오셨네요?」

「네?」

「런던행 다음 열차는 8시 17분입니다.」

「8시 17분이요?」

「식당 칸은 없고요.」

「1시 50분 차는요?」

「1시 50분에는 열차가 없습니다. 혹시 1시 40분 기차와 혼동하신 게 아닌지요?」

딕슨은 침을 꿀꺽 삼켰다. 「아마 그랬던 모양입니다.」 이어 말했다. 「감사합니다.」

「죄송하게 됐습니다.」

기계적으로 고개를 끄덕이며 돌아섰다. 빌 앳킨슨이 크리스틴의 메시지를 받아 적다가 실수를 한 게 틀림없었다. 그러나 그런 유의 실수를 하는 건 앳킨슨답지 않았다. 아마 실수를 한 건 크리스틴 쪽이었을 것이다. 어차피 별 상관도 없었다. 그는 천천히 출입문으로 가서 양지바른 작은 광장을 그늘 속에서 내다보고 서 있었다. 그에겐 여전히 일자리가 있었다. 그리고 크리스틴과 연락이 닿는 건 크게 어렵지 않을 것이다. 그저 그때가 되면 너무 늦을 거라는 느낌이 들 뿐이었다. 그러나 아무튼 이미 그녀를 몇 번인가 만났고 또 이야기를 나누지 않았는가. 정말 다행이 아닐 수 없다.

이제 어떻게 할까 생각하며 하염없이 바라보고 있는데 측면이 파손된 차 한 대가 머뭇거리며 우체국 차를 돌아가는 모습이 보였다. 이 차가 어쩐지 딕슨의 주의를 끌었다. 그 차는 불도저처럼 포효하며 딕슨 쪽으로 꾸물꾸물 다가오기 시작했다. 으르렁거리는 소리는 척추에 소름이 쫙 끼치는 톱니바퀴 마찰음과 함께 뚝 끊겼고 자동차는 궤적에서 얼어붙었다. 와인색 의상을 입은 헌칠한 금발머리 처녀가 방수 외투와 커다란 짐 가방을 들고 내려 딕슨이 서 있는 쪽으로 서둘러 올라오기 시작했다.

딕슨은 화들짝 소스라쳐 기둥 뒤로 숨었다. 숨는다고 숨긴 했는데, 횡격막에 큰 병이라도 났는지 주체할 수가 없었다. 아니 다른 사람도 아니고 그가 어떻게 웰치의 운전 습관이 지닌 주요한 특성을 간과할 수가 있었지?

25

또 한 번 바깥에서 노한 광란의 기계음이 들려왔고 딕슨은 웰치가 아직 운전대를 잡고 있다는 걸 알 수 있었다. 좋아, 아마 지체 없이 돌아오라는 명을 받았을 거야. 딕슨은 즉각적으로 눈앞에 벌어진 상황 말고는 더 이상 느낄 수도, 생각할 수도 없었다. 점점 가까이 다가오는 크리스틴의 발소리를 들으며 다시 기둥 뒤에 몸을 꼭 붙이고 있으려고 애썼다. 그녀의 발이 역사 입구의 건물 바닥을 몇 걸음인가 밟았다. 그녀가 4~5피트 전방에서 시야에 들어왔고, 고개를 돌리더니 즉시 딕슨을 보았다. 그녀의 얼굴에 환한 미소가 떠올랐는데, 그의 눈에는 순수하기 짝이 없는 애정의 표시로 보였다. 「내 메시지를 받았나 보군요.」 그녀가 말했다. 말도 안 되게 예뻐 보였다.

「이리 와요, 크리스틴, 어서요.」 그는 기둥 뒤 은닉처로 그녀를 끌어당겼다. 「잠깐만요.」

크리스틴은 주위를 둘러보다가 딕슨을 응시했다. 「하지만 플랫폼까지 뛰어가야 해요. 열차 시각이 다 됐단 말이에요.」

「그 기차는 떠났어요. 다음 편까지 기다려야 할 겁니다. 최소한 다음 편까지는.」

「저 시계로 보면 1분 남았다고 돼 있는데요. 그냥 빨리…….」

「아뇨, 떠났어요, 내 말 들어요. 1시 40분 출발이었어요.」

「그럴 리가요.」

「그럴 리가 있고 실제로 그랬다니까요. 내가 역무원한테 물어봤어요.」

「하지만 웰치 씨가 1시 50분 출발이라고 했는데.」

「아, 그랬군요? 이제야 어떻게 된 건지 이해가 되네요. 그러니까 교수님이 틀린 겁니다.」

「확실해요? 우리 왜 숨어 있어요? 왜 숨어 있는 거예요?」

그 말은 못 들은 척, 슬며시 그녀 팔을 잡고, 딕슨은 조심스럽게 그녀 앞으로 몸을 내밀어 보았다. 웰치는 이제 광장 중앙 출구 건너편 대로에 있었다. 「좋아요, 자, 우리는 그냥 저 바보 영감탱이가 여기서 나갈 시간만 주고, 그다음에 가서 술 한잔합시다.」 그러고는 물었다. 「점심은 먹었죠?」

「네, 하지만 음식이 넘어가질 않더라고요.」

「그건 그쪽답지 않은데요. 자, 난 아예 걸렀으니까 같이 뭐 좀 먹읍시다. 여기서 멀지 않은 곳에 아는 호텔이 있어요. 옛날에 마거릿하고 같이 다니던 데죠.」

그들은 크리스틴의 짐 가방을 수하물 보관소에 맡기고 광장으로 걸어 나왔다. 「웰치 영감이 당신을 열차에 태워 주겠다고 우기지 않은 게 다행이네요.」 딕슨이 말했다.

「네……. 사실 제가 극구 사양했어요.」

「그 마음 압니다.」 크리스틴의 〈소식〉이 생각나 딕슨은 점점 더 심하게 몸이 불편해졌다. 이제 밝혀질 때가 가까워 오고 있었다. 나쁜 소식이라는 쪽에 걸고 좋은 소식일 일말의 가능성을 노려 보고 싶었다. 그의 머리와, 손도 닿지 않는 등쪽이 가려웠다.

「최대한 빨리 그 인간들한테서 벗어나고 싶었거든요. 못 견디게 싫어서 누구와도 한 순간도 더는 같이 있을 수가 없었어요. 어젯밤에 새로 또 한 사람이 왔거든요.」

「새로 또 한 사람?」

「네. 미첼인지 뭐 그런 이름.」

「아, 알아요. 미셸 말이군요.」

「그래요? 그래서 가능한 한 제일 이른 차를 타기로 했죠.」

「무슨 일이 있었어요? 나한테 얘기해 주겠다던 게.」 그는 억지로 들뜨는 기분을 가라앉히고 예상 외로 몹시 몹시 고약한 사태 말고는 아예 기대도 하지 않으려 애썼다.

마주 본 그녀의 흰자위가 아주아주 연한 하늘색이라는 사실이 또 눈에 들어왔다. 「버트런드와 끝냈어요.」 그녀는 마치 세탁 세제가 써보니 마음에 들지 않더라는 투로 말했다.

「왜요? 영영?」

「네. 그 얘기 듣고 싶어요?」

「해봐요.」

「저하고 캐럴 골드스미스가 어제 강의 도중에 나간 거 기억하죠?」

딕슨은 알아듣고 숨이 가빠졌다. 「알아요. 무슨 얘기를 들었군요, 그렇죠? 캐럴이 무슨 얘기를 해줬을지는 압니다.」

마음과 달리 두 사람은 발길을 멈췄다. 그들을 빤히 쳐다보는 어떤 할머니에게 딕슨이 혀를 빼꼼 내밀었다. 크리스틴이 말했다. 「버트런드와 그 여자의 관계에 대해서 내내 알고 있었죠? 저도 다 알고 있어요.」 금방이라도 웃음을 터뜨릴 듯한 표정이었다.

「그래요. 그런데 대체 왜 당신한테 그 얘기를 해줬대요?」

「왜 저한테 얘기 안 했어요?」

「못 한 거예요. 나한테 좋을 게 하나도 없었고. 캐럴은 무슨 바람이 불어서 말해 준 거래요?」

「자기를 당연하게 취급하는 게 미웠대요. 저하고 사귀기 전에야 뭘 했든 상관없는데, 캐럴하고 저 둘 다 놓치지 않으려고 걸치고 있었던 건 잘못이었죠. 우리가 다 같이 극장에 갔던 날 자기하고 같이 놀러 가자고 부탁했다더군요. 그녀가 당연히 들어줄 거라고 생각하더래요. 처음엔 제가 미웠지만 버트런드가 저를 대하는 태도며, 셰리주 사건에서 그가 보여 준 행동 그런 거 보면서 제가 아니라 그 사람 탓이라는 걸 알았대요.」

어깨를 약간 구부정하니 수그리고 서서 이 모든 얘기를 약간 창피한 듯 빨리 해치우던 그녀는 브래지어, 코르셋, 서스펜더 벨트가 가득 들어찬 상점 진열장을 등지고 있었다. 드리워진 블라인드 때문에 그녀 얼굴에 그늘이 져서 자칫 음흉하게 그를 바라보는 것처럼 보이기도 했는데, 아무래도 어느 정도까지 얘기해야 딕슨의 호기심을 충족시켜 줄 수 있을까 살피려는 눈치였다.

「캐럴도 상당히 품위 있게 행동했던 거죠, 그렇죠? 버트런드는 이 일 이후로 캐럴과 상종도 하지 않으려 해요.」

「아, 캐럴도 그러고 싶지 않을 거예요. 내 생각에는…….」

「네?」

「그녀가 하는 얘기로 봐서는, 지금은 배경에 또 다른 사람이 있는 거라는 짐작이 되더라고요. 누군지는 몰라요.」

딕슨은 사실 자기가 안다고 확신했다. 마지막 실타래가 풀렸다. 그는 크리스틴의 팔을 잡고 같이 걸어가며 말했다.「그만하면 충분해요.」

「그 사람이 캐럴에게 했던 얘기에 대해서 할 말이 아직 많은…….」

「나중에요.」행복감에 젖은 회심의 미소를 만면에 띄운 딕슨이 말했다.「당신이 이 얘기를 듣고 싶어 할 거 같아서요. 이제 마거릿과는 전혀 아무 사이도 아니게 됐습니다. 그간 뭔가 일이 생겨서요 — 지금은 굳이 신경 쓰지 마세요 — 그 말은 내가 더 이상 그녀 걱정을 하지 않아도 된다는 뜻입니다.」

「뭐라고요? 그럼 아예…….」

「나중에 다 말해 줄게요, 약속해요. 지금은 그 일은 생각하지 맙시다.」

「좋아요. 하지만 진심이죠, 그렇죠?」

「그럼요. 속속들이 진심입니다.」

「네, 그럼, 그렇다면…….」

「맞아요. 그런데 오늘 오후에 뭐 할 겁니까?」

「런던으로 다시 돌아가야 할 것 같은데요?」

「내가 같이 가도 괜찮을까요?」

「이게 다 뭐예요?」그녀는 그의 팔을 잡아끌어 눈을 맞췄다.「대체 무슨 일이에요? 또 다른 일 있는 거죠, 그렇죠? 뭐예요?」

「어디 살 곳을 찾아야 해요.」

「왜요? 이 동네 어디 살 거라고 생각했는데.」

「줄리어스 삼촌이 내 새 일자리 얘기는 안 하셨나요?」

「제발 제대로 얘기를 좀 해봐요, 짐. 나 놀리지 말고요.」

설명을 하면서 그는 마음속으로 지명들을 읊었다. 베이스워터, 나이츠브리지, 노팅힐 게이트, 핌리코, 벨그레이브 스퀘어, 와핑, 첼시. 아니, 첼시는 안 돼.

「삼촌이 뭔가 숨기고 있는 패가 있을 줄 알았어요.」 크리스틴이 말하고 있었다. 「하지만 그런 걸 줄은 몰랐어요. 우리 삼촌 성깔을 잘 참고 견디실 수 있어야 할 텐데. 정말 잘됐네요, 그렇죠? 제 말은, 그러면 여기 대학 일을 그만두어도 아무 문제도 없을 테고, 그렇죠?」

「그럼요. 그럴 거예요.」

「그런데 무슨 일이에요? 삼촌이 준 일자리가?」

「버트런드가 따놓은 당상이라고 생각했던 그거요.」

크리스틴은 요란하게 웃음을 터뜨리더니 얼굴까지 붉혔다. 딕슨도 웃었다. 그에게는 분노나 혐오를 표현하도록 디자인된 표정밖에 없다는 게 아쉬웠다. 진짜로 특별한 표정이 필요한 일이 일어났는데, 축하할 만한 표정이 없었다. 일종의 징표로 그는 〈고대 로마인의 성생활〉 표정을 지어 보였다. 그때 저 앞에서 뭔가를 보고 발걸음을 늦췄다. 그러고는 크리스틴을 팔꿈치로 쿡쿡 찔렀다. 「뭐 잘못됐어요?」 그녀가 물었다.

「저 차 보여요?」 웰치의 차였다. 녹색 리넨 커튼이 드리워져 있고 창턱에 구리 주전자들이 진열되어 있는 찻집 바깥으로, 살짝 한쪽 인도 연석에 더 가깝게 주차되어 있었다. 「저 차가 저기서 뭐 하고 있는 거죠?」

「버트런드하고 다른 사람들을 데리러 왔을 거예요, 아마. 버트런드는 제가 그 말을 했더니 다시는 저하고 같은 집에서 밥을 먹지 않겠다고 하더라고요. 서둘러요, 짐, 저 사람들 나오기 전에.」 그들이 가게 창문과 비슷한 높이로 올라왔을 무렵, 바글바글한 웰치네 식구들이 몰려나와 인도를 막았다. 한 사람은 여성스러운 작가 미셸이 분명했다. 커튼이 내려오기 직전 드디어 무대에 오른 인물이다. 연한 코듀로이 모자 밑으로 연한 색깔의 장발이 삐죽삐죽 튀어나와 있는 키 크고 창백한 젊은이였다. 행인들이 다가오는 걸 느낀 무리는 웰치 본인만 제외하고 자동적으로 길을 비켜 주려고 이리저리 움직였다. 딕슨은 용기를 주려는 듯 크리스틴의 팔을 힘주어 잡고 그들을 향해 걸어갔다. 「실례합니다.」 코믹한 집사처럼 낭랑한 말투를 쓰면서.

웰치 부인의 얼굴에 금방이라도 토할 것 같은 표정이 떠올랐다. 딕슨은 관대하게 그녀를 향해 머리 숙여 인사를 했다(책에서 성공은 사람을 겸손하고 인내심 강하며 친절하게 만든다는 얘기 비슷한 걸 읽은 기억이 났다). 그 사건이 마무리되어 갈 무렵 그는 그 자리에 웰치와 버트런드뿐 아니라 웰치의 낚시 모자와 버트런드의 베레모도 함께 있다는 걸 깨달았다. 그러나 베레모는 웰치의 머리에, 낚시 모자는 버트런드의 머리에 씌워져 있었다. 이런 위장을 하고 눈알이 튀어나올 것처럼 치뜨고 뻣뻣하게 굳은 채로 서 있는 두 사람은 흡사 지드와 리튼 스트레이치[41]가 도제의 손으로 만든 밀랍인형으로 재현된 형상이었다. 딕슨은 두 사람에게 욕을 퍼부으려고 숨을 훅 들이쉬었지만 우짖듯 폭소가 터지는 바람에 한꺼번에 뱉어 버렸다. 웃느라 발걸음이 휘청거리고 몸이 칼에 찔린 사람처럼 훅 늘어졌다. 크리스틴은 옆에서 팔을 자

41 지드는 프랑스의 소설가 앙드레 지드Andre Gide(1869~1951)를, 리튼 스트레치는 영국의 전기 작가인 Lytton Strachey(1880~1932)를 말한다.

꾸 잡아당겨 재촉했지만, 딕슨은 그 사람들 한가운데서 잠깐 발길을 멈추고 어디가 아픈 사람처럼 고꾸라졌다. 힘들어서 안경에 김이 서리고 배가 찢어질 듯 아파 입이 헤벌어졌다. 「당신……」 그가 말했다. 「저 사람……」

웰치 가족은 물러나 자기네 차에 타기 시작했다. 끙끙 앓는 소리를 내며 딕슨은 크리스틴에게 이끌려 길을 걸어갔다. 웰치의 자체 시동기가 윙윙거리고 철컹거리는 소리가 그들의 등 뒤에서 들려왔지만, 그들이 계속 걷자 점점 멀어져 희미해졌고 그러다가 마침내 도시의 다른 소음들과 두 사람의 목소리에 완전히 뒤덮여 버렸다.

『럭키 짐』, 마법의 성을 지나 숲을 건너

현재 런던 문단의 가장 영향력 있는 비평가이자 소설가 중 한 사람인 마틴 에이미스는 아버지 킹슬리 에이미스 경에 대해 이렇게 술회한다. 〈킹슬리 에이미스는 관대한 아버지였다. 어린 시절 아버지의 교육 스타일은 다정한 미니멀리즘이라는 말로 표현할 수 있다. 바꿔 말해, 전부 우리 어머니가 다 하셨다는 얘기다. 그러나 (서재로 슬쩍 들어가시기 전에) 우연히 가끔 마주칠 때면 항상 어김없이 뭔가 굉장히 날 웃기는 말씀을 하셨다. 그리고 그건 효과가 대단했다.〉

웃음의 효험. 정말이지 킹슬리 에이미스 경의 작품 세계에서 유머와 해학을 제외한다면 대체 무엇이 남을까. 18세기에는 위트를 능수능란하게 구사하는 작가 역시 위트*wit*, 즉 재사(才士)라고 불렀는데, 20세기에서 〈위트를 구사하는 위트〉라는 호칭이 잘 어울리는 작가를 꼽는다면 아마 단연 킹슬리 에이미스일 것이다. 특히 1956년 발표되어 작가로서 인생의 일대 전기를 맞게 해준 대표작 『럭키 짐』의 경우는 꼬리표처럼 〈20세기 발표된 단연코 가장 웃기는 소설〉이라는 수식어가 따라다니고 심지어 농담 반 진담 반 〈포복절도할 수 있으니 버스 안에서는 되도록 읽지 말라〉라는 경고까지 나올 정도니까. 〈대체 『럭키 짐』은 왜 이렇게까지 웃기나?〉라는 질문은 소설이 출간되고 무려 반세기가 지난 후까지 진지한 평론의 화두로 논의되고 있으니 가히 이 소설의 위트와 유머는 에이미스 문학 세계의 정수를 관통한다 하겠다.

잠깐 여기서 한 가지 자백을 하고 넘어가자면, 웃기는 영미 소설이란 번역 작가에게 그야말로 모골이 송연해지는 악몽이다. 특히 그 웃음의 근원이 화려한 언어의 유희나 사투리, 또는 문화적 차이에 기반하고 있다면 역자는 도망갈 구멍도 없이 바벨탑의 저주라는 불구덩이에 화약을 매고 뛰어드는 미친 짓거리로 치닫게 된다. 대체로 희극은 시대의 특수성에 깊이 의존하기 때문에, 본질적으로 시간과 공간을 넘어서야 하는 번역이라는 작업에 가혹하고, 따라서 역자의 무능력과 한계를 그 어떤 장르보다 더 절실하게 실감하게 만들기 때문이다. 그래도 그나마 숨통이 트였던 건 『럭키 짐』을 흥미진진하게 만드는 킹슬리 에이미스의 해학과 풍자가 단순한 말장난이나 당대의 특수한 상황들, 유행어보다는 생생하게 독자의 눈앞에서 살아나는 캐릭터의 구축과 상황의 개연성, 그리고 그 속에서 드러나는 보편적인 인간 본성의 적나라한 노출에서 진짜 힘을 얻는다는 사실 덕분이었다. 말하자면 『럭키 짐』의 웃음은 휘발성의 폭소보다는 씁쓸한 뒷맛을 길게 남기는 자조와 실소와 조소를 넘나든다. 풍자를 구축하는 자조와 실소와 조소의 메커니즘은 말장난보다는 통찰에 기대어 작동하기 마련이고, 또 통찰의 풍자는 고맙게도 번역의 장벽을 훨씬 더 수월하게 뛰어넘어 준다.

비수처럼 날카로운 인간 군상에 대한 독한 통찰과 풍자는 에이미스 표 〈웃음〉의 핵이다. 아들 마틴 에이미스는 〈아버지의 유머를 정확히 묘사하는 단어를 오래도록 찾아 헤매다가 《중상*defamatory*》이라는 말로 결정했다〉라고 했을 정도니까. 이런 신랄한 냉소는 같은 해인 1956년에 발표된 희곡 「성난 얼굴로 돌아보라」의 존 오스본과 함께 킹슬리 에이미스를 보수적이고 속물적인 기성세대에 반항하는 젊은 작가군인 〈앵그리 영 맨〉의 선두 주자로 자리매김하게 해주었다. 에이미스 본인은 (당연히) 이러한 꼬리표 자체를 비웃음으로 넘겼지만, 소설 속 짐 딕슨처럼 중산층 출신으로 옥스퍼드 대학에서 수학한 배경을 지닌 에이미스가 배타적이고 경직된 영국의 고급 문화와 속물주의, 기성세대의 위선과 폭압에 대해 품고 있던 불만과 반항적 정서는 대재앙으로 귀결되는 짐의 강연 장면에서 잘 드러나듯 작품 속에서 대폭발 일보 직전까지 차올라 일렁인다. 졸렬하고 독선적이며 쩨쩨한 권력으로 타인을 지배하며 쾌감을 느끼는 웰치 교수는 에이미스가 증오하고 분노하는 모든 것을 한 몸에 축약해 체현하고 있는 소위 〈꼰대〉의 표상이다. 그러나 꼰대들을 향해 날것의 독설을 그대로 퍼붓는 오스본과는 달리 에이미스는 증오와 분노를 기어이 유머로 승화시켜 황당하고 통쾌한 결말의 카타르시스에 다다르고야 만다. 비범한 카타르시스가 가장 추레하고 지질한 일상 속에서 터져 나온다는 점 때문에 이 소설이 여전히 『타임』지가 선정한 〈최고의 소설〉이라든가 『에스콰이어』지가 선정한 〈남자가 반드시 읽어야 할 75권의 책〉 등의 목록에 꾸준히 오르는 게 아닐까.

1950년대의 영국 젊은이들은 제2차 세계 대전을 겪으며 성장기를 보냈고 성년이 되자 끝없이 추락하는 파산한 국가에서 초라하고 막막한 미래에 맞닥뜨려야 했다. 기성세대에 대한 불신과 증오는 극에 달했고 이는 전통적인 가족 정서의 파산을 불러왔다. 특히 교육 예산이 모자라는 상황에서 시골 대학의 강사는 암울하기 짝이 없는 대접과 불안한 직업적 전망을 감수해야 했다. 짐 딕슨은 첫 창작 당시 스완지 대학에서 계약직 시간 강사로 일하고 있던 킹슬리 에이미스 자신과, 레스터 대학에서 사서로 재직 중이던 절친한 친구 필립 라킨의 모습을 모두 담고 있는 자전적인(자조적인?) 인물이다. 무일푼의 게으른 게으름뱅이인 주제에 술, 담배 내지 여자 같은 일차적인 욕망에 사정없이 휘둘리는, 평범하고 한심한 짐 딕슨은 학문에 관심도 재능도 없이 대학 사회에서 봉급을 받고 일하게 된 학문 노동자다. 시골 대학이라는 폐쇄적이고 편협한 사회 속에서 계약 연장만을 바라보며 웰치 교수의 비위를 맞추면서 살아가는 그는 미래와 세상에 대해 그리 큰 기대나 욕망을 품지 않고 있다. 하지만 그가 처한 세계의 진짜 문제는 하품이 나도록 지루하고 권태롭기가 이루 말할 수 없다는 증후로 나타난다. 『럭키 짐』은 이런 사소하고 치졸하고 권태로운 일상적 절망의 세계에 미래의 약속조차 없이 갇혀 버린 젊음이 이 권태의 지배에 반기를 들고 봉기하는 통쾌한 쿠데타를 그리고 있는 것이다.

주인공 짐 딕슨은 쩨쩨한 권력을 잔인하게 휘두르는 웰치 교수와 사람의 감정을 조종하려 드는 마거릿의 손아귀에서 꼭두각시처럼 놀아나는 신세에서 해방되기 위해 시종일관 고군분투한다. 그의 무기는 바로 스스로를 자조할 줄 알고 세상을 조소할 줄 아는 유머 감각과 위트다. 이러난 이때의 유머는 단순히 유머에 그치지 않는다. 이 소설 속에서 권태와 무료가 곧 일상에 배어든 독선적 권력의 폭압을 암시하기 때문이다. 타인을 조종하고 자기 의지에 복속시키기 위한 모든 행위는 아무리 사소해도 권태롭고 혐오스럽다. 재미없는 세상은 편견과 독선과 무식과 배금주의와 속물 근성, 이기주의, 이 모든 패악들이 만들어 낸 끔찍한 감옥이며 투쟁의 장이다. 그렇기 때문에 『럭키 짐』에서 유머는 소설의 재미를 이끌어 내는 지엽적인 수단에 그치지 않고 영웅(주인공)의 자질을 표상하며, 나아가 개인과 사회를 구원하는 궁극적 미덕이 된다. 『럭키 짐』의 플롯 중심에는 유머를 지닌 사람과 유머에 적대적인 사람들을 가르는 날카로운 전선이 있다. 보잘것없고 사소하기 이를 데 없어 보이는 이 투쟁을 어느 순간부터 드라마틱하게 만드는 건, 웰치의 거만하고 폭력적인 아들 버트런드의 약혼자 크리스틴에 대해 싹트는 딕슨의 애정이다. 두 사람의 사랑, 아니 연대가 우스운 것을 보고 웃을 수 있는 서로의 능력을 확인하는 데서 시작되고 증폭된다는 건 의미심장하다. 그 능력은 고어어쿼트가 말했듯 〈(아마도 인간으로서) 자격 요건이 미달될지 몰라도 불합격 요건은 갖고 있지 않다〉라는 사실을 입증하기 때문이다. 그래서 어느 시골 대학 캠퍼스에서 벌어지는 이 쩨쩨하고 치졸하다 못해 황당한 이야기는 읽다 보면 뜻밖에도 마법의 성을 지나 숲을 건너 무시무시한 용에게서 아름다운 공주를 구하는 판타지의 얼개를 띠게 된다.

간혹 비평가들은 독선적이고 편협한 웰치 가문의 묘사가 킹슬리 에이미스의 첫 아내이자 마틴 에이미스의 모친인 힐러리의 가족, 에이미스가 지독하게 싫어했던 처가를 그대로 옮겨 온 것이라고 보기도 하고, 짐 딕슨은 당시 시골 대학에 처박혀 살고 있던 친구 필립 라킨의 생생한 초상이라고 보기도 한다. 하지만 결국 이렇게 작가의 삶과 연관 지어 생각해 보면, 아마도 가장 심란한 사실은 이처럼 꼰대들에게 엿을 먹이고자 안달이 나 있던 〈성난 젊은이〉는 세월이 지나며 영국 문단에서도 악명 높은 극우 보수로 돌아섰고 의미심장하게도 마거릿 대처 수상 재직 시절에 작위 서품을 받아 〈경〉의 칭호를 받았다는 것일지 모르겠다. 그러나 생각해 보면, 작가가 변하고 세상이 변해도, 작위와 허세, 허위 의식과 권력욕에 대한 젊은 시절의 분노가 낳은 짐 딕슨의 일대 분투기는 여전히 변함없이 건재하다는 것이 어쩌면 또 문학의 아이러니요, 존재 의미이기도 할 터이다.

다만 뭐니 뭐니 해도 확실한 것은 훌륭한 희극의 배후에는 항상 가장 원초적인 동화의 뼈대와 감성이 존재한다는 것이다. 일상이 판타지로 바뀌는 마법, 장애물을 넘고 시험을 통과해 용을 무찌르고 사랑을 얻고, 그리하여 절망이 희망으로 바뀌고 새로운 깨달음을 얻어 〈조금 더 현명〉해지는 독서의 보람 말이다. 우리 사회를 비롯해 속물 근성과 배금주의와 치졸한 권력욕과 이기주의와 기성세대의 부조리가 살아 있는 세상이라면 그 어디서나, 『럭키 짐』의 웃음은 계속해서 빛나는 청춘과 삶의 힘을 증언할 것이다.

김선형

옮긴이 김선형 1969년 서울 출생이다. 서울대학교 영어영문학과를 졸업하고 동 대학원에서 논문 「Arthur Miller의 글에 나타나는 희망의 모색」으로 석사 학위를, 2006년 르네상스 영시를 전공하여 논문 「〈내면의 낙원〉과 『실낙원』의 정치성」으로 문학 박사 학위를 받았다. 세종대학교 초빙 교수로 재직한 바 있으며, 2010년 유영 번역상을 수상했다. 1994년 아이작 아시모프의 『골드』를 첫 작품으로 번역 문학과 인연을 맺었다. 그리하여 C. S. 루이스의 『스크루테이프의 편지』, 토니 모리슨의 『빌러비드』와 『재즈』, 마거릿 애트우드의 『시녀 이야기』, 여성 시인 실비아 플라스의 『실비아 플라스의 일기』, 그리고 더글러스 애덤스의 『은하수를 여행하는 히치하이커를 위한 안내서』와 같은 멋진 작가들의 책을 번역하는 행운을 누렸다. 최근 역서로는 F. 스콧 피츠제럴드의 『벤자민 버튼의 시간은 거꾸로 간다』, 카렐 차페크의 『도롱뇽과의 전쟁』, 『곤충 극장』, 조조 모예스의 『미 비포 유』 등이 있다.

럭키 짐

발행일 **2015년 1월 20일 초판 1쇄**

지은이 **킹슬리 에이미스**
옮긴이 **김선형**
발행인 **홍지웅**
발행처 **주식회사 열린책들**

경기도 파주시 문발로 253 파주출판도시
전화 **031-955-4000** 팩스 **031-955-4004**
www.openbooks.co.kr

ISBN 978-89-329-1695-8 03840

이 도서의 국립중앙도서관 출판시도서목록(CIP)은 e-CIP 홈페이지(http://www.nl.go.kr/ecip)와 국가자료공동목록시스템(http://www.nl.go.kr/kolisnet)에서 이용하실 수 있습니다. (CIP제어번호 : CIP2014037844)